AF191022

Frozen Beats

BIS DEINE SEELE GEFRIERT

J.J ADEN

J.J. ADEN

Frozen BEATS

BIS DEINE SEELE GEFRIERT

Bibliografische Information der Deutschen Nationalbibliothek: Die Deutsche Nationalbibliothek verzeichnet diese Publikation in der Deutschen Nationalbibliografie; detaillierte bibliografische Daten sind im Internet über dnb.dnb.de abrufbar.

Copyright © 2023 J. J. Aden

Herstellung und Verlag: BoD – Books on Demand, Norderstedt

ISBN: 9783757846855

Coverdesign:

  Kreationswunder – Katie Weber

  https://kreationswunder.de/

Lektorat/Korrektorat:

  Lektorat Detailteufel – Susanna Schober

  https://lektorat-detailteufel.jimdosite.com/

Grafiken: Canva

Widmung

Für alle die, die Angst vor dem ersten Eindruck haben, wagt einen zweiten Blick, es lohnt sich.

Playlist

Conor Maynard - Forget Me
Kevin McAllister, Iolite - Through the Dark
Leroy Sanchez - Out My Way
Madonna, Sickick, 070 shake - Frozen
Andrew Lambrou - Break a Broken Heart
Clairity - Exorcism
Shawn Mendes, Justin Bieber – Monster
Able Heart - Body Language
EMELINE - cinderella´s death
Rihanna - Cry
Fight The fade - Monster
Chaitha, Kofi - There She Goes
Camila Cabello, Shawn Mendes - Senorita
Neoni - Darkside
Faouzia - Tears of Gold
Tommee Profitt, Nicole Serrano - Cry Me A River
Aaryan Shah - Renegade
Wyatt - In Another Life
Ellise - 911

Hinweis zum Buch

Bevor ihr mit der Geschichte anfangen könnt, habe ich einen wichtigen Hinweis für euch!

Kennt ihr schon die anderen Teile der Serie, die über den ersten und zweiten Sänger der Boygroup? Wenn ja, dann viel Spaß beim Lesen. Wenn nicht ... dann solltet ihr das zuerst ändern. Dieses Buch handelt nämlich von Boyband Sänger Nummer drei. Es folgt zwar einer eigenen Handlung, hat eine eigene Dynamik, aber für das volle Lesevergnügen und um die BEATS zu verstehen, solltet ihr die vorherigen Bücher (Burning Beats & Control Beats) lesen.

Vorwort

Erwartest du im Gehege süße Kitten, aber findest dich plötzlich einer Raubkatze gegenüber?

Dann LAUF!

Du fragst dich: Wo war das Hinweisschild *Vorsicht gefährliche und bissige Tiere*?

Keine Sorge, es gab eins. Du hast nur nicht hingesehen. Aber selbst wenn, es hätte dich nicht aufgehalten, oder?

Du hättest es ignoriert und wärst sehenden Auges in dein Verderben gerannt. Denn du traust den Stillen und Ruhigen, schaust nicht hinter die Fassade.

Hier wirst du lernen, dass der erste Eindruck nicht immer der Richtige ist.

Hier wirst du nicht gestreichelt, behütet und geliebt, sondern von meinen Krallen in die Dunkelheit gezogen.

Dir bleibt nur eine Chance: *Lauf, Baby, lauf.*

Aber pass auf: Fang ich dich, wirst du ein Teil meiner Sammlung. Und das unwiderruflich.

Niemand ist mir bisher entkommen.

Bereit für ein Wettrennen, um deine Lust?

ZIAM.

Am Ende des Buches findet ihr die aufgelisteten Trigger.

Prolog – Ziam

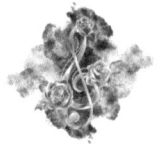

P rasselnd landen die Wassertropfen auf meiner Haut, spülen all den elendigen Dreck von mir. Mit jeder weiteren Sekunde verschwindet der Geruch von Schweiß, Alkohol und Rauch.

Dass ich mitten in der Nacht im Hotel dusche, ist für mich normal. Es ist ein Zwang, der teilweise umständlich ist, weil ich es nach jedem Clubbesuch, Party oder Konzert machen muss. Na ja, das ist eins meiner geringsten Probleme.

Wahrscheinlich ist es eine Übersprungshandlung, weil ich mich von den schmutzigen Gedanken nicht reinigen kann, weil sie dauerhaft präsent sind und sich nicht so schnell vertreiben lassen. Nicht, dass ich es nicht versuchen würde, nur bleibt es ohne Erfolg. Trotzdem mache ich es immer wieder aufs Neue. Diesen kleinen Duschzwang lebe ich aber lieber aus als die anderen kranken Dinge, die meinen Kopf belagern. Meistens zumindest.

Die Aftershowparty der Modelshow, auf der wir bis eben waren, war cool. Für Cain lief es sogar ziemlich gut, zumal sich die Streitigkeiten mit Hayden offensichtlich geklärt haben. Immerhin sind sie zusammen aufs Zimmer verschwunden.

Für mich lief es etwas anders. Nach außen war es wie immer, aber innerlich ...

Tja, ich bin ihr begegnet, meinem personifizierten Blizzard, der mich jedes Mal wieder mit sich reißt und die persönliche Grundordnung auf den Kopf stellt.

Die Kälte, die der Sturm mit sich bringt, lähmt mich nur leider nicht, eher sorgt sie dafür, dass die Stäbe des Käfigs meines Dämons immer weiter gefrieren und brüchig werden.

Schuld daran ist nur *sie*.

Wenn ich nicht aufpasse, dann zerbricht alles und das ist keine Option! Niemals!

Es ist schon schlimm genug, dass es mir bei ihr unfassbar schwerfällt, die ruhige und besonnene Seite aufrechtzuerhalten.

Angespannt schlage ich mit der flachen Hand gegen die Fliesen, weil in meinem Kopf schon wieder nur ihr Gesicht herum spukt. Fuck.

Tief atme ich ein, drehe das Wasser kälter, um mein brodelndes Gemüt abzukühlen. Eine Gänsehaut überzieht meinen Körper, so unangenehm ist es.

Etwas zu fest reiße ich nach kurzer Zeit die Glastür auf, trete tropfend ins Bad und schlinge mir ein Handtuch um die Hüften.

Als ich wieder ins Zimmer trete und mich auf den Weg zu meiner Tasche mache, klopft es plötzlich mehrmals an der Tür. Irritiert halte ich inne.

»Wer ist da?« Dass ich nicht sonderlich begeistert klinge, kann ich nicht ändern.

Wer könnte das sein? Nicht, dass es mal wieder ein

Fan geschafft hat, sich ins Hotel zu schleichen. Man würde sich wundern, aber die sind teilweise raffinierter als James Bond, woher auch immer sie diese Fähigkeiten haben.

»Ich bin es.« Bei Abellas Stimme jagt ein Impuls durch meinen Körper, der mich sofort die Tür aufreißen lässt. Ungeachtet dessen, dass ich fast nackt bin. Fantastisch, jetzt habe ich sie mit meinen Gedanken offenbar heraufbeschworen.

Nicht einmal eine Sekunde habe ich Zeit, zu reagieren, weil sie sich, ohne auf meine Reaktion zu warten, an mir vorbei ins Hotelzimmer schiebt.

Überrumpelt sehe ich ihr hinterher und schließe die Tür.

Zwischen Bett und kleiner Kommode stoppt sie, dreht sich in einer schnellen Bewegung zu mir, wobei sie strauchelt und sich Halt suchend an der Kante des Sideboards festkrallt.

Gut, das erklärt so einiges und ist ein eindeutiges Anzeichen dafür, dass ich mal wieder ein gewaltiges Problem habe.

Du meinst die Beule, die sich unter deinem Handtuch bildet. Ich persönlich sehe das nicht als Problem, sondern als Chance.

Fest balle ich die Hände zu Fäusten. Ich hasse es, wenn meine innere Stimme die dunkle Seite in mir weiter füttert. Das ist ungünstig.

Nein, das ist nicht das Problem. Obwohl ein bisschen, denn bei ihr erwacht etwas in mir. Egal, wie oft ich mich schon gefragt habe, warum, eine Antwort habe ich jedoch nicht gefunden. Aber mit jedem fucking Mal, dass wir uns sehen, erfasst mich diese enorme Dunkelheit in mir. Herrgott nochmal.

Tief atme ich durch. *Ganz ruhig, Ziam. Du kannst das!*

Kurz schließe ich die Augen, reiße mich zusammen und sehe wieder zu Abella.

Ich hatte mich schon gefragt, wie sie so schnell nüchtern werden konnte, aber hier habe ich die Antwort. Mein kleiner personifizierter Blizzard ist betrunken.

»Ziam, isch f-finde ...« Sie stockt mitten im Satz, starrt mich aus weit aufgerissenen Augen an, fast so, als würde sie jetzt erst erkennen, dass ich halbnackt bin.

Schwer schluckt sie, während sie meinen Oberkörper bewundert, über den die Wassertropfen perlen. Immerhin bin ich noch nicht dazu gekommen, mich abzutrocknen.

Ungeniert starrt sie auf meine Hüften, auf das V und den Pfad kleiner Härchen, der direkt unter dem Handtuch verschwindet.

Oh, oh, das ist keine gute Idee, Belleza. Sieh mich nicht so an.

Ihre Wangen färben sich rot, zeichnen sich von ihrer porzellanfarbenen Haut ab und machen sie damit für mich nur noch anziehender. Ihre Unsicherheit ist ein verdammtes Lockmittel.

Im Gegensatz zu vorhin trägt sie nicht mehr das Partykleid, sondern ein kleines Negligé, das sich direkt an ihre Kurven schmiegt. Ihre blonden, langen Haare sind wieder zu einem Zopf geflochten, der ihr über der Schulter liegt. Das Einzige, was etwas ihre Haut bedeckt und nicht wie eine Einladung auf mich wirkt, ist die Strickjacke.

Verblüfft ziehe ich eine Augenbraue in die Stirn, weil sie sich genau *die* in dieser Sekunde auszieht und auf den Boden fallen lässt.

Leck mich, das ist nicht ihr verfluchter Ernst?

Fest beiße ich die Zähne aufeinander, balle die Hände zu Fäusten, um das Kribbeln in meinen Fingern zu unterbinden und mich davon abzuhalten, etwas Unüberlegtes zu tun.

Sie sieht aus wie die Reinkarnation von Elsa, der Eiskönigin. Eine fucking Disney Prinzessin. Das ist ein schlechter Witz, den Gott sich mit mir erlaubt. Das genau *sie* diese merkwürdigen, kribbelnden und berauschenden Gefühle in mir auslöst, ist bedenklich. Ihre Unschuld, ihr schönes Gesicht und ihr süßes Lächeln lassen mein Monster weiter an die Oberfläche kommen. Fast so, als würde sie es anlocken wollen.

Es wird immer gefährlicher. Besonders für sie!

Mit Sicherheit bin ich alles, aber keiner der verdammten Helden, Ritter oder Prinzen aus den verschönten, kitschigen und liebesgeschwängerten Verfilmungen. Sie alle versuchen, ihre Prinzessinnen zu beschützen und gegen die Bösen zu kämpfen, aber ich bin keiner der Guten. Ich trage die Dunkelheit in mir und das Einzige, was passieren wird, ist, dass Abella von ihr verschluckt wird.

Ein Stromstoß schießt durch mich, holt mich aus meinen Gedanken und da wird mir bewusst, dass Abella direkt vor mir steht. Ihre Hände liegen an meinem Hals, streichen viel zu zärtlich zu meinen Haaren.

Es ist das erste Mal, dass sie mich aus freien Stücken berührt, ohne, dass ich die Kontrolle verloren und mich ihr aufgedrängt habe. Leider ist das vorgekommen und das Schlimmste daran ist, auf eine gewisse Art, hat es ihr gefallen.

»Abella, was wird das?«, frage ich ruhig. Ganz anders als es in mir aussieht. Krampfhaft zwinge ich mich dazu, sie nicht zu berühren, nicht den inneren Kampf in mir zu verlieren und die Sache zu verkomplizieren.

Genau davor hatte ich Angst: mit ihr allein zu sein.

Jetzt, wo mich nichts und niemand davon ablenkt, der lauten Stimme in mir im schlimmsten Fall zu folgen.

Du willst es doch. Nimm sie dir. Hier sind nur wir und sie.

Wackelig kommt sie meinem Gesicht immer näher, krallt sich dabei an mir fest, damit sie nicht umfällt. »Küss mich, jetzt.«

O Himmel. Sie ist sowas von betrunken. Diese forsche Art ist überhaupt nicht sie und passt gar nicht zu ihr. Auch wenn ich gespürt habe, dass ich sie reize, ist nie etwas zwischen uns passiert, weil ich es nicht zulassen wollte.

Aber jetzt ... meine Beherrschung hängt am seidenen Faden und leider macht ihr betrunkener Zustand sie nicht weniger attraktiv, sondern weckt nur mehr Gelüste in mir.

»Das sollten wir–« Mir bleiben die Worte im Mund stecken, weil ihre weichen Lippen plötzlich auf meinen liegen. Sanft, zart, nicht genau zielsicher, aber nicht minder intensiv.

Eine Gänsehaut rieselt über meine Wirbelsäule, lässt mich sofort nach ihrem Gesicht greifen.

Ihre Augen sind geschlossen, im Gegensatz zu meinen. Ich starre sie an. Fuck. Fuck. Fuck.

Will ich sie abhalten oder an mich ziehen? Keine Ahnung, ich weiß es selbst nicht.

Fest packen. Lass es uns tun, sie will es auch. Fick sie, egal, wie berauscht sie ist. Sie wird es lieben. Hatte ich erwähnt, dass meine innere Stimme bereits krankhaft befallen ist? Wenn nicht, ist das der Beweis.

»Abella«, flüstere ich, mit der letzten Beherrschung, die ich noch besitze, gegen ihre Lippen.

»Nicht reden, bütte.« Herr, stehe mir bei. Ich kann doch keine betrunkene Frau küssen? Auf der anderen Seite ist es genau das, was ich will. Der kranke Teil in mir liebt es.

Dann kann ich hemmungslos sein, ich sein und mich ausleben. Scheiße.

Als Abella ihre Lippen fordernder auf meine drückt, ist es um mich geschehen. Eine Energie flimmert in mir auf.

Knurrend reiße ich ihren Körper und den Kuss an mich, genieße den überrumpelten Laut, der sich aus ihrer Brust löst, und schließe die Augen.

Fest schlinge ich einen Arm um sie, als sie taumelnd gegen mich fällt. Den Gedanken über richtig oder falsch, habe ich schon lange verdrängt. Je weiter ihre Hände unkontrolliert meinen noch nassen Körper erkunden, kommt diese drängende Dominanz in mir zum Vorschein. Der Kuss ist unkoordiniert, aber leidenschaftlich und löst zu viel in mir aus.

Im nächsten Moment gleite ich mit meiner Zungenspitze zwischen ihre Lippen. Sofort öffnet sie den Mund und heißt mich willkommen. Ihr Geschmack berauscht jede verdammte Zelle meines Körpers.

Anders als eben ist Abella jetzt fordernd und drückt mich in der nächsten Sekunde harsch in Richtung des Bettes.

Dabei stolpert sie über ihre eigenen Füße, was mir einen amüsierten Ton entlockt, der mir im Hals stecken bleibt, als sie sich am Handtuch festhält und es damit auf den Boden befördert.

Meine Erektion pocht, seitdem Abella in einem Hauch von nichts hier herein marschiert ist und nun zuckt sie ihr entblößt entgegen.

»Upsi. Also ich ...« Ihr Gesichtsausdruck, die roten Wangen und ihre betrunkene Unbeholfenheit, machen mich verdammt scharf.

Was passiert hier nur?

»Leg dich–« Ihre zarten Finger schließen sich ohne

irgendwelche Ankündigungen um meinen Schwanz. Zärtlich gleitet sie auf und ab, so als würde sie ihn erkunden wollen.

Es ist zu süß, zu wenig von dem, was ich eigentlich von ihr will. Ich würde weiter darüber nachdenken, kann ich aber nicht, weil sie mit ihren Bewegungen nicht aufhört und sie langsam intensiviert.

Heilige Scheiße, Belleza.

Willst du dich selbst umbringen?

Mit einem Knurren packe ich ihre Schultern, kann mich gerade so davon abbringen, sie vor mir auf den Boden zu drücken. Ihre hellblauen Iriden funkeln wie kleine Schneeflocken, die auf eine klare Eisfläche rieseln und dort schmelzen.

Zum Glück haben sie eine beruhigende Wirkung auf mich, kühlen den Drang ab, sie mir auf meine Art zu nehmen.

Deswegen schiebe ich die Träger ihres Satinkleids deutlich sanfter von den Schultern, als ich es normalerweise tun würde.

Es fällt sofort auf den Boden und enthüllt ihre nackte Gestalt. Diese Frau ist mit ihren Kurven, wohlgeformten Oberschenkeln und prallen Brüsten die pure Versuchung.

Sie beißt sich auf die Lippen, bevor sie wieder nach meinem Schwanz greift und mir so ein kehliges Knurren entlockt.

Rasch schiebe ich uns in Richtung Bett, lege sie auf die Matratze und stütze mich neben ihr ab. Ihre Nippel streifen meine Brust und entlocken ihr ein Seufzen, das meinen Schwanz zwischen ihren Fingern zucken lässt.

Dabei schaue ich in ihre Augen und bin hypnotisiert von dem Glanz, der darin schimmert.

Kumpel, du willst nicht kuscheln, sondern deine Lust

ausleben und sie vögeln. Meine innere Stimme knurrt eher, als sie mich tadelt.

Doch anders als sonst, sorgt das nicht dafür, dass ich alles vergesse. Schon fast hypnotisiert kreise ich mit dem Finger um Abellas Nippel und beobachte fasziniert meine Haut auf ihrer.

»Nachdem wir die letzten Monate umeinander herumgeschwirrt sind, konntest du mir nicht mehr widerstehen, was? Du willst, dass ich dich ficke, nicht wahr, Mi Belleza?«

Ja, der Spitzname ist wie für sie gemacht.

Gerade will ich die Lippen um ihren Nippel schließen, da fällt mir auf, dass ihre Berührung verschwunden ist und sie nicht mehr reagiert.

Ich sehe auf und bei ihrem Anblick entgleisen mir alle Gesichtszüge. Sofort stemme ich mich überrumpelt hoch und entdecke Abellas entspanntes Gesicht.

Fuck. Schläft sie? Ist das ein Witz?

So etwas ist mir noch nie passiert. Wäre mein Ego nicht ausgeprägt genug, würde mich das jetzt kränken. Tut es nicht. Mein Schwanz allerdings ... das sorgt für kein ausgeglichenes Wohlbefinden meinerseits.

Nimm sie dir, lass sie uns wecken.

Dass meine innere Stimme erneut zu mir spricht, wundert mich nicht.

Es geht mir gehörig gegen den Strich, dass diese Frau mich so durcheinanderbringt, dass ich indirekt mit mir selbst rede, wie so ein Psycho. Nicht, dass ich das nicht bin, aber trotzdem.

Was für mich noch schockierender ist, ist, dass ich sie an meine Brust ziehe, eine Decke über uns ausbreite und mit ihrem Zopf spiele, während ich sie beim Schlafen beobachte. Das ist nicht gut. Gar nicht gut!

Plötzliches Gebrüll reißt mich aus dem Schlaf und im nächsten Moment trifft etwas schmerzhaft meine Brust.

»Was zum ...« Ruckartig schrecke ich hoch, reibe mir verwirrt übers Gesicht und sehe Kiyan vor dem Bett stehen.

Eigentlich war meine Vorstellung, dass ich das, was sich gestern Nacht angebahnt hat, heute zu Ende bringe. Und das genau so, wie ich es will, auch wenn Abella sich danach für immer von mir fernhält.

Doch ein Seitenblick zeigt mir, dass alles anders kommt. Denn ich sitze allein im Bett.

Ich bin der zurückgelassene, verarschte Liebhaber.

»Los.« Erneut schmeißt mir Kiyan etwas entgegen, das ich dieses Mal aber auffange. *Mein T-Shirt.*

Langsam steige ich aus dem Bett. Dabei brodelt es gewaltig in mir. Ich hasse es. Kann nicht ein Tag mal normal ablaufen?

»Fick dich. Was soll der verdammte Scheiß? Was bitte treibt dich dazu, hier so einen auf wichtig zu machen?« Rasch ziehe ich mir die Boxershorts, Hose und das T-Shirt über.

»Wow. Endlich scheint dir mal nicht die Ruhe aus dem Arsch. Fühlt sich gut an, dass du mal die Eier zeigst, die dir offenbar über Nacht gewachsen sind.«

Wütend halte ich in der Bewegung den Gürtel zu schließen inne und starre zu dem Bodyguard, der mich beleidigt hat. Wichser.

Na los, lass uns ihm mal zeigen, was wir können.

Das werde ich nicht tun, auch wenn ich meinen Spaß daran hätte.

Spöttisch sehe ich zu Kiyan. »Ich dachte, es wäre so eilig.«

Seine einzige Reaktion ist ein Kopfschütteln, bevor er mich mit einer Handbewegung anweist, ihm zu folgen. Was auch immer hier los ist, es wird die Wut mit Sicherheit nicht mildern.

O ja, ich bin wütend auf diese fucking Fake-Prinzessin mit den wunderschönen Augen. Diese Frau ist wie unschuldiger, reiner Schneefall, der dich mit seiner Schönheit bezaubert, bevor er einen mit seiner gefährlichen Seite überrascht.

Dass sie abgehauen ist, ist ein Wink des Schicksals. Nicht, dass ich an göttliche Fügungen glaube, aber auf eine gewisse Weise werden Entscheidungen getroffen, um neue Wege zu eröffnen.

Wo auch immer mein Weg mich hinführen wird. Auf jeden Fall nicht in das Bett der kleinen Eisblüte, das steht fest!

KAPITEL 1

Abella

Nachdenklich sehe ich aus der großen Fensterfront über den Fluss nach *Therville* und spiele dabei mit dem Ende meines geflochtenen Zopfes.

Hier bin ich: Neue Stadt, neues Glück.

Zum wiederholten Mal. Auch wenn dieser Umzug aus einem anderen Grund stattfindet als die letzten Male. An einer Hand kann ich nicht abzählen, wie oft ich seit dem Studium den Wohnsitz gewechselt habe.

Manchmal aus freien Stücken, aber selten aus eigenem Antrieb. Dieses Mal ist es mein freier Wille und meine Entscheidung gewesen. Für ein Jobangebot, das ich nicht abschlagen konnte. Dennoch fühlt es sich an wie immer. Rastlos, nicht echt und schon gar nicht wie ein Zuhause.

Vielleicht setzt das Gefühl dieses Mal nach einer gewissen Zeit ein. Wenn ich mir das fest einrede, dann wird es klappen, oder?

Wahrscheinlich, so wie es die letzten Male geholfen hat, nämlich gar nicht. Eine wahre Kämpfernatur warst du ja nie, aber gut. Nehmen wir wie immer den gleichen aussichtslosen Weg.

Rasch reibe ich mir über die Arme, um die Gänsehaut zu vertreiben, die meine innere Stimme hinterlassen hat.

»Wieso ziehst du bitte in eine Wohnung, zu der es keinen Fahrstuhl gibt?« Bei der murrenden Stimme von Cain muss ich grinsen, obwohl mir bei meinen dunklen Gedanken gar nicht danach ist.

Langsam drehe ich mich um, erblicke Hayden und Cain, die gerade in meinen Flur treten. Der Sänger der *BEATS* trägt einen der Nachttische und meine Freundin eine Pflanze, hinter der sie gerade ihren Kopf hervorstreckt.

»Bitte ignoriere ihn. Er wollte auf cool machen, bis er gemerkt hat, dass es schwer ist, na ja ... Sein Ego hat es dann nicht verkraftet, das Möbelstück unten stehen zu lassen, nur weil es keinen Aufzug gibt.« Hayden lacht und kommt auf mich zu.

»Klasse, wie du zu mir hältst, Bebecita.« Cain stöhnt, als er den alten Nachttisch aus massivem Holz im Flur abstellt.

Als Hayden mich grinsend in die Arme schließt, höre ich eine weitere Stimme.

»Jetzt hab dich mal nicht so, Valez.« Malia erscheint in der Tür, stellt sich neben Cain und packt seinen Bizeps. »Oder ist da nur Luft drin?«

»Nicht schon wieder«, nuschelt Hayden und entlässt mich aus ihrer Umarmung, ehe sie sich zu unseren Freunden umdreht. »Müsst ihr euch immer aufziehen?«

Überrumpelt starre ich Malia und Cain an, die in eine ... – ja, keine Ahnung, mir fehlt das Wort dafür. Rangelei. Rauferei. Kampf – verstrickt sind.

In diesem Moment erscheint auch Emilio in der

Wohnung, stellt den anderen Schrank auf den Boden und tritt auf die beiden zu.

»Musst du immer deine Grenzen testen, Mi Perfecta?« Mit einem Griff im Nacken zieht er Malia von Cain weg.

»Ey, ich bin doch kein störrisches Kätzchen«, zischt sie und schlägt spielerisch nach ihrem Freund.

»Wenn du mich fragst, bist du genau das«, antwortet Cain und verschränkt die Arme vor der Brust.

»Gott, Valez.« Nun mischt sich auch noch Hayden ein, aber zieht mich dabei an sich. »Ihr seid echt unmöglich.«

Ohne dass ich es zurückhalten kann, lache ich herzlich, aus voller Seele und das tut unglaublich gut.

Malia und Hayden waren schon immer besonders, bringen gute Laune mit, aber seitdem sie mit den Sängern zusammen sind, ist es ein wahres Fest. Die vier an einem Ort gemeinsam ist völlig verrückt und einzigartig.

»Ich wollte euch nicht auslachen, sorry, aber …« Kopfschüttelnd wende ich mich zu Hayden, die breit grinsend abwinkt.

Ein warmes Aufflackern entsteht in meinem Körper. Eventuell wird es in dieser Wohnung doch anders, vielleicht ist *hier* zu sein, bei diesen Menschen, die geeignete Medizin.

»Ihr feiert ja wohl nicht schon? Erst mit uns wird es eine richtige Party.« Rome tritt mit ausgestreckten Armen herein und sieht sich um.

Mit einem Schmunzeln werde ich mir bewusst, dass Hayden und Malia offenbar die gesamte Band zum Helfen animiert haben. Das wiederum bedeutet …

Ich habe den Gedanken noch nicht einmal beendet, da erscheint er auch schon in der Tür.

Mein Herz setzt aus, stolpert kurz und schlägt im veränderten Takt weiter. Es erinnert mich immer ein bisschen an diese Flummis, die bunt und wild leuchten, wenn sie auf dem Boden aufkommen. Genau das passiert mit meinem Herz, sobald ich ihn sehe.

Schwer schlucke ich, versuche, nicht zu starren, was sowas von aussichtslos ist. Ich kann den Blick nicht von Ziam abwenden. So wie jedes Mal.

Eine Strähne seines blonden Haares fällt ihm leicht in die Stirn, sein markanter Kiefer sticht hervor und im Licht der hereinfallenden Sonne glänzen seine Augen mit den mehrfarbigen Ringen noch faszinierender als sonst. Wie immer spüre ich die spezielle Präsenz, die von ihm ausgeht. Unsere Freunde nennen es Ruhe, ich nehme aber etwas anderes wahr. Etwas, das mich magisch anzieht!

Himmel, dieser Mann ist unfassbar heiß und reizt jeden verdammten Instinkt in mir. Sogar die, die ich für komplett abgestorben gehalten habe. Insbesondere kommt das davon, dass ich weiß, wie sich seine Lippen auf meinen anfühlen, und was für einen wunderschönen ... Stopp!

Okay, kleines Herz, reiß dich mal zusammen. Wir sind kein Teenie mehr, der bei einer Schwärmerei für einen Popstar zu einer Liebeskranken mutiert.

Ziam ist ein Mann wie jeder andere auch, nicht mehr und nicht weniger. Wäre da nicht diese intensive Stimmung, die mich jedes Mal packt und sogar zum Teil die Unsicherheit vertreibt.

Tja, auch wenn meine betrunkene Aktion vor einigen Monaten – in sein Zimmer zu gehen, ihm einen runterzuholen und dann einzuschlafen – eine der dümmsten Ideen meines Lebens war, leugne ich nicht, dass ich es nicht bereue.

Zum Pech meinerseits kann ich mich noch genau daran

erinnern, wie sich seine Berührungen und Küsse angefühlt haben. Mein Problem: Ich bin süchtig danach!

Nur leider ist seitdem nie wieder etwas zwischen uns passiert, eher das Gegenteil. Er beobachtet mich, überrumpelt mich in kleinen Momenten, aber sobald wir uns näherkommen oder allein sind, zieht er sich zurück. Es ist ein Anziehen und Abstoßen, ein stetiger Kampf, bei dem ich nicht weiß, was der Gewinn sein wird.

»Tja, die Party war lustig, bis ihr beide aufgetaucht seid. Darüber würde ich mal nachdenken«, stichelt Cain belustigt und stößt seine Faust gegen Romes.

Während die *BEATS* sich unterhalten, sabbere ich mal wieder wie ein Groupie. Mit schräg gelegtem Kopf mustere ich Ziam.

Nervös beiße ich mir auf die Lippe, versuche das Prickeln auf der Haut zu ignorieren, das sein Blick erzeugt. Kleine Messerspitzen tanzen auf jedem Zentimeter meines Körpers, als ein teuflisches Grinsen an seinem Mundwinkel zupft, er aber sofort seinen Kopf abwendet. Um Gottes willen.

»Bitte entschuldige.« Malia taucht vor mir auf und versperrt mir damit die Sicht. »Ah, es ist so schön, dass du endlich wieder hier bist.«

Fest drückt sie mich an sich und streichelt meinen Rücken.

»Wir haben uns doch letzte Woche erst gesehen, Malia.« Sie ist eine so verrückte Nudel, aber genau deswegen tut sie mir so gut. Mit ihrer Art befreit sie mich von meinen dunklen Gedanken.

»Ach, das war doch geschäftlich. Außerdem wohnst du ja jetzt zum Glück hier, das heißt, wir können uns wieder regelmäßig sehen.« Recht hat sie.

»Ich bin froh, dass meine beste Freundin so hartnäckig

ist und dich schon fast genötigt hat, hierher zu ziehen.«
Schlagartig erfasst mich eine Kälte und lässt mich erschaudern. Immerhin bin ich aus gutem Grund vor einigen
Jahren aus Saltima – meiner Heimat – weggezogen. Erinnerungen versuchen sich hervorzukämpfen, aber ich
dränge sie zurück.

»Alles gut, Bella?«, fragt Hayden, streichelt dabei über
meinen Arm.

»Klar.« Mit meinem gut einstudierten Lächeln wiegele
ich ab. »Lasst uns loslegen, damit ich nachher nicht auf
dem Boden schlafen muss.«

»Ich wüsste sonst, in welchem Bett du–« Ehe Malia
weiterreden kann, stößt Hayden ihr den Ellenbogen in die
Seite. »Mali, denk an den Filter für die unangebrachten
Momente.«

Tief atme ich durch, vertreibe die Gedanken an den
heißen Sänger und das Monster der Vergangenheit wieder
in die letzte Ecke meines Verstandes.

Mit etwas weniger Unsicherheit hake ich mich bei den
beiden unter und ziehe meine Freundinnen an den
Männern vorbei, um endlich der Arbeit nachzugehen.

KAPITEL 2

Abella

Rasch wische ich mir den Schweiß von der Stirn und stelle den Karton mit Büchern im Wohnzimmer ab.

Die meisten Möbel und Kisten sind bereits aus dem Transporter hochgebracht. Da ich nicht viele persönliche Dinge habe, sind es nur noch einige Kleinigkeiten, die wir in die Wohnung bringen müssen.

Vorsichtig stelle ich die Pflanze auf dem Boden ab, die bis eben noch wackelig auf einem der Stapel Bücher stand. Plötzlich spüre ich jemanden hinter mir. Kurz darauf beugt derjenige sich über mich, augenblicklich zucke ich zusammen. Sein heißer Atem streift mein Ohr. »Mir gefällt, dass du mir deinen Arsch entgegenstreckst, ... aber du stehst im Weg.«

Heilige Scheiße. Ziams Stimme ist dunkel und hat ein vibrierendes, bedrohliches Timbre. Wahrscheinlich sollte das definitiv nicht unanständig klingen, aber für mich tut es das. Wie verdammt fast alles, was Ziams Lippen verlässt. Besonders wenn er es mit dieser leicht gefährlichen Stimmlage ausspricht. Das ist so widersprüchlich, denn genau vor der Gefahr habe ich die größte Angst, außer bei ihm.

Im nächsten Moment schrecke ich hoch, drücke mich damit nur noch mehr gegen ihn, was mich scharf die Luft einziehen lässt. Die Stellen, an denen sich unsere Körper berühren, prickeln angenehm.

Langsam drehe ich mich um, lasse dabei den Blick über Ziams Arm gleiten, mit dem er eine kleine Truhe über meinem Kopf hält. Dadurch treten die Adern hervor, die mich förmlich hypnotisieren.

Jetzt stehen wir so nahe voreinander, dass unsere Brustkörbe sich beim Atmen berühren.

»Ernsthaft? Erst trägst du nur so eine Schatztruhe, während Emilio und ich wieder einen Schrank schleppen müssen, und jetzt das. Geh aus dem Weg, Ziam«, meckert Cain und drückt seinen Kumpel noch weiter gegen mich.

Sofort stolpere ich zur Seite, damit die beiden ins Wohnzimmer kommen können. Erst das reißt mich von dem Mann los, der alles in mir ins Wanken bringt.

»Weil ich strategisch denke und handele. Im Gegensatz zu dir.« Achselzuckend tritt Ziam nur langsam aus dem Weg, damit Cain und Emilio den Schrank an der hinteren Wand abstellen können.

»Kein Wunder, dass du lange keine–«

»Cain.« Hayden stürmt ins Wohnzimmer und unterbricht ihn, aber er hebt eine Hand und spricht weiter.

»Warte kurz. Mister Ruhepol und ich, haben da was auszudiskutieren. Du hast sofort wieder meine volle Aufmerksamkeit, Bebecita. Doch erst–« Hayden hält ihm das Handy vor die Nase, was ihn verstummen lässt.

»Fuck. Verdammte Scheiße, diese elendigen Aasgeier von Paparazzi«, knurrt Cain daraufhin. Offensichtlich ist es nicht gut, was er auf dem Bildschirm sieht.

Dass der Sänger eine Abneigung gegen Promi-News hat, ist kein Wunder, aber ich hoffe inständig, dass es nicht wieder etwas Dramatisches ist. Immerhin hat die Band genug durchgemacht.

»Rome«, ruft Cain im Befehlston, quer durch meine Wohnung.

In der nächsten Sekunde taucht der Angesprochene im Türrahmen auf. »Was ist los?«

Cain gibt ihm Haydens Handy und Romes eben noch entspannte Mimik wandelt sich just. Wütend fährt er sich mit den Händen übers Gesicht und streicht sich dabei eine wirre Haarsträhne hinters Ohr. »Ich hätte ihnen gestern schon die Fressen polieren sollen.«

Augenblicklich ist die neckende Stimmung verflogen und ein Unbehagen legt sich über uns.

»Was hast du jetzt schon wieder angestellt?« Zu seinen Worten lehnt Ziam sich gegen die Wand und hebt auffordernd eine Augenbraue. »Sags am besten gleich, damit wir sofort eine Lösung finden können.«

»Komm mir jetzt nicht mit deiner Alles-im-Gleichge-wicht-halten-Nummer«, knurrt Rome und geht auf Ziam zu.

»Was soll ich machen, wenn du offensichtlich wieder Scheiße baust? Wahrscheinlich sogar mit Absicht. Soll ich dir sagen, dass du das gut gemacht hast?« Ziam verschränkt seine Arme und stößt sich von der Wand ab, um sich direkt vor Rome aufzubauen.

»Spiel nicht immer den Moralapostel, der du nicht bist.«

»Hört auf«, mischt sich Emilio ein und stellt sich zwischen Ziam und Rome. »Reißt euch zusammen. Was ist denn los?«

»Nur Paparazzi-Scheiße, wie immer. Aber unsere

Kumpels sind offenbar mit dem falschen Fuß aufgestanden oder ihre letzten Blowjobs waren mies.« Überrumpelt reiße ich bei Cains Spruch die Augen auf und ignoriere dabei den merkwürdigen Druck, der mich nur bei der Vorstellung erfasst, dass Ziam mit einer anderen etwas hat.

Dieser Gedanke ist schon wieder so dumm, denn es geht mich nichts an. Ich habe keinen Anspruch auf ihn oder überhaupt einen Grund, eifersüchtig zu sein. Zwischen uns ist nichts, weil ich nicht perfekt genug für ihn bin. Ich bin defekte Ware und Ziam sicherlich nicht der Mann, der sich mit solcher zufrieden gibt.

Es ist still, gefährlich still. Zwar war ich noch nie bei einer Diskussion der Band hautnah dabei, nicht einmal auf Tour, aber gerade wirken alle angespannt. Selbst Hayden sagt nicht ein Wort, nestelt nur nervös am Bund ihres T-Shirts und wo Malia ist, weiß ich nicht.

Plötzlich legt Rome den Kopf in den Nacken und atmet tief aus. »Fuck, ich habe nicht aufgepasst. Jetzt gibt es ein Video von mir, wofür uns das Label sicherlich gewaltig den Arsch aufreißen wird.«

»Wie schlimm ist es? Was müssen wir wissen?« Ziams ruhige Aura ist deutlich zu spüren, was sich sofort auf den Rest der Band auswirkt. Emilio lässt Rome los, den er bis eben noch festgehalten hat, und Cain lehnt sich sichtlich entspannter an den Schrank. Die Chemie unter den Männern fasziniert mich immer wieder. Sie sind echt wie eine geölte Maschine und ergänzen sich.

Was ich allerdings auch an Ziam wahrnehme, ist seine geballte Faust, die er immer wieder in einem Takt gegen seinen Oberschenkel schlägt. Dreimal schnell, einmal langsam und von vorne.

Diesen Tick habe ich schon öfters an ihm gesehen.

Wahrscheinlich fällt es niemanden auf, weil es nur eine kleine Bewegung ist. Doch für mich, die wie magisch von ihm und seiner Ausstrahlung angezogen wird, ist es leicht, diese Gegensätzlichkeit zwischen seiner Gestik und seinen Worten zu durchschauen. Meine Auffassungsgabe war schon immer gut.

Normale Menschen würden dein Verhalten eher als Stalking ansehen, aber gut. Große Auffassungsgabe kann man das natürlich auch nennen.

Meine innere Stimme und ich sind nicht unbedingt beste Freundinnen, all die Unsicherheit, die ich in mir trage, verarbeitet sie mit Zynismus.

»Wieso wundert es mich nicht, dass du wieder den neuesten Klatsch und Tratsch entdeckt hast, Llamanita? Das kommt davon, wenn du zu viel Zeit mit meiner Mom und Schwester verbringst.« Mit einem Lächeln zieht Cain Hayden zu sich und drückt ihr einen Kuss auf die Wange.

Während die Bandmitglieder darüber diskutieren, was sie nun machen, fühle ich mich fehl am Platz. Hier zu sein, obwohl die Sache mich rein gar nichts angeht, fühlt sich falsch an. Deswegen gehe ich langsam an der Band vorbei auf den Flur zu.

Mir wird heiß, alle kleinen Härchen in meinem Nacken stellen sich auf und ich weiß sofort, wer mich beobachtet. *Ziam.*

Nur bei seinem Blick reagiert mein Körper so, als würden kleine Flammen auf meiner Haut tanzen.

Im selben Moment, als ich den Raum verlasse, schallt Romes Stimme aus dem Lautsprecher eines Handys. »Ihr beiden Hübschen werdet gleich verwöhnt. Wer von euch will auf meinem Gesicht sitzen?«

»Du knutschst und fummelst auf einem Hotelflur rum? Ernsthaft?«, stößt Emilio angespannt aus. Nur bei dem

Versuch, es mir bildlich vorzustellen, breitet sich eine Schamesröte auf meinen Wangen aus. Es ist nicht so, dass ich absolut unerfahren bin, nur aus vielen Gründen sind sexuelle Handlungen für mich nebensächlich oder schwierig. Aber das tut nichts zur Sache.

Im Flur entdecke ich die andere Truhe, die zu der gehört, die bereits im Wohnzimmer steht. Schwer schlucke ich gegen den Kloß in meinem Hals an, der sich augenblicklich zuschnürt.

Es ist mein persönliches Fegefeuer. Eine Qual, der ich mich immer wieder aussetze, um mir klarzumachen, dass ich eine zweite Chance habe. Eine, die ich nutzen will, um glücklich zu werden. Wirklich, aber das ist nicht so einfach, wie es sich anhört.

Plötzlich schlingen sich Arme von hinten um mich und Malias Geruch steigt mir in die Nase. »Denk dran: Sobald du endlich diesen Inhalt verbrennen willst, rufst du an.« Das weiß ich. Meine Mädels wissen alle, was in beiden Boxen ist. In der Hellen und der Dunklen.

Dieses Mal erscheint ein wahres Lächeln auf meinem Gesicht. Immerhin wissen sowohl sie als auch Ruby und Hayden, was mir hier in Saltima vor einigen Jahren passiert ist. Schon so oft haben meine Freundinnen mir zu dem Schritt geraten, aber ich kann es nicht. Ein gewisser Teil in mir, den ich als krank bezeichnen würde, nährt sich durch den Schmerz, den der Anblick in mir auslöst.

»Irgendwann«, flüstere ich und streiche sanft über ihren Handrücken.

Keine Ahnung, ob diese Wohnung am Rand von Saltima, mein wahres Zuhause sein wird, aber hier sind eindeutig die Menschen, die es mir einfacher machen werden, endlich einen Wohlfühlort zu finden.

Mein Handy beginnt in der Hosentasche zu klingeln.

Sofort lässt Malia mich los, damit ich es herausziehen kann. Erleichtert sehe ich, dass es Ruby ist, und nehme den Anruf an.

»O mein Gott, ich bin zu spät. Entschuldige, aber Teric wollte mit mir in so eine Laser-Attack Arena. Ach, egal ...«

»Hol erst einmal Luft, bevor du mir erstickst«, antworte ich schmunzelnd. Malia nickt mir zu, schnappt sich die Blume vom Boden und verschwindet ins Wohnzimmer.

»Okay. Das ist gut, sehr gut.« Ruby schnauft laut, wobei im Hintergrund ein Hupen erklingt. »Sorry. Ich bin auf dem Weg. Soll ich was zu essen ... ne, warte, lass uns lieber bestellen, das ist einfacher. Aber hey, ich bringe was zum Anstoßen mit. Du hast sicherlich nichts da, oder?« Gott, Ruby ist eine Nummer für sich.

Bei ihren Worten schnappe ich nach Luft und schlage mir eine Hand vor den Mund. »Ach herrje, an etwas wie Anstoßen habe ich gar nicht gedacht.«

»Na, da hat meine Verspätung doch einen Vorteil. Es war natürlich alles geplant. Genau, wie mit High Heels so viele Kilometer zu laufen, aber gut.« Ruby lacht. »Wie viele Getränke muss ich besorgen? Hoffentlich nicht zu viele, immerhin muss ich das ohne Fahrstuhl zu dir bringen. Wieso ein Haus ohne dieses doch nützliche Hilfsmittel, Süße?«

»Die Aussicht ... sie ist wunderschön, da war mir der fehlende Fahrstuhl egal. Außerdem ist Treppensteigen gesund und wenn ich schon wegen des Jobs so ungesund esse, dann wenigstens das.« Ich zucke mit den Schultern, obwohl Ruby es nicht sehen kann.

Aus dem Wohnzimmer sind immer noch die lauten Stimmen der Bandmitglieder zu hören.

»Die Männer helfen dir sicherlich beim Tragen«, beruhige ich sie.

»Ach, ja, die Band ist auch da ... das habe ich dezent verdrängt, bis jetzt. Egal, ich besorge irgendetwas. Bis gleich, Süße.« Mit diesen Worten legt sie auf.

Dass sie ein Problem mit Rome hat, weiß ich, aber auch wenn ich immer versuche, eine Harmonie zu erzeugen, liegt es nicht in meiner Macht.

Als ich wieder zurück ins Wohnzimmer gehe, traue ich allerdings meinen Augen kaum. Die Stimmung ist eine ganz andere als vor dem Telefonat mit Ruby.

Die Männer sehen deutlich entspannter aus, sitzen auf meiner Couch, reden angeregt und lachen, anstatt wie vorhin zu diskutieren. Haben sie etwa schon eine Lösung gefunden oder ignorieren sie die möglichen Konsequenzen im Moment?

»So, kleine Elsa. Ich denke, jetzt dürfen wir hier ein bisschen deinen Einzug feiern, oder?«, fragt Cain sofort, als er mich erblickt und zwinkert mir zu.

»Ja, Ruby bringt gleich die Getränke und dann können wir etwas bestellen. Wir müssen ihr nur beim Hochtragen helfen.«

»Das sollte mein Mann schaffen, oder war dir das schon zu viel, Delacord?«, stichelt Malia und beugt sich zu ihm, um seine Wange zu tätscheln.

»Ich nehme es mit dir auf, Mi Perfecta. Da muss ich von Natur aus eine Menge aushalten.« Emilio fasst Malia am Handgelenk und zieht sie auf seinen Schoß.

Lächelnd lasse ich mich auf den Sessel fallen, unterdrücke das erleichterte Stöhnen, das mir entkommen will, weil ich das erste Mal seit den letzten Stunden sitze.

Während meine Freunde sich untereinander aufziehen, schließe ich die Augen, greife an meinen Zopf und fahre mit dem Finger darüber, so wie ich es immer tue, wenn ich nervös bin. Es beruhigt mich, treibt die Unsicherheit in mir zurück, die nur zu gerne mein Gehirn befällt. Aber heute darf sie ruhig mal in das dunkle Loch verschwinden, das mich sonst zu sich zieht.

Hier und jetzt will ich nur die Zeit mit meinen Freunden genießen und so tun, als wäre ich eine normale Frau, ohne Ängste, Sorgen und Geheimnisse.

KAPITEL 3

Abella

Meine Freunde sind noch keine zehn Minuten weg, da stehe ich im Badezimmer, um die Kontaktlinsen endlich loszuwerden.

Rasch ziehe ich mir eine kurze Schlafhose und ein Satintop an, setze meine Brille auf und trete in den Flur. Umzüge sind anstrengend. Ich bin froh, wenn ich ins Bett fallen kann.

Der erleichterte Ton bleibt mir allerdings im Hals stecken, als ich einen plötzlichen Laut hinter mir höre. Ruckartig drehe ich mich zur Haustür, aus deren Richtung die Geräusche erklingen.

Mein Herz poltert los, meine Hände werden schwitzig. Es ist eh nicht so, dass ich mich in meinen eigenen vier Wänden sicher fühle, das habe ich noch nie. Aber in einer neuen Wohnung ist es noch schlimmer. Die ersten Nächte schlafe ich nur mit einem Überlebenskit, bestehend aus: langer Taschenlampe, Pfefferspray und kleinem Baseballschläger, an meinem Bett.

Ich halte die Luft an, fixiere die Tür direkt vor mir und

lausche aufmerksam. Kurze Zeit ist nichts zu hören, bis ich ein Gemurmel wahrnehme, das mich sofort auf den Schrank zustürmen lässt. *Ein Hoch darauf, dass ich wenigstens diesen schon eingeräumt habe.*

Ängstlich krame ich in der obersten Schublade und greife nach einem der Pfeffersprays, ehe ich mich wieder zurück zur Tür drehe.

Krieg dich ein, Fräulein. Du gehst zur Tür, guckst durch den Spion und dann kommst du mal klar. Nicht ohne Grund wohnst du in diesem Gebäude, hier kommt keiner einfach so herein. Außerdem, sieh es mal so, hättest du bereits das Licht ausgemacht, wäre es viel gruseliger.

Das stimmt. Deswegen atme ich tief ein, linse durch den Spion und erstarre bei dem Bild, das sich mir bietet. Verdammt, will er mich umbringen?

Kurz sehe ich Ziam dabei zu, wie er immer wieder vor meiner Tür auf und ab läuft, sich durch die Haare fährt, die danach wild von seinem Kopf abstehen.

Was macht er denn noch hier?

Siehst du, er ist nicht wirklich eine Gefahr, höchstens für dein Höschen.

Ja, meine innere Stimme hat recht, aber dennoch muss er mir nicht so eine Angst einjagen.

Langsam beruhigt sich mein Herzschlag.

Im nächsten Moment reiße ich die Tür auf und höre Ziam noch murmeln: »Nein, das ist keine gute Idee … nein.«

Fragend ziehe ich die Augenbrauen zusammen, komme aber nicht dazu, etwas zu sagen, weil er mich im selben Moment entdeckt.

Sein Blick ist dunkel, seine Augen blitzen gefährlich auf und jede Stelle meines Körpers glüht. Er bewundert mich wie das teuerste Gemälde der Welt.

»Fuck.« Mit diesem einen Wort ist er bei mir, packt meinen Oberarm, schiebt mich in die Wohnung und schlägt die Tür hinter uns zu, ehe er mich dagegen drückt.

Überrumpelt schnappe ich nach Luft, blinzele hektisch und versuche die Furcht, die durch meine Adern pulsiert, zu verdrängen. Vor Ziam brauche ich keine Angst zu haben, oder? Aber wieso ist er hier und was will er?

Fester schließe ich meine Hand um das Pfefferspray, versuche mich aus seinem Griff zu lösen, der nur unnachgiebiger wird. Was passiert hier?

Hektisch atme ich ein und aus, starre in Ziams Gesicht, der in diesem Moment die Dose in meiner Hand entdeckt.

»Du hast Angst ...« Man sollte meinen, dass er überrascht wäre, aber das ist er nicht, das höre ich eindeutig an seiner Stimme. Seine Augen funkeln einnehmend, hypnotisieren mich und lassen mein Herz wild schlagen. Besonders weil er mir viel zu nah kommt und seinen Mund direkt an mein Ohr bringt. »... vor mir.«

Es ist keine Frage, sondern eine Feststellung. Bei der ich zusammenzucke und eine aufsteigende Panik bitterböse durch jede Zelle meines Organismus schießt.

Mein Kopf versucht, die wirren Gedanken zu sortieren und zu verstehen, was das alles bedeutet. Denn anders als ich es erwartet habe, klingt Ziam nicht verletzt, eher stolz. Das macht doch gar keinen Sinn. Wieso sollte er wollen, dass ich Angst vor ihm habe?

Nicht, dass ich das habe, also schon, aber nicht vor ihm, sondern wegen dem, was er hier gerade tut. Wenn ich nicht die Möglichkeit habe, allein einer Situation zu entkommen, dann fühle ich mich hilflos und alle Erinnerungen kehren schlagartig zurück.

So auch jetzt.

Plötzlich ist es nicht mehr diese Wohnung, in der ich

mich befinde, sondern mein zu Hause, als ich studiert habe. Es ist nicht Ziams Geruch, der mich mit Minze und Leder umhüllt, sondern der nach einem ekligen Alt-Herren Parfum, was mich sofort erschaudern lässt.

Mit aller Macht kämpfe ich darum, nicht den Fokus zu verlieren und zurück in die Vergangenheit katapultiert zu werden.

Deshalb kann ich nicht verhindern, dass mein Überlebenswille von selbst handelt und ich aus Reflex den Arm mit dem Pfefferspray hochreiße. Nur ist Ziams Reaktion schneller.

Mit einem beherzten Griff pinnt er mein Handgelenk an der Tür fest und macht mich handlungsunfähig.

Ich blinzele, sehe ihn an, direkt in seine wunderschönen mehrfarbigen Iriden und kann nicht verhindern, dass diese unkontrollierbare Panik mir Tränen in die Augen treibt, mich zittern lässt. Nach Worten ringend stolpern mir einige über die Lippen. »Ich ... nicht. Nein.«

»Fuck, das ist so ...«, knurrt Ziam. Seine Stimme fegt durch meinen Geist, sorgt dafür, dass die Schlieren der Vergangenheit sich langsam wieder verziehen, auch wenn mein Herz noch immer versucht, sich selbst zu überholen. Wahrscheinlich sieht man mir die Verwirrung deutlich an, gerade weil sich meistens Stressflecken auf meinem Dekolleté bilden. So auch jetzt.

Entweder will Ziam es nicht sehen oder kann es nicht, was mich wundern würde, aber loslassen tut er mich trotzdem nicht.

»Bitte ... ich ...« Gott. Das alles: Diese Panik, aber auch das Prickeln, das jedes Mal entsteht, wenn Ziam mir so nahe ist, sorgt dafür, dass ich nicht klar denken kann.

Dass ich ihn anbettele, zugebe, dass ich diesen Moment nicht aushalte, hasse ich. Ich klinge wie das ängstliche, verwirrte, kleine Ding, das ich seit dieser einen Nacht bin.

Umso mehr verabscheue ich es, dass Ziam mich so erleben muss, weil ich so nie eine Chance haben werde, herauszufinden, ob er meine Rettung ist. Außerdem wird er mich so niemals als Frau sehen, die an seine Seite gehört. Aber genau die wäre ich gerne.

Dass er dieses spezielle Chaos und einen Teil der Angst in mir auslöst, damit habe ich nicht gerechnet. Bisher war es nicht so. Sonst hätte ich gar nicht erst die Tür geöffnet, das tue ich immerhin nie. Ich bin niemals mit einem Mann allein, wenn meine Freundinnen nicht in der Nähe sind.

Bei ihm dachte ich, dass es anders ist. So wie es eben bisher war. Offensichtlich habe ich mich geirrt, mich überschätzt. Ich bin nicht nur fehlerhaft, ich bin vollkommen zerstört, verkorkst und verdorben für die Zukunft.

Kurz schließe ich die Augen, um die Tränen zu unterdrücken, aber anders als erwartet, tut Ziam erneut nicht das, womit ich gerechnet habe. Er lässt mich nicht los, sorgt für keinen Abstand zwischen uns, nein, im Gegenteil. Fest presst er seine Finger in mein Handgelenk, so stark, dass ich die Dose zu Boden fallen lasse. Danach drückt er sich näher an mich, umhüllt mich vollkommen mit seiner Präsenz, seinem Geruch und seiner Wärme. Wieso tut er das? Spürt er nicht, dass ich überfordert bin? Mein Geist schreit laut: *merkst du denn nicht, dass mit mir etwas nicht stimmt?*

In der nächsten Sekunde spüre ich seinen heißen Atem am Hals, der kurz darauf durch seine weichen Lippen ersetzt wird, was ein weiteres Gefühl, wie eine verdammte Abrissbirne, in meinen Körper einschlagen lässt. Knisternde, prickelnde und verbrennende Lust. Fuck, was …

»Ich kann deine Angst, trotz des bezaubernden

Geruchs nach Beeren, riechen, und es macht mich verdammt an.« Zur Bestätigung seiner Worte presst er sein Becken gegen mich. Sofort spüre ich seine beachtliche Erektion. Schwer schlucke ich.

Ziam nimmt seinen Kopf zurück, streicht mit dem Daumen unter meinem Auge lang, ignoriert dabei die Brille und fängt die Feuchtigkeit der Tränen auf, um sie danach von seiner Daumenkuppe abzulecken.

Das genießende Stöhnen, das er darauf ausstößt, explodiert wie ein Feuerwerk in mir.

Überrumpelt starre ich ihn an, kann nicht wegsehen, als einer seiner Mundwinkel perfide zuckt.

»Außerdem kann ich es schmecken. Aber weißt du, was ich lieber erneut kosten will?« Musternd sieht er mir in die Augen, beugt sich vor und kommt meinen Lippen gefährlich nahe. Will er mich küssen? Will ich das? Ja, oder?

Meinst du, es ist eine gute Idee, deine Scheu vor Männer für einen mit einer falschen Fassade aufzugeben? Du spürst, dass hier eine Gefahr lauert, fühlst du dich deshalb zu ihm hingezogen, weil du auf Selbstverstümmelung ...

Ich ertrage das nicht mehr, diese laute Stimme in mir, die mir meine Sorgen auf dem Silbertablett präsentiert. Aus diesem Grund bin ich es, die den letzten Abstand zwischen uns überwindet.

Sobald unsere Lippen sich berühren, überwältigt mich das Kribbeln und breitet sich auf meinem gesamten Körper aus.

Keine Sekunde später reagiert Ziam, greift an meinen Hintern, hebt mich auf seine Hüften und reißt den Kuss an sich.

Auch wenn ich dachte, dass ich die Intensität unseres letzten Treffens richtig in Erinnerung habe, weiß ich nun, dass das eine absolute Fehleinschätzung ist. Jetzt spüre ich die wahre Macht von Ziams Berührungen. Fast habe ich das Gefühl, dass unsere Herzen im selben Tempo um die Wette rasen und sich vereinen.

Das Stöhnen, das mir entkommt, wird von Ziams Lippen auf meinen gedämpft. Seine Zunge gleitet in meinen Mund, verleitet mich dazu, diesem erotischen Tanz zu folgen, was mich im nächsten Moment in Flammen aufgehen lässt.

Zu seinen Zähnen, die sich in meine Unterlippe graben, kneift er mir so fest in die Arschbacke, dass der Schmerz wie ein Blitz direkt zwischen meine Beine schießt. Pochend und heiß treibt es mich in der Spirale des Vergessens voran.

Herrgott, wer ist dieser Mann, der meinen Körper wie sein personifiziertes Meisterstück dirigiert?

Das Schockierende: Die Angst, die nun in mir pulsiert, ist anders als die vor einigen Minuten. Jetzt überwiegt nur ein Gedanke: *Hör nicht auf.*

Mit einem Keuchen zieht er sich zurück, presst mich aber weiterhin auf seine harte Erektion, die durch die Jeans gegen meine Mitte drückt.

Bei dem teuflischen Grinsen auf seinem Gesicht und seiner vor Lust getränkten Iriden, steigt die Begierde in mir nur noch mehr an, bis sich Ziams Blick von einer auf die andere Sekunde verändert.

Er starrt mich an, lässt mich so abrupt los, dass ich mich gerade noch an der Wand abstützen kann, bevor meine wackeligen Beine unter mir wegsacken können.

Ein überraschter Laut entkommt mir, der aber in Ziams Flüchen untergeht. »Fuck. Verdammte Scheiße, das ist nicht gut ...«

Ehe ich reagieren kann, ist er wieder vor mir, packt

mein Gesicht mit seinen großen Händen und sieht mich so intensiv an, dass mein Herz fast stehen bleibt.

Hart prallen seine Lippen wieder auf meine und reißen damit auch den kläglichen Rest meines Verstands nieder.

Wütend knurrt er direkt an meinen Mund, wodurch das Vibrieren wie ein Donner in all meinen Zellen nachhallt. Plötzlich zieht er sich zurück, küsst nur einmal zart meine geschwollenen Lippen und flüstert: »Deine Angst und Unsicherheit machen mich süchtig. Diese Intensität zwischen uns wird irgendwann tödlich enden und das kann ich nicht zulassen. Ich hätte es nicht so weit kommen lassen dürfen, bitte entschuldige.«

Kurz darauf verschwindet seine Wärme und es erklingt das laute Geräusch der ins Schloss fallenden Tür.

Schwer atmend lehne ich an der Wand und versuche, zu verstehen, was hier passiert ist.

So schnell wie Ziam in die Wohnung gestürmt ist, meine komplette Gefühlswelt auf den Kopf gestellt und jeden negativen Gedanken vertrieben hat, genau so ist er auch wieder verschwunden.

Zurück bleibt nur die Sehnsucht nach dem Mann, der dem Eispanzer meines kalten Herzens den nächsten Riss verpasst hat. Wird er es irgendwann wiedererwecken oder der Grund sein, wieso es für alle Zeiten gefriert?

KAPITEL 4
Liam

Wartend trommele ich auf dem Lenkrad des Jeep Wrangler und werfe immer wieder einen Blick auf das Tablet, das auf dem Beifahrersitz liegt. Dabei genieße ich das Peitschen des Adrenalins in meiner Blutbahn.

Noch ein paar Minuten, dann ist es Zeit für das Spiel. Mein persönliches Ritual, um der Dunkelheit in mir die Möglichkeit zu geben, an die Oberfläche zu kommen und die Kontrolle zu übernehmen. Hier an diesem Ort, zu dieser Zeit, ist es die einzige Situation, in der ich dieser drängenden Macht in mir nachgebe.

Rituale im Wald sollen dafür sorgen, dass man Gefühle zulässt. Das habe ich zumindest mal gelesen. Genau das kann ich unterschreiben. Allerdings hat der Philosoph oder Wissenschaftler, der diese Aussage getroffen hat, sicherlich nicht das gemeint, was ich hier veranstalte. Jeder Mensch würde moralisch gesehen ... ach, lassen wir das, das Wort in diesem Zusammenhang nur zu denken, fühlt sich schon absolut falsch an.

Nichts daran, was ich hier tue, hat etwas mit Anstand oder normalen Verhaltensweisen zu tun. Ich bin nicht normal, schon lange nicht mehr und Schuld ist mein Vater, dieser elendige Bastard.

Das Problem daran ist nur: Ich bin sein Fleisch und Blut, was im Umkehrschluss logisch gesehen bedeutet, dass ich genauso werde wie er. Ist das eine Option? Nein.

Aber der krankhafte Teil in mir erinnert mich an jedem verfluchten scheiß Tag daran, dass genau das passiert. Denn dieses unmoralische Monster in mir will seine Beute. Sobald es die Oberhand hat, ist die Gefahr, zu werden wie *er*, übermächtig. Bisher habe ich es jedes Mal geschafft, mich darauf zu besinnen, dass ich anders bin, anders sein will als er.

Die Frage ist nur: Ist es dafür schon zu spät?

Ist es meine Bestimmung, den gleichen Weg wie mein Vater zu nehmen, weil ich ebenfalls ein elender Feigling und Widerling bin, der sich nicht beherrschen kann? Ist es das, was das Schicksal für mich vorherbestimmt hat?

»Fuck.« Laut stoße ich den Fluch aus, weil ich mich erneut in diesen doch völlig unnötigen Gedanken verloren habe. Ich greife nach der Flasche, die im Fußraum meines Autos liegt, und setze sie an die Lippen.

In der nächsten Sekunde schmecke ich den bitteren Alkohol im Mund und diese Gewalt an Emotionen legt sich wieder, die mich jedes Mal ergreift, wenn ich hier sitze und auf meinen Auftritt warte.

Diese Mischung aus Zweifeln, Adrenalin und purem Verlangen brodeln in jeder verdammten Zelle meines Körpers.

Ohne darüber nachzudenken, ziehe ich das Foto aus dem Handschuhfach, das ich vor einigen Wochen dort versteckt habe. Auf dem Bild ist *sie* zu sehen.

Ihr wunderschönes Lachen und ihr hübsches Gesicht. Ihre offensichtliche Unsicherheit, die man erkennen kann, treibt meinen Puls sofort an die Spitze. Ehrfürchtig streiche ich darüber, direkt über ihre langen, blonden Haare. Nur sie ist es, um die sich alles dreht.

Abella Bailey ist mein eigentliches Ziel. Je mehr ich sie mir verwehre, weil sie das Schlimmste in mir weckt, desto mehr will ich sie.

Gott, das fängt genauso an wie bei meinem Vater. Mit der einen, die eine Kettenreaktion verursacht.

Erschrocken über diesen Gedanken, werfe ich das Bild wieder zurück und schmeiße die Klappe des Handschuhfachs grob zu.

Nein, im Endeffekt hast du Stalker-Tendenzen, das ist nicht wie bei deinem Vater, der wiederum war nur ein ekliger, dickbäuchiger ...

»Halt die Schnauze.« Wütend brülle ich auf, um meine innere Stimme zum Schweigen zu bringen.

Verdammt nochmal. Was ist denn mit mir los?

Ja, ich bin schon lange merkwürdig, habe diese Sucht in mir, das Verlangen nach etwas absolut untypischen, aber diese schizophrenen Neigungen sind neu. Wer das auslöst, wissen wir alle: Abella, meine kleine Eisblüte, die alles in mir wie ein Schneesturm durcheinanderwirbelt.

Dieser Kuss vorhin in ihrer Wohnung war mein Todesstoß, seitdem schreit alles in mir danach, mich auszuleben und dem Drang nachzugeben.

Deshalb hatte ich gar keine andere Möglichkeit mehr, als eine der neuen Auserwählten zu meiner Beute zu machen und sie zu jagen. Was ich hoffentlich auch gleich tun darf.

Erneut nehme ich einen großen Schluck aus der Flasche, atme tief ein und schließe die Augen.

Meine Begleitung für heute lässt sich allerdings ordentlich Zeit, wahrscheinlich hat sie sich unter meiner Nachricht doch etwas anderes vorgestellt oder vermutet, dass es alles nur ein Spaß ist. Ist es nicht, also schon, aber erst der bittere Geschmack, dann das Vergnügen.

Gut möglich, dass viele das schnelle Geld wollen und dafür sogar ihren Körper verkaufen. Darüber bilde ich mir keine Meinung. Jeder trifft seine Entscheidung und geht seinen Weg, wie er will. Es ist allerdings nicht ausgeschlossen, dass ich für mein Vorhaben auch mal Escort-Damen nutze. Sie haben Klasse und sowieso eine Verschwiegenheit, die mir nur zugutekommt. Aber heute brauche ich einen besonderen Nervenkitzel. Den bekomme ich selbst bei der besten in dem Geschäft nicht, auch wenn sie gute Schauspielerinnen sind. Ich will, dass die Frau wahrhaftig Angst hat. Deswegen hat es heute nur die Möglichkeit gegeben, schnellstmöglich eine der Frauen anzuschreiben, die sich auf meine Anfrage als Letztes gemeldet haben. Vielleicht ist es überstürzt, aber es geht nicht anders, sie wird im Laufe des Abends verstehen, worum es geht.

Ist das mies? Vielleicht. Aber ich sagte ja, ich bin kein verfickter Heiliger. Spätestens jetzt solltet jeder wissen, dass es wirklich so ist. Nicht umsonst hilft mein Kumpel Emilio mir nur zu gerne mit Kontakten aus dem *Crystal Palace* aus, auch wenn ich an diesem Ort bisher niemals war. Ich bleibe lieber hier an meinem Lieblingsort.

Selbst wenn ich der Frau heute dafür vielleicht etwas Schweigegeld zustecken muss. Nicht, dass die Gefahr besteht, dass sie mich erkennen würde. Mit Sicherheit nicht, immerhin bin ich kein Anfänger, aber eine zusätzliche Absicherung für den Notfall hat noch niemandem geschadet. Obwohl es tatsächlich so ist, dass viele auf das abfahren, was ich hier mit ihnen mache und niemals ein

Wort darüber verlieren würden. Da ich das hier nicht erst seit gestern mache, hat es sich in dem Kreis verdorbener, offener, sexliebender Menschen herumgesprochen, dass es einen Irren gibt, der Frauen durch den Wald jagt. Wo wir beim Thema sind.

Wieso passiert hier nichts?

Rasch nehme ich das Tablet vom Sitz, sehe auf die Uhr und erkenne, dass die Frau bereits seit zwanzig Minuten unterwegs ist. Meine Vermutung bestätigt sich, dass sie definitiv nicht damit gerechnet hat, dass ich sie durch einen stockdusteren Wald irren lasse. Aber hey, wer meine Einladung nicht richtig liest. Selbst schuld. Es stand dort eindeutig:

DAS IST KEINE NACHT, WIE JEDE ANDERE. BEI MIR BRAUCHST DU KEINE SCHMINKE, HIGH HEELS ODER EIN SCHÖNES AUSSEHEN. BEI MIR MUSST DU LAUFEN, UM DEIN LEBEN UND DEINE LUST. ICH WILL ALL DEINE GEFÜHLE SEHEN, ANGEFANGEN BEI ANGST, BIS HIN ZUR ABSOLUTEN HINGABE. HATTEST DU JEMALS PANIK IM WALD, KLEINES?

Für mich reicht das als Teaser eindeutig aus, aber na ja, egal.

Normalerweise sollte die heutige Auserwählte schon vor fünf Minuten den ersten Kontrollpunkt übertreten haben. Dann würde sich mein System automatisch aktivieren und mir ihren Standort zeigen. Da das Tablet aber weiterhin schwarz bleibt, muss ich selbst nachhelfen.

Zu fest drücke ich mit dem Finger auf das Touchpad und gebe den Pin ein. Augenblicklich öffnet sich das Fenster mit vier Kameraperspektiven, auf denen ich sie aber nicht erkenne. Erst auf den nächsten Bildern sehe ich eine Frau an einem Baumstamm gelehnt, die sich umsieht und immer wieder zusammenzuckt. Hast du jetzt schon Angst, Kleines? Das ist nicht gut für dich.

Rasch wähle ich eine Menütaste des Systems aus und im nächsten Moment hallt ihre Stimme aus dem Lautsprecher. »Hallo? Ist da jemand, bitte? Wo bist du denn?«

Mit einem Knurren schüttele ich den Kopf. Ja, eindeutig, sie hat es nicht ordentlich gelesen. Wenn sie schon nach einigen Metern vom Parkplatz entfernt stehen bleibt, und sich wie ein scheues Reh versteckt, ist es kein Wunder, dass hier nichts geschieht. Sie soll laufen.

Ihre Aufgabe ist es: mich zu finden, bevor ich sie entdecke. Ich meine, mich stört es nicht unbedingt, dass es so läuft. Das bedeutet nur, dass der Abend besonders spannend wird.

Schnell öffne ich auf dem Tablet eine andere App, bei der eine Karte mit einem blinkenden Punkt erscheint. Sofort schleicht sich ein teuflisches Grinsen auf mein Gesicht.

Der gesamte Wald ist mit Nachtsichtkameras ausgestattet und ich habe ein System angelegt, mit dem ich überall alles sehe. Am Waldrand – wo ihr Auto parkt – habe ich der Frau eine Wasserflasche samt Armband mit GPS-Tracker hinterlassen. Es wirkt auf dem ersten Blick nett, hat aber eigentlich nur Vorteile für mich, doch das muss sie nicht wissen.

Sobald ich mir ihren Standort eingeprägt und sicherheitshalber die Tracking-App auf dem Handy geöffnet habe, sehe ich ein letztes Mal in den Rückspiegel.

»Showtime.« Schmunzelnd ziehe ich mir das schwarze Tuch über den Mund, schnappe mir das Nachtsichtgerät und steige aus.

Die Sohlen meiner Stiefel erzeugen matschige Töne, während ich durch den Wald laufe. Durch das Gerät erkenne ich trotz der Dunkelheit, die um mich herum herrscht, alles.

Nur noch wenige Meter dann müsste ich bei ihr sein. Deswegen verstecke ich mich hinter einem der großen Kieferbäume, ziehe das Handy aus der Hosentasche und werfe einen Blick auf die Tracking-App.

Da ist sie. Natürlich lag ich mit der Einschätzung, dass sie da vorne ist, richtig. Immerhin kenne ich mich hier gut aus, aber auf Nummer sichergehen schadet nicht.

Auch wenn ich dafür gesorgt habe, dass das Tor zu meinem weitläufigen Grundstück wieder geschlossen ist, sollte ich die schöne Rothaarige, die ich mir für heute ausgesucht habe, noch ein Stück weiter in den Wald treiben.

Mit Absicht trete ich auf einen der heruntergefallenen Äste neben mir, der sofort ein knackendes Geräusch von sich gibt.

Der Schrei, der daraufhin durch die Nacht hallt, ist wie Musik in meinen Ohren. Ja, das ist einer der Gründe. Sie muss tief in den Wald, zu der Stelle, an der ich sie mir nehmen kann.

Verschreckt steht sie da, hat aber bereits einen Schritt weiter in die Richtung gemacht, in die ich sie jagen will. Deswegen schleiche ich mich ein Stück näher an sie heran und bin mit Absicht so unvorsichtig, dass ich erneut einen Ast unter meinen Füßen zerbreche.

In der nächsten Sekunde nimmt sie aus Reflex den richtigen Weg. Es ist genau die Reaktion, die ich mir erhofft habe. Deswegen fallen alle Hemmungen in sich zusammen.

»Lauf«, brülle ich. Damit sorge ich dafür, dass ihre Schritte schneller werden.

»O mein Gott. Ich dachte ... Du bist irre. Hilfe.« Sie stößt einen Fluch aus, stürzt an den Bäumen vorbei und schreit erneut, weil sie wahrscheinlich an irgendeinem der Äste hängen geblieben ist, aber hört nicht auf, sich weiter von mir zu entfernen.

Na endlich, kleines Häschen. Genau dort vorne ist die Falle, die ich mir nur für dich ausgedacht habe. Auch wenn ich dich nicht wirklich jage, tappst du in meine Falle. Spätestens da hast du nur noch eine Wahl.

Der dunkle Wald oder ich.

Rasch beschleunige ich ebenfalls meine Schritte, damit ich sie zu fassen bekomme.

In fünf Sekunden müsste sie den Ort erreichen, den ich uns für heute ausgesucht habe.

Fünf. Mein Handy vibriert in der Hosentasche und kündigt damit an, dass sie die letzte programmierte Sicherheitszone erreicht hat.

Vier. Schnell ziehe ich die Kapuze meines Hoodies über, nehme das Nachtsichtgerät ab und lege es leise auf den Boden.

Drei. »Verdammt. Das ... scheiße. Jetzt verstehe ich, was hier los ist. Nicht so ... also ... Nein, niemals.« Ihre Stimme zittert, zeugt eindeutig von der Angst, die sie offensichtlich hat. Aber ich nehme auch diesen gewissen Kitzel wahr, den nicht jede Frau hat, die ich hierherlocke. Innerlich kämpft sie mit sich. Das hier ist einfach nur keine Norm, kein Standard, das verwirrt einen und das wiederum verstehe ich nur zu gut.

Zwei. Ich halte die Luft an, bleibe kurz hinter einem der Bäume stehen, an dem die langbeinige Schönheit sich festhält.

Eins. »Du bist ein Psycho. Ich bin mir nicht mehr sicher, ob ich das kann. Das macht man nicht und ...« Ihr Blick huscht wild über die kleine Freifläche, jeden Baum, den ich von unten mit Scheinwerfern beleuchte und wieder in die Mitte, wo sich eine schwarze Decke befindet. Ist es nicht ein schönes Bild, das ich hier gezaubert habe?

Null. Gerade als sie zurücktreten will, wahrscheinlich weil ihr doch bewusst wird, was für einen Psychokram ich hier mit ihr abziehe, packe ich sie am Nacken.

Mit einer schnellen Bewegung presse ich sie mit dem Brustkorb gegen den Baumstamm, drücke mich von hinten an sie und bringe den Mund direkt an ihr Ohr.

»Jetzt gehörst du mir.« Meine Stimme wird gedämpft von dem Tuch, damit sie die Klangfarbe nicht wiedererkennt. Außerdem behält sie so diesen gefährlichen Touch.

»Ich ... Nein ...« Sie stottert, beginnt zu zittern und sich unter meinem Griff zu winden, aber das bringt ihr nichts. Denn auch wenn ich ihre Angst spüren kann, nehme ich außerdem etwas anderes wahr. Meine Nase an ihrem Hals sorgt für eine Gänsehaut und sie beißt sich sichtlich auf die Lippe, um ein erregtes Geräusch zu unterdrücken. Ich kann förmlich ihr Verlangen riechen.

»Schon gut. Wehr dich ruhig, genau das will ich.« Zusätzlich zu meinen Worten schiebe ich die Hand unter ihre Jacke direkt auf ihre warme Haut. Sofort erschaudert sie und die Gänsehaut nimmt nur weiter zu. An ihrem Spitzen-Bustier kann ich ihre harten Nippel spüren, die nach mir verlangen.

»Nicht, ich ... wer bist du? Was hast du vor?«, wispert sie. Keine Ahnung, ob sie mit mir spielt oder nur versucht, ihre Unsicherheit zu verstecken. Obwohl sie genau das nicht bräuchte, denn das ist es, was ich wie ein Ertrinkender brauche. Angst, Unsicherheit, Zweifel, all die bitteren Gefühle.

Du meinst, wie bei unserer wunderschönen Eisblüte mit ihrem blonden Flechtzopf.

Wütend über den Einwurf meiner inneren Stimme drücke ich die Finger fester in die Nackenmuskulatur der Frau vor mir.

Der Schmerzenslaut, der daraufhin über ihre Lippen kommt, steigert mein Verlangen nur noch mehr und sorgt dafür, dass ich der Dunkelheit den Vortritt lasse. Besonders weil sie sich instinktiv gegen mich drückt, obwohl sie nicht einmal weiß, wer ich bin.

»Was ich vorhabe? Dich ficken, bis deine Schreie durch den gesamten Wald hallen.« Ohne auf ihre Reaktion zu warten, zwänge ich meine Hand nach unten in ihre Hose, direkt in ihren Slip und reibe hart über ihre Klit.

Mit einem Lächeln nehme ich wahr, dass es ihr eindeutig gefällt, genauso wie mir. Ihre Mitte ist feucht und bereit für mich. Das abrupte Zucken, das sie erfasst, jagt wie ein Blitz durch meinen Körper und lässt mich alle Vorsicht über Bord werfen.

Ja, ich bin ein verdammter Bastard. Ob ich stolz darauf bin? Mit Sicherheit nicht, aber sehen wir es mal so: Ich komme immerhin nicht direkt in die Hölle, denn diese Frau vor mir könnte auch Abella sein und dann wäre alles vorbei. So aber habe ich noch einmal das Schlimmste verhindert.

Abella – die wunderschöne, weiße Blüte wurde nicht mit meiner dunklen Tinte an Schmerz, Leid und Gefahr besudelt, sondern leuchtet weiterhin, klar und rein, umhüllt von Eis. Es lässt sie wie ein magisches Artefakt wirken. Strahle für uns beide, Abella, solange du noch kannst.

KAPITEL 5

Abella

DREI TAGE SPÄTER

Nervös stehe ich im Fahrstuhl und nestele an der goldenen Kette, die um meine Hüften liegt und als Gürtel fungiert. Sie ist neben dem türkisfarbenen Blazer, der Hingucker des Outfits.

Während ich langsam die Stockwerke nach oben fahre, kann ich es immer noch nicht glauben, dass es gleich so weit ist. Ich fange einen neuen Job an.

Unter meine ständigen Unsicherheiten mischt sich nun auch die Aufregung und eine kribbelnde Vorfreude.

Das Einzige, was mich nicht vollkommen durchdrehen lässt, ist, dass ich hier jemanden kenne, dem ich zu hundert Prozent vertraue.

Mit einem Ping öffnen sich die Türen des Fahrstuhls und ich atme ein letztes Mal tief durch, bevor ich hinaustrete.

Vor mir erstreckt sich die riesige Fensterfront, durch die ich das Industriegebiet und das angrenzende Baugrundstück sehen kann. Automatisch schleicht sich ein Lächeln auf meine Lippen.

Als ich mich umdrehe, erkenne ich hinter mir das verschnörkelte Firmenlogo *CDC*. Ein breites Grinsen schleicht sich auf mein Gesicht. Das Kürzel CDC steht für *Celebrity Dance Concepts*. Nachdem das *Izoniac Festival* ein voller Erfolg war, haben sich Malia und ihr Bruder gemeinsam mit Samira Clarke dazu entschieden, ihre Firmen verschmelzen zu lassen. Ihr Aufgabenspektrum hat sich erneut erweitert. Sie revolutionieren den Markt und dafür brauchen sie neue Mitarbeiter – und da komme ich ins Spiel. Deswegen haben sie mir einen Job angeboten, den ich nicht ablehnen konnte. Was mir aber persönlich am besten gefällt, ist, dass Malia ihren Traum verwirklichen und einen Standort in Saltima aufmachen konnte. Genau *hier*!

Das Gelände, das Samira gehört, ist groß genug, sodass es nun erweitert wird. Die Bauarbeiten für die neuen Gebäude sind in vollem Gang.

Mit jedem weiteren Schritt, den ich den Flur entlang Richtung Malias Büro laufe, erfasst mich erneut die Euphorie, die mich damals beim Unterschreiben des Arbeitsvertrages bereits begleitet hat.

Eigentlich wollte ich nie zurück nach Saltima kommen, nicht nach allem, was hier vor einigen Jahren passiert ist. Aber Malia und Samiras Angebot konnte ich nicht ausschlagen. Außerdem hat Malia eine Art, die es schafft, dass man aus den trübsten Gedanken auftaucht. Das ist einer der Gründe, warum ich zugesagt habe. Meine Freundin kennt meine Probleme, genauso wie Ruby und Hayden, und sie werden mir zur Seite stehen. Auch wenn ich mich am Ende dafür entschieden habe, etwas zu ändern, traue ich es mir nur mit ihnen zu.

Es war die richtige Entscheidung, weil ich nun näher

bei meinen Freunden sein kann, und das bedeutet mir eine Menge.

Es wurde Zeit, dass du kämpfst. Du bist so viel mehr als das, was du in dir siehst. Öffne endlich die Augen und versperre dich nicht vor allem.

Schwer schlucke ich über den Einwurf meiner inneren Stimme. Unterbewusst weiß ich, dass sie recht hat, aber das bedeutet nicht, dass ich so handeln kann. Wenn das so einfach wäre, dann hätte ich es schon lange getan.

Ich streiche schnell den türkisfarbenen Blazer glatt und klopfe gegen das Türblatt, auf dem Malias Name steht.

»Wenn's Abella ist, herein.« Sobald die Stimme meiner Freundin erklingt, drücke ich, mit einer angenehmen Vorfreude, die Türklinke nach unten.

»Hey. Ich -« Bei dem Bild, das sich mir bietet, entfallen mir die Worte, die ich sagen wollte.

Malia sitzt nicht wie erwartet auf ihrem Stuhl. Nein, im Gegenteil. Emilio steht hinter ihrem Schreibtisch und sie hängt auf seinem Rücken, versucht an eine schwarze kleine Schatulle zu kommen, die er von ihr weghält.

Wahrscheinlich sollte mich das nicht wundern, denn es ist genau das, was man bei meiner Freundin und ihrem Freund erwarten muss.

Dennoch sehe ich überrascht auf das Schauspiel, das die beiden mir bieten. Eine Mischung aus Faszination und Unglaube flutet mich, während ich dabei zusehe, wie Malia ihren Arm um Emilios schlingt.

»Hey, Süße. Bin sofort bei dir, wenn der Mister hier mir endlich das gibt, was mir gehört. Aua, Delacord.« Sie schnaubt kurz, weil Emilio sich ruckartig bewegt, sie so von sich herunterzieht und direkt vor sich hinstellt.

»Ja, klar, Mi Perfecta. Als wenn dir das weh getan hat.«

Emilios Lachen hallt durch das Büro, das geräumig und mit bunten Akzenten dekoriert ist.

Rasch halte ich mir eine Hand vor den Mund, weil ich bei Malias schmollenden Gesichtsausdruck das Lachen unterdrücken muss.

»Nein, aber das ist unfair«, meckert meine Freundin.

Gebannt sehe ich dabei zu, wie Emilio den Kopf schüttelt, sie packt und vor sich schiebt, um sie von hinten zu umarmen und ihr die Schatulle direkt vor die Nase zu halten.

»Gewonnen.« Rasch drückt er ihr einen Kuss auf die Wange, gibt sie frei und stößt sie mit einem Lachen in meine Richtung.

»Das klären wir noch«, murmelt Malia über ihre Schulter, ehe sie mich in eine Umarmung zieht. »Du siehst famos aus. Tut mir leid, dass du das sehen musstest. Emilio hat manchmal keinen Anstand.« Keine Ahnung warum, aber es stört mich nicht, eher finde ich es total reizvoll, wie sie miteinander umgehen. Auf eine merkwürdige Art und Weise.

Weil du es dir auch wünscht: Grenzen testen, frei sein, erneut die Gefahr erleben, ist es nicht so? Etwas in dir ist krank.

Tief atme ich ein und ignoriere dabei den lauten Ausruf, der mir immer wieder durch den Kopf schießt.

Emilio und Malia scheren sich nicht darum, was andere denken und tun, was sie wollen. Das will ich auch, aber ich traue mich nicht, auf diesen Drang in mir zu hören. Eventuell könnte ich dann herausfinden, was ich wirklich will, und davor habe ich zu große Angst. Was ist, wenn ich erkenne, dass meine Moralvorstellungen noch zerstörter sind als gedacht?

Ehe ich mich weiter in den Gedanken verlieren kann, bewundere ich lieber Malias dunkelgrünes Business-Kleid.

»Danke. Du auch.« Dass meine Wangen rot werden, spüre ich sofort. Emilios leises Lachen im Hintergrund macht es nicht besser, auch wenn ich weiß, dass es nicht mir gilt. *Denke ich.*

Fest kralle ich eine Hand um den Henkel der Handtasche und setze ein gespieltes Lächeln auf.

Entspannt kommt Emilio auf uns zu. »Natürlich, klären wir das zu Hause, Malia.« Der spottende Tonfall in Emilios Stimme ist kaum zu überhören.

Mit einem beherzten Griff im Nacken küsst Emilio Malia, ehe er sich zu mir beugt und mich umarmt.

»Die Farbe steht dir gut.« Mit einem zarten Lächeln deutet er auf den Blazer und geht auf die Tür zu. »Schönen Tag euch.«

Meine Wangen brennen wie eine Peperoni auf der Zunge.

Meint er das ernst oder sagt er das nur, weil er nett sein will? Ich meine, natürlich habe ich mich schön gemacht, aber ...

Jetzt geht das wieder los. STOPP! Mein Unterbewusstsein fletscht die Zähne.

»Bella. Hey.« Eine Berührung an der Schulter holt mich aus den Gedanken.

»Ehm, ja, ich war mit dem Kopf woanders.« Entschuldigend sehe ich Malia an.

Mit Komplimenten kann ich nicht umgehen, aber unsicher sein, das ist eine meiner großen Stärken. Und ich hasse es!

Malia nickt mir zu, lächelt sanft, greift nach meinen Schultern und blickt mir tief in die Augen. »Wir brauchen dich. Du kannst das. Denk dran, du bist nicht allein. Bist du bereit, die Branche zu revolutionieren?«

Etwas überfahren stehe ich vor ihr, spüre wie kleine

Funken auf meiner Haut tanzen, weil Malias Euphorie sich auf mich überträgt und der negative Schleier sich langsam wieder zurück in die hinterste Ecke meines Geistes verzieht.

»Ja.« Verdammt, genau dafür bin ich doch hier!

»Gut, dann zeige ich dir jetzt erst einmal dein Büro. Ilas ist schon da.« Ach, das habe ich ja total vergessen. Mein eigener Assistent.

Himmel, wenn mir das vor ein paar Wochen jemand gesagt hätte, hätte ich ihn ausgelacht.

Eigentlich bin ich nicht für Bürotätigkeiten geeignet, aber dadurch, dass ich trotzdem weiterhin Shows produzieren und verantworten darf, habe ich zugesagt.

»Ich kann das alles nicht glauben.« Das passiert wirklich. Unglaublich.

»Musst du aber, weil du es rocken wirst.«

O Gott, habe ich das laut gesagt? Offensichtlich, denn Malias Antwort ist eindeutig.

»Stell dein Licht nicht so unter den Scheffel, Abella. Du bist wahnsinnig klug und kreativ. Genau das, was wir brauchen.«

Mein Herz wummert bei ihren Worten energisch und droht mir aus der Brust zu springen. Vielleicht ist es echt so, wie sie sagt, dann darf ich aber auf keinen Fall versagen. Für sie, für mich und für die Revolution! Um Gottes willen, jetzt entwickle ich schon einen Größenwahn und das am ersten Arbeitstag.

Ein Lächeln stiehlt sich auf mein Gesicht, das augenblicklich gefriert, als wir um die nächste Ecke biegen und Malia mit ausgebreiteten Armen vor mir steht. »Das ist dein Reich.«

Was zum ...

Vor mir erstreckt sich eine Nische mit einem kleinen Büro und einem Eck-Büro. Auf dem hinteren in der Ecke ist ein Schild mit meinem Namen angebracht. Der Raum ist hell erleuchtet, auf dem Schreibtisch steht eine weiße Orchidee und auf dem großen Bildschirm, der fast eine komplette Wand einnimmt, ist ein *herzlich willkommen* zu sehen.

Das ist ... wow.

Ja, finde dich damit ab, kleine Bella. So etwas bekommen keine bedeutungslosen Mädchen. Merkst du jetzt, dass du nicht so schlecht bist, wie du dich gerne machst?

Überfordert mit dem Anblick und der Motivationsrede meiner inneren Stimme, starre ich Ilas entgegen, der aus dem kleineren Büro kommt und gerade vor mich tritt. Zwar bewegen sich seine Lippen, aber seine Worte kommen nicht bei mir an. Bis ich Malias Hand auf meinem unteren Rücken spüre, die mich aus der Überwältigung des Moments holt.

»Ich glaube, unsere liebe Abella muss die Überraschung erst einmal verkraften«, witzelt Malia und streichelt über meine Wirbelsäule, was mir sofort eine Ruhe schenkt, die ich gut gebrauchen kann.

»Verständlich. Kommt, ich habe euch Kaffee besorgt.« Mit einer einladenden Handbewegung deutet er auf mein Büro.

»Wie bitte?«, stammele ich. »Das wäre nicht nötig gewesen.«

Eine Augenbraue von Ilas wandert in die Stirn, während ich ihn nur anstarren kann. Genau wie ich, ist er Anfang dreißig, hat einen gepflegten Dreitagebart und kurze hellbraune Haare. Er trägt eine Chino und ein weißes Hemd. »Das ist mein Job, Abella. Also gut, nicht dir Kaffee zu besorgen, sondern dir den Rücken freizuhalten.« Sein aufmunterndes Lächeln vertreibt auch den Rest der Unsicherheit.

Ich bin so unheimlich froh, dass Malia mein Problem kennt und wir Ilas bereits frühzeitig ausgewählt haben, damit ich mich an ihn gewöhnen kann.

Leider passiert es mir noch oft, dass ich bei Fremden zu einer anderen Person werde und schon fast kühl und abgeklärt wirke. Obwohl genau das Gegenteil der Fall ist. Bei Ilas habe ich das Gefühl zum Glück schnell ablegen können, weil wir hier zusammen ausgeholfen haben und damit schon Zeit miteinander verbringen konnten. Trotzdem spüre ich Tränen der Überforderung, Rührung und Freude. All diese Gefühle kann ich gerade nicht verarbeiten.

Etwas perplex sehe ich zu Malia, die mir mit ihrer Hand auf meinem Rücken weiterhin Wärme spendet.

»Ich habe dir gesagt, alles wird gut. Dann sorge ich auch dafür. Ich halte meine Versprechen.« In ihr Gesicht tritt eine kämpferische Miene, die ich schon von ihr kenne, wenn es um ihre Freunde geht. Erneut entfacht ihr Kampfgeist auch etwas in mir. Meine eigene, innere Stärke, die ich wiedergewinnen will!

KAPITEL 6

Abella

AM NACHMITTAG

Nachdem ich mit Malia und Ilas in Ruhe Kaffee getrunken, die ersten Dinge sortiert und mich eingerichtet habe, sitze ich nun am Schreibtisch.

Alles lief bisher reibungslos, obwohl das eine Untertreibung ist. Denn ich habe definitiv den besten Assistenten der Welt. Er hat sich extra die Mühe gemacht, mir meinen Lieblings-Karamell-Macchiato aus dem ortsansässigen Café zu holen. Noch dazu hat er bereits einige technische Funktionen eingerichtet, um die ich mich nicht mehr selbst kümmern muss. Zum Glück!

Mein Kalender kündigt eine Besprechung an, die erste in diesem Job, die über eine Mitarbeiterbesprechung mit Ilas hinausgeht.

Tief atme ich durch, schließe meinen Laptop, nehme ihn und das Notizbuch vom Tisch. In dem Moment, in dem ich mich erhebe, taucht Malia in der Tür auf. »Los gehts. Jetzt kannst du beweisen, wer den vollen Durchblick und das Sagen hat.« Mit einem Lächeln deutet sie an mir hinauf.

»Schauen wir mal«, stoße ich angestrengt aus. Auch wenn ich in meinem Job ein ausgeprägtes Selbstbewusstsein habe, *merkwürdigerweise*, lobe ich niemals den Tag vor dem Abend. Auch hier muss ich mich erst beweisen.

»Na komm, sei ehrlich. Du hast dir doch bereits Gedanken gemacht?« Was für eine Frage.

»Sicherlich.« Ich grinse und trete auf meine Freundin zu. Natürlich habe ich an dem Projekt schon gearbeitet. Ich habe sogar längst ein Konzept geschrieben, aber weil ich nicht streberhaft wirken will, schlucke ich den Zusatz hinunter.

Zumindest habe ich es angefangen, auf Basis der Informationen, die ich bisher habe. Was schwierig war, weil mein Kenntnisstand nicht viele Details beinhaltet. Außer, dass eine Homestory gedreht werden soll, die danach als mehrteilige Serie auf mehreren Plattformen ausgestrahlt wird. Damit sollen die Fans einen Einblick in das Leben des Künstlers bekommen.

Ich persönlich kann mir nicht vorstellen, dass das jemand freiwillig tut. Aber gut, das zu hinterfragen, ist auch nicht meine Aufgabe, sondern damit gute Klickzahlen und Einschaltquoten zu erreichen.

Rasch werfe ich einen Blick auf das Notizbuch, in dem ich mir die ersten Meilensteine markiert habe. Immerhin wird das mein Projekt sein, das heißt, ich werde den Prominenten begleiten, deswegen will ich alles durchgeplant haben.

Leider war das schwieriger als gedacht, wenn mir der Name des Künstlers nicht bekannt ist. Hoffentlich habe ich Glück, dass es kein so arroganter Freigeist ist, mit dem ich über jede Kleinigkeit diskutieren muss.

So in meinen Gedanken versunken, habe ich gar nicht

gemerkt, dass wir bereits den Besprechungsraum betreten. *Fokus, Abella.*

Zügig setze ich mich neben Malia auf den Stuhl und lege die Sachen auf dem Tisch ab. Dass meine Chefin, Schrägstrich Freundin dabei ist, ist nur so, weil es der erste Termin ist, den ich in diesem Job habe.

Tief atme ich durch. *Reiß dich zusammen, Abella. Jetzt ist es Zeit für dein Arbeits-Ich und nicht deine schwache Seite.*

Ich drücke die Schultern durch, setze mich aufrecht hin, nehme die Hände von meinem Zopf, an dem ich nervös gespielt habe, und lege sie locker auf meinen über-schlagenen Beinen ab.

»So will ich dich sehen. Du bist witzig, echt. Du kennst die Künstler doch, also entspanne dich. Obwohl ich mir gut vorstellen kann, wieso du so nervös bist.« Malias Worte und das Kichern lassen mich ruckartig zu ihr schauen.

Moment, was hat sie gesagt? Ich kenne die Künstler. Betonte Mehrzahl.

»Wie–« Ehe ich meine Frage stellen kann, erklingt die Stimme eines Mannes, den ich kenne. Im nächsten Moment betritt er den Besprechungsraum und schließt die Tür hinter sich.

»Bitte entschuldigt, ich bin zu spät.« Mit einem Lächeln kommt Javier Williams auf uns zu.

Nein, das kann nicht sein.

Okay, ganz entspannt. Er ist ein berühmter Manager und begleitet viele Sänger und Bands. Das muss nichts heißen.

Rede dir das ruhig ein, witzelt meine innere Stimme.

»Macht doch nichts, Javier. Setz dich.« Malia deutet auf die Wasserkaraffe, woraufhin er nickt und uns gegenüber

Platz nimmt. Er holt einen Laptop aus seiner Tasche und atmet tief durch.

»Haben die Männer dich wieder auf Trab gehalten?«, fragt sie belustigt und gießt uns Wasser in die Gläser.

Mein Puls schnellt in die Höhe. Bitte nicht. So langsam wie möglich, um nicht hektisch zu wirken, klappe ich den Laptop auf und öffne den Termin. In dem Moment entdecke ich, was mir in dem Einladungstext des Labels entgangen ist. *Fuck.*

»Ne, tatsächlich dieses Mal nicht. Obwohl in gewisser Weise bin ich genau deswegen hier. Die *BEATS* werden zu einem PR-Wiedergutmachungskurs gedrängt.« *Doppel Fuck.* Okay, lassen wir die Kirche im Dorf. Erst einmal abwarten, was passiert.

»Dachte ich mir.« Malia zwinkert ihm zu, ehe sie sich zurücklehnt, zu mir dreht und verwirrt die Stirn krauszieht. Fragend sieht sie zu mir, aber ich wende mich direkt Javier zu.

»Die *BEATS* sollen also eine Homestory drehen?«, frage ich frei heraus, woraufhin der Manager der Band nach dem Glas greift und einen großen Schluck trinkt. Sichtlich angespannt fährt er sich mit beiden Händen übers Gesicht.

»Zu euch kann ich ehrlich sein. Das wäre wohl die beste Lösung, die ich mir wünschen würde, aber das Label hat da andere Vorstellungen.« Laut atmet er aus, öffnet den Laptop und dreht ihn uns zu. Darauf sind Bilder von Rome zu sehen, die aus dem Video stammen, das im Hotel entstanden ist und weitere, die nach einer Prügelei in einem Club aussehen.

»Wieso wundert mich nicht, dass das Label das Desaster im *Three Floors* jetzt ebenfalls nutzt?« Energisch überschlägt Malia die Beine und knirscht mit den Zähnen.

»Die Situation mit Cain, na ja, das Drama mit Emilios

Zwillingsbruder und nun Romes Eskapade. Es musste irgendwann so kommen. Leider weiß das Label genau, was sie wollen. Nämlich, dass die Männer tun, was sie sagen. Natürlich soll das Image der ganzen Band bereinigt werden, aber sie nutzen es außerdem dazu, zu beweisen, dass sie die Macht haben. Aus diesem Grund ...« Javier stockt in seiner Erzählung.

Die Zahnräder drehen sich in meinem Kopf, nehmen alle Informationen in sich auf und mir ist sofort klar, was die Vorgaben des Labels sind. Dafür braucht Javier gar nicht weiterreden. *Dreifach Fuck.*

Das ist definitiv schlecht!

»Die Homestory soll größtenteils über Ziam sein.« Zwar höre ich Javiers Worte und Malias überraschten Laut, aber ich bin bereits im Strudel von Möglichkeiten versunken, was alles schiefgehen kann. Und das ist eine Menge. Zusätzlich sind da noch andere Dinge, die ich lieber nicht nennen will. Denn es ist wieder einmal genau das, was Ziam in mir weckt, die Lust, Leidenschaft und der Hang zum Wahnsinn.

Es ist nur ein Mann, wie jeder andere und in dem speziellen Fall dein Job. Den hast du bisher immer durchgezogen, so auch dieses Mal.

Rasch greife ich nach dem Glas und trinke, um mein Gemüt zu beruhigen und mich abzulenken. Besonders weil mir die Erinnerungen kommen, wie Ziam oberkörperfrei aussieht.

Das kalte Wasser beruhigt meinen schnellen Herzschlag und lässt mich wieder fokussierter an die Sache herangehen.

»Das wird ihm nicht gefallen«, spreche ich das aus, was ich vermute.

»Definitiv nicht. Das Label will Ziam, weil er ruhiger

und anständiger ist. Aber ...« Ein Geräusch von Malia lenkt mich kurz ab, bevor Javier mit seinen nächsten Worten meine Aufmerksamkeit zurückgewinnt. »Es ist Fingerspitzengefühl gefragt. Da ihr mit den Jungs befreundet seid, haben wir wenigstens das Glück, dass ihr offen mit ihnen reden könnt. Sie müssen sich in der Zeit der Homestory alle zusammenreißen, ansonsten drohen Konsequenzen.«

»Da Emilio mir hiervon nichts erzählt hat, gehe ich davon aus, dass sie noch nicht wissen, dass eines unserer Teams sie die nächste Zeit begleiten wird.« Diplomatisch ausgedrückt. Immerhin werde ich es sein, die der Band an den Fersen klebt. Was wiederum das nächste Problem ist. Denn die Situation zwischen Ziam und mir ist ... nennen wir es *eisig*.

Seit seinem Auftauchen in meiner Wohnung haben wir uns nicht mehr gesehen. Weil mein Kopf nicht stillstand, habe ich ihm noch am Abend eine Nachricht geschrieben, die er bis heute nicht beantwortet hat. Nur bei dem Gedanken sticht es wieder in meiner Brust.

Ich hätte es nicht so weit kommen lassen dürfen, bitte entschuldige. Diese Worte haben sich in mein Gehirn eingeritzt, wie Kratzspuren auf einer Eisschicht.

»Ich werde morgen mit der Band sprechen. Deswegen wollte ich vorab mit euch reden und mir euer Konzept anhören. In dem Fall müssen sie das tun, was ich ihnen vorlege, ob es den Jungs passt oder nicht. Es ist zu ihrem Besten.« Javiers Stimme holt mich aus meinen Gedanken, die hier sowieso nichts zu suchen haben.

Der Manager lehnt sich zurück und spielt mit einem Stift zwischen seinen Fingern, wobei der Muskel an seinem Kiefer hervortritt. »Versteht mich nicht falsch. Ihr habt doch bereits ein Konzept, oder?«

Ehe Malia antworten kann, komme ich ihr zuvor. Denn genau dafür wollte sie mich in ihrer Firma. Diese Momente sind meine Stärken, in denen ich mit Wissen und Fähigkeiten überzeugen kann. Hier geht es nicht ums Aussehen, irgendwelche Mimiken und Gesten, mit denen man die Leute um den Finger wickelt, hier geht es nur ums Können.

»Natürlich, ich habe mir gedacht ...«

Nachdem Javier aufmerksam meinem Konzept gelauscht hat, feilen wir an einigen Stellen, vereinbaren Änderungen und besprechen, wie weit ich mich bei der Gestaltung frei ausleben darf. Nach einer Stunde stehen die Grundpfeiler.

»Ich erwarte bis morgen früh dann alles wie besprochen per Datei. Es ist eine gute Arbeit. Mit der Vorbereitung sollte ich die Band milde stimmen können. Spätestens wenn sie erfahren, dass es keine Fremde ist, die sie begleiten wird, ist es halb so schlimm für sie.« Na, da bin ich mir nicht so sicher. Ein Teil von mir würde gerne Mäuschen spielen, wenn Ziam erfährt, dass ich ihm wortwörtlich aufgezwungen werde. »Dann hören wir uns. Euch noch einen schönen Tag.«

»Danke dir auch«, antwortet Malia. Javier steht auf und geht auf die Tür des Besprechungsraums zu.

»Danke, ebenfalls«, schiebe ich hinterher, gerade als er den Raum verlässt.

Ich lockere die angespannten Muskeln, lasse mich zurück gegen die Lehne sinken und ziehe tief die Luft ein. Es kribbelt in meinen Fingerspitzen, das Handy herauszuziehen und erneut Ziams Chat zu öffnen, warum weiß ich nicht genau. Will ich mich selbst bestrafen, weil er mir nicht antwortet, oder ist es dieses dunkle Kitzeln in mir, das wissen will, wie er reagiert? Logischerweise tue ich es nicht. Das wäre viel zu viel Risiko, verletzt zu werden oder unerwartetes zu erleben. Also damit keine Option für mich.

»Das könnte witzig werden.« Bei Malias belustigten Tonfall drehe ich mich mit dem Stuhl zu ihr.

»Wie bitte?« Überrascht wandert eine Braue in meine Stirn, als ich das teuflische Lächeln auf ihrem Gesicht erblicke.

»Du und Ziam. Zusammen, in seinem Haus und überall. Wie wollt ihr dann noch voreinander flüchten?« Dieser sarkastische Unterton in ihrer Stimme ist eindeutig, sie will mich ärgern.

»Sag mal«, stoße ich empört aus.

»Ach, Bella. Ehrlich, die Anziehung zwischen euch ist gewaltig, da schmilzt jedes Eis.« Ein Schnauben kommt mir über die Lippen, das ich nicht zurückhalten kann.

»Sicher nicht. Nur weil wir uns geküsst haben, heißt das nicht—«

»Ihr habt was?«, unterbricht Malia mich und stützt sich auf den Armlehnen des Stuhls ab.

Ach, verdammt. Aus gutem Grund habe ich von der Begegnung in meiner Wohnung bisher niemandem erzählt, denn es kratzt gewaltig an meinem Selbstbewusstsein. Das ist sowieso nicht unbedingt ausgeprägt.

»Nicht der Rede wert.« Mit einer wegwischenden Handbewegung wende ich den Kopf ab und starre auf den Laptop, auf dem die Mindmap mit dem Konzept für die Homestory geöffnet ist. Das ist das erste Mal, dass mir meine perfekt ausgearbeitete Arbeit selbst auf die Füße fällt.

»Warte mal, das kannst du doch nicht so raushauen und dann nichts erzählen.« Malia wackelt auf dem Stuhl, damit ich sie wieder ansehen muss. »Ich warte.« Auffordernd starrt sie mich an und grinst breit, was mich lachen lässt.

»Du bist so neugierig. Hat Hayden dir nicht gesagt, du sollst das lassen?« Ich richte mich auf und packe meine Sachen zusammen. Malia macht sich derweil auf den Weg zur Tür.

»Schuldig. Haydens Trick funktioniert nicht, wie man sieht. Los, dir liegt es doch auf der Zunge.« Mit verschränkten Armen wartet Malia auf mich.

»Er ist hereingestürmt, hat mich wie in einem grandiosen, knisternden Liebesroman an die Wand gedrückt, geküsst und ist dann genauso schnell verschwunden, wie er aufgetaucht ist. Inklusive des Hinweises: *Das wird nie wieder passieren*.« Wie eine Ertrinkende drücke ich mir die Sachen an meine Brust und klammere mich daran fest. »Ja, doch, ich denke, das fasst das alles gut zusammen.«

»Holy. Das ist atemberaubend«, stößt Malia aus und grinst mich breit an. Wie bitte? Das hätte ich jetzt anders bezeichnet, aber okay. Meine Verwirrung muss sie mir ansehen, denn sie redet sofort weiter. »Glaube mir, in Ziam schlummert mehr, als man denkt. Genau wie bei dir. Wahrscheinlich zieht ihr euch aus eben diesem Grund an. Du löst etwas in ihm aus, Süße. Damit kann er nicht umgehen. Du wolltest dich doch selbst herausfordern und dich verändern, oder nicht? Vielleicht ist die Sache mit Ziam etwas, das auch zu dieser Veränderung zählen sollte.«

Ihre Worte schießen wie ein Blitz durch meinen Körper,

lassen das Blut in Wallung geraten und zaubern mir ein ehrliches, breites Grinsen auf die Lippen.

Sie hat recht. Ich will endlich über meinen Schatten springen, deswegen tue ich das. Diese Herausforderung habe ich mir selbst ausgesucht, um mich entwickeln und wieder alles in meinem Leben genießen zu können. Das ist erst der Beginn.

KAPITEL 7

Mit der Rückseite des Kugelschreibers trommele ich auf das Notizbuch, welches auf meinem angewinkelten Bein liegt.

Fest kneife ich die Augen zusammen, fixiere das Blatt Papier, an dessen unzufriedenstellenden Anblick sich allerdings dadurch auch nichts ändert. Wie schon die gesamten letzten Wochen. Mist.

Die große Dreißig und das Fragezeichen in roter Schrift verhöhnen mich. Ich bin nicht einen Schritt weitergekommen, um das Rätsel meiner Vergangenheit zu lösen.

Das Einzige, was ansonsten notiert ist, sind die Standardinformationen, die sowieso auf jeder der Seiten zu finden sind.

Blond, blaue Augen, Ende zwanzig, Anfang dreißig.

Erinnert mich an jemanden. Unsere kleine Eisblüte. Da habt ihr wohl den gleichen Geschmack, scheint ...

Mit einem unterdrückten Knurren reibe ich mir über den Kopf und zerre an meinen Haaren, um klar denken zu können. Was nicht unbedingt funktioniert, abgesehen davon den dumpfen Schmerz hinter meiner Stirn nur zu verstärken.

Verdammter Dreck. Wieso finde ich sie nicht?

Das ist einfach, weil sie der Schlüssel war, um das Schauspiel zu beenden. Da wird ihr Name nicht in jeder Klatschzeitschrift zu finden sein. Logisch, nicht?

Wütend über den dummen Einwurf meiner inneren Stimme, balle ich die Hand so fest zur Faust, dass der Stift knackt. Energisch schlage ich das Notizbuch kräftig zu.

Sofort blickt Cain auf, der neben mir auf der Couch sitzt. »Na, so schlecht kann unser Textvorschlag nun auch nicht sein oder lässt die Kreativität nach?« Wie bitte? Kurz überlege ich, was er meint. Manchmal vergesse ich, dass die anderen denken, dass das Notizbuch allein dazu da ist, Songtexte aufzuschreiben. Nur ist das nicht so.

Ja, unsere Lieder entstehen in diesem, aber größtenteils nutze ich es für andere Zwecke. Nämlich um meine Vergangenheit aufzuarbeiten, Wiedergutmachung zu leisten und den dunklen Gedanken eine Entfaltungsmöglichkeit zu geben.

»Nein und nein.« Obwohl Zweiteres vollkommen gelogen ist. Denn anders als sonst, hat mein kleines Abenteuer vor Tagen im Wald nicht dafür gesorgt, dass mir eine neue Idee für unsere Musik gekommen ist oder geschweige denn, dass meine innere Unruhe sich gelegt hat. Schön wäre es. Eher ist es schlimmer geworden und mir war nicht klar, dass das geht.

Das drängende Gefühl in meiner Brust will mir beweisen, dass es die Macht hat.

Gib mir recht und lass uns das, wonach wir uns beide verzehren. Du willst sie auch.

Herrgott nochmal. Langsam geht es mir gewaltig auf den Sack, denn die Option besteht nicht. Dass ich mich aus

Abellas Wohnung zurückziehen konnte, hat mich genügend Beherrschung gekostet. Und bisher konnte nichts die Unruhe in mir lindern. Keins meiner Ventile funktioniert, weder der Wald, der Sex, noch das Boxen, egal, auf welche Art.

Zähneknirschend schiebe ich das Notizbuch von meinem Schoß neben mich auf die Couch und lege den Kopf in den Nacken. »Wo sind Rome und Emilio? Javier müsste jeden Moment hier sein.«

»Javier und du, ihr findet schon eine Lösung.« *Logisch, wie immer, wenn einer von ihnen Scheiße gebaut hat. Standard.*

Bei Cains abwesend klingender Stimme richte ich mich wieder auf und schaue zu meinem Bandkollegen, der breit grinsend vor seinem Handy sitzt.

Mit dem Knie stoße ich ihn an.

»Was denn? Sie kommen schon rechtzeitig. Ich bin beschäftigt.« Auch wenn er antwortet, schenkt Cain mir immer noch keine Beachtung.

»Verschickst du jetzt neuerdings Dickpics? Das wäre selbst für dich unterirdisch.«

Cain reißt seinen Kopf in meine Richtung und beginnt laut zu lachen. »Mensch, Moreno. Ein bisschen trocken der Witz, aber ich fand´s lustig.« *Sollte keiner sein, aber gut.*

Nur mit größter Mühe kann ich es unterdrücken, mir die flache Hand gegen die Stirn zu schlagen. Dafür, dass der Kerl der älteste von uns ist, benimmt er sich manchmal wie ein pubertierender Teenager. Nur sind wir alle Mitte oder Ende zwanzig.

Ehe ich wieder in Gedanken versinken kann, beugt sich mein Kumpel zu mir. »Hayden ist bei Jared. Deswegen texte ich sie mit charmanten Nachrichten zu. Nur für den Fall.« Ich sag´s ja – Teenager.

»Dafür, dass dein Ego so groß wie die Erdkugel ist, bist

du ganz schön eifersüchtig. Nimmt man noch dazu, dass er ihr Bruder ist ...«

Cains Knurren, das auf meine Aussage erklingt, lässt mich grinsen und vertreibt das dumpfe Pochen hinter meiner Schläfe. Sehr gut, wenigstens Zeit mit meinen Freunden zu verbringen, scheint mir noch als Entspannungsmittel zu helfen.

»Jared nimmt sie heute mit zu *SAVE*. Ich meine, hallo, darauf stehen die Frauen doch. Ein Ort mit unzähligen, trainierten und wahrscheinlich – wie in *Men in Black* gekleideten – Bodyguards.« Bei dem gequälten Gesichtsausdruck meines Bandkollegen verwandelt sich mein Grinsen in ein lautes Lachen.

»Lach nur. Ich möchte dich mal sehen, wenn deine kleine Elsa da herumlaufen würde.«

Dieses Mal kann ich das Knurren nicht zurückhalten, das mir entkommt, weil allein die Vorstellung Mordfantasien entstehen lässt.

Na, das gefällt dir nicht, was. Aber du willst sie doch auch nicht. Darf sie dann niemand für sich beanspruchen?

Angespannt krampfe ich die Hand zusammen, starre in Cains Gesicht, der nur wissend grinst. Offenbar ist ihm so gar nicht bewusst, was er gerade in mir entfacht hat.

Verdammt, wenn nur irgendein Arschloch seine Finger an die zarte Haut von Abella legt, werde ich dafür sorgen, dass er verreckt.

Ja, total offensichtlich willst du sie nicht. Das sind absolut normale Verhaltensweisen. Zumindest von Stalkern oder Gestörten.

Fuck. Kann meine innere Stimme nicht einmal die Fresse halten? Wieso muss sie mich immer weiter reizen und dafür sorgen, dass ich völlig die Kontrolle verliere?

Geladen vor Wut beuge ich mich zu Cain, der allerdings anders als erwartet, nicht zurückzuckt. Er weiß, dass ich ihm nichts tun werde. Normalerweise. Jetzt gerade bin ich mir da selbst nicht so sicher, was das nächste Gefühl wie Gift durch meine Venen pumpt.

»Kein Wort über sie«, knurre ich ihm mitten ins Gesicht.

Überrascht zieht er beide Augenbrauen in die Stirn und hebt beschwichtigend die Hände. »Ich merke schon, heute ist kein guter Tag. Du hättest Abella ficken können, dann wärst du erstens ausgeglichener und wahrscheinlich hättest du gewusst, was dich so brennend interessiert.«

What the fucking hell? Hat er gerade gesagt, ich soll sie ficken? Wie sind wir denn zu diesem Thema gekommen?

Schockiert blinzle ich, während Cain entspannt einen Fußknöchel auf sein Knie legt.

»Schau nicht so. Nur weil ich eine Freundin habe, stehe ich nicht unter dem Pantoffel. Falls du mich fragst, hättest du nicht aus ihrer Wohnung flüchten sollen.« Ich wusste gleich, es war eine dumme Idee, meinen Kumpels zu erzählen, dass ich Mist gebaut habe. Nicht, dass ich ihnen Rechenschaft schuldig bin. Aber Cain und Emilio fragen mich andauernd aus, weil Abella eine Freundin von Hayden und Malia ist. Sie haben Schiss, dass ich diese harmonische Stimmung versaue, was durchaus passieren kann. Das liegt mir im Blut.

Während ich versuche, ruhig zu bleiben, setzen sich Rome und Emilio zu uns auf die Couch.

»Ich frag dich aber nicht.« Den angepissten Unterton kann ich nicht unterdrücken, was mich wiederum nervt, weil ich die schlechte Laune selten an meinen Freunden auslasse. Außer ...

Im Augenwinkel sehe ich, wie Rome nach meinem

Notizbuch greift und die erste Seite aufschlägt. Mit einem Knurren greife ich danach und packe ihn am T-Shirt.

»Finger weg.« Rome grinst bei meinem Befehl nur teuflisch und sagt kein Wort.

Dafür kann unser Spaßvogel mal wieder nicht an sich halten. Wen wundert es, mich nicht. »Vorsicht, Rome. Ziam hat seinem Psychopathen gerade Freigang gewährt, weil ich die Person angesprochen habe, die wir nicht erwähnen dürfen.« Wie er wieder übertreibt. Immerhin sind wir hier nicht bei *Harry Potter*, bei dem der Antagonist nicht beim Namen genannt werden darf. Selbst wenn, dann wäre mit Sicherheit nicht die Frau, die mich so durcheinanderbringt, die Böse, sondern ich.

»Abella«, stößt Rome dunkel aus. Fester packe ich ihn und ziehe sein Gesicht zu mir. »Na, los. Schlag zu. Mister Alles-im-Gleichgewicht-halten. Zeig uns deine andere Seite.« Ach, darum geht es ihm. Mal wieder ... Er will, dass ich ihm eine verpasse, aber die Genugtuung gönne ich ihm nicht. Zumindest nicht im Moment.

»Übertreib es nicht.« Tief atme ich ein paar Mal ein und aus, bis mein Puls langsamer geht.

»Kriegt euch ein. Wir haben andere Probleme als euren nicht ausgelasteten Zustand«, mischt sich nun Emilio ein und sieht uns auffordernd an.

Da ich tief in mir weiß, dass mein Kumpel recht hat, lasse ich Rome los, schnappe mir das Notizbuch und bringe es vor ihm in Sicherheit, indem ich es hinter meinem Rücken verstecke.

»Netter Schachzug. Irgendwann wirst du uns verraten, was da noch drin steht.« Sicherlich werden sie es nicht erfahren. Sie sollen nicht wissen, dass ich einen Rachefeldzug der speziellen Art auslebe.

»Vergiss es.«

»Oder du haust mir eine rein. Dafür nehme ich das in Kauf.« Das schon eher.

Entspannt, – was ich nicht bin, aber die Täuschung meiner Gesten beherrsche ich im Schlaf – lehne ich mich zurück.

»Ach, das wird sicher halb so wild.« Rome nimmt eine Münze aus seiner Hosentasche und schnippt sie in die Höhe, was mich schnauben lässt.

»Sicher nicht. Das Label ist eh kein Fan von uns. Unser einziger Vorteil ist, dass wir zu geil sind und die Leute uns lieben.« Bei Cains arroganten Tonfall verdrehe ich die Augen. Auch wenn er nicht unrecht hat, ist das wieder so typisch er.

Es klingelt an der Tür und Emilio erhebt sich, um sie unserem Manager zu öffnen.

Jetzt wird sich zeigen, ob wir noch einmal mit einem blauen Auge davonkommen, oder ob sich unser Label etwas ausgedacht hat.

Das Pochen hinter meiner Stirn kommt zurück, fühlt sich damit an wie der Vorbote einer schlechten Nachricht. Wenn ich dem Gefühl trauen kann, dann wird uns nicht gefallen, was jetzt passiert.

KAPITEL 8

Liam

»Vorneweg. Dieses Mal habt ihr kein Mitspracherecht.« Mit diesen Worten kommt Javier ins Loft und setzt sich ans Ende der Couch.

Na klasse, das fängt gut an.

»Dann brauche ich Bier.« Ruckartig springt Cain auf, eilt Richtung Küche, ehe unser Manager überhaupt protestieren kann.

Nach kurzer Zeit kommt er mit fünf Flaschen zurück und stellt sie auf den Tisch, weshalb ich sofort eine ergreife. Denn das ungute Gefühl, das ich eben bereits hatte, hat sich ausgebreitet.

Rasch nehme ich einen Schluck und stelle die Flasche auf meinen Oberschenkel, auf dem ich sie umklammert halte.

»Wie schlimm ist es? Und was müssen wir tun?« Bei meiner direkten Frage zupft ein Lächeln an Javiers Mundwinkel.

Was hat er erwartet? Bringt ja sowieso nichts, um den heißen Brei herumzureden. Das, was Rome verzapft hat, dürfen wir alle ausbaden. Und das jedes Mal aufs Neue. Dass es dieses Mal wieder so ist, war mir bereits klar, als ich das Video gesehen habe.

»Das Label verdonnert euch zu einer PR-Kampagne–«

»Mal wieder. Ich weiß nicht, was das bringen soll«, unterbricht Cain Javier, was ihn mahnend mit der Zunge schnalzen lässt.

»Lass mich ausreden. Mir gefällt das genauso wenig wie euch. Keine Unterbrechungen, bis ich zu Ende erzählt habe. Ist das klar?« Da ist er, der Mann, der uns schon so oft den Arsch gerettet hat und es offenbar dieses Mal wieder tut. »Cain.« Javiers Braue hüpft in die Stirn.

»Ja«, presst der Angesprochene kleinlaut hervor.

»Gut. Das Label will, dass ihr eine Homestory dreht, die danach als Mini-Serie ausgestrahlt wird. Das bedeutet, ihr werdet die nächsten zwei Wochen von einem Filmteam begleitet. Das Konzept steht bereits.«

In meinem Kopf überschlagen sich die Gedanken. Es ist nicht schön, dass jemand ungefragt in die Privatsphäre eindringt, aber da steckt noch mehr dahinter.

Nachdenklich tippe ich mit dem Finger gegen den Flaschenhals, was durch den Ring ein zartes Geräusch verursacht. Javier presst sichtlich angespannt die Zähne aufeinander, sieht erst Rome und dann mich an.

»Das, was ich jetzt sage, daran gibt es nichts zu drehen. Also spart euch die Energie, um darüber zu diskutieren.« Nervös sehe ich zu meinem Bandkollegen, der Schuld an dieser Nummer ist und sichtlich angefressen die Arme vor der Brust verschränkt.

Wieso sieht unser Manager nur Rome und mich an? Eine Vermutung festigt sich in meinem Kopf, die dafür sorgt, dass die gerade abgeflaute Wut wieder in mir zu brodeln beginnt.

»Ein Teil wird zu Hause, der andere gemeinsam als Band gedreht. Für die Szenen in den eigenen vier Wänden konnte ich erreichen, dass ihr mit dem Produzenten frei entscheiden könnt, was ihr genau filmen lassen wollt. Aus diesem Grund habe ich mich bemüht, die beste Personalauswahl für euch zu treffen.« Bitte nicht. Wenn es stimmt, was ich denke, dann kann ich dieses Mal nicht unterdrücken, das mir bittere Galle meine Kehle emporsteigt. »Aber einer von euch wird Mittelpunkt der Homestory sein. Leider muss es schnell gehen, deswegen wird die Produzentin auch bereits heute Abend vorbeischauen. Bei der Auswahl, wer es von euch ist, konnte ich nicht mitentscheiden. Entschuldigt.« Javier sieht zu mir und damit ist es eindeutig.

Heilige, das ist nicht sein fucking Ernst.

Fest kralle ich die Hand um das Bier, hebe es an meinen Mund und leere es in einem Zug. Auch wenn Javier es noch nicht ausgesprochen hat, weiß ich genau, was jetzt kommt.

»Ziam. Du wirfst das beste Licht auf die Band, deshalb wirst du es machen.« Bei Javiers Worten legt sich ein Rauschen auf meine Ohren. Das Blut schießt wie ein Geschoss durch meine Adern. Gott, verdammt, was habe ich getan, dass die letzten paar Tage so beschissen für mich laufen?

»Nein, das ist ... fuck. Ich habe doch die Scheiße gebaut«, knurrt Rome und schlägt mit einer Hand auf den Couchtisch.

»Gut möglich. Das hättest du dir eher überlegen sollen. Nun darf dein Kumpel es ausbaden.« *Wie immer.*

Mein Herz droht mir aus der Brust zu springen, während ich versuche, die Wut und die Gedanken zu kontrollieren.

»Gibt's da keine andere Möglichkeit?« Zwar nehme ich Emilio wahr, aber kann selbst nicht reagieren, geschweige denn die Antwort von Javier hören, die sowieso eindeutig *nein* ist.

In meinem Gehirn herrscht Evakuierungszustand. Wie bei einem Notfall in einem Hochsicherheitsgefängnis fährt mein Kopf das Notfallprotokoll ab.

Meine Mutter und Ella.

Mein Showroom.

Mein Wald.

Jede mögliche Sicherheitsvorkehrung schießt wie bei einem Patronenhagel durch meinen Geist.

Alles in mir droht zu explodieren, das Pochen in meinem Kopf ist unerträglich und ich kann dem Reflex nicht mehr standhalten.

»Verdammte Scheiße.« Ich springe auf.

Knurrend laufe ich auf die Bar zu, gieße mir einen Whiskey ein und kippe ihn herunter. Der Alkohol brennt in der Speiseröhre, aber beruhigt nicht ansatzweise genug mein brodelndes Gemüt.

»Ziam, ehrlich, Mann. Das -«

»Halt die Klappe.« Mit zusammengekniffenen Augen schaue ich über meine Schulter zu Rome. Tief durchatmend, gehe ich einen Schritt zur Seite und lehne die Stirn an das kühle Fenster. Die Kälte erdet mich etwas und vereinfacht mir das Atmen.

Gut, ganz ruhig. Das ist kein Problem. Ich kann alles, was für andere merkwürdig ist, verschwinden lassen und wie ein normaler Mann wirken. So wie ich es seit Jahren für die Fans perfektioniert habe. Aber erst einmal muss ich einen klaren Kopf bekommen, einige Dinge regeln und das schaffe ich nicht hier.

Ruckartig sehe ich zu meinen Freunden, die genauso angefressen aussehen, wie ich mich fühle.

»Entschuldige. Ich kann das gerade nicht.« Auf dem Absatz drehe ich mich um, eile in den Flur, wobei ich Romes Stimme höre.

»Kumpel, bleib hier. Ich kläre das.«

Ich achte nicht weiter auf ihn, weil das hier eh keinen Sinn hat. Es würde nichts ändern.

Rasch steige ich in die Sneaker, richte mich auf und will die Tür aufreißen, als Javier neben mir auftaucht.

»Ziam.« Angepisst starre ich ihn an und nehme das Unverständnis in seinen Augen wahr. Was ich sogar verstehe, denn mein Verhalten ist absolut untypisch. Aber ich habe immer geahnt, dass mir die Scharade, die ich erschaffen habe, irgendwann um die Ohren fliegt. Nun ist es so weit. Herzlich willkommen mittendrin.

»Ruf mich an, sobald du dich beruhigt hast.«

Mit einem Nicken, das ich erzwinge, reiße ich die Tür auf und trete mit schnellen Schritten auf den Fahrstuhl zu.

Habe ich diesen Moment kommen sehen? Ja. Offenbar ist das hier die Spitze des Eisbergs und damit mein Untergang.

Wie es sich schon die letzten Tage angekündigt hat, habe ich die Besonnenheit vollkommen verloren. Eigentlich gab es ab dem Moment, als ich meine Zunge im süßen Mund von Abella hatte, kein Zurück mehr. Fast so, als hätte mich ihr Geschmack vergiftet und alles ins Chaos gestürzt. Sie ist die teuflische Variante einer Prinzessin.

KAPITEL 9

Ziam

»Sicher, dass uns niemand folgt?« Angespannt starre ich durch den Außenspiegel auf die Fahrbahn hinter uns.

»Fängst du jetzt auch noch an, meine Kompetenzen zu hinterfragen?«, knurrt Kiyan, der neben mir am Steuer seines Dodge Charger Daytona SRT sitzt und den Wagen über den Freeway lenkt. Und das in seiner Freizeit, weil ich ihn nach meinem Abgang angerufen habe. Auch wenn er mir oft auf den Sack geht, verstehen wir uns gut und ob ich es akzeptieren will oder nicht, er hat Connections und Fähigkeiten, die mir helfen.

»Wie könnte ich. Da würde ich doch niemals darauf kommen.« Ich drehe den Kopf zu ihm und bringe die Worte gespielt unschuldig über die Lippen, aber mein teuflisches Grinsen signalisiert klar, wie ich es wirklich meine. Das weiß auch Kiyan, der nur kurz zu mir sieht.

Ein Muskel zuckt an seiner Wange. Dass er genau wie ich angepisst ist, habe ich bereits gemerkt, als er mich abgeholt hat. Aus diesem Grund ist er der Beste für diesen

Job. Nämlich mein Geheimnis zu verstecken, besonders jetzt, wenn irgendwelche Menschen in meinem Leben rumschnüffeln. Und das nur, weil ich die Fehler meiner Bandkollegen wieder ausbügeln muss. Ich hasse es. Wenn ich nicht wüsste, dass es unserer Band hilft, würde ich es nicht machen.

Kiyan krallt seine Finger so fest ums Lenkrad, dass seine Knöchel weiß hervortreten, außerdem beschleunigt er weiter.

O ja, er hasst diese Andeutungen gegen seine Fähigkeiten und das triggert ihn gewaltig. Tja, nur ist mir das egal. Das ist genau unsere Masche geworden. Wir beide bringen uns nicht runter, nein, wir lösen das anders, bauen gemeinsam Druck ab, provozieren uns, um mit den inneren Dämonen klarzukommen. Die Dinge, die ihn quälen, kenne ich nur zum Teil, aber es reicht aus. Fragt mich nicht, wie diese Symbiose zwischen uns entstanden ist, vielleicht fing es an, als er mich halbnackt aus dem Hotelbett geschmissen und mein wahres Gesicht hervorgelockt hat. Dieser kleine Wichser.

Die Wut hättest du an der Eisblüte und nicht an Kiyan auslassen sollen. Das hätte mir besser gefallen.

Wenn man vom inneren Teufel spricht. Willkommen zurück, kleiner Dämon. Obwohl mich seine Rückkehr nicht wundert, bei den Gefühlen, die wie Bomben auf mich einschlagen. Deswegen ist es eine doppelt dumme Idee, jetzt zu meiner Familie zu fahren. Immerhin habe ich mich gerade selbst nicht unter Kontrolle, aber es geht nicht anders. Ich muss sie schützen. So wie ich es immer mache!

»Wessen Geheimnis vertuschen wir gleich noch?« Kiyans Stimme holt mich aus den Gedanken und ist nicht minder stichelnd, wie meine zuvor. Das humorlose

Lachen, das mir entkommt, unterstreicht nur meine Worte. »Das meines Spermium-Gönners, vergiss das nicht.«

»Mögen unsere Erzeuger in der Hölle brennen.« Das Knurren des Bodyguards ist dunkel, wirkt beruhigend auf den rebellischen Teil in mir. Kurzzeitig lässt der Druck auf meiner Brust nach. Ich sagte ja, Kiyan und ich haben einiges gemeinsam. »Dennoch solltest du dringend den besonnenen, ruhigen, uninteressanten Sänger hervorkramen, nicht wahr?«

»Sag bloß, wäre ich nie drauf gekommen. Was würde ich nur ohne dich machen?« Bei meinen sarkastischen Worten wird mir bewusst, wie ich wieder in diesen merkwürdigen Takt gegen den Oberschenkel klopfe. Sofort halte ich inne.

»Aha, merk ich.« Kiyan lacht und deutet auf meine Hand. Es wundert mich nicht wirklich, dass dem Arsch die Bewegung aufgefallen ist. Er ist eben gut. Auch wenn er aus irgendwelchen Gründen mit sich hadert, halte ich ihn für einen grandiosen, kompetenten Bodyguard, sonst wäre er nicht hier.

In der nächsten Sekunde biegt Kiyan mit zu hohem Tempo ab, was mich ruckartig ein Stück zu ihm schmeißt. »Willst du uns töten oder kuscheln?«, knurre ich und setze mich wieder aufrecht hin.

»Weder noch. Aber wenn ich mich recht erinnere, hast du mir erzählt, dass wir uns beeilen müssen, weil deine Mutter Besuch bekommt.« Recht hat er.

»Ist gut.« Ich schließe die Augen, höre das typische Geräusch der Kieselsteine, während wir auf die Auffahrt fahren, die zum Gelände meiner Mutter gehört.

Durch Kiyans geöffnetes Fenster, das er zum Eingeben des Pins heruntergelassen hat, höre ich das Surren des

elektrischen Eisentores, ehe wieder die Kiesel umher-
fliegen.

Sobald der Wagen hält, weiß ich, dass ich mich jetzt
zusammenreißen muss. Nicht, dass meine Mutter nicht
weiß, dass die Vergangenheit mich verändert hat, trotzdem
will ich nicht, dass sie es sieht. Außerdem wäre da noch ...
»Zi. Du bist da.« *Ella*.

Bei dem lauten Ausruf reiße ich die Augen auf und
sehe das fünfjährige Mädchen über die Veranda auf uns zu
eilen. Ihre hellbraunen Locken wippen im Takt, in dem sie
die Stufen herunterläuft und im leichten Wind weht das
hellblaue Kleidchen. Ihr breites Grinsen treibt einen bitter-
süßen Geschmack meine Speiseröhre hoch.

Sofort steige ich aus und gehe in die Knie. Kurz darauf
stürzt sich Ella in meine Arme. Sie klammert sich an mich
und lacht freudig. »Da bist du wieder.«

»So ist es, süße El.« Schmunzelnd wuschle ich ihren
Lockenkopf, was sie empört schnauben lässt.

»Nicht«, nörgelt Ella, während ich sie drücke. Kichernd
löst sie sich von mir. »Hallo, großer Bewacher Kiyan.« Sie
winkt meinem Kumpel zu, was mich sogar zum Lachen
bringt, obwohl mir nicht danach ist. Denn er mag absolut
nicht so genannt werden, aber wer schlägt einem süßen
Kind schon etwas ab?

»Hallo.« Ja, definitiv sagt dieses Wort des Bodyguards
genügend aus, aber da die kleine, wilde Prinzessin vor mir,
eh schon wieder zurück zum Haus rennt, merkt sie nichts
davon.

»Komm endlich, Zi.«

»Sie hat das Temperament ihrer Mutter.« Wütend sehe
ich bei Kiyans dummen Kommentar über meine Schulter.
Er lehnt am Wagen, hat eine Sonnenbrille auf der Nase
und seine Arme vor der Brust verschränkt. Am liebsten

würde ich ihm das dämliche Grinsen jetzt schon aus dem Gesicht schlagen. Er weiß genau, dass ich über dieses spezielle Thema – *meine Familienkonstellation* – nicht reden will.

»Fick dich. Wer ist hier der kleine Wachhund?«, grolle ich und will ihm gerade einen Spruch drücken, als erneut Ellas ungeduldige Stimme erklingt.

»Jetzt komm endlich. Ich will dir mein neues Spielzeug zeigen.« Wild rudert sie mit den Armen vor der Eingangstür des riesigen Herrenhauses, weshalb ich mich sofort in Bewegung setze.

Sobald ich bei ihr bin, schnappt sie meine Hand und zieht mich mit sich ins Innere.

»Warte, Kleines. Ich muss ...« Abrupt stocke ich, weil Ella eine so schmollende Miene aufsetzt, dass etwas in mir gefährlich brodelt. Denn dadurch erkenne ich nun im hellen Licht der Flurbeleuchtung noch deutlicher die Brandnarbe, die sich über ihren Hals zu ihrem Mundwinkel zieht. Ich will, dass er büßt!

Krampfhaft versuche ich, die Wut zu verdrängen, die jedes Mal wieder erwacht, sobald ich mit Ella zusammen bin. Sie ist die Verbildlichung eines Erbes, das ich tragen muss, womit ich aber nicht ansatzweise zurechtkomme.

»Ella. Lass Ziam erst einmal reinkommen«, ruft eine mir nur zu bekannte Frauenstimme. Ruckartig löst sich die Kleine von mir und stürmt auf die Frau zu, die mit einer großen Schale Erdbeeren in den Flur tritt.

Im Empfangsbereich steht nun eine ältere Dame mit schwarzen, kurzen Haaren und der dunkelroten Schürze, die sie schon seit meiner Kindheit trägt.

»Erica. Sind die für mich?« Ella hüpft an ihr auf und ab, was die ältere Dame tadelnd zu ihr hinunterschauen lässt.

»Vielleicht. Wenn du dich beruhigst?« Bei ihren Worten

stoppt Ella sofort ihr wildes Gehüpfe und stellt sich kerzengerade hin.

»Verstanden, Ma'am.« Ellas kichern lässt eine Gänsehaut über meinen Rücken kriechen. »Du kleine, süße Verrückte.« Ericas Blick wird weich, sie beugt sich zu dem Mädchen und streichelt ihr Gesicht. »Bitte. Geh schon mal ins Wohnzimmer. Ich komme nach.« Erica gibt die Schale Ella und deutet Richtung Wohnbereich.

»Danke. Bis gleich, Zi.« Ruck zuck ist das kleine Mädchen verschwunden. Tief hole ich Luft und atme laut aus.

»Wieso quälst du dich immer noch so?«, fragt die Hausdame, die jetzt direkt vor mir steht, ihre kleinen, schwieligen Hände an mein Gesicht legt und zu mir sieht.

»Weil ich muss.« Exakt dieses Gespräch führen wir jedes Mal, sobald ich hier bin. Diese Frau kennt mich besser als ich mich selbst. Dennoch kann ich ihr in diesem Punkt nicht vertrauen. Wenn ich nachlässig bin, dann ist die Gefahr zu groß, alle zu verletzen, die mir wichtig sind. Das ist keine Option.

»Ziam Moreno. Irgendwann wirst du verstehen, dass jede Liebe einen Ursprung hat. Nur die Art, wie man mit diesen Trieben und Ängsten umgeht, ist entscheidend.«

Fest presse ich die Zähne aufeinander, weil dieser Satz jedes Mal wieder einen Kotzreflex in mir auslöst. Dass Erica damit keinesfalls jemanden in Schutz nehmen will, weiß ich. Sie will mir etwas erklären, was in meinem Gehirn keinen Anklang findet.

»Erica. Nicht«, stoße ich angespannt aus.

»Doch. Ziam. Jedes Mal wieder. Bis du es verstehst.« Sie besieht mich mit einem Blick, der mir jede Widerrede austreibt.

Diese Fähigkeit hatte sie schon immer. Immerhin hat

sie den größten Teil meiner Erziehung übernommen. Nicht, weil meine Mutter sich nicht für mich interessiert hat, sondern weil sie es allein nicht geschafft hat, das hat sie immer wieder gesagt. Je älter ich wurde, desto mehr habe ich es verstanden. Gefühlt habe ich deswegen zwei Mütter gehabt. Denn genau das ist Erica für mich geworden, dadurch, dass sie die meiste Zeit mit mir verbracht hat. Das ist definitiv ein Segen.

»Irgendetwas ist anders an dir. Du bist noch unausgeglichener, aber dafür bist du auch breiter geworden.« Mit einem schelmischen Grinsen, das kleine Falten an ihren Mundwinkel entstehen lässt, greift sie an meinen Oberarm und drückt zu.

»Wo ist Mutter? Dann erkl-«

»Ziam. O Gott.« Sofort hüpft mein Herz, als ich durch die erwähnte Person unterbrochen werde.

Ich drehe mich mit einem milden Grinsen um, erblicke meine Mutter, wie sie die große, hölzerne Treppe herunterkommt. Das Lachen kann ich bei ihrem Anblick nicht zurückhalten.

»Was trägst du da?«, frage ich amüsiert.

»Ich nutze die digitalen Möglichkeiten der Online-Telefonie, bei der man nur meinen Oberkörper sieht.« Aha, so nennt man das. Die blonden Haare meiner Mutter sind in einem ordentlichen Dutt zusammengefasst, ihr Gesicht perfekt geschminkt und ihre weiße Bluse und der Blazer sind gebügelt. Das Einzige, das nicht in dieses Bild passt, ist ihre untere Körperhälfte. Die graue Jogginghose und die rosa Plüsch-Hausschuhe.

»Frau Senatorin, dass ich sie so jemals sehe.« Sobald meine Mutter bei mir ist, umarmt sie mich und drückt mich fest an sich.

»Herr Sänger, dass du mal außerhalb des Zeitplans

aufschlägst. Es freut mich. Lass mich raten, Erica hat geplaudert, dass ich keinen Termin habe?« Meine Mutter redet so laut, dass unsere Hausdame sie mit Sicherheit hört.

»Richtig. Aber ich muss dringend etwas mit dir besprechen.« Sanft gebe ich ihr einen Kuss auf die Wange und löse mich von ihr.

»Ravina«, richtet Erica das Wort an meine Mutter. »Ich habe euch den kleinen Aufenthaltsraum vorbereitet.« Sie deutet den rechten Flur hinunter, indem auch der Wohnbereich liegt.

»Du bist wirklich die Beste. Danke.« Zu ihren Worten begeben wir uns in den angesprochenen Raum.

»Klar, Madame.« Ericas Lachen ist zwar leise, aber wir hören es trotzdem beide. Denn auch wenn diese Familienkonstellation eine spezielle ist, muss für den geschäftlichen Kontakt der äußere Schein gewahrt werden.

Leider ist es dort so, dass die Hausdame eine normale Angestellte ist, aber so haben wir es hier niemals gehalten. Zum Glück.

Auch wenn meine Mutter – Ravina Parson – eine angesehene, harte Senatorin ist, weiß kaum jemand etwas von ihr, geschweige denn von ihrer Familie und wie groß ihr Herz ist. Das hier ist nur der kleinste Beweis dafür. Einen Weiteren wird die Welt niemals sehen und der Wichtigste ist in diesem Haus.

»Dann erzähl mir, was dir auf der Seele liegt, mein Junge.« Sanft tätschelt meine Mutter mir den Rücken und gibt mir damit eine gewisse Ruhe, die ich das letzte Mal empfunden habe, als ich Abella geküsst habe.

Sobald mein Fokus auf die schöne Frau fällt, die meine Gedanken beherrscht, schüttele ich den Kopf und setze mich auf einen der Sessel, die um einen runden Tisch stehen. Erica lehnt die Tür an, sodass wir von draußen immer noch hören können, wie Ella ihre Serie im Fernsehen schaut.

»Leider habe ich nur 30 Minuten Zeit, bevor Mister Callegradi kommt. Das tut mir leid.« Nervös dreht meine Mutter das Wasserglas in ihrer Hand, das Erica ihr gereicht hat.

»Nicht, Mutter. Es ist okay. Ich würde versprechen, dass ich bald wiederkomme. Aber genau darum geht es. Meine Bandkollegen haben Mist gebaut und ich muss es ausbaden. Nämlich mit einer grandiosen Homestory.«

Die Augen meiner Mutter weiten sich, ihr Mund öffnet sich, aber sie starrt mich nur an. Ehe sie die Lider schließt und laut die Luft ausstößt. »Tja. Einfach konnten wir eben noch nie. Es ist schade, aber das schaffen wir auch noch, nicht wahr, mein Junge?«

Meine Mutter sieht nach ihren Worten zu mir. Auch wenn sie taff wirken will, kann ich in ihren Augen die Tränen sehen, die sie mit aller Mühe zurückhält. Irgendetwas stimmt hier nicht.

»Mom.« Sofort stehe ich auf, gehe vor ihr in die Knie und greife nach ihren Händen. »Was ist los? Was verheimlichst du? Versteh mich nicht falsch. Wir haben so viel Schlimmeres durch als das. Ich bin schneller wieder hier, als du mich loswerden kannst. Was wirft dich so aus der Bahn?«

»Dein Vater.« Mit diesen Worten laufen meiner Mutter die Tränen über die Wangen und mich verschluckt der Hass, der mich jedes Mal erfasst, wenn es um ihn geht.

»Nenn ihn nicht so«, knurre ich so laut, dass die Hände meiner Mutter zucken. »Entschuldige.«

»Schon gut«, wispert sie. »Jeremy, also ... er soll auf

Bewährung freikommen.« What the fuck? Nein, unmöglich.

Ich springe auf, beginne durch den Raum zu laufen, weil ich kaum Luft bekomme. Was würde ich jetzt für einen Boxsack geben, oder mein Notizbuch, in das ich die dunklen Gedanken schreiben kann, die mich überfallen und laut in mir schreien. Gerade haben sie die Oberhand über meinen Verstand.

»Hier, Ravina.« Erica reicht meiner Mutter ein Taschentuch und redet leise mit ihr, während ich versuche, damit klarzukommen, dass diese scheiß Homestory offensichtlich mein geringstes Problem ist.

»Tut mir leid. Ich wollte dir das eigentlich beim nächsten Familienessen sagen, aber wenn du jetzt erst einmal nicht zu Besuch kommst und ...«

»Bitte, Mom. Es ist okay.« Ich versuche, so ruhig wie möglich zu klingen, jedoch gelingt es mir kein bisschen und das wissen die beiden Frauen. Sie sehen es mir sogar an. Meine Hände zittern, obwohl ich sie zu Fäusten balle und mir rinnt der Schweiß über den Rücken. Kalter, vernichtender Angstschweiß.

In der nächsten Sekunde spüre ich sowohl Mom als auch Erica an meiner Seite. Sofort schlinge ich die Arme um die beiden Frauen, die mir alles bedeuten und schließe die Augen.

»Ziam. Jeremy hat uns nicht nur etwas genommen«, flüstert meine Mutter beschwörend.

»Richtig. Denn er hat uns das hier gegeben«, beendet Erica den Satz, den wir uns immer sagen, wenn wir erneut mit der düsteren Vergangenheit unserer Familie konfrontiert werden. Zum Glück habe ich nach dem Desaster mit meinem Erzeuger den Sprung zu den BEATS geschafft. Obwohl die Jungs wissen, was damals passiert ist, und wieso meine Mutter und ich unterschiedliche Nachnamen tragen.

»Kuschelt ihr ohne mich?« Bei der empörten Stimme von Ella reiße ich die Augen auf.

Bei ihrem Anblick muss ich schmunzeln. Ihr Gesicht ist mit Erdbeersoße beschmiert, genauso wie ihre Finger, die sie in ihre Oberarme drückt, weil sie die Arme vor der Brust verschränkt.

»Natürlich nicht, meine Kleine.« Im Augenwinkel sehe ich, wie meine Mutter sich mit dem Taschentuch die Augen tupft.

»Komm zu uns«, feuert Erica sie an.

»Ja. Kuschelzeit.« Freudig rennt sie auf uns zu, stockt jedoch abrupt und sieht uns abwechselnd an. »Mama, ich darf dich nicht schmutzig machen. Schon vergessen?«

»Wäre nicht schlimm.« Meine Mutter beugt sich zu Ella und küsst sie auf den Kopf. »Ich muss mich sowieso noch umziehen, sonst muss ich mir wieder eine Ausrede einfallen lassen, wieso eine Senatorin so aussieht.« Mit einem Finger deutet sie auf ihre rosa Hausschuhe.

»Na los, El. Schmier mich voll«, fordere ich sie auf. Quietschend rennt sie freudig auf mich zu, legt ihre roten Finger an meine Wangen und drückt ihre Stirn gegen meine.

Seit wann so freundlich? Soll ich dir wieder einreden, woher sie kommt? Oder vergisst du das in deiner Liebesblase?

Bei meiner inneren Stimme drücke ich Ella noch fester an mich, um mich von den leider wahren Worten abzulenken.

»Hab dich lieb, Zi«, nuschelt Ella und legt ihren Kopf an meine Schulter. Sanft streiche ich mit den Fingern über ihre Haare, schiebe sie hinter ihr Ohr und spare großzügig die Narbe aus.

Schwer schlucke ich gegen den Kloß in meinem Hals an, starre geradeaus und begegne Ericas Blick, die im Türrahmen steht und uns beobachtet. So wie sie es immer tut, wenn ich mit Ella allein bin. Sie weiß, dass ich El niemals etwas tun würde, dennoch ist sie vorsichtig und das kann ich nachvollziehen.

Ella Parsons und meine Beziehung ist kompliziert. Da reicht es nicht aus, dass wir teilweise die gleiche DNA in uns tragen. So einfach ist es nicht.

KAPITEL 10

Liam

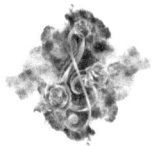

Schwer atmend renne ich zwischen den Bäumen hindurch, beschleunige das Tempo noch einmal und spüre den Wind, wie er mir ins Gesicht peitscht. Meine Haut ist erhitzt und schweißbedeckt und das ist genau das, was ich brauche.

Es sticht in der Lunge, dennoch treibe ich meinen Körper noch weiter an seine Grenzen. Meine Gedanken haben so keine Möglichkeit mehr, mich zu malträtieren. Langsam wird es dunkel, was das Joggen ohne Licht hier im Wald gefährlich macht. Auch wenn ich ein bisschen irre bin, will ich mir nicht die Beine brechen. Deswegen ist Kiyan, der mich bis eben noch begleitet hat, auch bereits zu seinem Auto am Ende des Waldes zurückgekehrt.

Zu dem lauten Bass des Songs *The High von Bryce Savage*, der durch die Kopfhörer erklingt, laufe ich die letzten Schritte zum Haus zurück.

Meine Beine sind schwer, als ich die Stufen zur Terrasse hochsteige. Kurz blicke ich nach oben zur halbgläsernen Kuppel, in der mein Schlafzimmer liegt. Vor der Terrassentür angekommen, stütze ich mich kurz auf den Oberschenkel ab, um nach Luft zu schnappen.

Tief einatmend halte ich die Fitnessuhr vor das Terminal der Tür, die sich daraufhin aufschiebt. Ein Hoch auf den Technikfreak von *SAVE*.

Mit meinen teilweise kalten, schwitzigen Fingern einen PIN-Code einzutippen, hat mich jedes Mal rasend gemacht. So gefällt es mir besser.

Mein Haus ist keine Festung. Nicht, dass sich hier irre Groupies verirren. Warum auch? Klar, einige lieben mich, wollen wahrscheinlich die wildesten Dinge mit mir tun. Aber zu mir, eher weniger.

Sobald sie merken, wie abgelegen das Grundstück ist, dass es von Maschendrahtzäunen umgeben ist und man mein Haus von dort nicht einmal sehen kann, würden sie eh wieder abhauen.

Gut, dafür müsste man bis hierher gekommen sein und das hat noch keiner geschafft. Mit meinem Jeep kann ich im Gegensatz zu anderen Autos Wege benutzen, die die Fans nicht finden würden. Selbst die nicht, die sich für Mini-Spione halten.

Mir reicht es vollkommen, wenn sie mich auf Presseveranstaltungen, Meet & Greets und Konzerten bewundern und teilweise befummeln dürfen. Es ist ja nicht so, dass ich es nicht auf eine spezielle Art genieße. Aber so wie Rome, der zu gerne welche mit in sein Bett nimmt, werde ich nie sein. Sie können meinen Bedürfnissen in den meisten Fällen eh nicht standhalten.

Während ich den Gedanken nachhänge, steige ich die Wendeltreppe hinunter, die sich durch alle Ebenen des Hauses zieht und komme im Keller an.

Links ist der Bereich, den ich bereits vorsorglich soweit hergerichtet habe, dass er nicht auf den ersten Blick das preisgibt, was er wirklich ist. Ein Einblick in meine Familie und tiefsten Abgründe. Jetzt sind die Sachen, Gegenstände und Fotos versteckt oder lagern in dem einzigen Raum, den sowieso nur ich betrete. Mein Schlafzimmer.

Immerhin treibt diese verdammte Filmcrew hier bald ihr Unwesen. Ob nachher bereits mein Haus wie ein Museum inspiziert wird, weiß ich nicht. Deswegen ist Vorsicht besser als Nachsicht.

Gott bestraft mich mit der Nummer schon genug und dass es ausgerechnet eine weibliche Produzentin sein muss, macht die Sache für mich nicht angenehmer.

Ziam hat Angst vor Frauen, wie süß. Dachte eigentlich nur vor Blondinen?

Richtig witzig. Kann mich vor Lachen gar nicht halten. Weil meine Gedanken eben leider immer noch nicht wieder die Balance erlangt haben, die ich mir wünsche, steuere ich geradewegs den Fitnessbereich an. Er erstreckt sich größtenteils unter dem Haus, beherbergt neben einigen Geräten auch einen Boxring. Er ist einer meiner Lieblingsorte!

Schnell ziehe ich mir das T-Shirt über den Kopf, greife nach den Boxbandagen und wickele sie um beide Hände.

Auf meinem Handy wähle ich eine Playlist aus, die ich extra erstellt habe und im nächsten Moment schallt der laute Bass aus den Boxen.

Mit einer prickelnden Euphorie in den Venen steige ich unter den Seilen durch und positioniere mich vor dem Boxsack, der in der Mitte des Rings hängt.

Ein letztes Mal atme ich tief durch, ehe ich beginne, die Fäuste gegen das Leder zu donnern. Jeder Schlag, jeder Bass und jeder schwere Atemzug treibt die Wut aus meinem Körper.

Ja, verdammt. Endlich lässt der Druck langsam nach. Zum Glück!

Keine Ahnung, wie viel Zeit vergangen ist, aber wie im Rausch schlage ich auf den Boxsack ein, verliere mich vollkommen. Bis plötzlich die Musik verklingt und mein Klingelton aus den Boxen schallt.

Überrumpelt halte ich inne, lasse die Arme sinken, die vor Anstrengung schmerzen und steige schwer atmend unter dem Seil durch.

Gerade als ich an der Bank angekommen bin, auf der mein Handy liegt, bricht der Anruf ab.

Schnell entsperre ich den Bildschirm und die fast verklungenen Gedanken schreien augenblicklich wieder auf, als ich sehe, wer es war. Abella Bailey.

Das fehlt mir gerade noch. Aus gutem Grund habe ich ihr nicht geantwortet und bin einem Aufeinandertreffen, so gut es geht, aus dem Weg gegangen. In meinem nicht ausgeglichenen Zustand wäre es eine Katastrophe, wenn wir uns begegnen würden.

Deswegen schüttele ich nur den Kopf, öffne die Playlist erneut und will sie gerade starten, als ich das Läuten der Türklingel höre.

Wer klingelt denn bitte? Und wie ist derjenige überhaupt auf mein Gelände gekommen? Den Code fürs Tor kennen nur SAVE, unser Manager und meine Bandkollegen.

Ruckartig sehe ich auf die Uhrzeit in der oberen Ecke des Handys und erstarre. Ach, scheiße. Das Treffen mit der

Produzentin, über das mich Javier noch per Nachricht informiert hat, nachdem ich aus dem Loft gerannt bin.

Bereits während ich aus dem Trainingsraum eile, führe ich das Handgelenk zum Mund, zerre mit den Zähnen das Tape herunter und beginne meine Hände zu befreien.

Je höher ich die Treppe steige, desto lauter höre ich die Türklingel. *Herrgott, ich komme ja.* Geduld scheint die Frau Produzentin nicht zu haben.

Na ja, gut, kommt drauf an, wie lange sie schon vor der Tür steht. Immerhin habe ich mich zwei Stunden in meinem Keller verausgabt.

Mit schwerem Atem eile ich in den Flur. Ich bin so unvorsichtig, dass ich nicht einmal einen Blick auf den Monitor meiner Überwachungskamera werfe, sondern direkt die Eingangstür öffne.

Überrascht reiße ich die Augen auf.

Heilige Mutter Gottes. Dios mio.

Keine Ahnung, wer von uns schockierter ist, sie oder ich.

Aus ihrem Zopf haben sich vereinzelt blonde Strähnen gelöst, die ihr ins Gesicht wehen. Schützend hat sie ihre Arme um den Körper geschlungen, da ihr bauchfreies Top und die Stoffhose mit Sicherheit nicht genügend Schutz vor dem Wind bieten, der hier oftmals herrscht.

Hinter ihr entdecke ich ein kleines Auto, das am Ende des Hügels steht, auf dem mein Haus liegt. Es sind einige Schritte, die man hier hochlaufen muss.

Rasch sehe ich wieder in ihr Gesicht. Im Licht der Eingangsbeleuchtung nehme ich leider zu intensiv die Sommersprossen auf ihrer Stupsnase wahr. Eine Gänsehaut liegt auf ihrer Haut am Bauch, der einzigen freien Stelle, die sie mir präsentiert.

Herrgott noch eins, sie zeigt nicht einmal etwas von

sich. Doch für mich reicht das schon vollkommen aus. Diese natürliche Eleganz unterstreicht sie in diesem Moment noch, indem sie sich unsicher auf ihre Unterlippe beißt. Auffordernd sieht sie mich an.

Was verdammt nochmal will sie hier? Mich quälen und letztendlich um den Verstand bringen, damit ich mich bald selbst in die Klapse einweisen kann?

KAPITEL 11

Abella

»F uck.« Knurrend legt Ziam den Kopf in den Nacken und starrt an die Decke.

Anstatt meinen Unmut mitzuteilen, – den ich definitiv empfinde, weil ich mir bereits seit fünfzehn Minuten die Beine in den Bauch stehe – starre ich den heißen Mann vor mir an, begaffe ihn wie ein Tier im Zoo. Aber wer kann mir das bei der Aussicht verübeln?

Ziam ist oberkörperfrei. Seine blonden Haare sind deutlich dunkler als sonst, weil er schwitzt. Über seinen Hals, der Brust und den Vertiefungen seines Sixpacks laufen Schweißtropfen, die erst am Bund seiner tiefsitzenden schwarzen Sporthose haltmachen. An seinen Armen treten die Adern, Muskeln und Sehnen hervor. Besonders betont auf der Hand, in der er eine Art Stofffetzen zusammendrückt.

Holy moly. Wie heiß kann ein Anblick bitte sein?

Fester grabe ich die Zähne in meine Unterlippe, versuche mit aller Macht dem Drang zu widerstehen, mir vorzustellen, wie meine Zunge über die Hügel und Täler seines Sixpacks gleitet.

Dieser Mann ist Sex auf zwei Beinen. Nur werde ich damit niemals in Berührung kommen, was mir sein Blick und seine nächsten Worte verdeutlichen.

»Du.« Eindeutig passt es ihm nicht, mich zu sehen. Überrumpelt gebe ich meine Unterlippe frei und starre ihn an. Aber ehe ich etwas dazu sagen kann, redet er weiter. »Wie kommst du hierher und was willst du?«

Ich habe mit etlichem gerechnet. Sogar damit, dass er niemals die Tür aufmacht, aber dass er mir mit solcher Ablehnung begegnet, das verletzt mich. Es sorgt jedoch auch für etwas anderes. Je länger ich in seinen mehrfarbigen Iriden förmlich die Blitze zucken sehe, festigt sich der Mut in mir.

Willst du dir das gefallen lassen? Du bist nicht hier wegen hormonellen Schwankungen, der zarten, kleinen Abella, die sich nicht wehren kann. Das ist deine Arbeit. Wo ist die korrekte, professionelle Frau mit Kampfgeist?

Meine innere Stimme hat recht. Privat lasse ich so mit mir umspringen, weil ich nie gelernt habe, für mich einzustehen, zu akzeptieren, wer ich bin und wo meine Schwächen liegen. Das ist mit mangelndem Selbstbewusstsein eben schwierig. Aber mein Arbeits-Ich ist anders. Dort weiß ich genau, was ich kann, in welchem Gebiet meine Stärken sind und welchen Wert ich habe. Nicht umsonst bin ich in der Branche bekannt.

Ja, ich wollte den Mann vor mir besser kennenlernen, der scheinbar zwei Gesichter hat. Nur hat er mich wie eine heiße Kartoffel fallen lassen. Anders als bei mir hat Ziam der Kuss offenbar nichts bedeutet. Das ist in Ordnung, weil das gerade absolut keine Relevanz hat.

Hier und jetzt geht es um die Homestory! Mein Job ist

mir das Heiligste und außerdem weiß ich, was für die *BEATS* bei diesem Projekt auf dem Spiel steht.

Aus diesen Gründen schaffe ich es, meinen Stolz herunterzuschlucken und die kleine, unschlüssige, verletzte Abella in die hinterste Ecke meines Geistes zu sperren.

Rasch schließe ich die Augen, atme tief ein und nehme mir einen Moment. In Gedanken gehe ich all meine Erfolge durch, ordne alles Wissen, das ich besitze, sodass ich schnellstmöglich darauf zugreifen kann.

Ein Schmunzeln schleicht sich auf meine Lippen, egal, ob es verrückt für Ziam wirkt. Ich kann es nicht zurückhalten. Denn ein bisschen fühlt es sich an, als würde ich mich wie eine Superheldin in meinen Umhang hüllen, um die Welt zu retten.

Gut, etwas theatralisch, das tue ich natürlich nicht. Nein, ich werde einem scheinbar arroganten Promi zeigen, mit wem er es zu tun hat.

Sobald ich Ziams einnehmende Ausstrahlung ignoriert habe. Wieso muss er sein *hot as hell* Level auch noch steigern, indem er sich mit dem Arm oberhalb der Tür abstützt?

Rasch drücke ich die Schultern durch und verschränke die Arme vor der Brust. »Keine Ahnung, Mister Moreno. Eventuell hat man mir den PIN-Code für Ihr Grundstück gegeben, damit ich den Termin wahrnehmen kann, den wir haben. Und verschwinden tue ich erst, wenn die Homestory produziert ist.« *Find dich damit ab, du Arschloch.*

Tja, und weil ich leider trotzdem die etwas zurückhaltende Abella bin, egal, ob im Job oder privat, denke ich mir den Teil nur und spreche ihn nicht aus.

»O Gott, ich–« Ziam stockt, lehnt seine Stirn gegen

seinen Bizeps, mit dem er sich an der Kante der Tür festhält.

Ich bin mir nicht sicher, aber ich meine, ihn etwas murmeln zu hören: *Ich bin so ein verdammter Vollidiot.*

Nach einigen Sekunden hebt er den Kopf, deutet mit einem schmalen Lächeln in sein Haus. »Komm herein.«

Da ist er wieder, der Ziam, den ich andauernd bei der Band angetroffen habe. Ruhig, besonnen und ausgeglichen. Keine Ahnung, ob das sein wahres Ich ist, vermutlich nicht. Könnte mir gerade aber nicht unwichtiger sein.

Lüge, schallt es in meinem Kopf. Allerdings ignoriere ich es, hebe nur eine Braue, nehme die Laptoptasche vom Boden und trete ins Haus.

Hinter mir höre ich die Tür ins Schloss fallen.

»Folg mir«, bittet Ziam mich freundlich.

Gut, tun wir so, als wäre das eben nicht passiert, besser ist das. Dann kann ich die errichtete Ist-mir-alles-egal, -ich-finde-dich-nicht-toll Maske noch kurz aufrecht erhalten.

Der Eingangsbereich ist nur eine kleine Nische mit Garderobe und Schuhregal, ehe sich ein riesiger Wohnbereich mit einer schwarzen, glänzenden Wendeltreppe direkt in der Mitte des Raumes erstreckt.

Überrascht stocke ich in der Bewegung, weil die gesamte hintere Front nur aus Glas statt einer Wand besteht. Man kann direkt in den Wald sehen. *Wow, atemberaubend.*

Weitere Details kann ich in der Kürze der Zeit nicht aufnehmen, weil Ziam nach rechts abbiegt. Dafür entdecke ich, sobald ich ihm folge, links von uns eine Art Raumnische, die ebenfalls nur mit Glas vom Rest des Wohnbereichs getrennt wird.

Verblüfft blinzele ich mehrmals. Ist das ein gläserner

Flügel? Außerdem nehme ich mehrere Mikrofone, Boxen und Technikkram wahr. Ist das ein Tonstudio?

Ich höre rechts neben mir wie eine Tür geöffnet wird. Sobald Ziam zur Seite tritt und mich hereinlässt, bleibt mir der Mund offen stehen. Verdammt. Ich habe niemals zuvor eine so schöne, stylische Küche gesehen.

Ja, das Loft der *BEATS* kann sich sehen lassen. Aber das ist pure, schlichte Eleganz.

An der hinteren Wand erstrecken sich die Küchenzeile und der doppeltürige Kühlschrank. In der Mitte befindet sich eine Kochinsel samt Herd, vor der drei Barhocker stehen. Alles ist in schwarzem Holz gehalten, bis auf die Elektrogeräte, die silbern hervorstechen.

»Ich nehme an, es ist zu spät für Kaffee. Willst du etwas anderes trinken?«, fragt Ziam, der bereits halb mit dem Kopf im Kühlschrank verschwindet.

»Nein.« Mitten im Raum bleibe ich unbeholfen stehen. Innerlich mahne ich mich selbst, trete auf den ersten Hocker zu und lege meine Tasche auf den Tresen.

»Soll ich uns etwas kochen? Worauf hast du Lust?« Wie bitte?

Perplex halte ich in der Bewegung inne, meinen Laptop herauszuholen. Kurz sammele ich mich, weil mir die Situation suspekt ist. »Ich denke, wir sollten nur schnell alles besprechen. Dann bist du mich wieder los.«

Ohne auf seine Antwort zu warten, konzentriere ich mich darauf, alles aus meiner Tasche zu holen.

»Abella.« Erschrocken zucke ich zusammen, weil Ziams Stimme auf einmal direkt neben mir erklingt. Vor Schreck lasse ich den Kugelschreiber fallen, der klirrend auf dem Boden aufkommt. »Es tut mir leid.«

Mein Herz rast in meiner Brust, deswegen drücke ich

die Hand dagegen, um mich zu beruhigen. Was ist denn mit ihm los?

Javier hat mir zwar gesagt, dass Ziams Laune nicht die Beste ist, aber das war offensichtlich eine Untertreibung. Stimmungsschwankung ist kein Ausdruck für sein Auftreten.

»Schon gut. Lass uns arbeiten und dann -« Ziam kommt noch ein Stück auf mich zu, was mich verstummen und zu ihm aufblicken lässt.

»Mein Verhalten war falsch, ich bin angepisst, weil jemand in meine Privatsphäre eindringt und du–«

»Das rechtfertigt nicht solch eine Reaktion«, murmele ich, was er aber offenbar gehört hat.

»Wenn du wüsstest, wieso ich so auf dich reagiere, dann schon. Ich dachte, meine Worte von unserer letzten Begegnung waren klar.« Welche von den vielen?

»Du meinst dein kryptisches Gerede über Verderben und Untergänge. Ich erinnere mich daran. Wie gesagt, es tut nichts zur Sache. Ich bin nur für den Job hier.« Ein Piepen legt sich auf meine Ohren. Habe ich das wirklich ausgesprochen? Eine Lüge, ohne mit der Wimper zu zucken.

Während ich überfordert bin, feuert meine innere Stimme mich an, als würde ich kurz davorstehen, einen Weltrekord zu brechen.

Gut, dass ich mal schlagfertig bin, ist ungewöhnlich, aber das hier kommt dem wohl nahe. Es ist wie immer, wenn Ziam und ich uns begegnen. Es klingt wie aus einem schlechten Film, aber er weckt etwas in mir. Angefangen bei meiner Stärke, die ich für abgestorben gehalten habe.

Ziam legt den Kopf schräg und schmunzelt, was so unverschämt gut aussieht, besonders weil er immer noch halbnackt ist. »Dann ist es ja gut, dass dein Job beinhaltet, mit mir Zeit zu verbringen. Ehrlich, ich hasse diese Home-story, aber mit dir an meiner Seite könnte es interessant werden, oder?«

Verarscht er mich?

Ich kann meine Brauen nicht aufhalten, die automatisch in die Stirn wandern. »Du merkst aber, dass deine Worte und dein Verhalten sich widersprechen? Immerhin hältst du mich meistens auf Abstand.« Mit einem gekünstelten Husten versuche ich meine Unsicherheit zu verstecken, weil das absolut selten ist, dass ich sage, was ich denke.

»Ja, das ist deine Wirkung auf mich. Ich falle aus meiner doch so gut erprobten Rolle. Das sollte dir etwas klar machen.« Mit seinen Worten beugt er sich ein Stück näher zu mir, was mich zurücktreten lässt. Schmerzhaft bohrt sich die Seite des Hockers in meinen Rücken.

»Sollte es?«, frage ich schwer schluckend.

»Ich habe keine Kraft mehr. Kannst du mir noch entkommen? Oder gehörst du mir?« Sanft fährt er mit der Fingerkuppe über meine Nase und atmet mir ins Gesicht.

Hilfe. Was passiert hier? Er wollte mir doch nicht mehr so nahekommen, oder? Und was redet er da bitte? Dieser Mann ist so zerrissen, dass gerade selbst ich mir keinen Reim daraus machen kann.

Nach der frostigen Begrüßung bin ich darauf nicht ansatzweise vorbereitet. Deswegen öffnen sich zwar meine Lippen, aber kein Ton kommt heraus. So viel dazu, dass ich sage, was ich denke. Hat ja lange gehalten. Obwohl ich mir nicht sicher bin, ob es so schlau wäre, auszusprechen, was in meinem Kopf abgeht. Er macht mich verdammt irre.

»Such dir einen Wein aus dem Kühlschrank aus. Wir können Gemüsepfanne essen. Du kannst mit dem Gemüse schneiden schon anfangen, wenn du magst und dann erzählst du mir, was ich in nächster Zeit über mich ergehen lassen muss. Ich gehe schnell duschen.« Nach seinen Worten tritt er von mir zurück und verschwindet aus der Küche.

Laut stoße ich die Luft aus, die ich unbewusst angehalten habe, und starre ihm hinterher.

Scheiße. Was mach ich denn jetzt?

Keine Ahnung, womit ich besser klargekommen bin. Mit dem gemeinen Ziam oder dem, den ich eigentlich kenne.

Vielleicht ist es doch nicht möglich, nur in die professionelle Schiene zu wechseln. Immerhin sind wir auch Freunde. Zumindest wenn wir nicht wie zwei Bienen umeinander fliegen, als wäre der andere die schönste Blüte im Beet.

Rasch nehme ich mein Handy heraus und schreibe eine Nachricht in unsere Mädels-Gruppe.

> Ist es schlimm, wenn Ziam und ich jetzt kochen und Wein trinken?

Unschlüssig starre ich auf den Bildschirm.

> Ich sehe jetzt nicht das Problem dabei. Füll ihn am besten ab, dann kannst du gleich ein paar Insider Informationen hervorlocken. - Ruby

Ruby ist die erste, die sich meldet. Klasse, die Antwort hätte ich mir denken können.

Keine Ahnung, wer überhaupt auf die Idee gekommen ist, die Gruppe zu erstellen, seitdem tauschen Hayden, Malia, Ruby und ich uns über alles aus. Damit habe ich noch Schwierigkeiten, da Malia und Ruby jedes Detail aussprechen.

Aber genau für solche Momente, in denen meine Unsicherheit mal wieder wie eine Dunstwolke um mich schwebt, könnte es nichts Besseres geben.

Nervös sehe ich mich an dem fremden Ort um, der dafür sorgt, dass meine Finger zu zittern beginnen. Aber es ist das erste Mal, dass ich allein bin, mit einem Mann, in seiner Wohnung und ohne Rückendeckung. Verdammt, Abella. Es ist gar nichts los, wieso muss mir das immer wieder passieren. Wieso überfällt mich die Angst jedes Mal?

Das Vibrieren des Handys kündigt eine Nachricht an und holt mich aus der Spirale der dunklen Gedanken.

> Süße, manchmal ... wirklich. Tue es einfach. Ihr seid immerhin befreundet, außerdem ist das Ziam. Er kennt dich doch. Komm schon, lass es geschehen. - Malia

Schmunzelnd lese ich Malias Antwort, kann dabei förmlich vor Augen sehen, wie sie mein bauchfreies Top ein Stück höher schiebt.

Auch wenn ich lange versucht habe, einen Hehl daraus zu machen, dass ich Ziam mag, sehr sogar, haben die Mädels mich schneller durchschaut und besonders Malia will uns seitdem verkuppeln. Zumindest mit weniger Peinlichkeit als ich erwartet habe.

> Ich verstehe dich. Aber sieh es mal so. Du vertraust ihm doch, sonst wärst du nicht allein hingefahren. Außerdem wissen wir alle, wo du bist. Hilft es dir, wenn ich den Abend über erreichbar bin? - Hayden

Tränen bilden sich bei Haydens Antwort in meinen Augen. Keine Ahnung, wie ich es so lange ohne die drei ausgehalten habe. Nur in den Wochen, in denen ich jetzt zurück in Saltima bin, habe ich so viele Veränderungen erlebt und Stärke wiedererlangt. Das habe ich nur meinen Freundinnen zu verdanken.

Es war töricht von mir, dass ich gedacht habe, wegzugehen würde mir helfen. Dadurch habe ich zu Hayden und Malia den Kontakt fast komplett verloren. Jetzt mit ihnen an meiner Seite, werde ich es auch schaffen, mich der größten Angst zu stellen.

> Ihr seid die Besten. Danke für alles. Falls
> es für dich okay ist, Hayden, gerne.
> Zumindest die erste Zeit.

Sobald ich die Nachricht abgeschickt habe, kommen die Antworten meiner Mädels nur noch als GIFs, was mich lachen lässt.

Tief atme ich durch und rede mir ein letztes Mal Mut zu: *Okay, Abella. Es ist an der Zeit, dass du auch mithilfst, egal, wie schräg der Moment mit Ziam war, versuch, dass Beste daraus zu machen.*

Rasch gehe ich zum Kühlschrank, nehme eine Flasche Wein und die Utensilien fürs Essen heraus. Nachdem ich mir ein Glas eingegossen habe, schalte ich über mein Handy Musik ein und beginne das Gemüse zu schneiden.

Vielleicht lerne ich nicht nur eine weitere Seite von Ziam, sondern auch von mir selbst kennen. Können wir diesen Abend eventuell nutzen, um herauszufinden, was das zwischen uns ist?

KAPITEL 12

F risch geduscht und mit einem weißen T-Shirt und einer grauen Jogginghose, komme ich kurze Zeit später wieder aus dem Bad.

Sobald ich der Küche näherkomme, höre ich Musik und Abellas Gesang, was mich kurz innehalten lässt.

Meine Worte habe ich so gemeint, wie ich sie gesagt habe, auch wenn ich nicht weiß, was mich dazu gebracht hat.

Für das weibliche Geschlecht zu kochen, mache ich nur, wenn es meine Familie betrifft. Und Abella zähle ich nicht dazu. Dennoch habe ich es angeboten, vielleicht auch mit dem Hintergedanken, dass sie darauf nicht eingehen wird.

Im Nachhinein betrachtet habe mich an der Tür wie ein Wichser verhalten. Aber zu meiner Verteidigung: der ganze Tag lief scheiße und als hätte ich mit den Gedanken auch noch meine größte Herausforderung heraufbeschworen, steht dann ausgerechnet *sie* vor der Tür.

Unfassbar schön, natürlich und unverwechselbar wie eh und je. Der Wind hat mir ihren Geruch nach Beeren in die Nase geweht und in dem Moment habe ich mich vergessen. Die Fantasien über sie und mich, in allen möglichen Situationen und vorzugsweise mit dem Ende, dass ich sie noch einmal küssen darf, hat alle Sicherungen in mir durchbrennen lassen.

Zum krönenden Abschluss habe ich ihr förmlich vor die Füße gespuckt, dass ich sie nicht hier haben will. Indirekt stimmt das vielleicht, aber nur weil ich mir nicht sicher bin, ob ich so viel Beherrschung besitze, mich danach wieder von ihr loszureißen. Und nun wird mir klar, dass alle Hoffnung verloren ist. Genauso wie ich es schon vermutet habe, deswegen hatte ich mich ferngehalten. Bis jetzt!

Vorsichtig schiebe ich die Tür einen Spalt auf, erblicke Abella, wie sie Schubladen aufzieht, singt und in der nächsten Sekunde triumphierend einen Schneebesen in der Hand hält.

Erneut beginnt sie laut zu singen, bis sie plötzlich verstummt. Ich muss mich anstrengen, ihr Nuscheln zu verstehen. »Mist. Das Feeling wäre besser, wenn die Musik über Boxen kommen würde.«

Schmunzelnd ziehe ich mein Handy aus der Hosentasche, das ich vorhin mit ins Bad genommen habe, und suche das Lied, bei dem Abella offenbar gerne ihr Unwesen in meiner Küche treiben will.

Rasch aktiviere ich das integrierte Soundsystem, das in jedem Raum des Hauses eingebaut ist, stelle den Bass für die Küche ein und klicke auf Play.

»O mein Gott. Ich ...« Abellas Schrei, der erschrocken, aber auch euphorisch klingt, lässt mich breit grinsend die Tür öffnen. »Das Lied liebe ich und die Stimmen harmonieren so toll.« Ihre Schwärmerei ist so ehrlich, dass ich, ohne darüber nachzudenken, weiter auf sie zugehe, während *Shawn Mendes und Camila Cabello mit Senorita* aus den Boxen schallt.

Grinsend führt sie das Glas an die Lippen, das eben noch neben einer halbleeren Weinflasche auf dem Tisch stand und ext es. Na, holla.

Ein Opfer unter Rauschmittel Einfluss ist willenlos. Dir ist klar, dass sie dir so gewachsen sein kann? Gib dir einen Ruck, versuch es.

Rasch schüttele ich den Kopf, um den Gedanken wieder loszuwerden, überbrücke dennoch den letzten Abstand, bis ich neben ihr stehe.

In der Pfanne vor uns brät das Gemüse, während Abella mit dem Rührbesen eine rote Soße anrührt. Dabei summt sie leise den weiblichen Teil des Songs mit.

Fragt mich nicht, was mich dieses Mal verleitet, aber ich beginne den männlichen Part zu singen.

Selbst über die laute Musik kann ich Abellas Keuchen hören. Augenblicklich dreht sie sich zu mir und starrt mich mit geröteten Wangen an. Bei ihrem Anblick verstumme ich.

»Nein, bitte. Sing.« Das Glitzern in ihren Augen hypnotisiert mich fast.

Fest greife ich an ihr Kinn und drücke es nach oben, damit sie mir ins Gesicht sieht. Fuck. Sie ist so klein und schützenswert. Nur, dass sie bei mir keinen Schutz findet, eher bin ich der, vor dem sie gerettet werden muss.

Aber offenbar treibt der Alkohol in ihrer Blutbahn ihr Selbstbewusstsein deutlich nach oben. Denn sie krallt ihre Fingernägel in mein Handgelenk und stellt sich sogar noch auf die Zehenspitzen, um mir näher zu sein. »Sing für mich, Ziam.«

»Seit wann so fordernd, Mi Belleza?« Bei meinem Spitznamen für sie, leckt sie sich über die Lippen. Diese

Reaktion lässt mich fantasieren, wie es wohl wäre, wenn ich dies tun würde.

Leise beginne ich direkt in ihr Gesicht zu singen, werde immer lauter und halte sie dabei weiterhin fest.

Der Song endet und geht in den nächsten über, worauf ich mich nicht konzentrieren kann, weil ich nur Augen für die Schönheit vor mir habe. Irgendetwas an ihr fasziniert mich.

Abella reißt sich ruckartig los und dreht sich zum Herd. »Oh, Mist.«

Überrascht schaue ich sie an. Das muss mit Sicherheit wehgetan haben. Immerhin war mein Griff fest und ich habe nicht damit gerechnet, dass sie sich ruckartig bewegt. Aber *sie* scheint es nicht wirklich zu stören.

Im Gegenteil, mit einem breiten Grinsen dreht Abella die Platte niedriger, löscht das Gemüse mit der Soße ab und füllt Wein in zwei Gläser, mit denen sie sich zu mir dreht. Sie stellt eins vor mir ab und sieht mich nachdenklich an. Ihre Wangen sind wunderschön gerötet.

Stell dir vor, du sagst ihr, wie gerne du sie hier auf dem Tresen vögeln willst. Dann würde der Ton noch weiter von ihrer porzellanfarbenen Haut abweichen.

»Was?« Die Frage stoße ich etwas zu harsch aus, weil ich schon wieder in meinem Kopf abgedriftet bin. Fuck.

Abella rümpft die Nase, wie sie es immer macht, wenn sie mit sich ringt. Das weiß ich natürlich nicht, weil ich sie andauernd beobachte, so etwas würde ich nicht tun. Obwohl, doch.

Ne, sicher nicht. Träum weiter, Junge. Du bist verloren.

»Ich ...« Sie atmet laut aus, ehe sie mich mit ihrer Aussage überrascht. »Wow. Ich liebe deine Stimme.«

What?

In meinem Kopf explodiert etwas. Entweder liegt es

daran, dass Abella mir so direkt ein Kompliment gemacht oder das Wort mit *L* verwendet hat.

Kalkulierend verenge ich die Augen. Abella bewegt ihre Hüften leicht zur Musik und ist so locker, wie ich sie lange nicht gesehen habe. Und nur weil es mir eindeutig zu gut gefällt, dass sie scheinbar gerade keine Selbstzweifel hat, schaffe ich es, einen meiner das-ist-nicht-gut-was-wir-hier-machen Sprüche zu unterdrücken.

»Danke.« Langsam gehe ich zum Schrank, hole Reis und einen Topf hervor und stelle mich an den Herd.

»Ach, gerne. Aber das sagen sicherlich alle Frauen zu dir. Deswegen ... na ja, egal. Was machst du?« Fragend sieht sie zu mir, was mich lachen lässt. Offenbar wirkt sich der Alkohol in unterschiedlichen Arten bei ihr aus. Immerhin ist es eindeutig, was ich da mache.

»Wonach sieht's denn aus? Ich habe doch gesagt, ich koche für dich, und zwar Milchreis – als Nachtisch. Deswegen mache ich jetzt auch genau das. Und du setzt dich auf deinen sexy Hintern und siehst mir dabei zu.«

Mit einem Kopfnicken deute ich auf den Hocker. Freue mich über die Röte, die sich erneut auf ihre Wangen schleicht.

Ein Lachen entkommt mir, als sie den Wein, wie vorhin schon, mit einem Schluck austrinkt.

»Abella. Sicher, dass du noch-«

»Ja. Alles gut. Ernsthaft, du bist so ... du. Und ich. Meine Minderwertigkeitskomplexe bringen mich um. Keine Sorge, ich kann noch so gut denken, dass ich dir erklären kann, was dein Job in den nächsten Wochen ist. Aber ehrlich, mit meiner Körperform, den breiten Oberschenkeln, den runden Hüften und-«

Ruckartig bin ich bei ihr, presse eine Hand auf ihren Mund und starre sie dunkel an. »Sei still.«

Entsetzt reißt sie die Augen auf, schluckt schwer, wehrt sich allerdings nicht. Keine Ahnung, was sie denkt, aber das ist mir auch egal. Wut züngelt in mir, wenn ich höre, wie sie über sich selbst redet.

»Du bist wunderschön, wie du bist. Ich kann mich kaum beherrschen, dich nicht andauernd zu berühren. Lass es, solch einen Scheiß zu sagen, oder ich ...«

Abrupt unterbreche ich meinen Redefluss. Herrgott. Fast hätte ich ihr ins Gesicht geknallt, wie gerne ich die Hände genau in eben diese Rundungen graben will, um sie zum Höhepunkt zu bringen.

Schwer atmend starren wir uns an, sind gefangen in dem Knistern und Prickeln, das immer entsteht, wenn wir uns so nahe sind.

Wieso zum verdammten Teufel muss ich einer Frau verfallen, die wahrscheinlich das Weite sucht, sollte ich aussprechen, was ich mit ihr tun will?

Erst Abellas wildes Kopfnicken, das ich an meiner Hand spüre, holt mich aus den Gedanken.

»Gut.« Tief durchatmend trete ich zurück und koche weiter. Wie dieser Abend endet, ist unmöglich vorauszusagen.

KAPITEL 13

Ziam

Schmunzelnd sitze ich auf der Couch, beobachte Abella, die neben mir im Schneidersitz ihre Haare in einen hohen Dutt steckt. »Also, das Konzept ist echt gut. Ich habe versucht, dass deine Privatsphäre nicht-«

Sie stockt, als sie merkt, dass ich ihr nicht zuhöre, sondern wie gebannt auf ihren Oberkörper starre. Dadurch, dass sie die Arme gehoben hat, kann ich einen Teil des roten BHs unter ihrem Oberteil entdecken. Sollte es mir leidtun? Sicherlich, tut es aber nicht.

»Ziam«, meckert sie, was aber in einem Kichern untergeht. Ihr Verhalten entlockt mir ein teuflisches Grinsen.

»Hör zu. Wir filmen dich hier zu Hause.« Wackelig richtet sie sich auf, schmeißt dabei fast ihren Laptop von der Couch, den ich gerade so auffangen kann und begutachtet noch einmal mein Wohnzimmer. »Du hast es übrigens wunderschön hier.«

Amüsiert richte ich mich wieder auf.

Gott, sie ist so süß und liebenswert.

Herrje, habe ich das gerade gedacht?

Irritiert beiße ich mir in der nächsten Sekunde auf die Innenseite meiner Wange, weil sie mir plötzlich viel zu nah ist. Wie soll man so die Beherrschung behalten?

Abella klettert halb über mich, um an ihre Mappe zu kommen, die ich neben mich gelegt habe. Dabei kribbelt mein Körper überall, wo sie mich berührt.

Ihre Hände landen auf meiner Brust und meinem Oberschenkel. Mein Schwanz zuckt so erfreut, als hätte sie die höchste Verführungskunst angewandt. Heilige Scheiße, ich bin völlig am Arsch. Fuck off. Wann hatte das letzte Mal eine Frau solch einen Effekt auf mich?

Wahrscheinlich war das deine erste Freundin, die dir dein Vater dann ausgespannt hat, bis na ja ...

Aus einem Reflex heraus packe ich Abella und drücke sie zurück auf ihren Platz. Eindeutig zu grob und zu aufgebracht. Verunsichert blinzelt sie mich aus ihren hellblauen Augen an. Fuck.

Schau mich nicht so an, Belleza.

Ihr Blick zuckt von meiner Hand, die ich weiterhin in ihren Arm kralle wieder zu meinem Gesicht. Augenblicklich verstärkt sich die knisternde Stimmung, die seit dem Essen zwischen uns herrscht.

Keiner von uns sagt etwas. Es ist im Hintergrund nur die leise Musik und das Trommeln der Regentropfen auf den Fensterscheiben zu hören.

Je länger wir in der Position verharren, desto intensiver spüre ich die Gier nach Abella, die wie kleine Funken in der Luft zu schmecken sind.

Das alles hier ist ein Tanz auf dem Drahtseil meiner Persönlichkeiten und meiner fucking Beherrschung, die am seidenen Faden hängt.

Wieso macht sie mich so an? Alles an ihr ist so betörend, sinnlich und verlockend.

Es ist so weit. Komm schon, du kannst es nicht mehr aufhalten. Wir nehmen sie uns endlich, wie wir es schon damals im Hotel hätten tun sollen. Sie ist besonders, lass sie uns verderben.

Mein Herz rast, mein Schwanz wird hart, meine Finger zucken, alle Härchen an meinem Körper stellen sich auf und ein Schleier legt sich über mein Sichtfeld.

»Ziam. Willst du das?«, flüstert Abella plötzlich und holt mich aus dem rauschartigen Zustand.

Mehrfach blinzele ich überrascht wegen dem, was ich hier mache. Offenbar habe ich meine Lage dezent falsch eingeschätzt. Und das ist noch eine Untertreibung. Ich habe offensichtlich die Kontrolle verloren.

Abella sitzt nicht mehr vor mir, sondern liegt unter mir. Mit meinem Körper kessele ich sie ein, halte ihre Hände über unseren Köpfen gefangen und presse mein Becken gegen ihren Bauch.

Verdammt, diese Schönheit bringt alles durcheinander.

Schockiert von mir selbst, lasse ich sie los und richte mich wieder auf. Zaghaft stützt Abella sich auf ihren Unterarmen auf. »Tut-«

»Nein«, unterbreche ich sie und schüttele den Kopf. Wieso versucht sie sich jetzt schon wieder zu entschuldigen? Das verstehe ich nicht. Deswegen setze ich ein: »Mein Fehler«, nach.

Eine unangenehme Stille tritt ein, die unsere verzwickte Situation nicht besser macht und mir wieder einmal bestätigt, dass ich ein völliger Idiot bin. Kein Wunder, wenn man versucht, sich normal zu benehmen, obwohl man das eindeutig nicht ist. Das Wort gibt es im Zusammenhang mit mir nicht. Ehrlich gesagt, macht es mich unfassbar wütend, dass es mir wieder einmal bewiesen wird.

Die Geräusche von draußen werden immer lauter, die

Lampen, die noch auf der Terrasse angeschaltet sind, erzeugen ein abstruses Licht, das durch den Regen dunkel und mysteriös wirkt.

Plötzlich richtet sich Abella komplett auf, schaut zu mir, hinaus in den Wald und überrascht mich, als sie in der nächsten Sekunde aufspringt.

Wackelig bleibt sie stehen, verengt die Augen zu Schlitzen und verschränkt die Arme vor der Brust, was ihre sowieso schon gute Oberweite noch weiter hochdrückt. Mit einer klangvollen, sinnlichen Klangfarbe kommt mein Name über ihre Lippen. »Ziam Moreno.«

O nein. Aus ihrem Mund klingt er wie eine Symphonie, die mich beschwören soll. In dem speziellen Fall bestärkt es nur meinen Jagdinstinkt.

Es juckt mich in den Fingern, mich auf sie zu stürzen und sie zu zwingen, ihn noch einmal zu wiederholen. Allerdings so flehend und bettelnd, dass es sich wie Kerben in unsere Seelen zeichnet.

Ich balle die Hände zu Fäusten, atme tief durch, während die Vorstellung wie ein Film in meinem Kopf abläuft. Aber in der Realität, tue ich gar nichts. Zum Glück für sie.

»Abella Bailey.« Ich bringe ihren Namen mit einem so dunklen, intensiven Timbre hervor, dass ich von hier sehen kann, wie sie die Beine aneinander reibt.

Es macht sie geil, wenn du sie reizt und forderst. Na, los. Zeig ihr, wer wir sind!

»Kannst du auf der Terrasse Musik spielen?« Moment, was? Ich glaube, in meinem Gesicht entgleist alles, während ich sie überrumpelt anstarre. Woher kommt denn dieser Themenwechsel? »Das ist eine einfache Frage. Ich hätte nicht gedacht, dass dich sowas schon überfordert.« Das vielleicht nicht, die Situation eventuell ein bisschen.

Lachend dreht sie sich zur Terrasse, bleibt unschlüssig vor dem Terminal stehen, ehe sie darauf drückt.

»Ja. Wieso?« Verwirrt lehne ich mich zurück, beobachte Abella, wie sie ihre Socken auszieht und ihre Stoffhose an den Knöcheln hochkrempelt.

»Stelle sie an«, fordert sie, ohne zu mir zu sehen.

Irgendetwas an ihrer direkten Art gefällt mir, auch wenn ich überrascht bin, woher es auf einmal kommt. »Komm mit dem Handy her.« Ihr Wunsch ist mir Befehl, deswegen stehe ich auf und bewege mich langsam zu ihr.

»Ich mag deine fordernde Art, Mi Belleza.« Mein Schwanz auch, denn er ist immer noch hart, fordert ein, worauf ich schon die ganze Zeit Lust habe. *Sie*. Mit Sicherheit zeichnet er sich deutlich in meiner Jogginghose ab, weil es nicht möglich ist, ihn zu verstecken.

»Oh, ehm, sorry. Das wollte ich nicht, eigentlich -« Nicht schon wieder.

Erneut unterbreche ich ihr süßes Gerede. Dieses Mal lege ich einen Finger auf ihre vollen Lippen und halte das Handy neben ihren Kopf. »Ich will keine Rechtfertigung hören, Abella. Du kannst hier sagen und machen, was du willst.«

Kurz flackert etwas in ihren Augen, das in der nächsten Sekunde wieder verschwunden ist. Mit einem breiten Grinsen nimmt sie mir mein Handy ab, das ich bereits entsperrt habe, und tippt darauf herum.

Moreno, bist du betrunken? Was hast du ihr da gerade versprochen? Hier entscheiden nur wir!

Bevor ich mich weiter mit dem drängenden Verlangen meiner zweiten Identität beschäftigen kann, schallt in voller Lautstärke *Exorcism von Clarity* aus den Boxen auf der Terrasse.

Ehe ich mich versehe, hat Abella auf dem Terminal

rumgedrückt und die Schiebetür öffnet sich.

»Abella«, stoße ich erschrocken aus und trete an die Tür, durch die sie eilt und damit direkt in den strömenden Regen rennt. »Fuck.«

Wie hypnotisiert sehe ich zu Abella, die durchnässt den Kopf in den Nacken legt und sich im Kreis dreht. Ihr Gesicht ziert ein so unwiderstehliches Lächeln, das mich magisch anzieht. Ein Stromstoß schießt von den Zehenspitzen durch jede Zelle meines Körpers direkt in meinen Kopf.

Ohne drüber nachzudenken, trete ich hinaus, augenblicklich prasseln die Tropfen auf mich nieder und durchnässen mein weißes T-Shirt.

Sobald ich Abella erreiche, hält sie in ihren Bewegungen inne, die eine Mischung aus Tanzen, Springen und Drehen beinhalten.

Neben dem Rauschen des Regens, den Klängen der Musik existiert für mich gerade nur sie. Einige Strähnen haben sich aus ihrem Dutt gelöst und kleben in ihrem Gesicht. Im Schein der kleinen Laternen leuchten ihre Augen faszinierend, wirken heller, fast wie gefroren.

»Du bist wunderschön.« Meine Stimme klingt belegt, so wie ich sie selbst noch nicht gehört habe.

Kurze Zeit bleibt es still. Nun ist sie es, die mich mit ihrem Blick förmlich auszieht. Bewundernd begutachtet sie mich. Die nassen Haare, den Kiefer und meinen Oberkörper, an dem sich jeder Muskel durch das feuchte T-Shirt abzeichnet. Mit leicht geöffneten Lippen sieht sie wieder in mein Gesicht.

»Sag sowas nicht«, wispert sie, ballt die Hände neben ihrem Körper zu Fäusten. »Nicht, wenn es nur eine der Floskeln ist und keine Bedeutung für dich hat.« Die Frau vor mir ist nicht nur unsicher. Nein, sie ist verletzt worden.

Ansonsten kann ich mir nicht erklären, wieso sie so von sich denkt. Ein Stich in meinem Herz lässt mich knurren. Glaubt sie, jemand sagt so etwas ohne Grund? Hat einer das mit ihr getan?

Gefangen in einem Spektrum an Empfindungen, deren ich mir vorher nie bewusst war, stürze ich auf sie zu, ziehe sie an mich und bringe mein Gesicht direkt vor ihres.

»Es ist die reine, schonungslose Wahrheit, Mi Belleza.« Abella erschaudert bei dem Kosenamen. Ich habe es mir also nicht eingebildet, dass er ihr in der Wohnung schon gefallen hat. Er passt perfekt zu ihr. Meine kleine Eisblüte, weiß und rein, wie die Anständigkeit, die ich ihr irgendwann rauben werde.

Tief sehen wir uns in die Augen, versinken förmlich ineinander und in diesem Moment.

»Würdest du mich küssen?« Abellas Worte gehen fast im Trommeln des Regens unter, was wahrscheinlich beabsichtigt war, so leise wie sie ihr über die Lippen kommen. Ich weiß nicht, wieso diese Frau nicht dazu steht, was sie will. Nur bin ich der Falsche, um ihr den Wunsch abschlagen zu können.

Dafür ist mein Wille schon zu stark geschrumpft.

»Nein ...«, knurre ich.

Sofort verkrampft Abella sich in meinem Griff, will sich losreißen, aber ich packe sie nur noch fester und zerre sie ein Stück zu mir hoch. »*Würden* ist der falsche Ausdruck. Ich tue es. Hier und jetzt. Sodass du diesen Kuss niemals vergisst.«

Ohne auf ihre Reaktion zu warten, presse ich meine Lippen auf ihre. Augenblicklich entfesselt sich der wilde Teil in mir. Mit einem großen Schritt überbrücke ich die Distanz zur Fensterscheibe und drücke sie mit dem Rücken dagegen.

Ihren überraschten Laut schlucke ich mit dem Mund, nutze den Moment und schiebe die Zunge zwischen ihre Lippen, die sie sofort weiter für mich öffnet. Begierig koste ich sie, umspiele mit der Zungenspitze ihre, gleite über ihre Zähne und spüre, wie sie sich in mein klitschnasses T-Shirt krallt.

Je gröber sie sich an mir festhält, desto fordernder küsse ich sie. Leidenschaftlich verschmelzen unsere Münder und ich nehme mir alles, was sie mir zu geben hat. In der nächsten Sekunde grabe ich meine Zähne in ihre Unterlippe, sauge daran, genieße das Stöhnen, das Abella direkt in die dunkle Nacht ausstößt.

Wie im Rausch kralle ich meine Finger in den Dutt, reiße an ihren Haaren, überstrecke ihren Nacken und knabbere, lecke und küsse mir eine Spur bis zu ihrem Ohr.

»Wirst du mich und diesen Kuss jemals wieder vergessen?«, hauche ich gegen die zarte Haut an ihrem Hals.

»Niemals«, wispert Abella.

Der Regen hat nachgelassen, sodass nur noch vereinzelte Tropfen auf uns niederfallen und ich ihre Worte klar verstehen kann.

Gerade will ich ihr T-Shirt hochschieben, da spüre ich, wie ihr Körper unter mir erzittert, aber nicht auf eine gute Art.

Sofort ziehe ich mich ein Stück zurück, sehe in Abellas Gesicht, das sie abwendet. Nachdenklich krause ich die Stirn, greife an ihr Kinn, um sie zu mir zu ziehen, aber sie wehrt sich so extrem dagegen, dass ich einiges an Kraft aufwenden muss und langsam wütend werde.

»Sieh mich an, Abella«, fordere ich knurrend, kralle die Finger noch ein Stück unnachgiebiger in ihre Wange, was seinen Effekt nicht verfehlt.

In der nächsten Sekunde dreht sie vor Schmerz zischend ihren Kopf zu mir.

Sobald ich in ihre hellblauen Iriden blicke, entdecke ich Tränen. Erstarrt halte ich die Luft an.

Zum einen, weil ihre Augen so wundervoll glitzern und schimmern, wie ein zugefrorener See bei Sonnenschein. Zum anderen, weil ich tatsächlich überfordert bin, was ich jetzt machen soll. Will sie, dass ich sie loslasse? Dass ich weitermache? Was?

Laut stoße ich die Luft aus, starre sie an. Jetzt, wo ich nicht mehr von der Begierde beherrscht werde, kann ich erkennen, dass es nicht nur Regentropfen sind, die über Abellas rote Wangen laufen.

»Ich ... Es tut mir leid. Du ... Es liegt nicht an dir. Eher an ... egal. Ich werde jetzt fahren.«

Ehe ich überhaupt reagieren kann, hat sie sich losgerissen und steht schon vor der Schiebetür, die sich nicht öffnen lässt.

»Nein, bitte ... ach.« Sobald ich ihr Schluchzen höre, bin ich bei ihr und tippe den Pin ein. Als würde sie von einem Verbrecher gejagt, rennt sie durch die offene Tür auf ihre Sachen zu und sammelt sie zusammen.

»Abella«, rufe ich, folge ihr, was sie aber nicht aufhält. Immer hektischer schmeißt sie alles in die Tasche, will in den Flur stürmen, wobei sie wegen ihren nassen Füßen auf den Fliesen fast ausrutscht. Aber sie ist so neben der Spur, dass sie ihr Tempo nicht einmal drosselt.

Jetzt reicht es. Wütend stapfe ich tropfend durch meinen Wohnbereich, bekomme sie am Arm zu fassen, als sie ihre Schuhe greifen will und schmeiße sie mir über die Schulter.

»Ey, was ...« Abella stockt kurz, beginnt dann aber sofort, sich wie wild zu wehren. »Lass mich runter, bitte.

Ich muss hier weg. Das ... ich ...« Während sie meckert, weint oder was auch immer, wahrscheinlich eine Mischung aus allem, trage ich sie über die Wendeltreppe hoch in die erste Etage und stelle sie im Gästezimmer auf die Füße.

Sofort versperre ich die Tür, damit sie gar nicht erst auf dumme Gedanken kommt.

Eine Gänsehaut bildet sich auf meiner Haut. Was mit Sicherheit der Situation, den Gefühlen und den nassen Klamotten geschuldet ist. Fuck of hell, wie konnte das bitte so enden?

In meiner Vorstellung habe ich der Frau endlich mal bewiesen, was sie bei einem Mann auslöst.

Hätten wir sie in unsere Welt entführt, gejagt und erlegt. Oh, ach so. Du bist immer noch im Pussy-Modus. Fragst du mich, wird alles einfacher, wenn du sie einmal hattest.

Kann meine innere Stimme auch mal die Fresse halten? Herrgott, vielleicht bin ich doch schizophren oder wahnsinnig?

Ach, mach dir nichts draus. So schlimm ist es nicht, es liegt nur an ihr!

Ernsthaft? Ob es meinem Dad auch so ging? Wird das Schlimmste wahr und alle Vorkehrungen haben nichts genutzt?

»Ich muss ... ey ...« Etwas berührt mich an der Brust, was mich aus diesem Selbstgespräch reißt. Abella steht direkt vor mir und sieht mich immer noch aus verquollen Augen an. »Lass mich gehen. Ich hätte nie bleiben dürfen und-«

Ihre Worte lösen eine Kettenreaktion an Gedanken in mir aus, von *ja, endlich hast du es verstanden*, bis zu *nein, das alles mache ich nur zum Schutz für dich.*

Wütend schlage ich mit der flachen Hand gegen die Wand neben mir und bringe Abella zum Schweigen.

»Keine Ahnung, was draußen passiert ist. Aber du wirst heute Nacht hier schlafen und nicht unter Alkoholeinfluss in dein Auto steigen. Ist das klar?«

Überfordert blinzelt sie mich an, scheint abzuwägen, bis sie sich scheinbar entschieden hat. Sie verschränkt die Arme und zum ersten Mal, seit wir uns geküsst haben, sehe ich wieder ihren kleinen Widerwillen, der während des Abends oft aufgeblitzt ist.

»Ich habe dich was gefragt«, knurre ich und beuge mich zu ihr. Dass ich sie mit meiner direkten, fordernden Art eventuell überfordere, ist mir egal. Ich habe keine Kraft mehr, die unterschiedlichen Persönlichkeiten zu jonglieren. Gerade gibt es nur noch mich.

»Ja. Aber Ziam, es ist kompliziert. Ich ...« Ja, das würde ich sofort unterschreiben, das habe ich gemerkt.

»Es ist okay, Abella.« Besitzergreifend lege ich meine Hände an ihre Wangen und versinke in ihrem Anblick. Zerknittert, nass, mit verschmierter Schminke aber hundertprozentig natürlich.

Sanft küsse ich ihre Stirn, streiche kurz mit den Daumen über ihre Wangen und drehe mich augenblicklich um, damit ich nicht auf dumme Ideen komme. Ohne ein weiteres Wort zu sagen, verschwinde ich.

Seit wann benimmst du dich wie ein Partner? Wir küssen niemanden auf die Stirn. Das ist nicht unsere Art, wir nehmen uns, was wir wollen, und das ist alles von ihr.

Die Frage ist, wer ist wir und wer bin ich?

Normalerweise hätte ich einen Tobsuchtsanfall bekommen, weil ich meine Begierde nicht stillen konnte. Aber bei Abella. Tja, da ist wieder alles anders.

Viel mehr mache ich mir Sorgen. Ihr Verhalten ist auf gar keinen Fall normal. So etwas kommt nicht davon, dass man unsicher ist. Was stimmt mit dir nicht, kleine Eisblüte?

KAPITEL 14

Ob ich völlig gestört bin? Definitiv.

Nachdem ich mich in mein Schlafzimmer in der zweiten Etage zurückgezogen habe, habe ich gehört, wie Abella durch das Haus gelaufen ist. Nach mehreren unterdrückten Versuchen, mich in ihr Zimmer zu schleichen, bin ich dem Drang irgendwann erlegen.

Seit knapp einer halben Stunde sitze ich auf dem Sessel in der Ecke des Gästezimmers und beobachte Abella beim Schlafen. Eine unruhige, mit Sicherheit nicht erholsame Nacht liegt vor ihr, so wild, wie sie sich hin und her rollt.

Ihre sinnlichen Lippen sind geöffnet und ihre Gestalt wird durch die nur halb zugezogenen Gardinen vom Mond beschienen.

Bei ihrer nächsten ruckartigen Bewegung verrutscht die Decke und gibt den Blick auf ihren nackten Oberkörper frei.

Mich wundert es nicht, dass sie das T-Shirt, das ich ihr im Bad bereitgelegt habe, nicht angezogen hat. Deswegen habe ich ein anderes mitgebracht.

Wahrscheinlich hat sie sich keine Gedanken darüber gemacht, nackt zu schlafen, warum auch. Sie konnte nicht ahnen, dass ich mich in ihr Zimmer verirre. Die Seite von mir kennt sie nicht, langsam bin ich mir nur nicht mehr sicher, ob sie nicht doch Bekanntschaft mit ihr machen will. Würdest du wollen, dass ich dir meine Abgründe zeige, Belleza?

Seit ich sie vorhin zurückgelassen habe, ist die besonnene Art, die ich sonst für alle ausstrahle, verschwunden.

Sicherlich habe ich nicht das feine Gespür von Emilio, aber ich bin nicht dumm. Abella spürt es auch, genau wie ich, da ist etwas zwischen uns. Etwas Besonderes.

Der Kuss war unglaublich. Nicht nur für mich, auch für sie. Jedoch habe ich damit etwas in ihr ausgelöst, dass sie völlig verwirrt hat.

Ihr wollt hören, dass ich mich um sie kümmere, dass es mir leidtut, dass ich herausfinde, was ihr Problem ist? Alles richtig, unterbewusst will ich das vielleicht auch. Jetzt und hier jedoch ... es ist kompliziert. Sie hat mit ihrem Verhalten mein Monster getriggert, das bei ihrer Zerrissenheit Blut geleckt hat.

Es ist genau *das* passiert, wovor ich Angst hatte. Nun will nicht nur meine Dunkelheit *sie*, sondern jeder kleine Teil von mir. Die Masken sind gefallen, auch wenn sie es noch gar nicht weiß.

Für Abella gibt es jetzt kein Entkommen mehr. Die einzige Möglichkeit, die ihr bleibt, ist es, sich auf mich einzulassen. Es wird Zeit, dass sie mein wahres Gesicht wahrnimmt und meine Leidenschaft entdeckt.

Ich vergöttere es, wenn die Frauen nicht wissen, ob sie mich lieben, hassen, schlagen oder küssen sollen. Alles von ihnen soll angespannt, überreizt und verwundbar sein, damit sie mich mit jeder Faser ihres Körpers spüren können. Ich will den besonderen Sex, der animalisch ist und in Erinnerung bleibt. Einen, der wie ein Kampf, eine Jagd oder ein Trieb ist und einem verhilft, absolut frei zu sein. Und Abella will frei sein, das sehe ich so oft in ihren wunderschönen, eisigen Augen. Selbst wenn sie sich dem nicht bewusst zu sein scheint. Abella lebt in einem vereisten Käfig, den ich unbedingt zerbrechen will.

Bist du bereit zu lernen, was es bedeutet, die Unsicherheit loszulassen? Wenn nicht, Mi Belleza, lernst du es mit mir.

Ich will das Entsetzen in Abellas Augen sehen, wenn ich ihr zeige, was für einen besitzergreifenden Mann sie sich ausgesucht hat, um ihn zu umwerben. Es ist Schluss mit dem Versteckspiel. Meine Kräftereserven sind aufgebraucht.

Seit der Nacht im Hotel, obwohl falsch, schon ab dem ersten Moment, in dem ich sie gesehen habe, kämpfe ich darum, mich von ihr loszureißen, ohne Erfolg. Sie ist immer wieder in mein Leben gestolpert. Mit aller Kraft habe ich versucht, ihr zu widerstehen, aber es war unmöglich.

Mit einem letzten Blick auf Abellas Gesicht erhebe ich mich, gehe langsam zur Tür, wobei mein Kopf und mein Herz einen wilden Kampf um die Oberhand führen.

Welches Filmchen meiner Sammlung sehe ich mir gleich an, um meiner Erektion Abhilfe zu verschaffen?

Meine Fingerspitzen berühren das kühle Metall des Türgriffs, als plötzlich hinter mir Abellas Stimme erklingt. »Ziam, bitte.«

Elektrisiert drehe ich mich um. Mein Puls schießt in Sphären, die ich vorher kaum erkundet habe.

Heilige Scheiße. Leck mich am Arsch. Hat sie gerade im Schlaf meinen Namen gestöhnt und gebettelt?

Mit einem Satz bin ich auf dem Bett und stürze mich auf Abella. Prompt versteift sich ihr Körper unter mir und ein geschockter Laut kommt ihr über die Lippen, was beweist, dass sie nun definitiv wach ist.

Ich lege mich mit meinem vollen Gewicht auf sie, drücke sie bäuchlings in die Matratze und vergrabe die Nase in ihrem Haar.

Ja, endlich. Es wurde Zeit, dass wir sie spüren.

Tief atme ich ein, sauge ihren Geruch nach Beeren in mich auf. Vielleicht kann ich mich doch nicht zurückhalten. Sie riecht so fucking gut.

»Wiederhole meinen Namen.« Verheißungsvoll lecke ich über ihr Ohrläppchen, was sie erschaudern lässt.

Leicht schüttelt sie den Kopf und versucht, sich mir zu entziehen, aber das wird ihr nicht gelingen, solange ich es nicht will. Das scheint sie auch zu merken, weil sie ihre Gegenwehr langsam einstellt.

Ihr schwerer Atem ist zu hören, dennoch sagt sie nicht einen Ton. Ihr Kopf liegt seitlich, sodass ich ihr Gesicht erkennen kann. Die Situation verleitet mich dazu, meine Hand danach auszustrecken. Hauchzart gleite ich mit den Fingerspitzen über ihre wohlgeformten Lippen und hauche in die Dunkelheit: »Sprich ihn aus. Tu es für mich.«

Einige Sekunden vergehen, in denen Abella unter mir nach Luft ringt. Ihre Unentschlossenheit ist so präsent, dass ich sie fast auf der Zunge schmecken kann.

Um ihr die Möglichkeit zu nehmen, über die Situation nachzudenken, lege ich den Arm um ihre Kehle. Halte ihren Körper gefangen, sodass sie nur noch mich wahrnimmt. Meine Haut an ihrer, mein Atem an ihrem Kopf, überall nur mich.

Im nächsten Moment löst sich die Anspannung in ihren Muskeln und sie lehnt sich vor, um ihre Stirn in ihrem

Kopfkissen zu betten. Dabei spüre ich ihr schweres Schlucken an meinem Arm.

»Warum sollte ich das für dich tun?«, fragt sie plötzlich, viel zu klar und nicht verwirrt, wie ich vermutet habe.

Offenbar scheint Abella zu gefallen, was ich mit ihr mache. Steckt in ihr doch mehr, als ich erwartet habe?

»Weil du es willst.« So ist es, nicht wahr? Zeig mir, dass ich mich nicht irre.

Scharf höre ich Abella die Luft einziehen, ansonsten bleibt es jedoch still.

Nach kurzer Zeit, in der sie nicht einmal versucht, an dieser Situation irgendetwas zu ändern, zu zetern oder zu flüchten, überlege ich, ob ich Grenzen überschritten habe.

Genügend, aber nicht alle. Wenn du mich fragst, für die zarte Blüte wahrscheinlich schon zu viele.

Ja, das stimmt wohl. Außerdem habe ich wieder genau das Gegenteil von dem getan, was ich wollte. Abstand von ihr nehmen, stattdessen liege ich mit einem Ständer auf ihr. Grandios. Ich sagte ja bereits, wenn ich erst einmal in den Rausch verfalle, ist es zu spät.

Bei der Erkenntnis knurre ich direkt in Abellas Ohr, was sie nach Luft schnappen lässt und als ich mich aufrichte, tut sie mal wieder genau das Gegenteil von dem, was ich erwartet hätte.

Statt sich unter mir hervorzuflüchten, greift sie nach meinem Handgelenk und zwingt mich damit, den Arm an Ort und Stelle zu lassen, direkt an ihrer Kehle. Ehe sie sich, so gut es ihr möglich ist, hochstemmt, um ein Stück über ihre Schulter nach hinten zu schauen.

»Nur bei dir, nur du bist es«, wispert sie. Ihre Stimme fegt über meine Haut wie ein Eissturm, der bei ihrer Klangfarbe dafür sorgt, dass er zu kleinen Wassertropfen schmilzt. Scheiße, wie kann eine Frau so verführerisch klingen, ohne dass sie es will?

Im Mondschein, der ihr Seitenprofil bescheint, kann ich die Überforderung erkennen, sehe, wie sie erneut so süß die Nase rümpft. Wahrscheinlich ist sie selbst überrascht von ihrer eigenen Aktion.

»Du rufst die Dunkelheit, obwohl du doch Angst vor ihr hast. Bist du naiv? Oder nicht so unschuldig, wie du tust?« Zärtlich atme ich gegen ihren Hals, was sie keuchen lässt. »Antworte.«

Ihre Fingernägel krallen sich in meine Haut.

So ist es gut, halt dich an mir fest, kleine Eisblüte. Du wirst es gleich brauchen.

»Ich weiß nicht.« Auch wenn Abella leise antwortet, kann ich ihre Worte klar und deutlich verstehen.

Langsam lockere ich meinen Griff, warte ab, aber auch dieses Mal versucht sie nicht, zu entkommen. *Interessant.*

»Schon verstanden«, raune ich, lecke über ihren Kiefer und grinse, weil mir bewusst wird, dass es die Möglichkeit ist, sie in meine Welt einzuführen. »Schließ die Augen.«

Sanft fahre ich mit den Lippen über ihren Hals, kann mich nur knapp davon abhalten, meine Zähne in ihre glatte Haut zu graben.

»Wieso darf ich dich nicht ansehen?« Die Verunsicherung, die in ihrer Stimme mitschwingt, vibriert auf meinem Körper und lässt meinen Schwanz pulsieren. Keine Ahnung, ob sie es spürt, aber ihre Art macht mich verdammt scharf, das darf sie gerne wissen.

»Wenn ich jetzt in deine wunderschönen Augen blicke, werde ich mich nicht mehr beherrschen können. Dann kann ich dich nie wieder vor mir beschützen, Mi Belleza.« Unterbewusst habe ich meiner Stimme ein dunkles Timbre verliehen. Keine Ahnung, wieso ich das Letzte gesagt habe, vielleicht weil ich verrückt bin oder darauf stehe, wenn sie Hoffnung hat. Obwohl sie längst verloren ist!

»Aber vielleicht ist es genau das, wonach ich suche?« Holy Fuck, what?

In der nächsten Sekunde schmecke ich Blut, weil ich mir so grob auf die Unterlippe gebissen habe, um meine Reaktion zu verstecken.

Das hat sie jetzt nicht gesagt? Zwar hat sie leise geredet, aber ich habe sie trotzdem verstanden.

Besonders weil sie genau dann ihre freie Hand nach hinten ausstreckt und damit so gut es ihr möglich ist, über meine Seite streicht.

Kurzzeitig verfluche ich mich selbst dafür, nur noch eine Boxershorts zu tragen und ansonsten nackt zu sein.

Je leichter sie mich mit ihren Fingerspitzen berührt, desto mehr steigert es das Verlangen nach ihr. Mit einem Knurren presse ich mein Becken gegen ihren Arsch, was ihr einen Laut entlockt, den ich leider nicht deuten kann. Gut oder schlecht?

Ihr Zögern macht mich an, aber lieber will ich sie laut hören. Es stört mich, dass sie mir nicht beweisen will, wie sehr sie mich und das mit uns will.

»Du willst unanständig sein, oder? Dich mir hingeben?« Langsam richte ich mich auf den Knien auf und nehme meine Hand von ihrer Kehle.

»Nicht loslassen, dann ...«, wispert sie enttäuscht, stockt aber mitten im Satz erschrocken. Das braucht sie auch nicht, denn ich kann mir denken, was ihr Problem ist.

Abella hat Angst, wovor auch immer. Vor sich selbst, der Erkenntnis, dass sie mich will oder vielleicht auch direkt vor mir. Deswegen soll ich mich ihr aufzwingen und nehmen, was ich mir wünsche. Zumindest vermute ich das.

Um meine Spekulation zu testen, presse ich rasch einen Arm auf ihre Schulterblätter und fixiere sie so auf dem Bett.

Zwar verkrampft sie kurz unter meiner Kraft, aber das erleichterte Aufatmen, das sie im Kissen zu verstecken versucht, höre ich trotzdem.

Na gut, wenn sie es so will oder es ihr so hilft, bin ich mit Sicherheit der Letzte, der ihr erklärt, dass es psychologisch gesehen wohl das Dümmste ist, was sie machen kann. Soll das jemand anderes übernehmen. Ich kümmere mich lieber darum, herauszufinden, wie die kleine Eisblüte tickt und knacke den Eispanzer, den sie erschaffen hat.

Ohne Umschweife gleite ich mit der anderen Hand zielgenau zwischen ihre Beine und streiche ohne Vorankündigung durch ihre Spalte.

»Fuck. Du bist verdammt feucht.« Meine Worte oder Taten, wer weiß das schon, entlocken Abella ein Stöhnen. Offensichtlich gefällt ihr das.

»Willst du mich hier ...« Langsam tauche ich mit dem Finger in ihre Mitte ein, verweile kurz und ziehe ihn zurück.

Mit einem teuflischen Grinsen richte ich mich auf, schiebe meine Hand an ihrem Kopf vorbei zu ihren Lippen, streiche darüber und dringe in ihre Mundhöhle ein. »... und hier ...« Ruckartig reiße ich die Decke komplett von ihr, spüre, dass sie schon fast auf meine Berührung wartet. Das Grinsen auf meinem Gesicht wird noch breiter.

Sanft küsse ich ihre Schulter, was Abella erneut einen zuckersüßen Ton entlockt, der ihr sicherlich gleich vergeht.

Während mein Blick auf Abellas Rücken liegt, schiebe ich den Finger, der bereits in ihrer Pussy und ihrem Mund war, zwischen meine Lippen. Genießend schließe ich die Augen und ziehe ihn wieder hervor.

Bevor sie überhaupt realisiert, was ich tue, gleite ich damit erneut zwischen ihre Beine, aber statt ihre Mitte zu verwöhnen, umkreise ich den kleinen Muskelring an ihrem Arsch. Noch bevor sie reagieren kann, beuge ich mich vor und beiße in ihren Nacken, was sie schreien lässt. *Es klingt wie Musik in meinen Ohren, so hell, klar und melodisch.*

Sanft lecke ich über die Stelle, wodurch sie noch hektischer atmet.

Kreisend bewege ich meinen Finger, bis der Gegendruck nachlässt und dringe ein Stück in ihren Arsch ein. Dios Mio, das ist so gut.

»... und hier!« Ich lege meine Stirn gegen ihren Hinterkopf. »Du willst mich überall, nicht wahr? Soll ich dich in meine sündige Welt entführen? Willst du meine Beute sein, bis du mir nicht mehr entkommen kannst?«

Die Worte kommen mir immer dunkler, gefährlicher über die Lippen. Ohne Scheu reibe ich mit meinem Daumen der anderen Hand Abellas Klit und genieße ihren zitternden Körper unter mir.

»Ziam«, stöhnt Abella im nächsten Moment. Und es ist das Atemberaubendste, Heißeste und Zerrissenste, aber auch Wunderschönste, das ich jemals gehört habe. Und weil ich merke, dass mein Schwanz so hart ist, wie schon lange nicht mehr und nur eine Berührung reichen würde, dass ich augenblicklich komme, zucke ich wie vom Blitz getroffen von ihr zurück. Diese Lehrstunde oder Einführungskurs, was auch immer es ist, kann ich nicht länger durchhalten.

Abellas missbilligendes Schnauben hallt übermäßig laut durch den Raum, an dessen Tür ich bereits stehe.

»Schlaf gut, Mi Belleza.« Auch wenn es mir schwerfällt, ist es der beste Moment, um zu gehen, denn für alles, was als nächstes passiert, kann ich keine Garantie übernehmen. Mit Sicherheit würde es alles zerstören, wenn wir nicht erst über uns oder eher über mich reden.

Habe ich das gerade ernsthaft gedacht?

Ich drehe durch. Eindeutig, und mein schneller Herzschlag ist nur ein Beweis von vielen, die es mir belegen.

Du wärst fast einen Schritt zu weit gegangen. Ich brauchte dich gar nicht anfeuern. Hast du es auch gespürt? Diese Zerrissenheit. Sie wollte es aber dann auch nicht, ihre Angst, ich habe sie gerochen. Die kleine Eisblüte ist vielschichtig.

Meine innere Stimme hat es auf den Punkt gebracht, dass alles habe ich ebenfalls bemerkt. Aus diesem Grund bin ich gegangen. Mir schwant Böses, was sich hinter Abellas Art versteckt.

Ihr Verhalten hat mir nur bestätigt, dass es falsch wäre weiterzugehen, als das, was eben schon passiert ist. Auch wenn ich nicht leugnen kann, dass es das Geilste war, das ich seit langem erlebt habe.

Ruckartig biege ich statt ins Schlafzimmer ins Bad ab. Mit knirschenden Zähnen steige ich in die Dusche, reiße den Wasserhahn auf und stelle mich unter den Strahl.

Wie in Trance zerre ich die Boxershorts ein Stück runter, hole meinen Schwanz hervor und reibe ein paar Mal über die Härte. So fest, grob und unnachgiebig, dass ich rasend schnell auf den Höhepunkt zusteuere. Meine Eier ziehen sich verlangend zusammen.

»Abella.« Mit ihrem Namen auf den Lippen komme ich so intensiv, wie lange nicht mehr.

Fuck. Eine Gänsehaut zieht sich über meine Haut, keine Ahnung, ob es von den Gefühlen, der Kälte oder der Erkenntnis kommt, dass ich Abellas gesamtes Wesen erkunden will.

Im nächsten Moment stelle ich das Wasser aus und verlasse die ebenerdige Dusche.

Ich stehe mitten im Badezimmer, starre an die Decke und kann nicht glauben, was gerade passiert ist.

Es ist das erste Mal seit Jahren, dass ich den Namen einer Frau gestöhnt habe. Nicht ich ziehe sie mit mir, nein, sie reißt mich mit sich. Denn schockierender Weise höre ich nichts, fühle nichts und bin entspannt, wie seit Tagen nicht mehr. Wie ist es da erst, wenn wir uns richtig nahekommen? Könnte sie der Mensch sein, der dafür sorgt, dass ich endlich verstehe, was Ruhe bedeutet?

KAPITEL 15

Abella

Nervös stehe ich vor der geschlossenen Zimmertür, zupfe *sein* T-Shirt zurecht, das mir bis knapp zur Mitte der Oberschenkel reicht. Nicht nur das lässt mein Herz wie wild schlagen. Alles, was die letzten Stunden passiert ist, prasselt nun auf mich ein.

Angefangen bei meinem völlig irren Abgang von der Terrasse. Das Schlimmste: Ich weiß selbst nicht, was in dem Moment passiert ist. Es war, als würde mich eine fremde Kraft leiten, fast so, als wäre ich stiller Zuschauer meiner eigenen Handlungen.

Der Kuss hat alle Vorherigen in den Schatten gestellt und Folgende versaut. Die Kulisse und seine Worte haben mich so euphorisiert, dass der Aufprall in der Realität umso vernichtender war.

Es ist nicht so, dass ich nie mit Männern intim werden kann, meistens ist es dann ein sexueller Akt, nicht mehr und nicht weniger, ohne wirkliche Gefühle und Ekstase, aber bei Ziam ist es anders. Er schafft es, durch meine errichtete Eisschicht aus Selbstzweifeln und Angst zu dringen und mich fühlen zu lassen.

Vor einigen Tagen habe ich es schon gespürt, aber das gestern war noch einmal überwältigender. Mein Herz pochte seit langem wieder vehement in meiner Brust. Ziam hat es belebt, befreit und beflügelt.

Das letzte Mal, dass es so laut geschrien hat, war vor Angst, Scham und verdammten Ekel. Damals zerriss es mir fast den Brustkorb und ich wollte es herausreißen, damit es vorbei ist.

Gestern Nacht war es das genaue Gegenteil. Plötzlich war es, als wäre niemals etwas Schreckliches geschehen. Fast so, als würde Ziam alles mit seiner Präsenz neu ordnen.

Da liegt das Problem. Die Gefühle sind wie Glückspillen durch mein System geschossen. Die Lust hat mich mit einer Intensität getroffen, die anders als sonst nicht bitterböse, sondern dominierend und prickelnd war. Endlich wieder diente es keinem Zweck. Es war absolute Hingabe.

Ziam hat das Eis um mein Herz nicht langsam aufgetaut, nein, er hat es mit einem einzigen Schlag in tausend kleine Teile zerschlagen. Es hatte sich bereits angekündigt und meine Vermutung bestätigt. Zwischen uns ist etwas, das ich nicht ignorieren kann.

Leider hat es aber dafür gesorgt, dass auch die Erinnerungen wie Splitter durch meinen Kopf geschossen sind. Sie haben den Fluchtreflex in mir ausgelöst.

Für das, was im Schlafzimmer passiert ist, habe ich ehrlich gesagt keine Worte. Es war der Himmel und die Hölle zugleich. Ich wusste, dass er etwas versteckt, und das hat sich bestätigt. Ziam ist nicht nur eine Herausforderung. Ist er mein Untergang oder meine Wiederaufererstehung? Werde ich aufgeben oder endlich meinen Sehnsüchten nachgehen?

Hätte ich doch bloß nicht hier in seinem Haus geträumt. Erneut habe ich den fatalen Abend von vor drei Jahren als Albtraum erlebt. Nur war der Mann plötzlich jemand anderes. Nämlich Ziam.

Ob das nun krank, Verdrängung oder etwas noch Schlimmeres ist, wer weiß das schon. In dem Moment hat es geholfen. Zumindest bis ich aus diesem mehr als überwältigenden, schockierenden und traumatischen Traum hochgeschreckt bin.

Das, was dann passiert ist, treibt mir augenblicklich eine Röte auf die Wangen. Nicht aus Scham, eher wegen der Sehnsucht, die mich plagt. Das ist ungewöhnlich, weil ich dachte, nicht einmal mehr zu wissen, was das ist.

Ich hatte in der Situation keine Ahnung, was da mit ihm und mir passiert, deswegen habe ich frei heraus das gesagt und getan, was mir in den Sinn kam. Zum ersten Mal seit langem. Bis er verschwunden ist, mal wieder. Offensichtlich wird das zur Gewohnheit zwischen uns.

Rasch wische ich die schwitzigen Hände an dem Stoff ab und lege die Stirn gegen das dunkle Holz der Tür.

Die Selbstzweifel sind so laut, dass ich kaum dagegen ankomme, egal, mit wie viel Willensstärke ich es versuche. Immer wieder schallt es durch meinen Kopf. *Du warst nicht interessant, heiß und gut genug für ihn.*

Wie soll ich mich ihm jetzt gegenüber verhalten?

Vielleicht habe ich auch aus diesem Grund sein T-Shirt angezogen, um mir einzureden, dass ich so bekomme, wonach ich mich sehne. Ihn.

Okay, Abella. Reiß dich zusammen. Du gehst jetzt da runter und dann siehst du, was passiert, spreche ich mir selbst Mut zu.

Mit einem tiefen Atemzug drücke ich die Türklinke hinunter und trete in den Flur. Langsam gehe ich die Wendeltreppe runter, aber entdecke Ziam im Wohnbereich nirgends. Erst jetzt fällt mir auf, dass das Haus modern, jedoch unpersönlich eingerichtet ist. Keine Fotos oder individuelle Gegenstände fallen mir auf. Nur ein paar Auszeichnungen stehen auf einem Schrank. Damit es nicht weiter so rüberkommt, als würde ich herumschnüffeln, nehme ich den direkten Weg in die Küche.

Sanft stoße ich die angelehnte Tür auf. Sofort erblicke ich Ziam, wie er am Herd steht und in dem Moment den Kopf hebt.

Alle Härchen an meinem Körper stellen sich auf, weil sein Blick so intensiv auf meiner Haut brennt. Unter seiner Musterung trete ich nervös von einem Bein aufs andere.

Sobald er mir wieder ins Gesicht sieht, trifft mich sein breites Lächeln unvorbereitet. Mein Herz hüpft augenblicklich schneller.

»Hast du Hunger?« Bei seiner Frage blinzle ich verwundert. Wie bitte?

Erst da nehme ich den Geruch nach Pancakes und Obst wahr, was meinen Magen wachrüttelt.

»Ein bisschen.« Was hat er vor?

»Gut, denn die sind für dich.« Ziam schiebt den Teller mit dem kleinen Berg Pancakes auf den Tresen, auf dem bereits Erdbeeren und Ahornsirup stehen. Mit einem Kopfnicken deutet er auf den Hocker.

Nervös knete ich meine Hände, gehe langsam auf ihn zu. Ziam nimmt unterdessen die Kelle und gibt einen Klecks Teig in die Pfanne.

Wieso benimmt er sich so *normal*? Will er nichts dazu sagen, was gestern Nacht passiert ist?

Verunsichert beiße ich mir so fest auf die Unterlippe,

dass ich Blut schmecke.

»Nimm Platz.« Auch wenn seine Worte nett klingen, höre ich das unterdrückte Grollen deutlich. Doch ich kann nicht anders und bleibe kurz vor dem Hocker stehen.

Seine Reaktion habe ich nicht erwartet und ich bin nicht bereit, so zu tun, als wäre das zwischen uns nicht passiert. Dann stecke ich immer wieder in dieser Spirale aus Angst, Unsicherheit und Zweifeln fest. Das ist keine Option!

Tief atme ich ein, nehme all meinen Mut zusammen und stelle die Frage, die mir auf der Seele brennt.

»Bist du letzte Nacht gegangen, weil ich nicht gut genug für dich war?« Die Worte kommen mir so selbstsicher über die Lippen, dass ich selbst überrascht bin. Ich brauche eine Sekunde, um zu realisieren, was ich gesagt habe.

»Abella. Setz dich!« Eine Gänsehaut erfasst mich bei seiner dunklen, knurrenden Stimme.

Fest beiße ich die Zähne aufeinander, um seinem stürmischen Blick standzuhalten, mit dem er mich förmlich zwingt, auf ihn zu hören.

Dieser Mann macht mich irre. Ich will nicht sitzen, Herrgott.

»Nein. Erst möchte ich eine Antwort.« Bei dem Wackeln in meiner Stimme drücke ich die Schultern durch und versuche, Selbstbewusstsein auszustrahlen. Denn ich bin es gerade so gar nicht. In mir flattern meine Nerven, wie ein Vogel, der zum ersten Mal fliegen lernt.

Na los. Es ist okay, sich für sich selbst einzusetzen.

Bestärkt sehe ich Ziam entgegen, der mahnend eine Augenbraue hebt und zwischen mir und dem Teller hin und her sieht.

»Fuck. Da will man einmal alles richtig machen. Gut

...« Mit einer Handbewegung stellt er den Herd aus und kommt auf mich zu. »Dann lassen wir die Masken fallen, Abella. Wenn das dein Wunsch ist.«

Das eben noch zärtliche Lächeln auf seinem Gesicht wird schlagartig dunkler, verschlagener und einnehmender.

Schwer schlucke ich, trete aus Reflex nach hinten, doch er packt meinen Arm und zieht mich zu sich.

Ein zischender Laut entkommt mir. Etwas tief in mir flackert auf, aber ich unterdrücke es.

Nachdenklich legt er den Kopf schrägt.

Plötzlich packt er meine Hüften, hebt mich hoch und setzt mich auf das Ende des Tresens. Erschrocken schnappe ich nach Luft.

Ehe ich weiß, wie mir geschieht, greift er meine Oberschenkel, spreizt sie und stellt sich dazwischen. Unnachgiebig fasst er meinen Kiefer, zieht mich ein Stück vor und bringt unsere Gesichter knapp voreinander.

Überfordert starre ich ihn an, halte die Hände in der Luft, weil ich keinen blassen Schimmer habe, was er vorhat. Wie immer tue ich einfach gar nichts.

»Schau nicht so. Ich dachte, du wolltest eine Antwort.« Ja, schon, aber ... *O Gott, bin ich dumm.*

Zu meiner Verteidigung: Ziam ist mir unfassbar nah. Sein Geruch umhüllt mich, seine Augen, mit den dreifarbigen Ringen, außen blau, in der Mitte grün und innen braun glitzern einnehmend und sein Körper ist so warm, dass mir heiß wird.

Einen Vorteil hat es: Die Angst, die sein grober Griff am Anfang verursacht hat, ist bei Ziams Intensität regelrecht verschwunden.

Zärtlich streicht er über meine Lippe und der kühle Ring an seiner Hand ist ein angenehmer Kontrast zu meinem in Flammen stehenden Körper. Dabei hat er noch gar nichts gemacht, außer die Selbstzweifel in die hinterste Ecke zu vertreiben.

Das hier, diese Reaktion ist seine Antwort auf meine Frage. Und es passt so gut zu ihm.

»Ziam ...«, wispere ich voller Überforderung, weil ich mehr mit einer Ablehnung gerechnet habe, als in dieser Situation zu landen. Obwohl ich mich definitiv nicht darüber beschweren werde. Es gefällt mir besser, als ich zugeben will.

Bevor ich weiterreden kann, schiebt er seinen Finger in meinen Mund. *Himmel.*

Seine Augen blitzen fast hypnotisch. Mit der anderen Hand zieht er mich näher an die Kante, um seinen Schwanz gegen meine Mitte zu drücken.

Augenblicklich pocht es zwischen meinen Beinen. Fester schließe ich die Lippen um seinen Finger, entlocke ihm damit ein Knurren, das mich weiter anfeuert. Kreisend gleite ich mit der Zungenspitze um seine Fingerkuppe, genieße es, wie er jede meiner Reaktionen verfolgt.

»Du vertraust mir und willst mich, sag es«, fordert er plötzlich und zieht seinen Finger aus meinem Mund.

Überrascht zucke ich zurück.

Was ist das für eine merkwürdige Aussage?

Mal davon abgesehen, dass die Antwort nicht so einfach ist. Ja, irgendwie schon, aber auch nicht, weil ich das einmal getan und es bitter bereut habe.

»Wieso?« Zwar suche ich in seinem Gesicht nach einer Antwort, aber ich kann nichts entdecken. Seine Miene ist verschlossen, als versuche er, etwas vor mir zu verstecken. Nur was? Ziam kann nichts ahnen, oder?

»Beantworte die Frage.«

»Ziam, ich weiß nicht, weil-« Bevor ich ausreden kann,

packt er mich im Nacken und mustert mein Gesicht.

Seine Zungenspitze gleitet zwischen seinen Lippen hervor, dann beugt er sich zu mir und leckt über meine Unterlippe.

Dadurch, dass ich nicht damit gerechnet habe, kann ich das Stöhnen nicht zurückhalten.

»Du willst mich.« Rasch versuche ich, mich loszureißen, weil ich dermaßen überfordert bin und nicht weiß, was das hier soll. Sofort beschleunigt sich mein Puls und ich schiele zur Tür.

»Wovor hast du Angst, Abella?«, haucht Ziam gegen meine Lippen. In diesem Moment verfluche ich es, dass ich im Gegensatz zu ihm die Gefühle nicht verstecken kann. Wieso tut er das? Was versucht er?

»V-vor nichts.« Hektisch atme ich ein und aus, stoße meinen Atem direkt in seinen Mund. Wie verwirrend ist das. Ich habe keine Angst vor ihm, aber mir gefällt nicht, was er gerade tut.

»Du willst mich. Ich spüre und sehe es.« Sanft streichen seine Lippen über meine, schicken einen Stromstoß durch meinen Körper.

»Aber da ist noch etwas anderes, oder?«

Ruckartig reiße ich die Hände hoch, kralle sie in Ziams T-Shirt, um mich irgendwo festhalten zu können.

Überfordert schließe ich die Augen, weil ich weiß, dass es jetzt kein Zurück mehr gibt. Ziam ist aufmerksam und ich nicht gerade Expertin darin, meine Verhaltensweise zu verstecken.

Langsam nicke ich.

»Du trägst nach all den Warnungen und der letzten Nacht mein T-Shirt, hast mich direkt angesprochen und bist für dich eingestanden. Jetzt krallst du dich an mir fest, statt wegzulaufen. Das beweist doch schon, dass du bei mir anders reagierst, nicht wahr? Du musst es nur aussprechen.« Ziams Stimme ist leise, beschwörend, als würden wir ein kleines Geheimnis teilen.

Verdammt, ja, er hat recht. Mit Sicherheit würde ich es nicht Vertrauen nennen, aber bei ihm überfällt mich nicht die blanke Panik, wenn er so etwas mit mir macht. Es ist eher eine Anspannung, die in mir kribbelt, weil ich wissen will, was er als Nächstes vorhat. Es ist ein Spiel mit der Gefahr, das sich belebender anfühlt, als jemals zuvor.

Doch ein Funke Angst bleibt zurück. Denn wenn ich eins nicht will, ist es, dass wir wieder weglaufen. Egal, wer von uns und wovor auch immer.

»Ja, ich vertraue dir, teilweise ... aber das gestern. Wieso bist du gegangen?«

Ziam zieht sich ein Stück zurück, legt den Kopf schräg und sieht mir tief in die Augen.

Erneut bin ich verwirrt, kann die Situation nicht einschätzen, weil er wieder einmal nicht antwortet. Deshalb nutze ich die Möglichkeit für etwas anderes. »Stell deine Frage.«

Anerkennung flackert in seinem Blick.

»Hat dich jemand gegen deinen Willen angefasst?« Seine Stimme hält er gesenkt, die unterdrückte Wut darin höre ich trotzdem.

Die Frage schlägt ein wie eine Bombe, auch wenn ich damit gerechnet habe. Mein Körper erzittert unter der Erinnerung.

»Ja.« Ich schäme mich nicht, es laut auszusprechen. Trotzdem ist er einer der Ersten, der es merkt und nachfragt. Wieder so etwas, was ich an Ziam mag. Er scheut sich nicht davor, Dinge direkt anzusprechen.

So viele Emotionen wechseln sich in seinem Gesicht ab, dass ich mir nicht sicher bin, was in ihm vorgeht. Als er jedoch zurücktreten will, handle ich intuitiv, kralle meine Hände fester in sein T-Shirt und ziehe ihn zurück. »Nicht.«

Die Zweifel, die mich dieses Mal überkommen, schneiden tiefer als alles vorher. Ekelt er sich jetzt vor mir?

Flehend sehe ich ihn an.

»Abella.« Selbst wenn er meinen Namen so leidend ausspricht, fliegen alle Hormone in mir durcheinander.

Sanft streicht er über meine Wange. »Es ist nicht, wie du denkst. Meine Warnungen klingen verrückt, aber sie sind wahr.« Tief atmet er aus, ehe er weiterspricht. »Ich stehe nicht auf seichten Sex, kann mich selten beherrschen und ... Hör zu, ich bin nicht der Richtige für dich. Am Ende übertrete ich eine Grenze, tue etwas, das ich nie wieder gut machen kann und verletze dich.«

Seine Worte schmerzen, aber sie bestätigen mir auch, wieso ich Ziam so faszinierend und anziehend finde. Andauernd redet er von seiner Dunkelheit, dabei beweist allein, was er sagt, wie viel mehr noch in ihm steckt. Ich sehe es, selbst wenn er es nicht wahrhaben will. Nach meinem tiefen Winterschlaf hat er mich wieder erweckt. Ob er das akzeptiert oder nicht. Jetzt muss er damit leben, dass ich ausspreche, was mir durch den Kopf geht.

»Vielleicht ja, vielleicht auch nicht. Aber du bist der Einzige, der mich retten kann.«

Seine Augenbrauen ziehen sich zusammen, sein Blick wird dunkler und ein raues, nicht humorvolles Lachen kommt über seine Lippen. »Ich bin sicher alles, aber nicht dein Retter. Du wirst zwischen meinen Händen zerbrechen. Du verdienst jemanden, der keine Gefahr für dich ist.«

Schwer atmend steht er vor mir. Jede Faser in meinem Körper ist angespannt, meine Finger zittern, aber mein Kopf arbeitet auf Hochtouren.

»Vertraust du mir und willst mich auch?«, stelle ich die gleiche Frage, wie er zuvor.

»Ja, verdammt. Ich will dich so sehr, dass es mich umbringt. So wie keine andere seit langem. Das tut aber nichts zur Sache.« Knurrend unterbricht er sich, drückt sich wieder an mich. »Was ist, wenn ich dabei deine weiße, reine Seele besudele? Ich bin ein Arschloch, aber bei dir ...« Wild rauft er sich die Haare. »Dios mio, du machst mich verrückt. Bei dir weiß ich nicht, was ich will. Ja oder nein. Fuck.«

Ehe er reagieren kann, lege ich meine Hand an seinen Hinterkopf und drücke ihn zu mir, um ihn zu küssen. Sobald unsere Lippen sich berühren, erfasst mich eine Hitze.

»Durch dich fühle ich. Bitte, Ziam, nimm mir das nicht«, wispere ich direkt an seinem Mund, küsse ihn erneut und beiße in seine Unterlippe.

So forsch zu agieren, verursacht eine Gänsehaut, stellt alle Härchen auf meinen Arm auf. Es ist ungewohnt. Doch irgendwie gut, weil Ziam daraufhin seine Hände fester in meine Hüften krallt. Sofort fühle ich mich geerdeter, obwohl alles in Flammen steht.

Dass meine Finger in seinen Haaren zittern, ignoriere ich. Das hier ist die einzige Chance, um ihn zu überzeugen und ihm klarzumachen, worum es geht. Seine Warnung habe ich verstanden, bin mir der möglichen Konsequenzen bewusst, aber gehe das Risiko dennoch ein. Es ist an der Zeit, dass er versteht, was er in den Händen hält. Mein Leben.

»Abella. Das kann nur schief gehen.« Ziam klingt so gequält, dass ich an seinen Lippen schmunzle.

»Ich weiß, wirklich.« Meine Worte fließen direkt in seinen Mund. In der nächsten Sekunde keuche ich, weil sein Schwanz an meiner Mitte zuckt und mir bewusst macht, in welcher Position wir uns befinden.

»Du musst sagen, wenn-« Fest kralle ich die Hände in seinen Nacken, unterbinde damit diese Aussage, die ich nicht hören will.

»Behandle mich nicht anders. Sei du.« Ich will ihn küssen, aber er packt meinen geflochtenen Zopf, wickelt ihn sich schnell ums Handgelenk und zieht mich daran zurück.

»Du bist vollkommen irre. Forderst, obwohl du nicht einmal weißt, wonach. Das muss ich dir austreiben oder es endet schlecht.« Glühend starrt er mich nieder, fördert damit die Röte auf meinen Wangen, die sich bereits bei meiner forschen Art bemerkbar gemacht hat.

»Lass mich vergessen«, flehe ich, lecke mir über die Lippen und stütze mich mit den Ellenbogen auf dem Tresen ab, weil er meinen Kopf so überstreckt.

»Fuck.« Mit diesem Fluch tritt Ziam zurück und als ich denke, dass wir erneut eine Hundertachtziggrad-Wende machen, packt er meine Oberschenkel und zieht daran.

Mit einem erstickten Schrei falle ich nach hinten auf den Tresen und kann meinen Kopf gerade so vor dem Aufprall schützen. Während ich an die Decke starre, höre ich Ziam murmeln: »Da will man einmal reden. Frauen.«

Gerade will ich empört antworten, was jedoch in einem Stöhnen untergeht.

O verdammt, das ist ... In Lichtgeschwindigkeit schießt die Lust durch jede Faser meines Körpers und zwischen meinen Beinen wird es feucht.

»O mein ... Ziam.« Unsanft greife ich mit einer Hand in Ziams Haare und schließe die Augen, als die Leidenschaft, mit der er sich mir widmet, durch meine Adern fegt.

Ohne auch nur ein Wort zu sagen oder mich darauf

vorzubereiten, hat er meine Beine für sich gespreizt, den Slip beiseitegeschoben und leckt mit seiner warmen Zunge durch meine Mitte. Die kleinen, elektrischen Funken kribbeln in meinem Unterleib und vereinen sich rasend schnell zu einem heißen Ziehen.

Keuchend huscht mein Blick von der Decke zu seinem Kopf, der zwischen meinen Beinen hervorschaut. Seine beringten Finger graben sich in meine Oberschenkel, die er weiter auseinanderdrückt, um sich mehr Platz zu verschaffen.

Meine Wangen brennen beim Geräusch, das seine Lippen an meiner feuchten Mitte verursachen. Es steigert sich bei seinen nächsten Worten noch und droht mich unter ihm verglühen zu lassen.

»Du schmeckst so verdorben gut.« Ziams dunkles Grollen und seine Zunge, die im perfekten Rhythmus gegen meine Klit schnellt, treiben mich noch weiter an.

»Na, los. Beweis mir, dass ich es bin. Fühl nur für mich, Mi Belleza.« Erneut schließen sich seine Lippen um meinen Lustpunkt, saugen daran und zwei Finger dringen in mich ein.

»Ziam.« Stöhnend winde ich mich, komme aber nicht weit, weil er seine andere Hand auf meinen Bauch presst, um meinen Körper damit auf dem Tresen zu fixieren.

»So ist gut. Bettle. Schreie. Flehe. Stöhne. Ich will alles hören. Lauter.« Nach seinen Worten krümmt er seine Finger und reibt über die empfindliche Stelle in mir.

Nun bin ich verloren und für immer abhängig. Von ihm und diesen Gefühlen. In diesem Moment nimmt er sich das von mir, was ich niemandem schenken konnte. Bis jetzt. Halte es in Ehren, Ziam Moreno. Eventuell ist es nur eine bitterböse Erinnerung.

KAPITEL 16

Liam

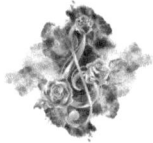

»Fuck. O mein ...« Mit einem Stöhnen presst Abella meinen Kopf fester auf ihre Mitte, was mir ein dunkles Knurren entlockt und mich weiter antreibt.

Mein Schwanz ist so hart, meine Eier so prall, dass ich jede Sekunde abspritzen könnte, nur von ihrem Geschmack auf der Zunge.

Ihre Hingabe ist so berauschend. Die Frau reagiert so herrlich auf meine Berührungen, dass sie unglaublich feucht und mein Mund getränkt von ihrem Saft ist.

Eine Mischung aus erstickten Lauten, Stöhnen und Keuchen hallt durch den Raum, feuert mich weiter an, bis ich spüre, wie Abella erzittert.

Abella streckt den Rücken durch, presst ihre Oberschenkel aneinander und kesselt mich zwischen ihren Beinen ein. Ihre Mitte zieht sich um meine Finger zusammen und sie gibt sich mir hin.

O ja, meine Eisblüte hat sich die Worte zu Herzen genommen und schreit ihren Orgasmus laut heraus.

Rasch drücke ich ihre Beine auseinander, stütze mich neben ihr ab, um sie dabei bewundern zu können.

Abellas Wangen sind gerötet, ihr Brustkorb hebt und senkt sich hektisch und ihre Lippen sind einen Spalt geöffnet, während sie ihre Augen zusammenpresst.

Ich bedecke ihre Mitte mit ihrem – also meinem – T-Shirt, streiche über ihre Oberschenkel und massiere die Muskeln.

Zärtlich führe ich die Bewegungen fort und begleite sie durch das Abschwächen des Höhepunkts. Doch selbst nach kurzer Zeit regt sie sich nicht, obwohl sie bereits gemächlicher atmet.

Nachdenklich betrachte ich sie. Die süßen Sommersprossen auf ihrer Haut und die weichen Gesichtszüge. Ihre Augen sind immer noch geschlossen und bis auf ihren Brustkorb, bewegt sie sich nicht.

Fuck. Das war ja wohl nicht schon zu viel, oder?

»Abella. Alles Okay?« Kurz warte ich, bis ich aus dem Bauch heraus handle. Tja, und weil ich im Gegensatz zu ihr keinen Aftersex-Entspannungs-Cocktail in mir habe, greife ich an ihre Schultern und richte sie auf. Da sie weiterhin keine Reaktion zeigt, ziehe ich sie an mich und umarme sie.

»Ja. Ich verarbeite«, nuschelt sie kurze Zeit später und schlingt plötzlich mit mehr Kraft, als erwartet ihre Arme um mich. Ihr Atem kitzelt meinen Hals, beschleunigt damit meinen Herzschlag und lässt meinen Schwanz erwartungsvoll zucken.

»Interessante Ausdrucksweise.« Ich erwische mich dabei, an ihrem Zopf zu spielen. Augenblicklich halte ich in der Bewegung inne und mein Körper spannt sich an.

Abella richtet sich auf, sieht abwechselnd zwischen

meinem Ständer und mir hin und her und knabbert an ihrer Unterlippe.

Rasch reibe ich mir übers Gesicht. Will sie meine Beherrschung testen? Wenn, dann bestehe ich das auf jeden Fall nicht.

»Mach das nicht. Weißt du, was das für eine Wirkung hat?« Nachdenklich legt sie den Kopf schräg, hört aber nicht auf, sondern grinst leicht. »Okay, vergiss die Frage. Lass das.«

Mit dem Daumen streiche ich über ihre Lippe, halte überrascht inne, als sie dasselbe bei mir tut.

Entspannt sehen wir uns an, versinken in der Zweisamkeit, die wir beide sichtlich genießen und gebraucht haben.

Ja, wir haben zu lange versucht, der Anziehung standzuhalten. Mit dem Ergebnis, dass wir uns beide verletzt haben.

Sanft gleite ich mit dem Finger über ihren Kiefer, spüre, dass sie die Bewegung spiegelt. Lächelnd stoppe ich, versinke in ihren Iriden und kann nicht glauben, dass ich mir das verwehrt habe. Wofür?

»Zeig mir, was du willst, Ziam.« Aufrichtig lächelt Abella und versetzt meinem Herz damit einen Stromschlag. Wild beginnt es zu rasen, treibt das Blut in meinen Adern zu Höchstleistungen an.

Zärtlich gleiten meine Fingerspitzen über ihre Brust, zu ihrem Bauch und beginnen den Weg von vorne. Genauso wie sie es bei mir macht. Eine Gänsehaut schleicht sich auf meine Arme, die Abella mit einem wunderschönen Lächeln quittiert.

Wie hypnotisiert starre ich auf ihre Hand, genieße das Kribbeln in meinem Körper, das ihre zarten Berührungen verursachen. Ich bin gefangen von ihrer reinen Präsenz. Nicht sie ist verloren, eher ich bin es.

»Du musst dich nicht beweisen«, flüstere ich in die Stille, die nur von unserem Atem unterbrochen wird.

»Nein, aber ich will.« Zu ihren Worten legt sie ihre Hand auf meine harte Erektion, fixiert dabei fasziniert die Stelle, an der sie mich berührt. Getrieben von der Lust, Gier und zarten Leidenschaft, die Abella mit jeder weiteren Sekunde anfeuert, kralle ich haltsuchend die Finger in ihre Oberschenkel.

Plötzlich packt sie so fest zu, dass mein Schwanz in ihrem Griff heiß und erfreut zuckt. Ein Grollen, das ich nicht unterdrücken kann, kämpft sich aus meiner Kehle empor. Fucking Goodness.

Anders als beim letzten Mal – als sie meine untere Körperregion erkundet hat – ist sie dieses Mal nicht vorsichtig, eher besitzergreifend und roh. Genau, wie ich es liebe. Offensichtlich wecke ich etwas in ihr und es gefällt mir zu gut.

»Ich will beenden, was ich damals versaut habe.« Zusätzlich zu ihren Worten klimpert sie verführerisch mit ihren Wimpern, streichelt durch die Hose meine Schwanzspitze und lässt mich dabei nicht aus den Augen.

Verdammt. Es wäre gelogen, wenn ich behaupten würde, dass ich nicht überrascht bin. Es bedeutet aber nicht, dass ich nein sage. Bin ich bescheuert? Sicher nicht. Immerhin habe ich ihr klar zu verstehen gegeben, dass ich, wenn es ums Thema Sex geht nicht der Gentleman und Engel bin. Außer bei ihr offenbar.

Mit einem verführerischen Lächeln sehe ich zu ihr, greife an den Hosenbund und befreie die Spitze meines Schwanzes.

Sehnsuchtsvoll leckt Abella sich die Lippen, sieht aus

flatternden Lidern zu mir. Meine Begierde nach ihr steigt augenblicklich in galaktische Sphären.

Holy, ich wusste es. Abella ist eine sündige Versuchung. Kurzzeitig überkommt mich der Drang, sie zu verderben, mit der Dunkelheit in mir zu besudeln, um sie zu meiner zu machen. Bald ist es an der Zeit, die Blätter ihrer Blüte schwarz zu färben, sie mit meinen Malen zu versehen und für jeden anderen sichtbar als mein zu markieren.

Eben wegen diesen Gedanken, kommen mir die nächsten Worte in einem verheißungsvollen, dunklen Timbre über die Lippen: »Beweis mir, wie sehr du ihn vermisst hast. Willst du ...«

Meine Worte gehen in dem Läuten der Türklingel unter.

Verdammt. Ernsthaft? So viel ungebetenen Besuch gab es die letzten Jahre nicht.

»Tut mir leid, das Problem ...« Abella zuckt mit den Schultern, deutet auf meinen Schritt. »... muss offenbar warten.«

Eindeutig kann ich sehen, wie sie versucht, ein Lachen zu unterdrücken. Mahnend schnalze ich mit der Zunge und schiebe meine Erektion zurück in die Hose. »Noch lachst du. Wer ist schuld an dem Ständer? Hm, überleg dir schon mal, wie du das wieder gut machst.«

Teuflisch grinsend schnipse ich gegen ihre Wange, weil sie mich mit offenem Mund anstarrt und keinen Ton herausbekommt.

Tja, was dachte sie? Dass ich jetzt mürrisch bin? Sicher nicht. Ich habe gesehen, wie sehr sie es wollte. Außerdem habe ich schon eine Idee, wie unser nächster Exkursionskurs aussehen könnte. Sie vor mir auf den Knien.

Kümmere dich erst einmal darum, deinen Ständer zu verste-

cken. Außer du möchtest, dass derjenige an der Tür sich anbie-
tet, dir zu helfen.

Na, wundervoll. Ist ja nicht so, dass ich mich schon gefragt habe, wo die Stimme geblieben ist. Die Ruhe, die während der Zeit mit Abella geherrscht hat, war zu himmlisch.

»Warte hier«, rufe ich ihr über die Schulter zu und gehe in den Flur. Auf dem Weg dahin klemme ich meinen Schwanz unter den Bund der Hose.

Tief atme ich ein und aus, beruhige meinen Puls und hole die Ruhe aus der hintersten Ecke meines Geistes, um denjenigen vor der Tür nicht den Schädel abzureißen. Alle wissen, dass sie sich vorher anmelden sollen. Also wer wagt es, hier aufzutauchen?

KAPITEL 17

Liam

Bei dem kurzen Blick auf den Überwachungsmonitor entgleisen mir alle Gesichtszüge, ehe das Unverständnis mich packt. Ist nicht ihr Ernst?

Ruckartig reiße ich die Tür auf, komme aber nicht dazu, etwas zu sagen, weil Cain schneller ist. »Was dauert denn da so lange? Hast du wieder unersättliche Frauen gejagt? Robin Hood.«

Mit einem breiten Grinsen tritt er an mir vorbei, ohne überhaupt auf eine Reaktion von mir zu warten. Nicht, dass ich eine hätte. Auch wenn ich seine Sprüche kenne, trifft der mich zu unvorbereitet. Das Blut sollte schnellstmöglich wieder in meinen Kopf wandern.

»Wieso meldest du dich nicht an? Du ...« Knurrend unterbreche ich mich vor Entsetzen selbst. Neben Cain betreten nun auch Emilio und Rome mein Haus. Dem Allen setzt nur noch die Krone auf, als Artes – unser gemeinsamer Kumpel und ebenfalls Sänger – den beiden auf dem Fuß folgt. »Hey, Alter. So wie du guckst, hast du es vergessen, Arrow.« Moment. Wie?

Und können sie bitte diese merkwürdigen Spitznamen lassen. Manchmal verdienen die beiden eine Runde in meinem Boxring.

Ja, bitte. Kommt doch herein. Ist ja nicht so, dass ich Besseres vorhatte. Aber hey.

Ehe ich mich sammeln kann, laufen die vier in Richtung Wohnbereich und lassen mich überrumpelt zurück.

Kurz schließe ich die Augen, versuche zu erfassen, was hier passiert, aber kein klarer Gedanke stellt sich ein. Das wiederum wundert mich nicht. Wenn ich eins nicht leiden kann, sind es ungeplante Situationen. Jetzt kann ich daran aber sowieso nichts mehr ändern.

Schnaubend schlage ich die Tür zu, drehe mich um und folge meinen Kumpels.

Als hätte ich sie eingeladen, setzen sich Cain, Artes und Emilio auf die Couch, während Rome vor der großen Fensterfront in den Wald schaut. Mit verschränkten Armen stehe ich in meinem eigenen Haus und weiß nicht, was hier passiert.

»Wenn du nicht so durch den Wind wärst und antworten würdest, wüsstest du, was los ist und wieso wir hier sind.« Bei Emilios Worten schüttele ich den Kopf und lehne mich an die Wendeltreppe, von der ich alle vier im Augen behalten kann.

Unrecht hat er nicht, mit allem, was er sagt, aber das weiß er auch. Erst jetzt fällt mir auf, dass ich total die Zeit vergessen habe.

»Ich bin beschäftigt. Was ist?«

»Wo ist Abella?« Bei Emilios Frage entgleisen kurzzeitig meine Gesichtszüge, die ich aber sofort wieder glätte. Zwanghaft unterdrücke ich es, zur Küchentür zu schauen.

Beim Grinsen, das an Emilios Lippen zupft, ist mir alles

klar. Ich bin schon lange aufgeflogen. Wundern tut es mich nicht, dass ihm mein Verhalten merkwürdig vorkommt. Wieso kann der Kerl mich auch so gut lesen?

»Was hast du getan?«, fragt Emilio und erhebt sich langsam, um zu mir zu kommen.

»Müssen wir Abella aus einem Grab befreien? Oder hast du sie bewusstlos gevögelt?« Rome reißt sich vom Anblick des Waldes los und sieht grinsend über seine Schulter zu mir.

»Ich hinterfrage das jetzt nicht«, wirft Artes ein und zieht sein Handy hervor. *Besser ist das.* Was soll denn der Auftritt hier? Wenn sie mich reizen wollen, funktioniert das.

»Witzig. Unfassbar«, knurre ich. »Sie ist nicht hier. Also, was wollt ihr wirklich?« Gut, die Lüge kam mir leichter über die Lippen als gedacht.

Keine Ahnung, wie ich erklären soll, was gestern und heute Morgen passiert ist. Herrgott, ich verstehe es selbst nicht. Noch dazu bin ich nicht der Typ, der mit seinen Frauen angibt, das überlasse ich Rome.

Na ja, im Endeffekt hat uns die kleine Eisblüte überwältigt und wir sind ihre Eroberung. Aber rede dir das ruhig ein.

Definitiv war es besser, als es still in meinem Inneren war. Allein bei diesem Aspekt will ich mich am liebsten sofort wieder mit Abella zurückziehen.

Romes Lachen und seine Hand auf meiner Schulter holen mich aus den Gedanken. »Genau, Kumpel. Deswegen steht ihr Auto vor der Tür und deine Haare sehen aus wie nach einem Katzenfight.« Auch wenn wir uns gut verstehen, weil unsere Vergangenheiten gleich beschissen waren, sind wir extrem unterschiedlich. Deswegen treibt er mich andauernd auf die Palme, wie jetzt.

»Noch irgendwelche produktiven Einwürfe? Wenn nicht, wäre ich gerne wieder allein.« Kurz schiele ich zur Küche, kann durch den Spalt Abella entdecken, die sichtlich nervös an ihrem Zopf spielt, wie sie es immer tut. Ihr Blick spricht Bände, eindeutig hat sie gehört, was meine ach so tollen Bandkollegen hier alles so von sich geben.

Scheiße. Na gut, ich habe ihr gesagt, dass ich auf merkwürdige Dinge stehe, aber dass die Jungs es klingen lassen, als wäre ich ein Mörder, ist dann doch etwas übertrieben. Ich bin vieles und gehe für meine Rache weit, aber das. Nein.

Tief atme ich ein, versuche, einen klaren Gedanken zu fassen, was nach den letzten Stunden unmöglich ist.

»Ich höre. Erklärt mir, was ihr wollt.« Langsam pisst es mich an, dass mir keiner der vier sagt, was ihr auftauchen soll. Angespannt verschränke ich die Arme vor der Brust.

»Ganz schön neben der Spur, der Junge, wenn er es sogar vergisst und jetzt noch nicht einmal draufkommt. Offenbar hat sie ihn eher ordentlich durchgevögelt«, lachend lehnt Artes sich zurück und zwinkert mir zu. *Arschloch.*

Woran soll ich mich erinnern? In meinem Kopf arbeiten die Zahnräder, aber irgendwie kommt nichts Hilfreiches dabei rum.

»Noch ein Wort«, knurre ich. »Was-«

»Wo ist Abella?«, unterbricht Emilio mich und spiegelt meine Körperhaltung. Dabei grinst er so dunkel, dass ich genau weiß, was er hier macht. Dieser elendige Arsch will sie hervorlocken, nur um mir unter die Nase zu reiben, dass er und Malia recht damit hatten, dass ich ihr irgendwann nicht mehr widerstehen kann. Aber das kann er vergessen.

Doch ich komme gar nicht dazu schnell genug zu

reagieren, denn in der nächsten Sekunde erklingt Abellas Stimme. »Ich bin hier.«

Ach, verdammt. Ruckartig sehe ich zur Seite, genau in dem Moment kommt Abella auf uns zu. In meinem T-Shirt, mit fucking roten Wangen und halb aufgelösten Zopf. Sie zupft am Saum, zieht es ihn sich damit weiter über die Oberschenkel und steuert direkt auf mich zu.

»Was ist los?«, fragt sie meine Kumpels, die sie verblüfft ansehen.

Mit überkreuzten Beinen stellt sie sich sichtlich unwohl neben mich, setzt dabei dieses unehrliche Lächeln auf, wie sie es immer tut.

Ohne drüber nachzudenken, lege ich einen Arm um sie und drücke sie an meinen Oberkörper. Augenblicklich verwandelt sich das Grinsen auf ihrem Gesicht in ein echtes. Nur das typische Rümpfen ihrer Nase ist das letzte Anzeichen dafür, dass ihr die Situation nicht geheuer ist. Kein Wunder. Mir auch nicht.

Sag mal, weiß sie von deinen kranken Aversionen, deinen verrückten Gedanken ihr gegenüber? Ne, oder? Richtig guter Start, in was auch immer das ist. Aber ist okay, bleib in dem Glauben, dass du alles geklärt hast.

»Bin nicht begraben, nicht festgebunden und lebe.« Bei Abellas nüchternen Einwurf stoße ich schockiert die Luft aus, reibe mir übers Gesicht und kann nicht glauben, wie ich in diese Situation gekommen bin.

Nur durch ihre verkrampfte Körperhaltung merke ich, dass sie die Taffe spielt. Denn sie beherrscht die Körpertäuschung und das Verstecken ihrer wahren Gefühle genauso wie ich.

Cain prustete laut los. »Ach, kleine Elsa. Da haben Emilio und ich noch einmal Glück gehabt, das hätte uns sonst eine Menge Ärger bei unseren Freundinnen eingebracht.«

»Gern geschehen.« Fest krallt Abella ihre Hand in meinen Rücken, während sie Cain die Stirn bietet, der darauf nur schelmisch grinst. Was für ein Idiot.

»Zumindest beim Festbinden kann ich dir helfen. Kannst dich immer melden. Selbst wenn wir es bei Ziam ausprobieren.« Mit einem flirtenden Blick lehnt Artes sich vor, sieht zu Abella, die ihr Lachen mit einem Husten kaschiert.

In mir fletscht ein Monster die Zähne, dem ich mir bisher noch gar nicht bewusst war. Wut. Lust. Unsicherheit. Alles auf einmal, züngelt in mir und das ist für die Anwesenden nicht gut.

Gerade ist Artes das Ziel. Schwer schlucke ich, um diesen ekligen Geschmack herunterzuschlucken. Das fühlt sich gewaltig nach Eifersucht an, dabei habe ich diese Emotionen vor Jahren begraben. Im buchstäblichen Sinne.

Gestern habe ich mir noch geschworen, dass Abella verschwinden muss. Jetzt würde ich am liebsten die Faust in Artes Gesicht rammen, weil er ungeniert auf ihren kurvigen Körper starrt, der in meinem verdammten T-Shirt steckt. Sie gehört mir. Nur mir!

Fest balle ich die Hände zu Fäusten, atme tief durch und versuche, mich zu fokussieren.

»Dürfte ich jetzt, wo ihr euren Spaß hattet, erfahren, was ihr hier wollt?« Die Worte kommen mir deutlich ruhiger über die Lippen, als ich erwartet habe. Gut so.

»Wir haben den ersten Tonstudio-Termin. Und zwar jetzt.« Bei Emilios belustigten Tonfall drehe ich erschrocken den Kopf zu ihm. »Guck nicht so.«

»Wie bitte?« Überrumpelt sehe ich zu der digitalen Uhr, die im Tonstudio hängt, und traue meinen Augen kaum. Das kann nicht sein, aber er hat recht. Heiliges, seit wann vergesse ich so wichtige Termine? So etwas passiert mir nie. Bis jetzt. »Fuck. Verdammt«, stoße ich elektrisiert aus.

»Eindeutig durch den Wind. Sieh nur an, was du mit unserem Ruhepol machst, kleine Elsa.« Cain zwinkert Abella zu, was mir ein Knurren und ihr ein Lachen entlockt.

»Ich sollte eh gehen, lasst euch nicht stören.« Mit ihren Worten löst sie sich von mir und eilt die Wendeltreppe nach oben. Dabei stecke ich noch darin fest, dass ich bei der ganzen Entwicklung des Abends meinen Job vergessen habe.

Ich komme nicht herum, meinen Kumpels einen Todesblick zuzuwerfen und gegebenenfalls doch zu überdenken, mich zu prügeln, falls sie ihr hinterher schauen.

Kurz zuckt Artes Blick, ehe er beschwichtigend die Hände hebt. »Mir gefällt es, dich mal nicht so perfekt zu sehen. Macht dich gleich sympathischer, Loverboy.« Habe ich erwähnt, dass ich meine Freunde manchmal hasse?

»Mir auch«, mischt sich Rome ein und schlägt mir erneut gegen die Schulter. »Na, los. Du solltest dir was anziehen und deine Holde verabschieden.«

Knurrend schüttele ich bei seinem dämlichen Spruch seine Hand ab. »Halt die Klappe.« Dass ich dabei schmunzeln muss, kann ich nicht unterbinden.

Mit schnellen Schritten folge ich Abella, die in dieser Sekunde aber bereits in ihren Klamotten aus dem Zimmer kommt und mir das T-Shirt reicht. »Danke, Ziam. Also nicht für heute Morgen, sondern für das Oberteil und ... ach ... einfach danke.«

Mein Grinsen wird bei ihrem nervösen Gerede breiter. Außerdem gefällt es mir, dass sie trotz allem, was wir getan haben, immer noch auf eine gewisse Art schüchtern ist.

»Behalte es, bis wir uns wiedersehen, bitte.« Sanft drücke ich ihre Hand mit dem Shirt zurück an ihre Brust. Ein Lächeln schleicht sich auf ihre Lippen und ihre Augen leuchten so einnehmend wie gestern, als wir im Regen standen.

Mit einem Griff in ihren Nacken ziehe ich sie zu mir. Ihre weichen Rundungen schmiegen sich passend an mich. Langsam kehrt die Ruhe zurück, die ich so gut gebrauchen kann. Tief atme ich ein, sauge ihre Nähe auf und beuge mich zu ihren Lippen. Hitze sammelt sich in meinen Lenden, Wärme erfasst mich und paralysiert jede Pore meines Körpers, der bereits sehnsüchtig nach ihr verlangt.

Ehe ich dem Drang erliege, sie zu küssen oder wieder wegzulaufen, mischen sich erneut meine Bandkollegen ein.

»Nicht knutschen. Anziehen, Moreno«, dringt Cains witzelnde Stimme zu uns.

Mahnend schnalze ich mit der Zunge, beuge mich über die Balustrade der Empore der Galerie, auf der wir stehen und sehe in den Wohnbereich.

»Zeitdruck, Kumpel. Wird's bald«, ruft Rome und stellt sich breit grinsend neben Cain. Dass die beiden es genießen, mich aufzuziehen, weil wir wegen mir zu spät kommen, war klar. Komischerweise fühlt sich das weniger scheiße an als gedacht. Was machst du bloß mit mir, kleine Eisblüte?

»Immer mit der Ruhe. Bin gleich da.«

Meine Welt steht eindeutig Kopf und schuld ist sie. Ihr weicher Blick, der mein Herz hüpfen lässt, weckt den Instinkt in mir, sie zu beschützen. Vor allem und jeden, im Notfall auch vor mir selbst.

KAPITEL 18
Abella

Mit wild klopfendem Herzen trete ich in den Fahrstuhl im Gebäude von *CDC*.

Bei dem Blick auf meine Armbanduhr wird mir schon wieder schwindelig und das aus gleich mehreren Gründen.

Der Eine: Ziam.

Der Zweite: Meine wirren Gefühle. *Mist, Mist.*

Dadurch, dass der Termin mit Ziam gestern Abend war, habe ich sowieso angekündigt, heute später anzufangen, aber mit Sicherheit nicht erst mittags.

Gut, in diese Planung war nicht integriert, dass ich die Nacht bei ihm verbringen und morgens als Frühstück auf seinem Tisch lande.

Allein beim Gedanken daran erröte ich und bin überrascht von meinem glücklich aussehenden Gesichtsausdruck, den ich im Spiegel des Aufzugs erkenne. Auf eine angenehme Art fühlt es sich gut an, berauschend und so energiespendend. Woher das kommt, weiß ich genau. Es ist etwas in mir erwacht, das ich so lange nicht spüren konnte. Jetzt schimmern so viele unterschiedliche Farbnu-ancen in meinem Kopf, die Schweife von Emotionen zu sein scheinen. Nur sind sie so wild und unkoordiniert unterwegs, dass ich sie nicht kontrollieren kann.

Herrgott, ich komme mir ein bisschen vor wie ein kaputter Stimmungsring, der in Regenbogenfarben leuchtet.

Fester kralle ich die Hand in die Papphalterung der Kaffeebecher, betrete die Etage und laufe rasch zu meinem Büro.

In dem Moment, in dem ich um die Ecke biege, erhebt Ilas sich von seinem Bürostuhl und eilt auf mich zu. »Abella, da bist du ja. Wieso bist du nicht ans Telefon gegangen?«

»Entschuldige. Als Wiedergutmachung habe ich dir dieses Mal Kaffee mitgebracht.« Freundlich grinsend strecke ich ihm den schwarzen XXL-Becher entgegen.

»Das kann ich nicht annehmen.« Trotz seiner Worte nimmt er sofort einen großen Schluck und atmet angetan auf. »Du weißt aber, dass du das nicht tun musst?«

»Klar. Doch, ich wollte es. Denn ich habe mich gegen-sätzlich zu meinem Versprechen nicht gemeldet. Deswegen hattest du kein Update, konntest nicht arbeiten und wir müssen uns beeilen.« Ich gehe bereits in mein Büro und setze mich auf die Stühle, die an dem runden Besprechungstisch in der Ecke stehen.

Sofort fahre ich den Laptop hoch und hole mein Notiz-buch hervor. Erschrocken blicke ich auf den roten Einband und erstarre. Ach, verdammt. Was mache ich denn? Ich habe doch fast gar nichts notiert.

Mit einem gestellten Lächeln sehe ich auf und begegne dem verwirrten Gesichtsausdruck meines Assistenten.

»Nicht, dass ich mich zu weit aus dem Fenster lehne,

aber geht es dir gut?«, fragt Ilas und mustert mich aufmerksam.

»Sicher.« Rasch nicke ich und entsperre den Laptop, um in die Arbeit zu flüchten und schnellstmöglich irgendwie an die Informationen zu kommen, die ich dringend benötige und bereits hätte, wenn ich nicht im Hormonrausch gefangen gewesen wäre.

Wie unprofessionell, Mist.

Tief durchatmend und mit durchgestreckten Schultern versuche ich zu kaschieren, dass ich, wenn überhaupt, die Hälfte in meinem leicht alkoholisierten Zustand mit Ziam geklärt habe.

»Wieso stresst du dich so? Wir haben doch alles.« Bei Ilas Aussage reiße ich den Kopf hoch und drücke etwas zu fest auf die Enter-Taste.

»Was?«, rutscht es mir unkompetent heraus.

Über den Rand seines Bechers starrt Ilas mich mit hochgezogener Braue verständnislos an. »Ziam Moreno hat bereits eine E-Mail geschrieben, in der er mir alles Besprochene mitgeteilt hat.«

Erschrocken reiße ich die Augen auf, halte mit dem Kaffeebecher kurz vor meinem Mund inne. Wie bitte?

»Er hat was?«, frage ich etwas dümmlich, woraufhin Ilas die Augenbrauen zusammenzieht.

»Natürlich wäre ich das jetzt mit dir durchgegangen, aber damit habe ich schon einmal vorgearbeitet. Warte.« Energisch greift er nach der Fernbedienung, schaltet den großen Monitor ein und deutet mit einem Kopfnicken darauf. »Öffne deine E-Mails.«

Mit einem flauen Gefühl im Magen tue ich wie gefordert und erstarre zu Eis, als ich eine Nachricht von Ziams E-Mail-Account sehe. Fuck, was hat er getan?

Mit zitternden Fingern klicke ich drauf, verbinde mich

mit dem Monitor und kann kaum glauben, was ich da lese. Dieser Mann überrascht mich immer wieder.

Es ist eine detaillierte Auflistung aller möglichen Informationen, die ich von ihm benötige.

»Siehst du. Alles, was wir brauchen. Mit der Aussage, *ich vertraue Abellas Einschätzung,* ist ja eigentlich alles klar. Im Zusammenhang mit seiner Familie will er nichts sagen, dazu auch kein Wort hören und nicht darauf angesprochen werden, ansonsten bricht er alles ab. Aber du wirst ja wissen, ob wir da nicht doch noch etwas tricksen können.«

Lächelnd sieht er mich an und wartet auf meine Reaktion, obwohl ich immer noch daran hänge, was er gesagt hat. *Heiliges.* Nein, ich weiß gar nichts. All die Details haben wir nicht besprochen, immerhin war seine Zunge eher mit anderen Dingen beschäftigt. Vorzugsweise in meinem Mund und an tieferen Stellen.

O Gott, wie unprofessionell.

Rasch ziehe ich die Jacke zu, um damit den hektischen Ausschlag auf meinem Dekolleté zu verbergen.

Diese Situation trägt auf jeden Fall nicht dazu bei, dass ich dieses unkontrollierte, bunte Farbchaos, das sich meine Gefühlswelt nennt, irgendwie ordnen kann. Es macht es eher noch schlimmer.

»Aber eins muss ich ihm lassen. Selten habe ich jemanden erlebt, der, obwohl er alles andere als zufrieden mit der Situation wirkt, so mitarbeitet.« Ilas holt mich zum Glück aus meinen Gedanken.

Überrascht sehe ich auf den Bildschirm und kann ihm nur zustimmen. In jedem Satz ist herauszulesen, dass er absolut nicht begeistert ist. Als ich entdecke, dass eine Ansprechpartnerin des Labels im Verteiler aufgeführt ist, verstehe ich auch warum. Zwar spürt man, dass er wieder diese ruhige Art zeigt, aber dadurch nicht weniger bestimmend ist.

Wieso hat er auf meine Arbeits-E-Mail geschrieben? Klar erinnere ich mich daran, dass ich ihm erzählt habe, dass es nächste Woche losgehen soll und mein Assistent und ich alles erarbeiten müssen. Aber diese E-Mail zu schreiben, darum habe ich nicht gebeten, das wüsste ich.

Es ist nicht so, dass ich ihm deswegen böse bin, aber es überrascht mich. Das hätte er nicht tun müssen, weil es keine Vorteile für ihn hat. Doch mir hilft es und das reicht, um ein Lächeln auf mein Gesicht zu zaubern. Ein Ehrliches.

»Setzen wir uns in 30 Minuten an die Abstimmung für den Redaktionsplan?« Ilas erhebt sich und wartet danach auf meine Antwort.

»Gerne.«

Laut stoße ich die Luft aus, sobald Ilas das Büro verlassen hat. Rasch ziehe ich mein Handy hervor, öffne Ziams Chat und halte mit dem Finger über dem Bildschirm inne. Höhnisch grinst mich die nicht beantwortete Nachricht vom letzten Mal an.

Schreibe ich ihm jetzt *Danke* oder warte ich darauf, dass er sich bei mir meldet. Zählt die E-Mail als melden?

Mist, ich hasse diese Unsicherheit.

Schnaubend lasse ich den Kopf in die Hände fallen und ärgere mich über mein dummes Verhalten. Zwar bin ich mir dessen bewusst, aber kann nichts daran ändern. Wenn wir vielleicht darüber gesprochen hätten, wie es weitergeht, jetzt, wo wir wie Kometen aufeinandergeprallt sind. Haben wir aber nicht, weil seine Bandkollegen aufgetaucht sind. Das ist für das kleine, unsichere Monster in mir ein gefundenes Fressen.

Wütend über mich schmeiße ich zu energisch das

Handy auf den Tisch und flechte zur Entspannung meinen Zopf neu.

»Arbeits-Ich, komm schon. Jetzt ist deine Zeit, schenk mir ein bisschen Selbstbewusstsein, danach versuchen wir es erneut«, nuschele ich und motiviere mich damit selbst.

Nach einem weiteren Schluck meines Macchiatos überfliege ich die Zeilen und markiere Aspekte, die in den nächsten zwei Wochen wichtig sind.

- *Keine Aufnahmen, an denen erkennbar ist, wo sein Haus ist.*
- *Niemand betritt sein Schlafzimmer.*
- *Konkrete Fragen zur Vergangenheit sind untersagt.*
- *Absprache nur mit der Produzentin.*
- *Alles ist vorab abzusprechen.*

Man könnte meinen, dass er ein Kontrollfreak ist, aber ich vermute was anderes. Er ist vorsichtig, verdammt vorsichtig und das bedeutet, dass er eindeutig etwas verbirgt. Mehr als das, was ich gestern in seiner Persönlichkeit entdecken durfte. Offensichtlich steckt in ihm eine gewisse Dunkelheit, das ist mir klar geworden. Vielleicht übertreibt er mit seinen Drohungen, zumindest vermute ich das, aber ich bin nicht naiv. Die Fehlentscheidung, die ich einmal getroffen habe, schneidet so tief, dass ich eine Menge Dinge hinterfrage und nicht mehr sofort vertraue.

Bei Ziam merke ich vieles, kann ihn einschätzen, oder mir denken, wieso er auf einmal merkwürdige Dinge tut. Er kämpft gegen einen Teil von sich selbst und das verstehe ich nur zu gut. Etwas, das in einem schreit und wütet, danach verlangt, sich der tiefsten Sehnsucht hinzugeben. Es quält einen so lange, bis man nachgibt oder sich abschottet.

In meinem Fall bin ich mir völlig bewusst, was es ist. Nur ist meine Angst größer, als der Mut etwas zu ändern. Immerhin ist es mir selbst passiert, dass ich zum Opfer geworden bin. Nur weil ein Mann sich manipulativ in mein Leben geschlichen, sich meiner bemächtigt hat und das mit einem Ziel, das niemals meins war. Stalking, Verfolgung, bis hin zu der fatalen Nacht, in der ich ihm nicht mehr entkommen konnte. Ohne Schutz, ohne Verteidigung, die einzige Möglichkeit war es zu schreien, so laut ich konnte, aber niemand hat mich gehört oder rettete mich. Mir blieb nur, mich zurückzuziehen, meine Seele und meinen Geist in mir zu verschließen und es über mich ergehen zu lassen.

Ein Schauer rieselt bei der Erinnerung über meine Wirbelsäule, plötzlich spüre ich die kalte Erde unter den Fingern, das Kitzeln der Grashalme an der Wange. Shit. Seit wann kommen diese Art Flashbacks wieder?

Hektisch nestele ich an meinem Reißverschluss und ziehe ihn nervös auf, um besser Luft holen zu bekommen. Erst nach ein paar tiefen Atemzügen wird es aushaltbarer.

Ja, verdammt. In diesem Moment hat sich alles verändert. Alles an mir. Ich habe all die Liebe, Leidenschaft und Vertrauen in einem Eiskristall verschlossen, der mein Herz schützt. Bisher konnte niemand hindurchdringen, selbst meine Freundinnen nicht, die als Retterinnen davorstehen und den glänzenden Kristall schützen. Die Reflexionen verändern sich, je nachdem wie sehr meine Sehnsucht, Leidenschaft und Liebe darin pulsiert. Und offenbar haben diese bunten Gefühle, die wie wild in mir wabern, den einen Menschen gefunden, auf den sie reagieren.

Ziam Moreno.

Meine ungesunde Sucht nach ihm, erweckt den Drang, ihn verstehen zu wollen und mit ihm gemeinsam noch einmal zu kämpfen. Es ist meine Chance. Etwas anderes kann dieses Chaos in mir nicht bedeuten, oder?

Vor Neugierde, was sich hinter dem Mann versteckt und um mich von der Verwirrung abzulenken, suche ich seinen Namen im Internet. So viel zum Thema: Es ist Zeit für mein Arbeits-Ich, aber seit langem ist diese knisternde Energie in mir, der ich folgen muss. Ich kann nicht anders.

Sieh es so: Im Endeffekt musst du deinen Klienten kennen, wenn du mit ihm zusammenarbeiten willst.

Kurzzeitig stocke ich in der Bewegung, weil mir meine innere Stimme mit ihrem doch gut gemeinten Einfall mal nicht in den Rücken fällt.

Nervös starte ich den Suchverlauf. Die ersten Ergebnisse zeigen die Videos aus der Show, in der die *BEATS* gegründet wurden. Außerdem finde ich einen Artikel, in dem die gewählten Bandmitglieder vorgestellt werden. Aus dem geht hervor, dass Ziams Mutter eine Senatorin ist.

Ruckartig schlage ich den Laptop zu. Mein Herz rast, meine Finger zittern und es pocht hinter der Schläfe. Bin ich vollkommen bescheuert? Erst holt mich diese fiese Erinnerung ein, dann jagen mir meine eigenen Gefühle Angst ein und jetzt das. Ich benehme mich wie ein irrer Groupie oder eine verrückte Stalkerin.

Trifft es ziemlich gut, aber immerhin siehst du es endlich mal ein. Ja, gut, das klingt schon eher nach meinem Inneren.

Ein paar Mal atme ich tief ein, streiche mir eine Strähne hinters Ohr. *Reiß dich mal zusammen, Abella*, schalle ich mich selbst. Dieses Mal hole ich nun wirklich meine Professionalität hervor und setze mich wieder an die Arbeit.

Beim erneuten Öffnen der E-Mail erkenne ich im Anhang einen Screenshot vom Terminkalender der *BEATS*.

Tonstudio, Auftritte, Tanzproben und Meetings.

Ein zufriedenes Gefühl breitet sich in mir aus, weil es gute Voraussetzungen dafür sind, dass in die Homestory interessante Elemente einfließen können.

Euphorisiert füge ich die Termine, die ich mir vorstellen könnte, in den Redaktionsplan ein. Sobald er fertig ist, muss ich ihn schnellstmöglich an Ziam und seinen Manager schicken.

Nach weiteren Minuten, die ich in der Finalisierung versinke, klopft es an meiner Tür. »Komm rein.«

Mit einem breiten Grinsen warte ich darauf, dass Ilas sich zu mir setzt. Merkwürdigerweise ist seine freundliche Miene von vorhin deutlich in sich zusammengefallen. Seine Augen sehen fast aus wie dunkle Schlitze, die einen versuchen, zu verschlucken. Sein Gang ist steifer, seine Haltung verspannter und seine gesamte Ausstrahlung ist furchteinflößender.

»Ist alles gut, Ilas?« Bei meiner Frage lässt er sich auf den Stuhl sinken und sieht mir mit schräg gelegtem Kopf entgegen.

»Klar. Lass uns loslegen«, stößt er angespannt aus. Er öffnet seinen Laptop, faltet ein großes Blatt Papier auf dem Tisch aus und schmeißt bunte Stifte in die Mitte.

Gerade will mein Kopf wieder ein Gefahrensignal absenden, weil das meine Standard-Verhaltensweise ist, aber Ilas löst diese Angst mit seinen nächsten Worten. »Mein Plan für dich ist, dass du am besten in der Nähe von Ziam ein Hotelzimmer nimmst. Dann sparst du dir den Verkehr, weil du nicht jeden Tag quer durch die Stadt fahren musst. Die Kostenaufstellung habe ich dir bereits erstellt ...«

Verblüfft starre ich ihn an. Nicht nur, dass meine Nervosität bei ihm deutlich weniger ist als bei anderen

Männern, ist er in seinem Job auch noch unfassbar gut. Eine wirkliche Hilfe, die ich definitiv nicht missen will. Ich liebe es, wenn Menschen mitdenken, selbst wenn es nicht zwingend ihre Aufgabe ist.

Ilas verstummt, als mein Handy eine eingehende Nachricht anzeigt. Dieser Tag ist zum Schreien, alles in mir spielt völlig verrückt. Ich vergesse niemals, es auszuschalten.

Entschuldigend sehe ich zu meinem Assistenten, nehme das Handy, um den Ton auszustellen und entdecke die Nachricht, von der ich gehofft habe, sie zu bekommen.

> Ich habe dir eine E-Mail mit für dich wichtige Informationen geschrieben. Damit habe ich was gut bei dir. Denk ruhig so versaut, wie du es eigentlich willst. Wir wissen beide, dass es so ist. Und es ist okay, Abella. Sowas von okay. Es ist sogar genau das, was ich mir wünsche. P.S.: Färben sich deine Wangen jetzt wieder so wunderschön rot, Mi Belleza?

Heiliges Kanonenrohr. Ziams Worte schlagen wie ein Hagelschauer ein, der plötzlich über die Landschaft fegt. Nur ist mir nicht kalt, sondern glühend heiß. Meine Wangen sind tausendprozentig rot und brennen wie eine Leuchtfackel.

Und es ist okay. Diese Zeilen haben etwas in mir freigesetzt, das mich gegen die Tränen anblinzeln lässt.

Völlig überfordert, presse ich die Lippen zusammen, während sich in mir eine Erkenntnis an die nächste reiht. Je länger ich auf den Bildschirm starre, desto ausgeprägter wird der Drang in mir, ihm zu antworten. Nur eben nicht das, was ich noch vor dem gestrigen Abend geantwortet hätte. Und das macht mir Angst.

Hektisch schnappe ich nach Luft, ringe mit mir, aber kann mit dem erneuten auflebenden Chaos, das noch intensiver, einnehmender und bezwingender ist, nichts anfangen. Deswegen nehme ich den Weg, der immer hilft, wenn ich nicht weiß, was mein merkwürdiges Seelenleben mir sagen will. Ich arbeite.

Ich blinzele die Tränen fort, blicke zu Ilas, der mich fragend ansieht. Wie auf Knopfdruck stelle ich das falsche Lächeln zur Schau, das ich perfektioniert habe, besonders für solche Momente. »Fahr bitte fort mit deinen Ideen, Ilas.«

KAPITEL 19

Der leichte Windzug, der mir über die Haut streicht, kühlt mein Gemüt, was ich bitter nötig habe. Mit den Fingerspitzen gleite ich über das kristallene Glas, das ich in der Hand halte und schließe die Augen.

Die Aufnahme im Tonstudio lief gut, obwohl wir wegen mir zu spät gekommen sind. Das schockiert mich immer noch, wie so vieles, dass die letzten Stunden passiert ist. Dazu gehört auch, dass ich Abella einen Gefallen getan habe, indem ich ihr eine E-Mail geschrieben habe, damit sie weiterarbeiten kann. Außerdem habe ich ihr eine Nachricht geschickt, auf die sie bisher nicht geantwortet hat. Ob ich bereits eine Grenze übertreten habe, weiß ich nicht und wahrscheinlich werde ich so oder so derjenige sein, der sie über jede Erdenkliche hinaustreibt.

Jedoch muss Abella erst einmal selbst erkennen, wer sie überhaupt ist, um einen klaren Fixpunkt für ihre Zukunft zu haben. Denn irgendetwas hält sie zurück. Nur in meiner Nähe ist sie strikter als bei anderen. Scheinbar haben wir doch mehr gemeinsam als gedacht. Je näher ich Abella komme, desto mehr passiert auch in mir.

Deswegen sitze ich jetzt hier an meinem Rückzugsort. Einer Wohnung, die in eine Höhle im Wald eingebaut ist und eine kleine Terrasse hat, vor der sich rechts ein See und links die Bäume erstrecken.

In der Feuerschale neben mir knistert ein Feuer, die Baumkronen bewegen sich, die Wasseroberfläche glänzt wegen der Sonne, die darauf scheint und der typisch erdige Geruch steigt mir in die Nase.

Normalerweise entspannt mich der Wald wenigstens auf eine Art, nur hilft er mir leider nicht, diese drängende Dunkelheit in mir zu zähmen. Gerade jetzt ist es extrem und einer der Gründe, wieso ich hier sitze. Es ist nicht so, dass ich es nicht einige Male versucht habe, normal zu sein, aber ohne Erfolg.

Die Atemmeditation, die ich dennoch jeden Tag mache, hilft mir so weit, die Gedanken und das Verlangen des schwarzen, unanständigen Teiles in mir ruhig zu stellen. Ansonsten hätte ich niemals Rücksicht auf Abella genommen.

Letztendlich führt es aber nicht dazu, dass ich es vollkommen loslassen kann, sodass es verschwindet. So auch jetzt, besonders nachdem ich mich bei Abella so zurückhalten musste.

Vielleicht akzeptierst du einfach, dass ich kein Fremdkörper bin, sondern zu dir gehöre?

Ein Knurren entkommt mir, während ich das Glas zum Mund führe und den Gin mit einem Zug leere.

Ich hasse es, dass durch Abella die Grenzen zwischen meinen zwei antrainierten Verhaltensweisen verschwimmen. Und das wird sicherlich nicht besser, mit jedem Tag, den wir in der nächsten Zeit gezwungenermaßen miteinander verbringen.

Der Alkohol fließt durch mein Blut und sorgt dafür, dass ich mir einreden kann, dass es die Unruhe in mir lindert. Auch wenn es nicht so ist.

Mit Sicherheit ist es kontraproduktiv, wenn ich hier im Wald sitze, um den Geist, die Seele und den Körper in Einklang zu bringen, aber zu einem Suchtmittel greife, das meinen Kopf nur vernebelt. Das ist alles andere als reinigend, jedoch tut es gut. Die größte Sucht ist sowieso die blonde Schönheit, die meine Gedanken beherrscht.

Im Endeffekt habe ich nie behauptet, gute Entscheidungen zu treffen. Bisher habe ich das selten getan und wenn dann nur in Bezug auf meine Jungs, am Rest arbeite ich noch.

Aber das, was da heute Morgen passiert ist, war mit Abstand das Dümmste, was ich jemals getan habe. Ich hab mich noch abhängiger gemacht. Keine Möglichkeit mehr, davon loszukommen. Und dennoch bereue ich es nicht.

Herrgott. Mit einem Klirren stelle ich das Glas auf den Metalltisch neben mir. Wieso ist sie aber auch so fucking rein, unschuldig und süß? Es ist kein Wunder, dass dieses kranke Verlangen in mir voll auf sie abfährt. So wie der Rest meines Körpers jetzt auch. Ein Teil meines Herzens inklusive.

Fuck. Mein Herz? Ernsthaft? Jetzt wird es schräg. Immerhin habe ich dieses Objekt eher als notwendiges Übel des Körpers gesehen. Seine wahre Kraft habe ich samt meiner Ex-Freundin begraben. Bisher gibt es nur einen Menschen, der dafür sorgt, dass es wie ein Teil verbrannte Erde glüht. *Ella.*

Offensichtlich habe ich mich geirrt, wenn es nun ebenfalls auf die kleine Eisblüte reagiert. Eigentlich dürfte mich das nicht wundern.

Abella spielt den nervösen, ängstlichen und unsicheren Teil nicht, sie ist die Personifizierung davon und genau das macht sie so besonders und geeignet für meine Vorliebe, die Jagd. Damit ist sie perfekt für mich!

Sie ist das Ebenbild meiner verruchtesten und faszinierendsten Fantasien. Sie ist die ideale Beute für mein Monster und ob sie es will oder nicht, irgendwann wird sie der kostbarste Schatz in meiner Sammlung sein.

O Fuck, diese Gedanken sind größenwahnsinnig.

Ich nenne es Planung, mein Freund. Unsere heiße, geile und sexreiche Zukunft.

Diese drängende innere Stimme ist ein verdammter Fluch, der auf mir lastet und offenbar nur verstummt, wenn Abella in meiner Nähe ist. Noch ein Zeichen dafür, was sie in mir auslöst. Auf eine gewisse Art steuert sie diesen Teil in mir. Keine Ahnung, wie ich damit umgehen soll.

Tief atme ich durch und schalle mich in meinen Gedanken selbst. *Ruhig Blut, Moreno. Nur weil ich einmal die Finger in ihre Nässe eintauchen und sie schmecken durfte, bedeutet das nicht, dass ich jetzt die Kontrolle verlieren darf. Sie vertraut dir, reiße dich zusammen, ist das klar?*

Tja, aber auch dieser Versuch, mich zu beruhigen und die Besonnenheit in mir regieren zu lassen, missglückt. Mal wieder. Eher drifte ich genau in die falsche Richtung. Fast psychotisch tritt mir ein teuflisches Grinsen auf die Lippen, als der besitzergreifende Teil in mir wieder erwacht.

Wenn ich sie erst einmal nach meinem Geschmack gefickt habe, bis sie nur noch meinen Namen kennt, ihn so oft wie möglich stöhnen und schreien will, dann ist alles verloren. Für sie und für mich. Niemals wieder darf sie mich verlassen, das würde mich töten.

Denn ich bin ein besitzergreifender Psycho. Bisher nur in Bezug auf die Sexeskapaden, die einen besonderen Platz in meinem Leben haben, aber jetzt ...

Mein gesamter Instinkt gilt ihr.

Abella Bailey.

Auch wenn in ihr eine Angst schlummert, ist da mehr. Ein Hauch, der immer zum Vorschein kommt, sobald wir uns sogar nur ansehen. Es ist ein unersättliches Verlangen. Ist es Lust, Leidenschaft, Liebe oder etwas anderes?

Was willst du von mir bekommen, Belleza?

Wonach verzehrst du dich so sehr, dass du dich in meine Fänge begibst?

Bist du bereit dafür, deine Grenzen zu übertreten?

Es ist deine letzte Chance zu fliehen. Läufst du jetzt nicht davon, dann werde ich dich fangen und zu meiner machen.

Die Frage ist: Fürchtest du dich oder ist es genau das, was du willst? Willst du mir gehören, Abella?

KAPITEL 20

Abella

Fest kralle ich die Finger der einen Hand um das Pfefferspray in meiner Handtasche, und die andere, um den Haustürschlüssel, während ich die letzten Stufen in meine Wohnung hochsteige.

Nachdem Ilas und ich angefangen haben, uns mit dem Redaktionsplan zu beschäftigen und die Abläufe zu planen, haben wir uns komplett in der Arbeit verloren. Es hat geholfen, meine wirren Gedanken zu übertönen, bis er vor einer Stunde Feierabend gemacht hat.

In dem Moment sind alle Eindrücke der letzten Tage und die Gefühle, die Ziam in mir auslöst, zurückgekehrt, haben mich von den Füßen gerissen und weinend zusammenbrechen lassen. Nicht, dass das unnormal wäre, aber dieses Mal waren meine Tränen nicht nur ein Ventil. Sie waren nicht nur befreiend, eher haben sie in mir etwas erwachen lassen. *Kampfgeist.*

Der mir die Kraft gab, die ich niemals für möglich gehalten habe. Auf einmal war sie so drängend, dass sie mit all den verdrängten Erinnerungen, Momenten und Gefühlen gerungen hat. Unzählige Entscheidungen der Vergangenheit zeigten sich mir plötzlich in einem anderen Licht. Die Erkenntnis darüber, dass ich mich selbst verloren habe, fesselte mich so lange im Büro, bis es draußen dunkel war.

Während des Mental-Downs, dem Ringen mit dem Mut, endlich zu kämpfen, habe ich immer wieder Ziams Stimme in meinem Kopf gehört. *Und es ist okay.*

Jetzt stehe ich schniefend direkt vor meiner Wohnungstür. Mit einer flinken Bewegung schiebe ich den Schlüssel ins Schloss und öffne sie.

Sobald ich im Inneren bin und mich gegen das Türblatt in meinem Rücken lehne, atme ich tief durch. Die kleinen Lampen der Bewegungsmelder, die ich in jedem Raum angebracht habe, leuchten sofort. Es ist eine reine Vorsichtsmaßnahme, damit mich keiner überraschen kann.

Obwohl ich nach dem Zusammenbruch im Büro und auf der Fahrt hierher festgestellt habe, dass ich wahrscheinlich eher Angst davor hatte, zu erkennen, wer ich wirklich sein will. Jemand Mutiges, der die Welt kennenlernt und sich nicht vor der wahren Macht der Lust und Liebe versteckt.

Aber das bringt mir jetzt auch nichts mehr. Es ist spät, mein Schädel dröhnt und kein sinniger Gedanke will sich einstellen. So kann ich niemals eine Entscheidung für die weiteren Schritte treffen.

Kopfschüttelnd lege ich die Briefe aus dem Briefkasten auf den Couchtisch und stürme ins Badezimmer, um zu duschen.

Lange habe ich mir nicht mehr so schnell die Klamotten vom Körper gerissen wie heute. Mein Gesicht spannt vom Weinen und wegen der Make-up-Reste, die ich mir nur noch abwaschen will.

Sobald das Wasser läuft, steige ich unter den zu heißen Strahl, der das Badezimmer sofort mit Dampf füllt. Ich liebe es, wie warm und geschmeidig es über meine Haut rinnt. Genau das brauche ich, damit all die wirren Gedanken von heute vertrieben werden.

Die Tropfen prasseln auf mein Gesicht, lockern nur langsam die angespannten Muskeln. Dabei stehe ich nur da und unterdrücke die Tränen.

Heute ist zu viel passiert, das ich nicht verarbeiten kann. Es ist fast so, als hätten die Veränderungen zwischen Ziam und mir und seine Worte dafür gesorgt, dass ich aus meiner getrübten Welt erwache. Ich fühle intensiver, sehe klarer und erlebe alles aus einem anderen Blickwinkel. Viele Entscheidungen und Denkweisen der letzten Jahre kommen mir falsch vor. Ich habe mich immer selbst verletzt, damit andere es nicht tun konnten, und habe mich in meiner eigenen Welt versteckt, damit ich nicht realisieren musste, wie unglücklich ich bin. Aufs Neue habe ich die Maske der Unsicherheit und der Freundlichkeit aufgesetzt.

Wofür? Nur um anderen zu gefallen? Das habe ich immer gedacht, aber das war es nicht. Nun weiß ich es besser. Es war ein Schutz vor mir selbst, vor dem Teil von mir, der gar nicht gelebt hat, weil er zu große Angst hatte, dass er wieder verletzt wird. Denn dann hätte ich mich den unschönen Dingen im Leben stellen müssen. Aus diesem Grund habe ich mich selbst klein gehalten und runtergemacht. Ich dachte, ich verstecke mich vor der Gefahr von Außen, aber das war nicht so. Ich tat es nur vor mir selbst.

»NEIN«, schreiend drehe ich mich unter dem Wasserstrahl zur Seite, presse die Augen zusammen, damit ich nicht schon wieder weine. Nicht erneut versinke in meiner selbst erschaffenen Qual.

Obwohl ich weiß, dass ich nicht allein bin, fühle ich mich so, weil ich mich aus dem toxischen Kreislauf meines Lebens gerissen habe.

Ich lege den Kopf in den Nacken, das Wasser landet auf meiner Haut, spült Ziams Geruch und Berührungen von mir, was mir ein Ziehen im Brustkorb beschert. Es fühlt sich dumm an, weil ich gar nicht weiß, warum er seine Meinung geändert hat und was das zwischen uns jetzt bedeutet. Aber ich merke, dass ich es brauche, ihn brauche. Wie erkläre ich ihm, dass er offenbar ein verborgenes Glück erweckt hat und ich auf eine schräge Art süchtig nach ihm bin?

»Lass es gut sein«, flüstere ich zu mir selbst. Heute ist zu viel passiert, um noch irgendetwas zu entscheiden.

Mit schnellen Handgriffen schäume ich mich mit dem Duschgel ein, das einen beerigen Duft verbreitet und gleichzeitig für eine Art Entspannung sorgt.

Nach kurzer Zeit stelle ich das Wasser ab, steige aus der Dusche, trockne mich ab, schlüpfe in einen XXL-Pullover, nehme die Kontaktlinsen heraus und setze meine Brille auf.

Sobald ich wieder in den Flur trete, gehe ich ins Wohnzimmer.

Ich stoße die angehaltene Luft aus, setze mich auf die Couch, öffne meine Nudelbox und nehme die Briefe vom Tisch.

Augenblicklich erfasst mich eine Kälte, die mich zu Eis erstarren lässt. Wenn ich nicht wüsste, dass es unmöglich ist, würde ich behaupten, mein Atem bildet weiße Wölkchen.

Erst nach ein paar Sekunden beuge ich mich zitternd

vor und stelle mein Essen wieder auf den Tisch. Ich blicke auf den Briefumschlag, bei dem ich nur an dem verschnörkelten Anfangsbuchstaben meines Namens erkenne, wer ihn geschickt hat.

Selbst wenn ich es wollte, könnte ich die Tränen nicht aufhalten, die über meine Wangen laufen. Es schmerzt in der Brust, ich beginne am ganzen Körper zu zittern und das Atmen fällt mir immer schwerer.

Nein, Abella, nicht. Denk dran. Ruhig atmen. Ein und aus. Beruhige dich. Aber je öfter ich es mir versuche einzureden, desto schlimmer wird es.

Ohne eine Chance es zu verhindern, werden meine Wangen feucht. Es sind keine einzelnen Tropfen, sondern gefühlte Bäche, die darüber laufen.

Meine Sicht verschwimmt. Mit wackeligen Beinen rappele ich mich auf, falle dabei fast um, weil diese Angst mir die Lungen zerquetscht.

Ich hole mein Handy aus der Handtasche, öffne rasch die Kontaktliste und bin überaus froh, dass ich die Nummer als Favoriten abgespeichert habe. So verheult kann ich kaum den Bildschirm erkennen.

Während es in der Leitung tutet, sinke ich an der Wand im Flur zu Boden, ziehe den Pullover über die Knie und lege den Kopf darauf ab.

Ruby hier. Du hast also meine Nummer bekommen? Wie du hörst, war sie richtig. Und nun hast du zwei Minuten Zeit, mich davon zu überzeugen, dich zurückzurufen!

Bei Rubys Anrufbeantworter entkommt mir ein lautes Schluchzen, das ich nicht mehr zurückhalten kann. Meine Unterlippe zuckt, die Panik sorgt dafür, dass schwarze Punkte vor meinen Augen tanzen.

Auch wenn ich den Bildschirm nur verschwommen sehe, schaffe ich es, aufzulegen, ehe ich mich dem Weinkrampf hingebe. Bitterlich zittere ich am gesamten Körper und kämpfe dagegen an, eine Panikattacke zu bekommen.

Bei dem plötzlichen Klingeln des Handys zucke ich zusammen, nehme sofort ab und drücke es ans Ohr.

Gerade als ich etwas sagen will, wird mir meine Dummheit bewusst, denn der Anrufer redet zuerst.

»Hätte ich gewusst, dass ich anrufen muss, dann ...« Das Schluchzen, das mir entkommt, sobald ich seine Stimme höre, ist so elendig, verloren und zerbrochen, dass ich selbst schockiert bin. »Fuck. Abella. Was ist passiert? Wieso weinst du? Wo bist du?« In seiner Stimme höre ich Sorge, aber auch Angst und Wut.

»Ziam«, wispere ich. Ein Schmerz schießt durch meine Brust. Ich presse die freie Hand dagegen, um es zu unterdrücken, aber es quält mich so sehr. Alles ist zu viel.

»Mi Belleza, sprich mit mir.« Ich höre ein Rascheln in der Leitung, hole tief Luft, aber bringe trotzdem nichts über die Lippen, außer ein weiteres Schluchzen.

Mit jedem Atemzug schneiden die Splitter, die der Brief hinterlassen hat, erneut in meine Seele. Es ist nicht der richtige Zeitpunkt, ihm zu erklären, was hier mit mir passiert.

»Ich k-kann nicht. Entschuldige, ich ...« Unter Tränen breche ich ab, könnte mich selbst Ohrfeigen den Anruf angenommen zu haben. »Ist nicht dein Problem. Ich lege auf.«

Gerade als ich das Telefon vom Ohr nehme, höre ich Ziams Brüllen. »Alles, was dich betrifft, ist nach gestern mein verdammtes Problem, weil du ab jetzt mir gehörst, Abella. Verstehst du das? Denk also nicht mal daran, aufzulegen und sag mir sofort, wo du bist!« Es ist falsch, dass seine besitzergreifenden Worte in mir den Reflex auslösen, das Handy wieder an mein Ohr zu halten. Aber ich tue es. Denn ich will ihm gehören, der neu erwachte Teil in mir, will genau das!

»Zuhause.« So leise, wie ich antworte, bin ich mir nicht sicher, ob Ziam mich hören kann.

Schniefend kneife ich die Augen zusammen, lausche der Stille am anderen Ende, bis plötzlich erneut seine Stimme erklingt.

»Emilio. Ich brauche deinen Autoschlüssel. Es ist dringend.«

»Wie bitte? Wofür?«, höre ich die verwirrte Antwort seines Bandkollegen. Vor Schreck halte ich die Luft an.

»Ich muss zu Abella. Schnellstmöglich.« Ziams drängende Worte scheinen dafür zu sorgen, dass Emilio ihm den Schlüssel gibt. Zumindest höre ich kurz darauf einen abgehackten Atem und ein Ping des Fahrstuhls.

»Mi Belleza. Rede mit mir«, fordert Ziam, während ich im Hintergrund einen Hall höre, der nach Tiefgarage klingt.

»I-ch weiß ...« Erneut treten Tränen aus meinen Augen, weil ich überhaupt nicht damit klarkomme, dass er es ist, der am Ende der Leitung ist und versucht, mich zu beruhigen.

Normalerweise ist es sonst Ruby, die zu mir kommt und mich weinend in den Schlaf wiegt. Dass sie es tun musste, ist allerdings lange her. Wahrscheinlich passiert es heute, weil ich verstanden habe, wo das wahre Problem liegt und der Brief mich komplett aus der Bahn geworfen hat.

Es pocht hinter meiner Schläfe und mein Körper erbebt, während ich tief Luft hole und mir mit der freien Hand in den Oberarm kneife. *Beruhig dich, Abella.*

»Du kannst nicht hierherkommen, Ziam.« Zwar ist

meiner Stimme noch klar, das Weinerliche anzuhören, aber ich versuche, stark zu klingen.

»Ich kann und ich werde.« Erneut haben sich die Qualität des Anrufes und die Hintergrundgeräusche verändert. Sitzt er schon im Wagen?

Nicht gut, absolut nicht gut.

Jetzt pass mal auf: Du hast jetzt die Wahl in der Panikattacke zu versinken oder du fängst endlich damit an, für dich einzustehen. Verdammt nochmal. Wie oft muss ich dir noch in den Arsch treten? Jetzt wirst du Ziam sagen, was du fühlst und dich meinetwegen mit ihm ablenken. Also los!

Kann man von seiner eigenen inneren Stimme einen Schock bekommen? Wenn ja, habe ich einen. Unrecht hat sie jedoch nicht. Sollte ich das tun, könnte es mich zwar in eine weitere Katastrophe stürzen, aber eine für die ich mich wenigstens selbst entschieden habe.

»Dann gibt es kein Zurück mehr für mich«, wispere ich. Der Kloß in meinem Hals wird immer dicker. Denn, dass ich ihm jetzt klar sage, was es bedeutet, wenn wir diese Grenze überschreiten, ist für mich ein Wagnis, das ich niemals eingehen wollte.

»Wie meinst du das?« Schwer schlucke ich, weil er verwirrt klingt, was ich gut verstehen kann.

»Kommst du durch diese Tür, wirst du damit zu meinem Retter. Du meintest, du wirst das nicht sein, niemals. Aber ... rettest du mich jetzt, Ziam, kann ich nicht mehr ohne dich.« Die Worte purzeln mir nur so über die Lippen. Es fühlt sich befreiend an. Der Druck auf meiner Brust wird weniger, die Tränen laufen weiter, aber sie hemmen mich nicht mehr. »Du tust etwas mit mir, lockst mich aus meiner Komfortzone. Selbst jetzt, wo ich deine Stimme höre, spüre ich, wie die Panik schwächer wird. Das überfordert mich.« Hastig schnappe ich nach Luft, reiße den Kopf hoch, aber behalte die Augen geschlossen. »O Gott, ich sage das wirklich.«

Ein hysterisches Lachen entkommt mir, dass wieder in eine Mischung aus Wimmern und Schluchzen übergeht. »Es ist so peinlich, es dir so zu sagen, aber ja. Ich mag dich, bin auf eine gewisse Art süchtig nach dir und der Freiheit, die du mir bietest. Kommst du jetzt zu mir, will ich dich und alles von dir. Jede verdammte Nuance Dunkelheit. Mit dir will ich lernen, wie sie ist, in welchen Arten sie mich verschlingen kann.«

Schwer atmend verstumme ich und warte auf seine Antwort. Mein Herz rast, das Blut rauscht in meinen Ohren und das Pochen hinter der Stirn kehrt zurück.

Nach ein paar Sekunden ohne Reaktion von ihm nehme ich das Handy vom Ohr. Mit dem Ärmel wische ich unter meiner Brille lang, starre auf den Bildschirm, der anzeigt, dass der Anruf beendet ist.

Erschrocken fällt mir das Smartphone aus der Hand und erneut schießen mir Tränen in die Augen. Bitter schießt dieses Mal nicht die Angst, sondern die Ablehnung durch meine Venen. *Ich bin eine Verliererin.*

»Ich bin so dumm, wie konnte ich sowas sagen ... oder nur denken, dass ... Ich bin erbärmlich«, wimmernd versinke ich in meinem eigenen Chaos. Auch wenn ich jedes verdammte Wort ernst gemeint habe, scheint es für Ziam keine Bedeutung zu haben. Mein Problem ist nur: Wie schaffe ich das alles allein?

KAPITEL 21

Ziam

»K ommst du durch diese Tür, wirst du damit zu meinem Retter. Du meintest, du wirst das nicht sein. Aber ... rettest du mich jetzt, Ziam, kann ich nicht mehr ohne dich.« *Fucking Goodness, kleine Eisblüte.*

Wo kam das auf einmal her? Ich habe keine Ahnung, aber das lässt sich ändern.

Auch wenn ich nicht ihr Retter bin, setzt dieses Mal nicht der Fluchtinstinkt ein. Nein, verdammt. Die Nacht gestern hat mir sie noch schmackhafter gemacht. Diese Frau ist das, was ich brauche, besonders seitdem ich weiß, dass sie offensichtlich eine Seite versteckt, die ich erkunden will. Es ist so weit, dass ich gerade ein Happy End spinne, von dem ich niemals gedacht hätte, dass ich zu solchen Gedanken fähig bin. Sie ist ein Teil davon.

Du brauchst keinen Retter, sondern einen dunklen Helden, der dich führt, und der werde ich sein, Mi Belleza.

»Du tust etwas mit mir, lockst mich aus meiner Komfortzone. Selbst jetzt, wo ich deine Stimme höre, spüre ich, wie die Panik schwächer wird. Das überfordert mich.«

Sie klingt gefestigt, obwohl ich heraushören kann, wie viel Überwindung es sie kostet, mir dies zu sagen.

Anders als sonst achte ich auf keine Regeln, fester drücke ich das Gaspedal durch, rase durch die Straßen, bis ich nur noch einen Block von Abellas Wohnung entfernt bin.

»O Gott, ich sage das wirklich.« *Ja, tust du.* Fast muss ich grinsen, obwohl die Sorge um sie, sich immer noch wie ein Parasit durch meinen Körper frisst.

Abellas hysterisches Lachen dringt aus dem Lautsprecher von Emilios Auto, ehe es erneut in ein Schluchzen übergeht, das wie ein Messer willkürlich meine Seele malträtiert.

Es ist etwas bei ihr passiert, was sie völlig aus der Bahn geworfen hat und wenn irgendjemand daran schuld ist, wird er dafür büßen.

Mit wild klopfendem Herz rase ich in die Straße von Abellas Haus, während ihre Stimme weiterhin erklingt und mit jedem weiteren Wort das besitzergreifende Monster in mir füttert. Zum Glück war ich im Penthouse bei meinen Bandkollegen und konnte mir Emilios schnellen Maserati schnappen.

»Es ist so peinlich, es dir so zu sagen, aber ja. Ich mag dich, bin auf–« Plötzlich verklingt ihre Stimme, was mich zusammenzucken lässt.

»Abella.« Mein Brüllen hallt durch den Wagen, aber keine Antwort ist zu hören. Sorge, Angst, Unsicherheit fluten mich und mit zitternden Fingern greife ich zum Handy, das sich jedoch nicht anschalten lässt.

Ist bei diesem Drecksteil genau jetzt der Akku leer? Mitten in einer halben ... – ja, keine Ahnung, was das von Abella war.

»Fuck. Fuck. Fuck.« Wütend schlage ich auf das Lenkrad, bremse ruckartig als ich fast an der Parklücke direkt vorm Haus vorbeifahre und parke so hektisch ein, dass ich mehr Glück als Verstand habe, dass ich das Baby meines Kumpels nicht schrotte.

Tief atme ich durch, sortiere die Gedanken, was nicht möglich ist. Wenn ich eins bei Abella weiß, dann, dass ihre Unsicherheit so groß ist, dass das eben eine emotionale Kurzschluss-Reaktion war und wenn ich jetzt nicht antworte, wird es sie zerstören.

Selten habe ich sie so mutig erlebt, gut, ausgenommen der Situation heute Morgen in meinem Haus, dennoch ist das hier etwas anderes.

Mein Puls rast, während ich auf die Klingel zu Abellas Wohnung schlage, aber keine Reaktion von ihr folgt. Verdammte Scheiße.

Schnaufend lege ich den Kopf in den Nacken, starre in die dunkle Nacht und überlege, was ich jetzt machen kann. Was würde ich alles für ein fucking Ladekabel geben. Die Mädels könnten bestimmt mit Abella reden, sodass sie mir die Tür öffnet, doch so ...

Überfordert raufe ich mir die Haare, renne vor der Tür auf und ab, aber finde keine Lösung. Selbst meine innere Stimme ist ruhig, weil ich nur an Abella denken kann. Jeder Gedanke dreht sich nur um diese Frau, die eine beschissene Glastür von mir entfernt ist.

Gerade als ich überlege, einen verrückten Aufstand mit Gebrüll hinzulegen, geht ein Paar an mir vorbei und beginnt vor der Tür wild zu knutschen.

»Warte bis wir drin sind«, sagt die Frau, während sie mit der Hand eine Karte vor das Lesegerät legt. Aber der Mann küsst sie weiter, drängt sie mit dem Rücken gegen die Tür und verschlingt sie halb vor meinen Augen.

Ein Grinsen zupft an meinem Mundwinkel. *Bingo.*

Das Paar ist so mit sich selbst beschäftigt, während sie in den Hausflur treten, dass keiner von ihnen darauf achtet, ob die Tür ins Schloss fällt. Die Menschen sind so unvorsichtig, wenn sie sich von ihren Instinkten leiten lassen. Aber das ist meine Chance.

Schnell laufe ich los, lege, kurz bevor der Eingang wieder versperrt ist, rechtzeitig eine Hand an die Glasscheibe.

Kurze Zeit warte ich, ehe ich ebenfalls in den Hausflur trete und leise die Treppenstufen nach oben steige.

Mit jedem weiteren Schritt, dem ich mich Abellas Wohnung nähere, erfasst mich eine Unsicherheit, die ich nicht gewohnt bin.

Viele Fragen kreisen in meinem Kopf. Was hat sie noch gesagt? In welchem Zustand ist sie jetzt? Was verdammt noch mal ist mit ihr passiert?

Schwer atmend komme ich vor ihrer Tür zum Stehen und klopfe, aber auch dieses Mal erklingt keine Antwort von ihr.

»Mi Belleza, öffne die Tür.« Aus Nettigkeit ihr gegenüber spreche ich leise, um nicht die Nachbarn zu wecken, aber als auch kurze Zeit danach nichts passiert, wiederhole ich es lauter. »Abella. Mach auf.«

Langsam werde ich sauer, denn es ist ein fucking Missverständnis, das sie noch tiefer in eine dunkle Spirale treibt. Fuck.

Wahrscheinlich denkt sie, dass ich ihre Worte nicht erwidere, aber das tue ich. Ich will wissen, was sie noch gesagt hat, und will erfahren, ob sie bereit ist, herauszufinden, ob sie mein Mädchen sein kann. Die eine Frau, die meiner besitzergreifenden Art standhalten kann.

»Mach die verdammte Tür auf. Oder ich trete sie ein«, knurre ich. Dass die Gefahr besteht, dass jemand die

Polizei ruft, ist mir scheiß egal. Irgendetwas stimmt mit ihr nicht und ich habe Angst, dass sie einen Fehler macht, den sie bereut. Ausgenommen davon, dass sie denkt, dass ihr Geständnis einer war. War es nicht, aber wie soll ich ihr das klar machen, wenn eine gottverdammte Tür zwischen uns ist.

Gerade als ich erneut die Faust balle, wird die Tür einen Spalt geöffnet.

»Ziam.« Mein Name klingt so schmerzvoll und verblüfft, dass ich ohne nachzudenken die Tür aufstoße. Abella stolpert keuchend zurück.

Sobald ich in der Wohnung bin, höre ich sie abermals schluchzen. Augenblicklich stellen sich alle Härchen an meinem Körper auf. Es ist düster, nur ein kleines Licht lässt mich Abella in der Dunkelheit schemenhaft erkennen.

»W-was willst du hier?« Ich weiß nicht, was mir mehr weh tut: dass Abella verletzt klingt oder dass es mir Schmerzen zufügt, dass ich ahnen kann, wieso sie das fragt.

Kurz schließe ich die Augen, überlege, wie ich am besten vorgehen soll. Denn dass meine Art mit Sicherheit die Falsche ist, weiß ich. Ich will am liebsten auf sie losstürmen und sie küssen, bis sie mir erzählt, was sie noch gesagt hat oder ...

Meine Gedanken stoppen, weil ich plötzlich gegen die Wand neben mir gestoßen werde und sich ein Finger in meine Brust drückt.

»Verschwinde, Ziam. Du kannst nicht auflegen und dann hier auftauchen. Willst du dich an meiner Dummheit ergötzen oder was soll das?« Abellas Stimme überschlägt sich, weil sie so schnell redet und völlig aufgelöst ist.

Ich bin froh, dass das Licht aus ist, denn ein Grinsen legt sich auf mein Gesicht, weil es mich glücklich macht, dass sie sich gegen mich auflehnt. Es ist mutig, auch wenn sie es selbst nicht so sehen würde.

Außerdem bestätigt es mir, dass sie denkt, ich bin ein Arschloch. Damit liegt sie nicht falsch, aber in diesem Fall ist es wie gesagt ein Missverständnis und das wird sie bald merken.

Bevor ich antworten kann, redet sie bereits weiter.

»Ganz ehrlich. Ich ... Also ... Ich wusste, dass du es nicht erwiderst, aber ... ach egal. Geh, bitte.« Am Ende des Satzes bricht ihre Stimme, was nun doch die Reflexe in mir handeln lässt.

Mit einem Griff, der zum Glück ihren Nacken nicht verfehlt, ziehe ich sie zu mir und unterdrücke das erleichterte Aufatmen, als ihr warmer Körper sich an mich schmiegt, bis sie in meinen Armen zu zappeln beginnt.

»Ziam«, murrt Abella und versucht sich loszureißen.

»Abella.« Ich beuge mich vor, zerre ihren Kopf zurück, um mich ihren Lippen zu nähern. »Ich will dich auch.«

»Was?«, stößt sie entsetzt aus.

Ihr Körper versteift sich, was mich die nächsten Worte direkt gegen ihren verführerischen Mund flüstern lässt. »Mein Akku war leer, deshalb weiß ich nicht alles, was du gesagt hast. Aber du wirst es wiederholen.« Ohne Vorwarnung küsse ich sie, schlucke das Keuchen, das ihr entkommt, ehe ich mich wieder von ihr löse. »Du kommst mit zu mir. Dort erzählst du mir auch, was dich so verletzt hat.«

»Das geht nicht. Ich ... also-« Fester greife ich in ihre Haare und drücke sie weiter an mich.

»Du wirst«, knurre ich direkt in ihr Gesicht. »Ab jetzt kein Verstecken mehr, Abella. Du hast gesagt, wenn ich durch diese Tür komme, gibt es kein Zurück mehr. Aus diesem Grund bin ich hier hereingestürmt, um dir zu zeigen, dass ich es will.« Erneut küsse ich sie hart, besitzergreifend, lasse ihr keine Chance, sich aus meinem Griff zu lösen. Abella erzittert in meinen Armen und ich schmecke die salzigen Tränen, die ihr über die Wangen laufen.

Sobald ich mich löse, entkommt ihr ein Schluchzen, während sie ihre Hände in meine Jacke krallt und bei mir Halt sucht.

»Aber-«, setzt Abella an, doch ich unterbreche sie abermals.

»Keine Widerrede. Ab jetzt kein Zurück mehr, Mi Belleza.«

»Kein Zurück mehr«, flüstert sie, presst ihr Gesicht in mein T-Shirt und stößt laut die Luft aus.

KAPITEL 22

Abella

W ie benommen sitze ich auf der Couch in Ziams Haus, starre auf den Fernseher, auf dem irgendeine *True Crime* Serie läuft.

Zwar sind meine Tränen getrocknet, aber ich fühle mich trotzdem noch immer elendig und bin durchaus peinlich berührt. Das Ziam das sieht, war definitiv nicht die favorisierte Version des Abends.

Gemeinsam haben wir, nachdem ich unkoordiniert eine Tasche gepackt habe, meine Wohnung verlassen und sind zu Emilios Auto gegangen. An die gesamte Fahrt kann ich mich nicht mehr erinnern, ausgenommen der Worte, *nun wird es anders*, ist alles verblasst.

Jetzt sitze ich eingekuschelt in eine Decke mit meinem XXL-Pullover in Ziams Haus.

Kurz sehe ich zur anderen Seite. Der Hausherr sitzt ebenfalls auf dem Sofa und schaut zum Fernseher.

Durch das enge, weiße T-Shirt zeichnen sich seine Bauchmuskeln ab, die graue Cargohose lässt seine Beine noch muskulöser wirken. Wie gerne würde ich meine

Hände dort hinein krallen, ihn bitten, da weiterzumachen, was er in der Küche begonnen hat. Nur wäre das reine Verdrängung und wieder einmal eine Flucht, wie wir beide es am besten können. Wahrscheinlich sitzen wir deswegen so weit voneinander entfernt. Seit wir hier sind, haben wir kein Wort miteinander gewechselt.

Auf seinen Oberschenkel zu starren, kann ich trotzdem nicht lassen, weil er wie immer, wenn er in Gedanken versunken ist, dagegen tippt.

Keine Ahnung, wieso er nervös oder abgelenkt ist. Ich weiß nur, wieso ich es bin. Wie zum Teufel ist es dazu gekommen, dass der Brief auf einmal fast nebensächlich ist? Obwohl er mich erst in diese Situation gebracht hat, scheint die Veränderung meines Mindsets mir schwerer im Magen zu liegen. In meinem Kopf erklingen immer wieder die Worte *kein Zurück mehr*. So als wären sie ein neues Mantra.

Ehrlich gesagt ist es auch so. Seit wir hier so weit voneinander entfernt sitzen, liegt ein Druck auf meiner Brust, der mir signalisiert, dass ich es so nicht will. Ich will zu ihm, aber ich kann nicht. Die Unsicherheit und die Angst, etwas in der neu gewonnenen Freiheit falsch zu machen, ist zu groß.

Plötzliches Gebrüll aus der Serie durchschneidet meine Gedanken. *»Du elendiger Wichser hast sie angefasst? Das bedeutet deinen Tod. Sie gehört mir und ist meine Frau. Du wirst mit jedem Tropfen deines Blutes bezahlen müssen. Ich werde dir die Haut vom Körper schneiden.«* Ein elektrischer Stoß geht bei den Worten durch meinen Organismus und lässt mich handeln, ohne weiter in dummen Gedanken zu versinken. Denn dieser Sequenz rüttelt etwas in mir wach und das offenbar nicht nur bei mir.

»Ziam.« Gerade als ich seinen Namen sage, erklingt auch seine Stimme. »Abella.«

»Du zuerst«, wispere ich, kann dabei nur in sein Gesicht blicken, das so düster ist, dass ich nun doch wieder Angst bekomme. Davor, was er sagen wird, was passiert und ob ich bereit dazu bin, in welche Richtung auch immer sich alles entwickelt.

Nervös ziehe ich die Beine an, nehme nur noch den Mann wahr, der Gefühle in mir erzeugt, denen ich mich endlich hingeben will. Nur muss ich wissen, was das zwischen uns ist. Auch wenn ich bereit für das Risiko bin, dann nicht dafür, blind und naiv in eine Sache hineinzulaufen.

»Hast du jetzt keine Wahl mehr?« Ich kann die Tonfarbe von Ziam nicht deuten, deshalb sage ich das, was mir durch den Kopf schießt.

»Die habe ich nicht mehr, seitdem du mich geküsst hast.« Ein Lächeln zupft an meinen Lippen, das wahrscheinlich psychotisch aussieht.

»Kein Zurück mehr, Abella.« Ziams Stimme ist belegt, dunkel und vibrierend, was mir erneut die Tränen in die Augen treibt. Obwohl ich Panik bekommen sollte, wenn er so redet, tue ich es nicht. Es fühlt sich lebendig an und lässt meinen Puls beschleunigen. Ohne mich aus den Augen zu lassen, dreht er sich zur mir. »Für keinen von uns. Wahrscheinlich ist meine Dunkelheit nichts für dich, Baby. Sie wird dich verschlingen, dein unschuldiges Herz brechen.« Die Stimmung hat sich schlagartig geändert, ist knisternd, verheißungsvoll und so energiegeladen, dass ich förmlich kleine Partikel in der Luft glitzern sehen kann.

»Ich bin schon lange gebrochen. Da kannst du nichts weiter zerstören.« Kein Zittern liegt in meiner Stimme, keine Angst ist zu hören, weil ich keinen Grund dazu habe. Es sind reine Fakten.

»Die Vergangenheit hat mir etwas mitgegeben, das ich nicht kontrollieren kann. Es macht mich gefährlich und das kann ich nicht ändern.« Genau wie ich, benennt er reine Fakten, nüchtern, aber nicht weniger energisch.

Trotzdem fühlt es sich so belebend an, was hier gerade passiert.

»Gib es auf, Ziam. Du kannst es nicht mehr aufhalten. Das, was ich gesucht habe, habe ich in dir gefunden. Du ziehst mich an.«

»Und vernichte dich«, knurrt er, richtet sich auf und brennt seinen Blick in meinen. »Aber ich kann dich nicht mehr von mir stoßen.«

Meine Gedanken überschlagen sich, während ich ihn mit offenem Mund anstarre und nach den richtigen Worten suche. Irgendetwas, das ich erwidern kann, um nicht wieder wie die unschuldige, kleine Maus zu wirken. Aber bis auf ein zartes Lächeln und einem gehauchten *okay* bekomme ich nichts über die Lippen.

Blinzelnd starre ich ihn an, bin mehr als überfordert mit dem Moment und unserer Ehrlichkeit. Auf seinem Gesicht zeichnet sich ein teuflisches Grinsen ab, ehe er zu mir kommt. Automatisch weiche ich langsam zurück, bis ich rücklings auf der Couch liege und er über mir ist. Nur meine angewinkelten Beine sind die letzte Grenze, die noch zwischen uns besteht.

»Was hast du am Telefon gesagt?« Ziams Atem streift mein Gesicht, so sehr beugt er sich über mich und übt mit seinem Körper Druck auf meine Beine aus.

»Nichts«, versuche ich auszuweichen, aber ich weiß da schon, dass er mir das nicht durchgehen lassen wird.

Sein Mundwinkel zuckt und er schüttelt dezent den

Kopf. »Ich weiß, was du versuchst. Du willst mich locken, damit ich mir das nehme, was ich will, *dich*. Aber so läuft das nicht, Mi Belleza. Das wäre falsch und das weißt du. Teste meine Beherrschung nicht. Also, rede.«

»Dafür bist du aber schon zu weit gegangen. Immerhin liegst du auf mir. Meinst du, das ist schlau?« Erschrocken schlage ich mir die Hand vor den Mund. O Mist, habe ich das wirklich gesagt? Dieser Mann lockert meine Zunge und Gedanken. Ob das so gut ist?

Ziams Grinsen wird teuflischer. Er packt mich am Handgelenk und zieht die Hand von meinem Mund.

»So frech, Mi Belleza.« Den Tadel kann ich in seiner Stimme hören, aber ich sage trotzdem nichts. »Ich frage nicht noch einmal.« Er schiebt sein Becken vor, drängt sich zwischen meine Beine und drückt seinen Schritt gegen meine Mitte.

Seine Lippen schweben direkt über meinen. Ich müsste mich nur ein Stück vorbeugen, um ihn küssen zu können. Und Herrgott, ich will es unbedingt.

»Ich mag dich, bin auf eine gewisse Art süchtig nach dir und der Freiheit, die du mir bietest. Kommst du jetzt zu mir, will ich dich und alles von dir. Jede verdammte Nuance Dunkelheit. Mit dir will ich lernen, wie sie ist, in welchen Arten sie mich verschlingen kann«, wispere ich.

»Fuck.« Knurrend überbrückt er den letzten Abstand und küsst mich. Mit seinem gesamten Gewicht liegt er auf mir und vertreibt so den Druck der Gefühle, der mich bis eben noch gelähmt hat.

Mein Herzschlag beschleunigt sich, je fordernder er mich küsst und damit wie bei einem Elektroschock die Gedanken neu sortiert.

»Warum hast du geweint?«, fragt er leise, löst dabei nicht einmal komplett seinen Mund von meinem.

»Das Schwein, das mir weh getan hat, schreibt mir Briefe. Normalerweise kann ich damit besser umgehen, aber nach dem, was zwischen uns passiert ist, hat es mich ... Es war zu viel.«

»Wer?« Das eine Wort klingt bedrohlicher als alles, was ich bisher gehört habe. Dabei weicht er ein Stück zurück. An Ziams Wange tritt ein Muskel hervor, seine Hand krallt sich in den Stoff der Couch, sodass seine Knöchel weiß hervortreten. Er ist wütend, das sehe ich.

»Ich kann nicht, bitte.« Am liebsten würde ich mich selbst ohrfeigen, weil mir erneut Tränen in die Augen treten, aber ich habe immer noch nicht verkraftet, was hier passiert. Der Mann, den ich so sehr wollte, liegt auf mir, gesteht mir irgendwie, dass er mich will und nun soll ich über den Schandfleck meines Lebens reden. Nein, das geht nicht. »Bitte ... Nicht heute. Nicht jetzt. Nicht, nachdem ich offenbart habe, dass ich mehr will, als ich mir bisher eingestanden habe.« So schnell, wie ich rede, habe ich das Gefühl, meine Zunge zu verschlucken. »Kannst du nicht eher irgendetwas mit mir tun, mich ablenken oder-«

Ziam drückt seine Hand auf meinen Mund, starrt auf mich nieder und streichelt mit seinem Daumen über meine Wange.

»Okay. Okay. Verstanden. Du wirst für den Dreh hier einziehen.« Moment was? Schockiert reiße ich die Augen auf. Habe ich mich verhört? Ja, oder?

»Wie bitte?«, nuschele ich gegen Ziams Hand. Aber er nimmt sie nicht weg, damit ich reden kann.

»Richtig gehört. Solange wir zusammenarbeiten, ist es unglücklich, wenn wir das hier ...« Ziam tippt mehrmals mit dem Finger gegen meine Wange, ehe er weiterredet. »... die Anziehung zwischen uns, vor allen zeigen. Nicht bis wir wissen, ob das mit uns funktioniert. Versteh mich nicht falsch. Aber bei der Homestory ist die Wahrschein-lichkeit zu hoch, dass irgendjemand von uns erfährt. Aus diesem Grund werden wir die Finger voneinander lassen, zumindest wenn dein Team hier in meinem Haus meint, herumschnüffeln zu müssen. Aber wenn sie weg sind, will ich dich sofort bei mir haben und nicht noch zu dir fahren müssen.«

Ein Schnauben entkommt mir. Ich reiße die Arme hoch und kralle die Nägel in seine Handgelenke, was ihn eine Augenbraue in die Stirn ziehen lässt.

»Ja, fang schon einmal an, dich gegen mich aufzuleh-nen. Das ist genau das, was ich will.« Seine Stimme verdunkelt sich und seine Augen glänzen einnehmend. »Der Moment wird kommen, dann wirst du verstehen.« Das dunkle Timbre seiner Stimme lässt es gefährlich schnell feucht zwischen meinen Beinen werden. »Aber damit ich dir zeigen kann, dass ich dich will, wirst du bei mir schlafen. Jede verdammte Nacht.«

Dieses Mal kann ich mich zappelnd aus seiner Umklammerung lösen. Wahrscheinlich nur weil er es zulässt, aber das ist mir egal.

»Das geht nicht«, stoße ich empört aus.

Ziams tiefes, dunkles Lachen sendet erneut Lustwellen durch meinen Körper, die meine Nippel hart werden lassen.

»Und wie. Besonders weil ich das will. Damit sparst du die Kosten für deine Unterkunft, außerdem-«

»Warte. Woher weißt du das?«, unterbreche ich ihn und stütze mich auf den Oberarmen ab, um ihn böse anzu-funkeln.

»Sagen wir so. Man sollte im Auge behalten, was einem gehört. Und du Abella, gehörst ab jetzt mir.« Das teuflische Grinsen, das auf seinem Gesicht erscheint, sollte mir Angst machen, genauso wie der Umstand, dass er mich wie einen Besitz als sein betitelt. Aber das tut es nicht, eher das Gegenteil.

»Ich weiß nicht, also ...« Unsicher sehe ich Ziam an, beiße mir auf die Unterlippe, was ihm ein Knurren entlockt.

»Ist das so oder traust du dich nur nicht, es dir einzugestehen?« Gezielt schiebt er seine Hand zwischen uns und gleitet über die Wade bis zu meinem Unterschenkel.

»Ich ...« Der Geschmack meines eigenen Blutes legt sich auf meine Zunge, weil ich mich noch fester beiße.

»Ja, was ist mit dir, Belleza?« Mit seinen Lippen streift er meine und gräbt seine Finger in die zarte Haut meiner Oberschenkelinnenseiten.

»Du machst mich nervös«, wispere ich.

»Gut so.« Hart küsst er mich, zieht sich aber sofort wieder zurück, ehe ich reagieren kann. »Ich werde dich langsam an das heranführen, wovor ich dich immer gewarnt habe. Eins muss dir klar sein: Du kannst mir nicht mehr entkommen.«

»Will ich doch gar nicht«, rufe ich so laut aus, dass ich ihm schon fast ins Gesicht brülle, was ihn erneut leise lachen lässt.

»Besser für dich.« Ziam greift nach meinen Händen und zieht mich mit sich in den Stand. Rasch schnappt er sich unsere Handys und steckt sie sich in die Hosentaschen.

In der nächsten Sekunde packt er mich am Arsch und hebt mich hoch. Fest schlinge ich die Beine um seine Hüften.

»Was machst du?«, frage ich nervös.

»Na, was wohl. Es ist spät. Wir gehen ins Bett.«

Während er redet, bewegt er sich mit mir Richtung Wendeltreppe.

»Du trägst mich in dein Bett, süß.« Lachend lege ich die Arme um seinen Nacken und genieße seinen Geruch nach Minze und etwas Herben, der mir in die Nase steigt. Dass er noch fester zupackt, löst zwar Schmerz aus, aber er ist mir lieber als wirre Gedanken.

»Nein, ins Gästezimmer.« Als hätte er mich geschlagen, zucke ich zusammen und könnte mich ohrfeigen, weil er so merkt, dass mir seine Antwort nicht gefällt.

»Kein Zurück mehr«, flüstert er und drückt mich enger an sich, ehe er die Tür aufstößt und den Raum betritt, an dem wir uns zum ersten Mal nahegekommen sind.

»Du willst nicht, dass ich bei dir schlafe, oder?« Wachsam sehe ich ihn an, nehme jede Regung in seinem Gesicht wahr und halte die Luft an.

»Ich lasse niemanden in mein Schlafzimmer. Aber ich schlafe bei dir«, antwortet er nüchtern und setzt mich direkt vor dem Bett ab.

Noch bevor ich realisieren kann, was er gesagt hat, zieht er sich das T-Shirt über den Kopf.

Sabbernd sehe ich zu, wie er seinen Gürtel öffnet. Dabei besieht er mich mit einem dunklen Blick und streift sich seine Hose von den Hüften.

In Boxershorts kommt er auf mich zu, greift an den Saum meines Pullovers, aber wartet kurz, so als würde er auf eine Zustimmung warten. Auch wenn ich nicht sicher sein kann, nicke ich.

Er zieht mir den Stoff über den Kopf, wagt aber keinen Blick auf meinen Körper, sondern nur in meine Augen.

Im nächsten Moment zieht er mir sein T-Shirt an und schiebt mich blindlings Richtung Bett. Ich verstehe die

Aufforderung, krabbele auf eine Seite und warte bis er ebenfalls zu mir steigt.

Gerade als ich mich einkuscheln will, zerrt er mich zu sich und drückt meinen Kopf auf seine Brust. Mein Herz flattert wild los.

Tief ausatmend lege ich zögerlich den Arm auf seinen muskulösen Bauch, streiche gedankenverloren über die Muskeln, die wie ein V aussehen und in seiner Boxershorts verschwinden.

»Du hättest mir auch sagen können, dass ich mit dir kuscheln soll.« Trotz der Worte drücke ich mich fester an ihn.

»Sieh es als erste Lektion.« Ziams Finger verfangen sich in meinen Haaren, kreisen über die Kopfhaut und entlocken mir ein Keuchen. »Schlaf jetzt, Mi Belleza. Morgen ist ein neuer Tag, einer ohne Rückkehr.«

Unter Ziams Kopfmassage sinke ich in einen tiefen Schlaf, der sich wie eine unwirkliche Geschichte anfühlt, wäre da nicht sein ruhiger Herzschlag, der mich immer weiter in süße Träume leitet.

KAPITEL 23

Abella

K eine Ahnung, woher es kommt, aber der Druck auf meiner Brust ist verschwunden. Die Nacht in Ziams Armen spielt eine große Rolle, auch wenn er nicht mehr neben mir liegt und ich allein im Bett bin.

Nachdem ich lange an die Decke im Gästezimmer starre, habe ich nun die Erkenntnis: Es ist eben, wie es ist.

Dass die Zerrissenheit, dieser Wechsel in Ziams und meinen Entscheidungen wohl für andere verwirrend ist, kann ich mir vorstellen, aber wir beide kämpfen mit Dingen, die uns beeinflussen. Deswegen ist es okay. Außerdem habe ich jetzt etwas, nachdem ich mich lange Zeit gesehnt und eine unnatürliche Sucht danach entwickelt habe.

Ziams Nähe. Auch sie wird die Vergangenheit nicht ändern oder dafür sorgen, dass meine Angst mich nicht mehr kontrolliert. Geschweige denn, dass die Zustellung der Briefe aufhören, aber vielleicht holt sie mich aus der trübsinnigen Gefühlswelt. Das wäre mehr, als ich bisher hatte.

Ich sollte Ziam wenigstens ein bisschen erzählen, wovor ich Angst habe, damit er verstehen kann, wieso ich mich so verhalte, wie ich es tue. Dann öffnet sich möglicherweise auch er.

Beflügelt schlage ich die Decke zurück und will aufstehen, als es auf dem Nachttisch zu vibrieren beginnt. *Mein Handy.* Das muss Ziam dort hingelegt haben.

Sofort nehme ich ab. »Süße. Ich habe jetzt erst deinen Anruf gesehen und weil du dich nur per Telefon meldest, wenn ... ich weiß, was das bedeutet. Wo bist du? Soll ich vorbeikommen?«, erklingt Rubys hysterische Stimme und ihr zischendes Ausatmen.

»Süße, bitte beruhige dich. Mir geht es gut.« Das ist nicht einmal eine Lüge. Komischerweise habe ich eine andere Möglichkeit gefunden, um zur Ruhe zu kommen. *Ziam.*

»Sowas sagt man nicht zu einer Frau, die einen unausgeglichenen Gefühlshaushalt hat«, meckert meine Freundin und stößt laut die Luft aus. »Bitte entschuldige. Ernsthaft. Wo bist du?« Ich höre zwar immer noch ihre Sorge, aber sie wirkt etwas ruhiger als vorher.

»Bei Ziam.«

»Was?« Es poltert und Rubys Aufschrei schallt durch die Leitung. »Luna. Nicht jetzt. Ich will nicht an einem Herzinfarkt, wegen den plötzlich entfachten Alleingängen meiner Freundin und einer Platzwunde sterben, weil du kleiner Flauschball mir vor die Füße läufst.«

Ein erfreutes Hundebellen erklingt, was mir ein Lächeln aufs Gesicht zaubert. Rubys Pomeranian-Welpe ist aber auch Zucker.

»Noch mal. Du bist bei Ziam fucking Moreno? Dem Mann, nach dem du dir schon seit Monaten die Finger leckst, aber nicht in der Lage warst, erneut dein Glück zu versuchen? Bitte die Erklärung, wie du zu ihm kommst, nachdem der Bastard deiner Vergangenheit dich wieder kontaktiert hat?« Ruby klingt immer noch so aufgeregt, dass ich mir langsam Sorgen mache.

»Du kriegst aber nicht wirklich Herzprobleme? Wieso atmest du so laut? Was machst du?«, frage ich besorgt und bin kurz davor, zum Video-Anruf zu wechseln, um nachzusehen, was sie da macht. Denn ich weiß genau, dass Ruby der absolute Risiko-Typ ist. Ihr traue ich alles zu.

»Ich laufe in meiner Wohnung auf und ab, um das Adrenalin abzubauen, das die Sorge um dich ausgelöst hat.«

»Tut mir leid«, stoße ich resigniert aus, weil ich es hasse, wenn das passiert.

»Hörst du auf. Seit wann entschuldigst du dich wieder dafür, lass das. Ich schiebe diese Aussage mal auf den wahrscheinlich hohen Hormonstatus, den du wegen dem heißen Sänger hast.« Jetzt lacht sie, was mich dazu bewegt, mit einzustimmen.

Deswegen ist sie eine meiner besten Freundinnen, weil sie eben nicht wie ich versinkt und versteinert, wenn etwas schiefläuft.

»Ehrlich, Süße. Geht es dir wirklich gut? Ich kann kommen, jederzeit.«

»Ich denke schon. Der Brief hat mich unerwartet getroffen. Es war so lange ruhig ...« Schwer schlucke ich gegen den Kloß in meinem Hals an.

»Der Mistkerl hat Kontakte, das wussten wir. Denk dran, es gibt nur die Lösung, dass du zur Polizei gehst. Abella, er muss-« Ehe Ruby sich wieder in Rage reden kann, unterbreche ich sie.

»Nein, das will ich nicht. Nicht noch einmal. Du weißt genau warum.« Mein Herz schlägt wie wild, nur bei dem

Gedanken daran, was damals die Entscheidung, mich gegen ihn zu stellen, für eine Kettenreaktion ausgelöst hat.

»Ich weiß, aber du hast viel durchgemacht«, stößt Ruby frustriert aus.

»Aber ich lebe«, wispere ich leise und zittrig.

»Ab jetzt eventuell sogar wahrhaftig. Finde heraus, ob die Aversion für ihn richtig ist, aber pass -«

»Keine Sorge, das tue ich.« Etwas zu schnell presse ich die Worte hervor und setze mich auf.

»Natürlich. Denk daran, ich werde immer da sein.« Ruby kichert, was mich irritiert. »Okay. Na gut, außer du bist bei Ziam, ich glaube, das wird wild mit euch. O Gott, ich kann's mir bildlich vorstellen. Ab jetzt flüchtest du dich lieber zu deinem Sänger mit dem heißen Sixpack. Mein Rosenduft ist sicherlich nicht so beruhigend wie der männliche Geruch von Ziam, am besten sogar nach dem Sex mit grandiosem Orgasmus.«

»Ruby«, stoße ich tadelnd aus, aber kann das Amüsierte nicht aus meiner Stimme herauslassen. »Das ist Schwachsinn. Du bist die Beste. Außerdem haben wir nicht miteinander geschlafen.«

»Ist doch so, jetzt hab dich nicht so. Das ist übrigens Verschwendung von heißen Ressourcen, Süße. Immerhin hat er dir beim Vorspiel schon solch einen ...« Meine Freundin gibt ein Geräusch wie ein *Boom* von sich, das so laut ist, dass ich das Gefühl habe, jeder im Umkreis könnte es hören, was mich die Augen verdrehen lässt.

»Du bist unmöglich. Schrei das nicht so raus.« Schamesröte kriecht über meine Wangen.

»Nein«, ruft sie plötzlich aus und ich weiß augenblicklich, wohin ihre Gedanken gerade gehen. Und ich verfluche mich, dass sie mich so gut lesen kann. »Du hast ihm nicht gesagt, was euer Frühstück dir bedeutet hat.« *Ja, diese Mahlzeit hat eine neue Bedeutung für mich.*

»Nein. Wie soll man sowas erklären?«

»Frei raus. Du hast-«

»Ruby«, schreite ich ein und würge ihr das Wort ab.

»Sorry.« Sie lacht, wird aber schlagartig ernst. »Siehst du, dich ablenken kann ich immer noch.«

Bei ihren Worten wird mir erst bewusst, dass sie recht hat. Sie hat es wieder einmal geschafft, die Unsicherheit, die Angst und den Druck von mir zu nehmen.

»Danke.« Ich liebe Ruby für alles, was sie für mich tut. Wie habe ich nur eine so wundervolle Freundin verdient?

»Immer, Abella. Aber jetzt nimm dir, was du möchtest. Lass es zu, du verdienst es.« Tränen treten mir bei Rubys Worten in die Augen.

»Bis nächste Woche, Liebes«, verabschiede ich mich.

»Freue mich schon, euch beide zusammen zu sehen. Das wird so gut.« Ich kann Rubys Euphorie förmlich spüren, aber das darf so nicht sein.

»Gott, Nein. Wir wissen nicht, was das zwischen uns ist, und sind vorsichtig. Wir halten es geheim. Das soll nicht in der Story ausgeschlachtet werden.« Erschrocken stoße ich die Worte zu schnell aus, weil sie nichts darüber sagen darf.

»Jetzt wird es spannend. Nun werde ich mir grandiose Sequenzen ausdenken, wie er dich heimlich anheizt. O, Süße. Ich bin neidisch ...« Rubys Türklingel schrillt, was sie unterbricht. »Ach. Mist. Na ja, ich muss auflegen. Bis dann und keine Sorge, ich schweige.«

Blinzelnd starre ich auf das Display des Smartphones.

Ich liebe ihre verrückte Art, die eindeutig nicht dezenter geworden ist, seit wir wieder mehr Zeit mit Malia verbringen. Die beiden stacheln sich förmlich an. Nur weiß ich, dass Ruby hinter ihrer Fassade einen Schmerz versteckt, dem sie sich nicht stellen will.

Aber mit einem hat sie recht: Ich will Ziam und wenn er mich als sein betitelt, dann gilt es umgekehrt genauso. Er gehört mir und bei ihm kann ich genau das zeigen. Ja, verdammt, das will ich.

Mit einer Menge Selbstvertrauen, das ich seit langem nicht gespürt habe, laufe ich nur in Ziams T-Shirt auf die Galerie. Gerade als ich die Treppe hinuntersteigen will, stoppe ich jedoch, bei dem, was ich höre.

»Du wirst über Abella recherchieren, Rush. Ich will verdammt noch einmal wissen, welcher Bastard ihr etwas angetan hat. Finde es heraus.« Ziams Brüllen hallt durch den Raum und fegt wie ein Unwetter durch meinen Geist. Das ist nicht sein verdammter Ernst?

Mir klappt der Mund auf und ich starre in den Wohnbereich, in dem er steht und aus dem Fenster sieht.

Offensichtlich muss ich bei meiner Entwicklung nicht damit anfangen, mich auf Gefühls- und sexueller Ebene auf Ziam einzulassen, sondern an einem anderen Punkt. Nämlich dafür zu sorgen, dass er versteht, wie eine wirkliche Konversation funktioniert.

KAPITEL 24

Ziam

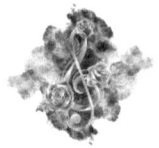

»Hast du nicht gesagt, dass du es mit ihr versuchen willst?« Meine Augenbraue zuckt bei Kiyans dummer Frage, die durch das Telefon schallt, in die Stirn.

»Ist das, das Einzige, was von dem Gespräch bei dir hängengeblieben ist. Also, bis wann bekomme ich die Informationen?«

Wieso stellt er sich jetzt so an? Abella wird sicherlich gleich wach und ich will nicht, dass sie erneut mit diesem Mist konfrontiert wird. Ob ich damit in ihr Leben eingreife? Definitiv. Aber seit ich mit Abellas Geruch in der Nase eingeschlafen bin, hat mein innerer Dämon ein neues Ziel. Ihre Sicherheit.

Nur wir werden ihr weh tun, sie in die Dunkelheit ziehen und unsere Welt schmackhaft machen. Das ist dir klar, oder?

Ja, genau so ist es. Es fühlt sich fast belebend an, dass ich mit meiner inneren Stimme einer Meinung bin. Niemals wieder will ich Abella so sehen. Ihre Tränen sollen von der ängstlichen Neugierde und Lust gewebt sein, die ich ihr entlocke. Aber nicht von Panik, Schmerz oder Leid, den jemand ihr zufügt. Das werde ich verhindern.

»Meinst du nicht, du solltest eher mit ihr reden, statt eine Security Firma darauf anzusetzen?« Bei Kiyans Antwort kralle ich die Finger fester um das Glas in meiner Hand.

Fuck. Will er mich verarschen? Ich bin mir ziemlich sicher, dass es gleich zerbricht, wenn ich weiter zudrücke.

»Seit wann bist du ein fucking Paartherapeut? Du bist nicht in der Position Ratschläge zu geben, Mister Beziehungsphobiker«, knurre ich.

»Vergiss es, Moreno. Rede mit ihr. Dafür verschwenden wir keine Ressourcen. Finde dich damit ab.«

Wut, Sorge und Unverständnis prügeln wie Faustschläge auf meinen Geist ein. Während der Dämon in meinem Kopf bereits wütend den Boxsack im Keller malträtiert, besinne ich mich auf einen entspannten Atem. Gut, wenn er mir nicht helfen will, lege ich den Fokus auf den ruhigen Teil in mir.

»Dann nicht«, presse ich angespannt hervor.

»Ich merke schon, heute ist offensichtlich nicht einer deiner besonnenen Tage.« Das Schmunzeln in Kiyans Stimme treibt diesen Gefühlscocktail in meinen Adern erneut voran.

»Damit liegst du falsch, super Bodyguard. Ich bin absolut entspannt. Danke, dass du mir den Kopf gewaschen hast.« Diese Ruhe zu spielen, kostet mich mehr Mühe als sonst. In mir brodelt eine unstillbare Wut, die meine Hände zittern lässt.

»Sehe ich. Deswegen explodierst du auch gleich. Das erkenne ich allein an deiner verkrampften Haltung.« Dieser Wichser beobachtet mich. Es ist ja schön und gut, dass sie in Notfallsituationen durch das Sicherheitssystem ein Auge auf uns haben. Aber das hier ist keiner, der Gefahr für mich bedeutet, eher für ihn, wenn er so weiter macht.

»Reden, nicht ficken, Ziam. Versuch das mal«, feixt er mit seinem typischen Sarkasmus, was dazu führt, dass etwas in mir ausklinkt. Brüllend drehe ich mich von der Fensterfront weg und donnere in der Drehung das Glas in Richtung Wand.

Schockiert reiße ich die Augen auf, denn in dem Moment, als es sich aus meiner Hand löst, stelle ich entsetzt fest, dass ich nicht allein bin.

»Fuck«, hallt Kiyans Stimme genau in der Sekunde durchs Telefon, als das kristallene Glas direkt neben Abella an der Wand einschlägt und in Scherben zerspringt.

Was zur verfickten Scheiße? Seit wann ist sie wach und wieso zum Teufel steht sie da, ohne sich bemerkbar zu machen.

Und verdammter Scheißdreck. Habe ich gerade ein Glas auf die Frau geschmissen, die ich so sehr beschützen will? Herr im Himmel, meine Sündenliste wird immer länger.

»Ist sie verletzt?«, höre ich Kiyan durch den wattigen Rauschzustand, der mich erfasst. Aber ich kann nicht antworten, starre wie in Trance auf Abella, die in meinem T-Shirt, offenen Haaren und erschrockenem Blick in einem Meer aus Scherben steht.

Hektisch suche ich mit den Augen ihren Körper nach Verletzungen ab, erkenne aber keine. In meinem Kopf überschlagen sich die Gedanken, rasen Erinnerungen durcheinander, die mich zu Eis erstarren lassen. Immer wieder hallt die Stimme meines Vaters, wie eine Beschwörung in mir nach: *Du wirst irgendwann wie ich werden. Psychotisch, gefährlich und unberechenbar. Du hast meine*

DNA, bist von mir erzogen worden und hast von mir gelernt. Irrsinn ist vererbbar, mein Junge. Nimm es an. Es wird deine Zukunft.

Mir ist so, als würde ich irgendetwas hören, aber alles um mich herum ist verschwommen. Mein Körper ist taub, jedoch schreien die Gedanken im Chor aus Schmerz und Leid.

Ich bin gefangen in dem persönlichen Albtraum, den ich immer habe kommen sehen. Genau aus diesem Grund habe ich die Jagd in meinem Wald erfunden, den Trainingsraum im Keller teilweise stundenlang nicht verlassen oder im Studio gesungen und Texte geschrieben, bis ich nicht mehr konnte. Alles, um meine Energien auf einem anderen Weg zu verarbeiten.

Niemals hätte so etwas wie jetzt passieren dürfen. Ich wollte keine Menschen verletzen, nicht werden wie er und meine Familie enttäuschen. Mein Leben lang habe ich dagegen angekämpft und nun verloren.

»Ich bin wie er. Ich habe versagt. Ich bin gefährlich. Ich gehöre weggesperrt.« Völlig psychotisch kommen mir die Worte über die Lippen, reihen sich wie eine endlose Kette aneinander.

Gefangen in dem Zustand stehe ich da und starre Abella an, deren Mund sich bewegt, aber kein Ton dringt an mein Ohr.

Erst als sie offensichtlich wütend wird und schreit, zumindest deute ich das von ihrer Körpersprache und im Begriff ist, einen Schritt auf mich zuzumachen, erwache ich aus meinem persönlichen Unheil.

»Bleib da!«, brülle ich. Es klingt mehr gequält, als wütend, mehr leidend als bestimmend, aber es hat den richtigen Effekt.

Abella bleibt stehen, zieht nur die Augenbrauen

zusammen und rümpft die Nase, was meinen Herzschlag wieder in einen ruhigen Rhythmus schickt.

Diese Frau ist so süß und unschuldig. Bis jetzt. Denn nun habe ich sie in diese Scheiße, die mein Leben ist, hineingezogen.

Verdammt. Ich habe ihr gesagt, dass wir schauen, was passiert. Sicher habe ich damit nicht gemeint, dass ich am ersten Morgen einen Ausraster bekomme und sie verletze.

Okay, okay. Moreno. Reiß dich zusammen. Du wolltest sie beschützen, hast ihr erzählt, dass du dir Mühe gibst. Dann machst du das gefälligst, spreche ich mir selbst Mut zu.

Mit einem lauten Atemzug löse ich mich aus den dunklen Gedanken und nehme erst da alles um mich herum wieder wahr. Das Handy halte ich nicht mehr am Ohr, sondern neben meinem Körper. Ich brauche gar nicht drauf schauen, um zu wissen, dass Kiyan nicht mehr dran ist. Keine Ahnung, wie lange ich nicht auf das reagiert habe, was um mich herum passiert ist, aber es reicht sicherlich dafür aus, dass er auf dem Weg hierher ist.

Als ich auf Abella zu trete und sie nicht vor mir zurückweicht, erkenne ich es. In ihren hellblauen Augen brennt ein Feuer. Jetzt weiß ich, dass zwischen uns etwas passiert, das alles verändern wird.

Diese Frau vertraut mir, mehr als ich mir selbst. Die Frage ist nur: Bin ich würdig genug für dieses Geschenk oder werde ich sie enttäuschen?

KAPITEL 25

Abella

»M i Belleza.« Ziams Stimme hat wieder diesen beruhigenden, warmen Farbton, aber dieses Mal erkenne ich noch deutlicher, dass sich etwas anderes dahinter versteckt.

Das fliegende Glas war da nicht unbedingt am wegweisendsten. Eher ist es dieser geschockte, absolut ungläubige und verlorene Gesichtsausdruck, der fast hypnotisierend wirkt. Nur aus diesem Grund bin ich stehen geblieben, so wie er es gefordert hat.

Aus Unmut wegen des Telefonats ist schlagartig Sorge geworden, die mich bis in die Zehenspitzen elektrisiert hat. Dass er nun aber wieder seine Maske aufsetzt, ärgert mich und lässt meine angestaute Wut und das Unverständnis über seine Aktion – nicht das Glas – wieder in mir erwachen.

»Dieses Mal nicht, Ziam.« Kopfschüttelnd und direkter, als ich es mir zugetraut habe, stoße ich die Worte aus.

Ja, ich bin unsicher, teilweise verloren und unbeholfen in Bezug auf Männer. Aber ich musste lernen, mich zu verteidigen, nicht nur körperlich, sondern auch mit Worten. Nur braucht es dafür einen Auslöser, der diesen Mut in mir erweckt. Das eben war so einer. »Was sollte das?«

»Tut mir leid«, stößt er aus und kommt auf mich zu, aber ehe er mich erreichen kann, überwinde ich selbst die Scherben. »Pass auf. Schneide dich nicht.«

»Hättest du nicht das Glas geworfen, gäbe es keine Scherben.« Okay, das klang etwas zu vorwurfsvoll, obwohl es die Wahrheit ist. Außerdem gefällt es mir auf eine gewisse Art, dass Ziam mich verwundert anfunkelt. Nicht nur er hat eine andere Seite, die habe ich auch.

»Weiß ich.« Knurrend geht er in die Küche, kommt mit einem Kehrblech wieder und beginnt die Splitter einzusammeln. Ohne auf ihn zu achten, tue ich es ihm gleich und hebe die größeren Stücke auf. Bis er mein Handgelenk packt. »Lass das, Abella. Du verletzt dich sonst.«

»Werde ich nicht an ein paar Scherben, aber du hast mir schon weh getan, Ziam. Wieso hast du Kiyan gefragt? Du hättest mir Zeit geben müssen, damit ich dir von meiner Vergangenheit erzähle.« Sein wunderschönes Gesicht verzieht sich, fast so, als habe ich ihn geschlagen.

In der nächsten Sekunde lässt er sich ohne Vorwarnung nach hinten fallen. »Fuck.« Auf dem Rücken liegt er auf dem Boden und starrt an die Decke. Sein Brustkorb hebt sich schnell, Schweißperlen stehen auf seiner Stirn und ehe ich reagieren kann, schlägt er plötzlich mit beiden Fäusten auf den Holzboden. »Shit, ich will nicht sein wie er.« Wie wer?

Eben schon hat er diese wirren Worte wiederholt geflüstert, die so viel Schmerz transportiert haben, dass er mich fast mit sich gerissen hat.

Schockiert starre ich den sonst so starken Mann an, wie

er vor mir liegt und immer und immer wieder seine Fäuste auf den Boden schlägt.

»Ziam, hör auf.« Aber er scheint mich kaum zu hören. Was soll ich jetzt tun?

Wie von Sinnen wiederholt er die Bewegung. Das Geräusch schallt durch den offenen Wohnbereich und lässt eine Gänsehaut über meine Wirbelsäule rieseln.

In dem Moment platzt seine Haut auf, Blutflecken bilden sich auf dem Fußboden und ich handele, ohne darüber nachzudenken. Mit einem Satz springe ich auf ihn, kralle die Finger in seine blutenden Hände und presse sie an meinen Oberkörper, damit er nicht erneut zuschlägt.

»Hör auf«, schreie ich ihm mitten ins Gesicht, was den trübsinnigen Schleier schlagartig aus seinen Augen vertreibt.

»Geh jetzt, Abella.« Seine Stimme klingt tonlos, abweisend, was mich versteifen lässt. Die Unsicherheit in mir fühlt sich bestätigt, weil es genau das ist, worauf sie gewartet hat. Aber in meinem logischen, rationalen Kopf laufen all die Situationen zwischen Ziam und mir ab, die die letzten Tage passiert sind. Bis hin zu dem Moment hier und jetzt.

Keine Ahnung, woher ich die Erkenntnis nehme, vielleicht ist es auch dieses suchtartige Gefühl in meinen Venen, das jedes Mal brodelt, wenn er da ist. Aber jetzt, wie er hier ist, ihn so zu sehen, nun verstehe ich, wieso er Kiyan angerufen hat. Auf seine verdrehte Art wollte er mich beschützen und wusste sich nicht anders zu helfen.

»Das willst du nicht.« Zwar bin ich mir nicht sicher, aber wir haben beide in den letzten 24 Stunden die Schutzschicht widerwillig abgelegt und kämpfen offensichtlich mit unseren widrigsten Dämonen. Schauen wir mal, ob sie sich die Zähne aneinander abwetzen und uns ein bisschen Kontrolle zurückgeben können.

»Du weißt nicht, was ich will.« Zu seinen Worten verengt er die Augen, schüttelt meine Hände ab und packt den Kragen meines T-Shirts mit seinen blutverschmierten Fingern.

Dieses Mal ist es keine Unsicherheit, die mich erfasst, es ist Angst, die ich jedoch sofort mit Eisenketten in meinem Kopf bändige. Seine Reaktion wollte ich herbeirufen. Mit dem Bewusstsein, dass dieser Moment alles zwischen uns verändern kann. Nun sind wir beide schutzlos.

Schwer atmend starren wir uns an.

»Nein, aber würde ich gehen, würde ich nicht mehr dir gehören. Willst du das?« Dass ich hoch pokere, weiß ich, nur dieses Mal ist es meine Chance, einmal etwas selbst zu entscheiden. Nicht in die Gefahr zu stolpern, sondern mich eigenständig hinein zu begeben und hoffentlich zu siegen.

»Sei still.« Sein gesamter Körper spannt sich unter mir an, seine Hände reißen so fest an dem Stoff, dass es mir in den Hals schneidet. Die Adern überall an seinen Armen treten hervor, der Muskel an seinem Kiefer spannt bedrohlich.

»Nein, das war ich lange genug. Damit ist Schluss. Ich habe vor dir keine Angst.« Mein Herz pumpt das Blut zu schnell durch die Venen, sodass mir schwindelig wird. Verdammt, was tue ich hier? Sollte ich falsch liegen, wäre ich ihm unterlegen, ein Opfer und würde verlieren, wieder einmal.

»Das ist dein Fehler. Du glaubst, zu wissen, wer ich wirklich bin, aber das kannst du nicht. Denn dann würdest du schreiend verschwinden und nie wieder kommen.« Wütend zerrt er mich näher zu sich. Ich rieche das Blut, das immer noch über seine Haut rinnt und nun ebenfalls an mir klebt. Nur ist es mir scheiß egal. Alle meine Sinne sind geschärft, nur fokussiert auf Ziam.

»Du bist nicht gefährlich, nur genauso angsterfüllt wie ich.« Samtweich lasse ich meine Stimme klingen, um sein Gemüt damit zu beruhigen. Vielleicht habe ich die Magie dazu, dass meine Worte etwas in ihm verändern, das wäre mein Wunsch.

Zärtlich streichle ich über seine Wange. Sofort will er sich wegdrehen, aber ich verhindere es, indem ich sein Gesicht mit beiden Händen packe. Jetzt klammern wir uns aneinander, als wäre der Andere der Einzige, der uns noch vor dem kompletten Absturz retten kann.

»Ich habe ein Glas nach dir geworfen«, haucht Ziam erschüttert.

»Falsch. Nicht *nach mir*. Das wusste ich in dem Moment, als ich deinen Blick gesehen habe.« Grob gleite ich zu seinen Haaren und zerre seinen Kopf zu mir.

Na, holla Lolita. Endlich lässt du unsere besitzergreifende Seite mal heraus. Der süchtige Teil in uns brauchte ein Ventil. Spürst du, wie gut es sich anfühlt?

O ja, und wie ich das tue!

»Zeig mir endlich, wer du wirklich bist, Ziam Moreno und dafür verrate ich dir meine Vergangenheit.« Habe ich das echt gesagt? Einfach so. Mein Gott, keine Ahnung, was mit mir los ist. Es ist das erste Mal seit langem, dass es sich richtig anfühlt, so offen und ehrlich zu sein. Dafür einzustehen, was ich im tiefsten Inneren will, was ich mir so sehnsüchtig wünsche. Es ist dieser Mann, auf dessen Schoß ich sitze, dessen Blut an mir klebt und der trotz des Chaos um mich herum, sich anfühlt wie das, was mir immer gefehlt hat. Zuversicht.

»Deal?«, hauche ich nach einiger Zeit, in der wir uns

nur in die Augen sehen, ineinander versinken und zu einer Einheit verschmelzen.

»Gehen wir diesen Weg, ist es möglich, dass ich nicht mehr erkennen kann, wann du wirklich vor mir fliehen willst. Ich habe Angst, dass ich dich zerstöre«, flüstert Ziam, so leise, dass ich ihn nur verstehe, weil unsere Münder sich so nahe sind, dass wir fast ineinander verschmelzen.

»Kein Zurück mehr, Ziam. Für uns beide.« Federleicht lasse ich meine Lippen über seine gleiten, was ihn so höllisch sexy die Lider niederschlagen lässt. Es ist so intim, dass ich fast vergesse, dass wir blutverschmiert auf dem Boden liegen.

»Deal. Aber sag am Ende nicht, ich hätte dich nicht gewarnt.« Hart drückt er mir einen Kuss auf, beißt in meine Lippe, was mich stöhnen und die Augen aufreißen lässt.

»Das tust du immer«, necke ich ihn.

Hungrig starrt er mich an, stemmt sich hoch, sodass ich nun rittlings auf seinem ausgebeulten Schritt sitze. Diese Situation macht ihn geil. Um Himmels willen, wie verkorkst ist es, dass mich genau *das* anmacht?

»Ich mags, wenn du dich behauptest. Aber woher kam das?« Ein Lachen entkommt mir bei seiner Frage, woraufhin er den Kopf schräg legt und mich misstrauisch mustert.

»Du.« Jetzt sieht er noch verwirrter aus. »Dein Verhalten. Du hast nicht gefährlich gewirkt, sondern leidend. Na ja, und dann kam das halt so.« In dem Moment, in dem das Adrenalin nachlässt, kann ich meine Reaktion neu bewerten. Schlagartig wird mir bewusst, dass ich komplett die Komfortzone verlassen habe. O Hilfe, wie bestimmend bin ich denn bitte gewesen?

Bei der Erkenntnis schnappe ich nach Luft, spüre, wie meine Wangen rot werden.

»Hey, Mi Belleza. Es ist okay, wirklich.« Jetzt ist es Ziam, der seine Hände an mein Gesicht legt. »Es hat mir geholfen und mich aus den Gedanken geholt. Danke.«

»Wie kommen wir davon, dass du willst, dass ich gehe, dazu, dass du dich bedankst?«, frage ich dieses Mal verwirrt.

»Tja, weil wir wohl so sind oder du recht hast. Ich wollte nicht, dass du gehst, niemals. Ich will dich beschützen.« Irgendwie gefällt es mir, dass er das will, aber so kommen wir nicht voran. Nicht zusammen und allein sowieso nicht. Wir müssen darüber reden.

»Nur will ich vor dir nicht gerettet werden. Hör auf damit«, fordere ich bestimmt und stemme meine Hände gegen seinen Oberkörper. »Ab jetzt fliehen wir nicht mehr, sondern reden.«

Ziam lacht dunkel, beugt sich zu meinem Ohr und raunt mir zu: »Ich denke, das ist nicht unbedingt unsere Stärke.«

»Dann müssen wir es halt zu einer machen.« Schwer schlucke ich gegen den Kloß in meinem Hals an, denn das wird mir nicht leichtfallen. Nicht, weil es mir peinlich ist, aber in dem Zusammenhang muss ich Ziam erklären, welche Rolle er in meinem Leben spielt. Das lässt mich definitiv nicht mehr wie die unschuldige Version wirken. Eventuell läuft er dann sogar davon, weil er merkt, wie falsch ich mich gegeben habe. Wie verrückt und bescheuert ich wahrhaft bin.

»Scheiße, ich komme darauf nicht klar, was hier passiert. Ein Teil in mir lechzt die ganze Zeit danach, dich in diesem Outfit und meinen Blutspritzern zu ficken.« What?

Ein empörter Laut kommt mir über die Lippen, der in ein Stöhnen übergeht, weil Ziam meinen Arsch plötzlich knetet und höchstwahrscheinlich nun auch dort sein Blut verteilt. Nur schockiert es mich nicht wirklich, es feuert das Prickeln in mir nur weiter an.

»Wie bitte?«, stottere ich, nicht vor Schreck, sondern eher, weil ich überfordert mit den Gefühlen in mir bin. Es gefällt mir. Allerdings kann ich bei den Berührungen keinen klaren Gedanken fassen.

»Du wolltest doch reden, dass ich dir zeige, wer ich bin. Ein Teil in mir ist verkorkst, steht darauf, wenn ich unanständige, moralisch verwerfliche Dinge mit dir anstelle. Er feuert mich sogar dazu an, genau wie jetzt.« Überrascht zucke ich zusammen, als ich auf einmal den Holzboden unter mir und Ziam über mir spüre. »Willst du wissen, was die Stimme mir sagt?«

Wild schüttele und nicke ich mit dem Kopf, weil ich auf andere Art mit der Situation überfordert bin. Also, ja, Gott, ich wollte, dass er mir zeigt, was los ist, aber so, hier und jetzt, nachdem wir beide einen kompletten Ausfall hatten.

Keine Ahnung, ob das eine gute Entscheidung ist.

Du sollst nicht immer schlau sein, Mädchen. Du hast ihn gelockt, jetzt leb damit und stelle die Gedanken ab.

»Ja«, spucke ich ihm hektisch ins Gesicht, bevor der Mut mich wieder verlässt.

»Jetzt trägt sie schon dein Blut, deine Male, holen wir uns alles. Markieren wir sie. Dann weiß jeder, dass sie uns gehört.« Ziams Stimme ist beschwörend, dunkel, rauchig und verführerisch, aber auch psychotisch und fördert dieses Prickeln in mir weiter, so wie er es nur kann.

Mir sollten seine Worte nicht gefallen, aber das tun sie, weil es so ist zwischen uns. Alles ist extrem, schlägt auf

Skalen überdimensional aus und kann keinen normalen Status erreichen.

Verdammt, das ist genau das, was ich will. Sollte ich ihm das jetzt sagen? Ja oder nein?

»Läuft dein Kopfkino, Mi Belleza?« Zu seinen Worten beißt er mir in die zarte Haut unter meinem Ohr und drückt sein Becken gegen meine Mitte, die sofort auf seinen harten Schwanz reagiert. Wie kann er nur so dirty reden? So schnell den Modus wechseln?

Als könnte er Gedanken lesen, antwortet er direkt gegen meinen Hals. »Was tust du mit mir, dass ich so die Kontrolle verliere?« *Die gleiche Frage stelle ich mir auch.*

Gerade als ich etwas antworten will, schrillt die Türklingel und ein wildes Gebrüll erklingt. »Moreno. Öffne die Tür oder wir kommen rein.« *Kiyan.*

Fester kralle ich mich an Ziam. »Das machen sie nicht wirklich, oder?«, frage ich mit einem Blick über seine Schulter. Sein Lachen, das dieses Mal ein Humorvolles ist, lässt mich grinsen.

»Und wie sie das würden. Deswegen sollte ich öffnen, auch wenn ich lieber andere Dinge tun würde.« Kurz leckt er über meinen Hals, was mich erschaudern lässt, dann erhebt er sich.

»Du meintest wohl nicht reden«, rufe ich ihm schmunzelnd nach.

»Sicher nicht, Abella. Genauso wenig wie du. Ich durchschaue dich. Das hätten wir danach verschwitzt und nackt aufeinander liegend tun können. Mit einem fucking Ständer kann ich nun einmal nicht denken.« Rückwärts läuft er auf seine Haustür zu, grinst mich dabei teuflisch an und fast an seine Erektion. Zwinkernd rückt er sie in der Jeans zurecht und dreht mir dann den Rücken zu.

Sofort springe ich auf, richte Ziams T-Shirt und könnte

mich ohrfeigen, dass ich zum wiederholten Male nur in seinem Oberteil vor unseren Freunden stehe.

»Wo ist sie?«, knurrt kurz darauf die Stimme des Bodyguards. *Auch das wird offenbar zur Gewohnheit.*

»Hier.« Dass ich belustigt klinge, kann ich nicht verbergen. Anders als mit Humor ist das Chaos hier nicht zu ertragen.

Trotzdem schaue ich nicht schlecht, als nicht nur Kiyan, sondern auch Cam mit Ziam auf mich zukommen.

Blinzelnd starre ich die beiden Bodyguards an, die mit ihren Anzügen, den Headsets an ihren Ohren und top gestylten Frisuren absolut nicht in dieses Bild passen.

»Ist das ihr Blut?«, fragt Cam. Ehe ich überhaupt reagieren kann, ist er bei mir. Himmel, ist er schnell.

»Nein. Meins.« Ziams Antwort ist entspannt, was mich zu ihm schauen lässt. Aber es ist nicht gespielt, dieses Mal meint er es so.

»Geht's dir gut?« Cams Frage holt mich aus meinem überforderten Zustand.

»Ja, es war ein Missverständnis. Dafür hättet ihr nicht kommen müssen.« Nervös nestele ich mit den Fingern an dem Saum des Stoffs.

Ich muss mit dem - na gut, ehemals weißen - T-Shirt und den Blutspuren darauf, aussehen, wie aus einem Horrorfilm.

»Als ob wir nur wegen Ziams Ausrastern losrasen würden, das wäre bei der Taktung Zeitverschwendung.« Kiyans sarkastischer Tonfall lässt mich zusammenzucken und irritiert zwischen dem Mann, der eben noch auf mir lag und dem Bodyguard hin und her blicken.

Allerdings sagt Ziam nichts, sondern verdreht nur kurz die Augen, ehe er zur Couch zeigt. »Setzt euch. Dann erklärt Abella euch gleich den Plan.«

Moment, was tue ich?

Überfordert blinzele ich Ziam an, der das Kehrblech aufhebt und sich direkt vor mir aufbaut. »Entschuldige. Das wollte ich dir sagen, aber na ja ... Zieh dir etwas an. Dann erzählst du den Bodyguards, wo dein Team und du uns hinbegleiten wollt und wann ihr aus meinem Gelände einen Zoo macht, den alle begaffen können.« Den bösen Unterton kann er nicht lassen, aber ich verstehe es.

Ehe ich antworten kann, taucht Kiyan plötzlich neben uns auf und hält uns einen Erste-Hilfe-Kasten hin.

»Kümmere dich um deine Verletzungen.« Mit den Worten drückt er Ziam den Kasten gegen die Brust.

Schmunzelnd schnappe ich mir das Kehrblech, bringe es in die Küche und bin froh, als ich die Wendeltreppe nach oben eile, um mich umzuziehen.

Auch wenn der Morgen kein normaler war, hat er zwischen Ziam und mir eine Menge verändert. Jetzt müssen wir es nur schaffen, das umzusetzen, was wir uns vorgenommen haben. Zu reden, dürfte ja nicht so schwer sein, oder?

KAPITEL 26

Abella

ZWEI TAGE SPÄTER

Nervös fahre ich mir durch die Haare, starre zum Koffer, der bereits neben meiner Haustür steht, und kann nicht glauben, dass ich das wirklich mache.

Merkwürdigerweise gibt es sogar einen Teil in mir, der die Sache absolut geil findet, und das wortwörtlich.

Dort steht nämlich auch der Mann, der nur mit seinem Anblick mein Herz zum Ausrasten bringt.

Wir haben uns die letzten Tage nicht gesehen, was daran lag, dass ich noch einiges für den Drehbeginn vorbereiten musste. Das konnte ich nicht in seiner Nähe. Deswegen haben wir nur telefoniert, was schneller zur Gewohnheit wurde als gedacht.

»Den lüsternen Blick hast du langsam perfektioniert, Mi Belleza.« Ziam grinst teuflisch, beißt sich auf die Unterlippe und tritt einen Schritt auf mich zu.

»Halt Stopp.« Abwehrend hebe ich die Hände, was ihn lachen lässt.

Entspannt lehnt er sich an den Türrahmen, stützt den

Arm am oberen Rand ab und legt den Kopf schräg. Herrgott im Himmel.

Dieses Anheizen, das er schon in unseren Telefonaten getan hat, treibt er nun auf die Spitze und mich an meine Grenzen. Aber ich kann mich nicht auf ihn einlassen, solange er nicht mein Problem kennt.

»Es ist süß, wie du versuchst, unschuldig zu sein. Dabei habe ich schon etwas über dich gelernt.« Mamamia, ich liebe es, wenn er so redet. Offen, ohne jeden Filter, keinen Gedanken daran, was andere denken.

Hilfreich ist da auch nicht, dass die graue, verwaschene Jeans, seine Beine perfekt in Szene setzt. *Um Himmels willen.* Die Hitze steigt mir zu Kopf nur beim Gedanken daran, was er mir so als Kopfkino eingepflanzt hat. Den letzten Rest meines Verstandes kosten mich seine Muskel, die bei seiner Haltung unter dem T-Shirt hervorblitzen.

Es ist ja nicht so, dass meine Gedanken seit dem auf mich zurasenden Glas sowieso schon durcheinander sind. Dass Ziam sich meine Worte zu Herzen genommen hat und offenbar jede Fassade eingerissen hat, überwältigt mich noch zusätzlich.

Alles, was ich ihm auf dem Boden seines Hauses gesagt habe, stimmt, aber mit der neuen Normalität komme ich noch nicht klar. Versteht mich nicht falsch, ich bin absolut fasziniert von dem Mann, der es schafft, die Eisschicht, die sich um meine Gefühle errichtet hat, langsam zu zerschlagen. Allerdings habe ich nicht erwartet, dass hinter Ziams Ruhe so viele Facetten lauern. Und verdammt ja, ich bin immer vernarrter in ihn.

Vernarrt, na klar. Stimmt, sicherlich nicht mehr. Andere nennen es Liebe.

Krampfhaft ignoriere ich meine innere Stimme. Doch

sie hat recht. Das mit uns verändert etwas in mir und das auf positive Art und Weise.

Mit jeder weiteren Seite, die ich von ihm kennenlerne, werde ich freier und lockerer, kann mich auf ihn einlassen. Aus diesem Grund weiß ich, dass es an der Zeit ist, ihm zu erklären, wieso mich immer noch etwas hemmt.

»Ziam, ich kann mich so nicht konzentrieren«, stoße ich angestrengt aus, streiche über meinen Zopf und rücke die Brille zurecht.

»Fuck, so wie du aussiehst, steigt dein Unschulds-Level noch an. Stell dir vor, wie faszinierend die Gläser beschlagen würden, wenn ich es dir so besorge«, spricht Ziam mit gedämpfter Stimme und treibt eine Gänsehaut über meinen Körper.

Überfordert schnappe ich nach Luft, starre ihn an und merke, wie mein Gesicht heiß wird.

»Okay, ich höre auf, Mi Belleza.« Schmunzelnd zieht er sein Handy aus der Tasche. »Du hast noch 15 Minuten, dann wartet Monty unten und holt uns ab.«

Dieser Mann macht mich fertig. Auf eine gute und eine schlechte Art. In meinem Kopf kämpfen Engel und Teufel darum, ob es negativ oder positiv ist, dass wir die Nacht gemeinsam mit all seinen Bandmitgliedern im Penthouse verbringen. Bevor meine Gedanken wieder abschweifen können, kümmere ich mich lieber darum, dass ich nichts vergesse.

Gut, ich könnte, nachdem wir aus Castle Hills zurück sind, auch noch einmal hier in meiner Wohnung anhalten. Aber einen Vorteil hat Ziams Befehl, dass ich bei ihm wohnen soll, denn damit kann ich definitiv keinen dieser widerlichen Briefe mehr erhalten.

Zum Glück habe ich den Umschlag bereits in der Truhe

verstaut, ehe Ziam mich nach meinem verheulten Hilferuf förmlich aus der Wohnung gezerrt hat.

Rasch werfe ich einen Blick ins Schlafzimmer, zu den beiden Truhen, die vor dem Bett stehen, wende aber bei dem beklemmenden Gefühl, das sofort entsteht, den Kopf ab.

Dass ich dabei Ziams Blick auf mir spüre, macht es nicht einfacher. Es ist nicht das erste Mal, dass ich merke, dass er mehr sieht und verbindet, als ich vermute. Deswegen weiß ich es zu schätzen, dass er mich nicht drängt. Noch nicht.

Tief atme ich aus, will gerade zur Tasche gehen, um zu überprüfen, ob ich alles für den Job dabeihabe, da klingelt mein Diensthandy.

Mist, das habe ich ja total vergessen, auszuschalten. Es ist nicht ungewöhnlich, dass ich am Wochenende arbeite, aber nicht dieses Mal. Außerdem ist es bereits spät.

Irritiert kräusele ich die Stirn, als ich eine unbekannte Nummer auf dem Display erkenne.

»Alles gut?« Sofort ist Ziam bei mir, legt eine Hand auf meinen unteren Rücken. Dass ich Respekt vor Männern habe, habe ich ihm bereits erzählt. Wonach ich mich knutschend an der Wand wiedergefunden habe. Was eine typische a la Ziam Prüfung war. Das tut er jedes Mal, wenn ich ihm einen kleinen Teil der Ängste mitteile. Dann will er wissen, worauf ich reagiere, und nimmt den Weg der Schocktherapie. Bisher waren meine Ergebnisse tadellos. Mit ihm ist es eben anders, zumindest meistens.

Schmal lächelnd nicke ich und nehme mit einem flauen Gefühl im Magen ab. »*Celebrity Dance Concepts.* Abella Bailey. Was kann ich für Sie tun?«

»Bitte entschuldige die späte Störung. Aber verdammt, offenbar bin ich doch unfähiger als gedacht, also-«

Erleichtert atme ich aus, als ich erkenne, wer da am Telefon ist. Mit einer zarten Berührung an Ziams Brust und einem Nicken gebe ich ihm zu verstehen, dass alles gut ist.

»Ilas«, unterbreche ich ihn bei seinem Redefluss scharf, kann mir aber ein Schmunzeln nicht verkneifen, weil sein Verhalten absolut untypisch ist. »Wieso rufst du mit unterdrückter Nummer an? Obwohl, das ist die falsche Frage, wieso überhaupt? Du bist doch im Urlaub.«

»Öhm, o ja, das ist bestimmt wieder irgendeine Auslandseinstellung, verstehe einer die Technik. Egal, ich wollte meine Arbeit prüfen, damit du für die erste Aufnahme bei dem Auftritt alles hast ... O Gott, dabei ist mir aufgefallen, dass die Hotelbuchungen für morgen in Castle Hills und für die nächsten zwei Wochen in Saltima storniert wurden. Das habe ich vor der Abreise nicht geprüft, entschuldige.« Laut schnaubt mein Assistent missmutig in den Lautsprecher.

Unsicher beiße ich mir auf die Lippe. Verdammt. Auf einer Seite hätte ich mir denken können, dass Ilas so gewissenhaft ist und selbst aus seinem Urlaub überprüft, ob alles richtig ist. Aber auf der anderen klang sein spontaner Urlaubswunsch so dringend, dass ich das nicht erwartet habe. Immerhin habe ich das selbst getan. Aus einem guten Grund.

»Abella-«

»Nein, warte«, stoppe ich ihn, in seiner Spirale der Zweifel über seine Fähigkeiten. Shit, ich bin echt eine schlechte Chefin. »Ich habe die Hotels selbst storniert.«

»Oh, haben sie dir doch nicht gefallen, habe ich was nicht bedacht?« Ilas klingt so gequält, dass ich entsetzt die Augen aufreiße. Wieso ist er so unsicher?

»Ist etwas passiert?«, frage ich frei heraus. Auch wenn ich weiß, dass eine Chefin das nicht tun muss, aber bei ihm und mir ist es von Anfang an anders. Sonst wäre er gar nicht erst mein Assistent geworden.

»Nein«, stößt er zu schnell aus. »Ich buch dir sofort ein passables Zimmer. Was hättest du gerne?« Seine Stimme hat sich verdunkelt, klingt schneidend und so, als würde er nicht weiter darüber reden wollen.

»Keins.« Bei meiner Aussage sehe ich zu Ziam, auf dessen Stirn sich eine tiefe Falte gebildet hat und der mit dem Kopf schüttelt.

Das Ilas auf die Antwort nichts sagt, bestärkt die Unsicherheit in mir nur noch mehr.

Ach, verdammt. Ich will meinen Assistenten nicht anlügen. Vor allem, wenn er so drauf ist und er so viel für mich getan hat. Aber ich will auch Ziam nicht enttäuschen, weil er nicht will, dass es jemand weiß.

Jetzt hör mal. Du bist eine erwachsene Frau. Entscheide gefälligst, wie du es am liebsten hättest. Es ist dein Leben.

Meine innere Stimme hat recht.

»Ilas. Ich kann in Ziams Gästezimmer schlafen. Das ist zeitlich am einfachsten, kostet kein Geld und ist effektiv.«

Ziams lautes Knurren ignoriere ich, fixiere nur meine hellblauen Fingernägel und spiele mit den goldenen Ringen an den Fingern.

»Oh.« Ilas Reaktion irritiert mich, da ich ihn nun laut schnaufen höre. »Und ich dachte schon, ich bin zu doof für meinen Job. Na, wenn es so ist. Sehr gut. Aber pass auf dich auf. Ich weiß, ihr kennt euch, dennoch.«

Schwer schlucke ich bei Ilas' Worten, die Sorge vermitteln, im Gegensatz zu seiner Stimme. Natürlich weiß er nicht, was mir passiert ist, aber meine Reaktion auf Männer, wenn sie sich mir zu abrupt nähren, wird ihm nicht entgangen sein.

»Du bist der Beste für diesen Job. Das weißt du.

Außerdem sind Ziam und ich befreundet.« Kurz sehe ich zu dem Mann, um den es geht, der allerdings alles andere als begeistert aussieht.

Das bedeutet wohl, wir lernen gleich die nächste Lektion im Zusammenspiel zwischen uns. Schauen wir mal, wer dieses Mal eine Weiterentwicklung durchmacht.

»Gefahr kann überall sein, Abella«, stockend und mit einem gekünstelten Husten unterbricht Ilas sich, ehe er weiterredet. »Scheu dich nicht, immer anzurufen. Freunde braucht man.«

Mein Herz hüpft bei seiner Aussage und zaubert mir ein echtes Lächeln auf die Lippen.

»Richtig. Aber auch eine Chefin. Deswegen packst du deinen Laptop weg und gehst gefälligst dem nach, weshalb du so dringend Urlaub wolltest. Ich krieg das hin. Auch wenn es ohne dich schwer wird.«

»Das wollte ich hören.« Jetzt nimmt man wieder Ilas Selbstbewusstsein wahr.

Kurz wird es still in der Leitung. »Danke, Abella.«

»Gerne. Bis bald.« Mit einem zarten Lächeln auf den Lippen lege ich auf, was mir aber in dem Moment vergeht, in dem ich Ziam sehe, der bereits mit dem Koffer an der Tür steht.

»Ich hoffe, du hast alles. Monty ist da«, murmelt er sichtlich angepisst und reißt wütend die Tür auf.

Sein Ernst? Dass Ziam ein gewisses Problem mit anderen Menschen seines Geschlechts hat, habe ich gemerkt. Da sind irgendwelche Videos in unserer Mädels-gruppe mit nackten Kerlen schon ein Drama.

Irgendwie will ich mich nicht beschweren, wenn das dazu führt, dass er mich voller Hingabe küsst, soll es mir egal sein.

Aber wir beide müssen lernen, dass es gewisse Grenzen in Bezug auf Gehören und Begehren gibt.

Mit einem unangenehmen Ball aus Emotionen im Magen schließe ich die Wohnungstür und trete die Stufen nach unten. Am Treppenabsatz steht Ziam mit einem düsteren Blick, wie mein teuflischer Himmelsbote und wartet auf mich.

Er hat immer gesagt, dass es schwierig wird, aber ich bin bereit, jetzt noch mehr als zuvor.

Beim Hinabsteigen der Stufen fühle ich mich in der Jeans, der Boots und dem XXL-Pullover wie die ungeschönte Cinderella. Nur, dass er kein Prinz ist, weil er viel mehr Charakterzüge besitzt als all diese Männer aus den Verfilmungen. Für mich ist er etwas Besonderes, sodass keine Bezeichnung ihm je würdig werden würde.

KAPITEL 27

Abella

Ziam sagt kein Wort, während wir über den Flur zum Penthouse gehen. Die Autofahrt war nur nicht beklemmend, weil Monty auch Cain und Hayden abgeholt hat. Dass meine Freundin mit zum Auftritt kommt, freut mich sehr.

Auch wenn ich arbeiten muss, bin ich nervös, weil es der erste Ausflug sein wird, den ich als ... ja, gute Frage, bin ich Ziams Freundin? Freundschaft Plus? Ach egal.

Während Cain und Hayden hinter uns lachen, beobachte ich meinen – Freund, Liebhaber, Lektionspartner, was auch immer – wie er die Tür öffnet und ins Penthouse tritt. Jedoch bleibt er verwundert im Wohnzimmer stehen, sodass es im Eingangsbereich eng wird.

»Stau in der eigenen Wohnung. Auch mal was Neues«, nuschelt Cain belustigt, wobei er an der geschlossenen Wohnungstür lehnt und nur von dem zarten Licht aus der Küche beleuchtet wird. Hayden und ich stehen dafür im Dunkeln.

Im nächsten Moment drängt Cain sich an mir vorbei.

»Sorry, Elsachen. Ich muss mal durch. Falls meine Kumpels sich die Köpfchen wegen irgendeinem Scheiß einschlagen, will ich das sehen. Besonders bevor Mister Alles-im-Gleichgewicht-halten wieder dazwischen geht.«

Meine Freundin neben mir schnaubt, während ihr Freund zu Ziam ins beleuchtete Wohnzimmer tritt. Als aber auch er nichts mehr sagt, wird's merkwürdig. Was ist denn da los?

Hayden und ich folgen den Jungs und als wir ebenfalls erkennen, was los ist, steht mir der Mund offen. Das Bild zu verarbeiten, das sich uns bietet, dauert.

Plötzlich schallt ein Knurren durch den Raum. »Kannst du dich auch mal wie eine normale Frau benehmen?« *Emilio.*

»Tz, als ob du das willst.« *Malia.*

»Ich will, dass du einmal machst, was ich sage. Das ist gefährlich. Also verdammt, nein.« Selten habe ich Emilio so wütend gesehen. Ich kriege nur Panik bei der Tonlage, in der er spricht. Da würde ich sofort nachgeben, Malia offenbar nicht.

Keine Ahnung, was mich mehr verwirrt, was ich sehe, höre oder dass die beiden nicht einmal merken, dass wir hereingekommen sind.

Wie magisch angezogen starre ich auf meine Freundin, die von ihrem Freund an der Kehle gepackt und hochgehoben wird. Was daran allerdings am überraschendsten ist: Ihr breites Grinsen. Das erinnert mich an Harley Quinn.

Alle meine Muskeln spannen sich an, als sich plötzlich Finger in meine Oberarme krallen und ein Körper sich von hinten an mich drückt. Sobald mir der Geruch nach Minze in die Nase steigt, entspanne ich mich automatisch.

»Ob du es wahrhaben willst oder nicht. Das ist

normal«, erklärt er direkt an meinem Ohr und zieht mich mit dem Rücken an seine Brust. Aha, ich bin eher verwundert darüber, dass er zu mir kommt.

Jetzt greift Malia ihren Freund ebenfalls um den Hals und lehnt sich zu ihm vor. Herrje, das ist wie ein Autounfall. Man kann nicht wegschauen.

»Nimms hin, Delacord. Küss mich lieber, oder soll ich Artes fragen?« Ihr teuflisches Lachen geht mir durch Mark und Bein.

»Du kleines Biest. Glaub-« Emilio verstummt, weil Malia ihn so hungrig küsst, dass mir ein Feuerball durch den Körper jagt, der von Ziams Nähe noch verstärkt wird. Dass er zusätzlich im gleichen Moment in meinen Hals beißt, macht es nicht besser.

»Du willst auch diese Leidenschaft, oder, Mi Belleza? Aber nur mit mir, nicht wahr?«, haucht er, schiebt seine Hände auf meinem Bauch, drückt mich an sich und lässt mich seine Erektion spüren.

Scheiße, das hat ihn angemacht. Und ich verstehe das, weil er mit seinen Worten recht hat.

Verdammt, dieser Typ ist mein Untergang. Das Kribbeln in jeder Pore meines Körpers signalisiert mir, dass ich genau das will.

»Valez. Was machst du?«, meckert Hayden auf einmal laut neben uns, was mich aus dem Strudel aus Sehnsucht und der Trance von Emilio und Malia holt. Geschockt sehen die beiden Erwähnten in diesem Moment zu uns.

»Bebecita, ernsthaft, vertrau mir. Für solch eine Dominanz bist du noch nicht bereit. Keine Sorge, ich beschütze dich.« Lachend hält Cain seiner Freundin die Augen zu, die jedoch sofort seine Arme wegschlägt und ihn böse anfunkelt.

»Ich bin kein Kind. Außerdem solltest du wegschauen, bevor-«

Malias Lachen unterbricht ihre Freundin und sorgt aber auch dafür, dass Ziams Wärme von mir verschwindet, weil er sofort Abstand zwischen uns bringt.

»Entschuldigt, wir haben euch nicht kommen hören.« Verlegen fährt Malia sich über den Hals und streicht sich eine Haarsträhne hinters Ohr.

Mein Blick fällt auf den schmalen, schwarzen Leder-Choker, mit dem hellgrünen Stein in der Mitte, den sie trägt. Es ist ein Geschenk von Emilio, das sie uns stolz präsentiert hat. Ich finde es wunderschön.

»Ihr seid alle hormongesteuerte Hüllen.« Achselzuckend aber mit einem Schmunzeln, geht Ziam auf Emilio zu, schlägt ihm auf die Schulter und lehnt sich an die Wand. Dass er wieder nur die Ruhe spielt, sehe ich sofort. Es ist sein Schutzmechanismus. Die Situation ist ihm nicht geheuer, wahrscheinlich weil er nicht weiß, wie wir uns verhalten sollen.

Plötzlich erklingt aus dem Flur eine weitere Stimme und der fehlende Sänger erscheint. »Findest du das nicht etwas erbärmlich, Ziam? Nur weil du seit einigen Tagen einen Ständer hast und auf Gentleman bei deiner zarten Eisblüte machst, musst du nicht von dir auf andere schließen.«

O mein Gott. Entsetzt reiße ich die Augen auf, trete einige Schritte zurück und drücke mich an die Wand in meinem Rücken. Die plötzlich eintretende Stille ist unangenehm.

Augenblicklich steigt mir die Schamesröte ins Gesicht und meine Finger werden schwitzig. Ich fixiere ange-strengt Malias Kette, um einen Fixpunkt zu haben, damit ich nicht aus dem Raum stürme. Das wäre doppelt peinlich.

»Fuck. Ehm ... Hey, Abella. Sollte sich mein Kumpel nicht schon geoutet haben. Er steht sehr auf dich«, versucht Rome die Situation nach seinem Spruch zu retten und grinst freundlich.

Zwischen *Ziams Ständer geht es gut* und *es ist nicht so, wie ihr denkt* geistern unzählige Antworten durch meinen Kopf, aber keine kommt mir über die Lippen. So sicher wie ich mich neuerdings bei Ziam fühle, ist es noch nicht überall und in jeder Situation.

»Ich hole den Alkohol«, murmelt Rome leise und steuert die Bar an.

»Aus diesem Grund habt ihr drei Trottel mich, sonst würde ja jeder Abend so enden«, versucht Cain die Stimmung zu retten und zieht Hayden an seine Brust. Auch wenn es hilft und alle normal weiterreden, stecke ich in der Unsicherheit fest und spüre den Fluchtinstinkt. Aber ich will ihm nicht nachgeben.

Ehe ich weiter darüber nachdenken kann, werde ich just am Kinn gepackt. Ein Blick in Ziams glänzenden Iriden, die einnehmend und bezaubernd leuchten, stoppen das wirre Chaos in meinem Kopf. »Tut mir leid wegen vorhin, das war falsch. Kein Zurück mehr, Mi Belleza.«

Bevor ich etwas erwidern kann, küsst er mich. So hart und intensiv, dass mich eine Gänsehaut befällt. Instinktiv lege ich mit einem rasenden Puls die Hände in seinen Nacken und versinke in diesem Augenblick. Ich weiß, dass uns alle beobachten, jedoch kann ich es bei der Intensität ignorieren.

Noch vor unseren Gesprächen hätte ich das hier nie zugelassen, aber es fühlt sich zu gut an. Keine Scheu oder

Angst, nichts wuchert wie Schlingpflanze in mir. Es ist nur Zuneigung, Lust und Sehnsucht nach diesem Mann.

Ich keuche, als er sich von mir zurückzieht und breit grinst. Dadurch, dass ich zwei Köpfe kleiner bin als er, sieht er zu mir herunter. Gott, ich finde das unglaublich anziehend. Es wirkt schützend und damit perfekt für mich.

»Heilige Scheiße. Das habe nicht einmal ich kommen sehen.« Emilio klingt ernsthaft überrascht.

Malia und Hayden grinsen, wie Honigkuchenpferde um die Wette und ich freue mich, dass erstere nicht völlig ausrastet und quietscht. Natürlich wissen sie, was die letzten Tage passiert ist, aber ich muss Emilio zustimmen. Auch ich habe damit nicht gerechnet.

Da Ziam aus meiner Wohnung abgehauen ist, haben wir nicht darüber geredet, wie wir miteinander umgehen wollen. Zwar wissen unsere Freunde, dass sich etwas zwischen uns anbahnt, aber das war eindeutig ein Statement.

»Unser Plan war spitze«, ruft Cain aus und schlägt mit Rome ein.

»Wie bitte?« Ziams knurrende Stimme unterbricht das Lachen seiner beiden Bandkollegen.

»Wir haben darum gewettet, wann du auch vor uns endlich deine kühle Fassade fallen lässt und zeigst, dass die Schönheit zu dir gehört.« Cain zwinkert mir zu, was mich überrascht den Mund öffnen lässt, aber ich schließe ihn wieder. Denn ich weiß nicht, was ich dazu sagen soll.

»Deswegen der unterirdische Spruch, obwohl ihr wusstet, dass sie hier ist.« Kopfschüttelnd besieht Ziam jeden seiner Bandkollegen, eher er fragt, »Wer hat gewonnen?«

»Na, ich. Cain zahlt den nächsten Partyabend«, freut

sich Rome und drückt dem angesprochenen Verlierer ein Bier gegen die Brust.

»Um so etwas wettet man doch nicht«, mischt sich Hayden ein. Allerdings wartet sie nicht, sondern zieht mich in dem Moment von Ziam weg zu sich und Malia. Tja, er sieht tatsächlich auch minimal überfordert aus.

»Ich finde es witzig. Nur schade, dass ich nicht mitmachen durfte«, lachend läuft Malia in die Küche vor, wohin Hayden und ich ihr folgen.

Sobald wir allein sind, atme ich laut aus, was jedoch im schrillen Quietschen von Malia und Hayden untergeht. *Um Himmels willen.* Meine Freundinnen sind toll.

»Ihr seid verrückt«, bringe ich lachend hervor.

»Ja, aber du liebst uns.« Malia schiebt sich neben mich auf einen Stuhl. »Du siehst gut aus. Er tut dir gut. Der Rest klärt sich.«

»Können wir die Paargespräche lassen?«, frage ich vorsichtig, was Malia alarmiert zur Tür schauen lässt. »Nein, alles gut. Ich bekomme nur weichere Knie und ehm, ...«

»Ha.« Malia springt auf, schlägt auf den Tresen, was Hayden am Kühlschrank zusammenzucken lässt.

»Malia«, ruft sie tadelnd.

»Entschuldigt. Aber du bist ...« Malia unterbricht sich, kneift die Augen zusammen, ehe sie weiterredet. »Du willst aus der Sandwüste ins Öl Paradies.« What the hell? Redet sie gerade ernsthaft über die Lust zwischen meinen Beinen. Herrje.

»O mein Gott, Mali.« Haydens Stimme schallt schrill durch die Küche. Jetzt kann ich es nicht mehr zurückhalten und beginne laut zu lachen, worauf Malia und Hayden mit einstimmen.

»Danke«, flüstere ich, wische mir die Tränen aus den Augen, die beim Lachen entstanden sind.

»Immer«, erklingen die Stimmen meiner Freundinnen im Chor.

Plötzlich wird die Schiebetür aufgeschoben und Cain taucht im Türrahmen auf. »Mitkommen. Ihr habt zu viel Spaß ohne uns. Wir verlegen die Party ins Wohnzimmer.«

Während ich meinen Freundinnen hinterherschaue, wie sie Cains Aufforderung nachkommen, schwillt mein Herz vor Liebe an.

Nicht nur für die Mädels, sondern auch für die Band, die eine Familie sind und so schräg der Moment war, weiß ich nun, dass ich ein Teil davon bin.

Die Eissplitter, die vereinzelt in meinem Herzen stecken, schmelzen mit jedem weiteren Augenblick in Ziams Nähe. Mit dem Kuss eben hat er bewiesen, dass ich zu ihm gehöre. Genauso wie er mein ist, so bin ich sein. Und es ist das, was ich will!

KAPITEL 28

Ziam

U nruhig wälze ich mich im Bett von einer auf die andere Seite, weil meine Gedanken sich unaufhörlich drehen. Angefangen bei dem Hass auf meinen Erzeuger, weitergehend zur Wut auf den Wichser, der Abella verletzt hat, bis hin zu der kaum stillbaren Begierde nach meiner Eisblüte.

Sie haut mich um. Aber es war so atemberaubend heiß, wie sie mit den Spritzern meines Blutes auf mir saß. Das, was ich ihr gesagt hatte, war mein eigener, inniger Wunsch. Ich wollte es, aber habe es wieder nicht getan. Seither bin ich extra vorsichtig, weil ich mit jeder weiteren Minute noch süchtiger nach ihr werde. Sie mit ihren Assistenten so innig telefonieren zu hören, hat mein Besitzanspruch aktiviert, ohne dass ich es kontrollieren konnte.

Du hast Angst, sie kaputt zu machen. Wie töricht. Dabei brauchst du sie danach nur erneut zusammenzusetzen. Glaub mir, genau das will sie. Du siehst es auch.

Ja, verdammt. Das tue ich. Der Blick, als ich unter ihr

lag und sie mir tief in die Augen gesehen hat, sprach Bände. Ihre Iriden haben voller Hingabe, unstillbarer Sehnsucht und aufflammender Leidenschaft wie leuchtende Eiskristalle gestrahlt. Der Moment hat mir klar signalisiert, dass ich alles hätte mit ihr machen können. Tja, wäre da nicht dieser neue Beschützerinstinkt in mir, der darauf geleitet ist, dass *ich* ihr nicht weh tue.

Allerdings kann ich mich kaum mehr beherrschen, merke mit jeder weiteren Minute, dass die letzten Tage zu viel waren. Ich muss die Energien abbauen.

Kurz habe ich überlegt, jagen zu gehen, allerdings hat mich die Idee schier wahnsinnig werden lassen. Ich will, zum Teufel damit, nur eine Frau durch meinen Wald treiben. Dafür ist es eindeutig zu früh, obwohl sie auf die Schocktherapien in Bezug auf ihre Ängste vorbildlich gut reagiert.

Selbst meine Atemübungen, die ich vorhin im Badezimmer gemacht habe, helfen nicht und fürs Boxen habe ich hier keine Möglichkeiten. Na gut, außer ich verpasse Rome doch einen Kinnhaken dafür, dass ich wegen ihm diese beschissene Homestory machen muss.

Bei dem Gedanken lande ich beim nächsten Problem: meiner Mutter, die aufgrund des Anhörungstermins meines Vaters neben der Spur ist. Aber ich kann ihr nicht helfen, weil ich wegen meinem Band-Kumpel gezwungen bin, eine bescheuerte Scharade vor der Kamera abzuziehen. Fuck.

Ich habe das Gefühl, dass das Blut in meinen Adern zu dicker, zäher Tinte wird. Ich werde immer unausgeglichener. Meine Ohren rauschen, mein Herz rast und der Drang, Abella zu spüren, ist übermächtig. Sie soll für die Ruhe sorgen, die mich immer erfasst, wenn sie mich berührt.

Etwas in mir klinkt aus, ohne dass ich es verhindern kann, stürze ich mich auf ihre Bettseite.

Ein erstickter Laut entkommt Abella, als ich mit meinem vollen Körpergewicht auf ihr liege, das Becken zwischen ihre Beine zwänge und das Gesicht an ihrem Hals vergrabe.

Tief atme ich ein, sauge Abellas Geruch nach Beeren in mich auf. Augenblicklich spüre ich, wie sich die Unruhe in die hinterste Ecke meines Geistes zurückzieht.

»Ziam, ist etwas passiert?«, murmelt Abella verschlafen. *Süß*, schießt es mir durch den Kopf, was mich an ihrer Haut schmunzeln lässt.

Abella schlingt ihre Arme um meinen Oberkörper, drückt mich fest an sich und sorgt dafür, dass sich mein Schwanz augenblicklich bemerkbar macht.

Meine Fresse, echt mal? Ich muss dringend Druck abbauen, wenn ich schon hart werde, nur weil die Frau, die ich so sehr will, mich umarmt.

Zart küsse ich ihren Hals und richte mich langsam auf. Abellas Gesicht wird vom Mond beleuchtet, der durch die Gardinen ins Zimmer scheint und uns in ein magisches Licht taucht.

Sie ist so wunderschön. Kein Wort könnte beschreiben wie sehr. Sie sieht zu mir auf, rührt sich keinen Zentimeter, während ich mit dem Daumen über ihre Unterlippe streiche und tief in ihren Augen versinke.

Unschuldig wie ein kleiner Engel, aber das ist sie nicht. Das hat sich in den letzten Tagen klar gezeigt. Die zarte Eisblüte versteckt hinter ihrer kühlen Fassade in Wahrheit eine unkontrollierbare Lust und ich werde sie hervorlocken und von ihr kosten.

Na endlich. Es wurde Zeit, dass du es erkennst. Wir müssen uns ihre Unschuld einverleiben. Tun wir es jetzt. Stopf ihr den Mund, dann ist es egal, wie laut sie ist und wo wir sind. Komm schon. Du willst es.

»Ziam«, stöhnt Abella, was mich aus den Gedanken holt.

Fuck. Ruckartig ziehe ich die Hand zurück, die ich offensichtlich gedankenverloren in ihre Brust gekrallt habe.

»Nicht, bitte. Nicht aufhören.« Scheiße, nein. Den flehenden Unterton will ich nicht hören, also doch, aber nein ...

Auch wenn mein Kopf weiß, dass das hier dünnes Eis ist, ist mein Schwanz anderer Meinung. Er zuckt erfreut, aber ich werde der Lust nicht nachgeben, nicht hier und jetzt.

»Kü-« Rasch presse ich meine Hand auf Abellas Mund und würge ihre Worte ab, woraufhin sie die Augen aufreißt.

»Mi Belleza, bitte verstehe das nicht falsch. Am liebsten würde ich dich sofort ficken, so hart, dass du mich morgen früh noch spüren kannst. Aber das ist eine schlechte Idee, weil ich mich nicht beherrschen könnte. Deswegen muss ich jetzt das Bett verlassen.«

Ohne auf ihre Reaktion zu warten, setze ich mich auf die Bettkante, will aufstehen, aber dazu komme ich nicht. Abella schmiegt sich von hinten an mich, drückt ihre Brüste gegen meinen Rücken und zerrt damit weiter an der Beherrschung, die eh schon am seidenen Faden hängt.

»Keine Ahnung, wieso du dich zurückhältst, aber ich akzeptiere deine Entscheidung unter einer Voraussetzung«, flüstert sie mir direkt ins Ohr.

Ein Lachen entkommt mir bei ihren Worten, weil das so

absurd ist. »Wusste gar nicht, dass du Bedingungen stellen darfst.«

»Du hast doch gesagt, ich soll aus mir herauskommen. Das ist mein Versuch. Nimm mich mit, wo auch immer du hinwillst.« Mit den Fingernägeln kratzt sie über die Haut an meiner Kehle, was mir eine Gänsehaut beschert.

Ruckartig stehe ich auf, drehe mich um und packe Abellas Gesicht mit beiden Händen. »Du weißt aber, dass ich dich überall ficken kann, nicht nur in einem Schlafzimmer?«

Ihre Augenbrauen zucken in die Stirn, etwas flackert in ihren Augen, das ich nicht deuten kann und dann schaue ich nicht schlecht, als sie plötzlich auf dem Bett steht und damit sogar fast so groß ist wie ich.

»Lenk nicht immer ab, Ziam. Und selbst wenn. Flieh mit mir, egal wohin oder wie schmerzvoll es sein könnte. Aber du musst aussprechen, was dich quält und da du mich geweckt hast, komme ich mit.« Energisch springt sie vom Bett, verschränkt die Arme vor der Brust und sieht mir direkt in die Augen. Sie wartet mit schräg gelegtem Kopf auf meine Reaktion.

»Manchmal frage ich mich, ob es so gut ist, dass ich den frechen Teil in dir geweckt habe. Zumindest wenn *das* dabei herauskommt«, murmele ich und lege die Hände an ihre Taille.

Abella lacht leise und umschließt mit ihren Fingern meine Handgelenke.

»Also, was machen wir?«, fragt sie mit einem wunderschönen Lächeln auf den Lippen.

»Wir gehen zum Strand.« Mit einer Handbewegung drehe ich sie Richtung unserer Taschen.

Ob es eine gute Idee ist, Abella mitzunehmen, weiß ich nicht, aber dass sie so reagiert hat, bedeutet mir eine

Menge. Sie hat sich mir in einem unserer letzten Gespräche geöffnet und mir verraten, dass sie vergewaltigt wurde und seitdem niemals allein mit einem Mann irgendwo hingegangen ist.

Jetzt ist es an der Zeit, dass sie einen weiteren Teil von mir kennenlernt.

KAPITEL 29

Ziam

Langsam geht die Sonne am Horizont auf, spiegelt sich im Meer vor uns und sorgt für ein malerisches Bild, das sonst oft auf Leinwänden zu sehen ist.

Nachdem wir stumm über den Strand spaziert sind – Hand in Hand wohlgemerkt, was sich richtig angefühlt hat – sitzen wir nun im Sand.

»Ich mag keine Bindungen, vorgefertigte Schubladen oder Bezeichnungen für emotionale Dinge. Bis auf meine Familie, ein paar Freunde und meine Bandkollegen lasse ich nicht zu, dass mir jemand zu nahekommt. Vertrauen ist nicht meine Stärke.« Die Worte purzeln mir über die Lippen, während ich den Blick fest geradeaus richte, um mir einzureden, dass Abella gar nicht hier ist. Obwohl ich ihre mitfühlenden Laute deutlich hören kann. »Mein Dad ist ein Krimineller, ein Arschloch und Mistkerl, der mir eingebläut hat, dass ich irgendwann werde wie er.«

Erneut gibt Abella einen Laut von sich, der zwischen Unverständnis und Entsetzen liegt, sagt aber ansonsten nichts. Dass sie offenbar merkt, dass mir dieser Moment schwerfällt, bedeutet mir eine Menge.

Stimmt, kann sie, könnte aber auch daran liegen, dass du die Finger mal wieder wie ein psychisch Gestörter gegen deinen Oberschenkel schlägst.

Bei dem Einwurf meiner inneren Stimme halte ich in der Bewegung inne, fahre mir über das Gesicht und atme laut aus.

»Einige Verhaltensweisen von ihm sind zu meinen geworden. Deswegen sage ich dir ja immer wieder, dass ich gefährlich bin, unberechenbar, ohne die Fähigkeit zu erkennen, wann es zu spät ist. Dazu kommt, dass ich eine ungesunde Sucht nach deiner Nähe habe, mit mir selbst rede, fast so, als wäre ich besessen. Ich bin eine fucking Gefahr für alle und ... « Ich unterbreche mich, als ich merke, dass ich mich in Rage geredet habe. Immer schwerer hole ich Luft, kralle die Finger in den kühlen Sand. Ein kläglicher Versuch, mich zu erden.

Was mache ich hier nur?

Die Unruhe, die mich vorhin schon wie ein Virus befallen hat, erfasst mich erneut. Es war klar, dass das passiert, aus diesem Grund habe ich mein Notizbuch mitgenommen, das neben mir im Sand liegt.

Rasch nehme ich es in die Hand, blättere die letzten Seiten auf und beginne einzelne Satzbausteine aufzu-schreiben, die mir durch den Kopf schießen.

Während ich das einige Zeit mache, sagt Abella kein Wort.

Sobald ich spüre, dass die Unruhe sich etwas zurückge-zogen hat, blättere ich ein paar Seiten vor und starre auf die unzähligen Namen, die dort aufgelistet sind. Eine Liste aller Frauen, die meine Beute geworden sind. Das ist nur der kleinste Spleen, den ich über die Jahre entwickelt habe. Aber für mich ist das psychotisch genug.

Meine Finger beginnen zu zittern und ich habe keine Ahnung, was ich Abella sagen soll.

Hey, vor dir habe ich Frauen gefickt, wie bei einer Treibjagd. Das kommt sicherlich nicht gut, aber ich will ihr klarmachen, auf was für einen Mann sie sich eingelassen hat. Außerdem würde ich ihr gerne ein Stück meines Vertrauens schenken.

»Jetzt reicht's.« Bei Abellas Ausruf tauche ich aus der dunklen Spirale der Gedanken auf.

Dieses Mal entkommt mir ein erschrockener Laut, als sie plötzlich auf meinen Schoß klettert und meine Hände samt Notizbuch an ihre Brust drückt. *Das wird offenbar zur Gewohnheit.*

»Was wird das?«, knurre ich.

»Ich sitze auf dir.« Bei ihrer Antwort zuckt meine Braue in die Stirn.

»Ach, echt«, entkommt es mir angespannt.

»Du verarbeitest deine Gedanken in dem Buch, oder?« Sie hält ihre Stimme extra leise, so als würden wir ein Geheimnis austauschen. Indirekt ist es auch so, nur ist das, was ich Abella sagen will, nur eines von vielen Dingen, die sich darin befinden.

»Ja, selbst die dunkelsten«, stoße ich erstickt aus.

Abella nickt, rutscht ein Stück weiter vor, sodass das Notizbuch zwischen uns eingeklemmt wird und hält mit ihren Lippen kurz vor meinen inne. »Sprich es aus.« Ernsthaft? Einfach so?

Aber die Einsamkeit an diesem Strand, die Ruhe, die Abella in mir erzeugt und ihre Wärme gaukeln mir vor, dass es okay ist, und so folge ich ihrer Aufforderung.

»Ich jage Frauen«, hauche ich gegen ihren Mund.

Sofort zuckt Abella zusammen.

Jetzt wird sie erneut fliehen, so wie jede normale Frau das tun würde. Deswegen schließe ich die Augen, weil ich die Abfuhr nicht ertragen könnte. Nur bei der Vorstellung, dass Abella über den Strand verschwindet und mich verlässt, schießt ein Schmerz direkt in meine Brust. Fest beiße ich mir auf die Innenseite der Wange, schmecke augenblicklich Blut.

Aber anders als erwartet, spüre ich nicht, wie Abella sich erhebt, sondern wie sie ihre Fingernägel unnachgiebiger in meine Handgelenke krallt.

»Und wenn du sie fängst?«, fragt sie mit zittriger Stimme direkt an meinen Lippen.

»Fick ich sie.« Ich erwarte, dass Abella erneut zusammenzuckt, allerdings macht sie das nicht.

»Gut.« Erleichtert atmet sie aus, mehr aber auch nicht, was mich die Augen aufreißen lässt.

»Wie bitte?« Überrascht starre ich sie an.

»Na, weißt du. Dein Gerede über Gefahr … ich dachte, na ja, du hättest ihnen ja etwas antun können, aber das. Sie mochten, was du mit ihnen getan hast, oder?« Ihre Stimme bricht am Ende des Satzes, dennoch erwidert sie fest meinen Blick. Ich kann kaum glauben, was hier gerade passiert.

»Ja«, stoße ich perplex aus. Was für eine verdammte Göttin ist diese Frau bitte, dass sie so reagiert?

»Und was steht in dem Buch?«

»Ihre Namen.« Nach meiner Antwort bleibt sie still und visiert das Notizbuch zwischen uns an. Ich weiß nicht, was es ist, aber die Worte brechen plötzlich aus mir hervor. »Um mir vor Augen zu führen, wem ich Furcht eingejagt habe, nur um mir vorzumachen, dass es normal ist, was ich da tue. Es ist nicht nur jagen. Ich liebe die Angst, die sie haben, wenn sie weglaufen, schreien, auf dem Boden vor mir wegkriechen und sich der Dreck in ihren Gesichtern abzeichnet.« Erneut erwacht die Energie in mir, kribbelt in jeder Faser meines Körpers.

Hektisch schmeiße ich das Buch zur Seite, kralle die Hände in Abellas Oberschenkel und presse sie auf meinen Schritt. »Ich brauche den Kick, wenn ihre Angst plötzlich zu Lust wird und sie unter mir weich und fügsam werden. Ich bin krank, Abella. Versteh das.«

Ihre Augen zucken wild hinter mich, zu meinem Gesicht, zu der Stelle, an dem unsere Körper sich berühren und zurück. Der schnelle Atem, sowohl von ihr als auch von mir, durchschneidet die Stille.

»Tue es mit mir.« What the fuck?

Überrascht – schon wieder – reiße ich die Augen auf. Bei ihrem zarten, unsicheren Grinsen beginnt mein Herz wie wild zu schlagen.

»Du hast aber verstanden, was ich gesagt habe, Abella?«, knurre ich.

»Jedes Wort. Es ist mir egal. Kein Zurück mehr.« Mit einem Stoß gegen meinen Brustkorb, den ich zulasse, lande ich im Sand. Die Körner knirschen neben meinem Ohr, als Abella ihre Hände dort abstützt und von oben auf mich herabschaut. »Seitdem ich überfallen wurde, habe ich niemals wieder eine Lust empfunden, wie in deiner Küche. Ich habe Träume, Gelüste, die ich nicht haben dürfte, weil sie absolut unnormal sind. Besonders für ein *Opfer*.« Das letzte Wort speit sie angewidert hervor. »Aber ich habe sie. Ich wurde verfolgt, überfallen und vergewaltigt, aber ...« Sie stockt, atmet hektisch und scheint den Mut zu verlieren.

Sofort packe ich ihren Arm, ziehe ihn weg, um mich umdrehen zu können. Ich bringe sie unter mich, keile sie ein und lege meine Lippen an ihr Ohr. »Keine Hemmung, verrat es mir.«

»Das, was du beschrieben hast, das ... Ich will das, weil ... Es macht mich an, auch wenn es das nicht sollte, aber so ist es. Ich will es spüren. Mit dir.« Unsicher beißt sie sich auf die Lippe, schlägt die Augen nieder und vergräbt das Gesicht in ihren Händen.

»Hey«, stoße ich aus, öffne ihr geschaffenes Versteck und grinse sie durchtrieben an. »Wenn du das willst. Tun wir es, nur gib dir Zeit.«

Kurz nickt sie, sieht aber weiterhin verschämt zur Seite.

»Hör auf, dich zu schämen«, knurre ich und packe ihren Kiefer.

»Hast du eben auch.« Ernsthaft? Als ob.

»Nein. Nur hätte ich niemals gedacht, dass du das mit mir tun würdest. Deshalb hatte ich die Sorge, dass ich dich verliere. Und das kann ich nicht zulassen. Du gehörst mir.«

»Du bist ganz schön besitzergreifend«, nuschelt sie.

»Richtig. Find dich damit ab.« Zu meinen Worten zucke ich mit den Schultern.

»Habe ich, immerhin liebe ich -« Abella beißt sich abrupt auf die Lippe, was mich die Augenbrauen zusammenziehen lässt.

»Was liebst-«, frage ich, aber sie unterbricht mich.

»Wir müssen los.« Sie drückt die Handflächen gegen meine Brust, damit ich aufstehe. Widerwillig komme ich der Aufforderung nach.

Fragend sehe ich sie an, während sie das Notizbuch aufhebt und sich an die Brust drückt.

Entsetzt starre ich sie an, warte auf das Monster, das immer entfesselt wird, wenn jemand es anfasst, aber nichts passiert. Herrgott, diese Frau stellt wirklich alles auf den Kopf.

Ab jetzt weiß ich, dass Abella bei mir bleiben muss. Die Details über meinem Vater darf sie nicht erfahren, denn es würde alles versauen, bevor es richtig begonnen hat. Dafür werde ich jetzt erst recht sorgen. Die Anhörung über seine möglichen Freiheiten wird daran nichts ändern.

KAPITEL 30

Ziam

A ngesäuert beiße ich fest die Zähne aufeinander und starre zum Bühneneingang, an dem Abella steht.

Laut lachend sieht sie zu dem Kameramann, der für *CDC* – Malias Firma – arbeitet und für den Dreh der Homestory abgestellt ist, auf.

An ihre Brust drückt sie sich ein Klemmbrett und um ihren Hals hängen große Kopfhörer. In der engen Jeans und den hohen Stiefeletten werden ihre kurvigen Hüften nur noch mehr betont. Dass der Kerl ihr allerdings zu nahekommt, scheint sie wenig zu stören. Offensichtlich vertraut sie ihm, was den besitzergreifenden Teil in mir weiter reizt.

Am liebsten würde ich zu ihnen stürmen, ihren Zopf um mein Handgelenk winkeln, sie an mich reißen und so küssen, dass es alle ethischen Vorstellungen übersteigt. Natürlich tue ich es nicht, aber nur weil ich selbst diese bekloppte Regel aufgestellt habe, dass wir vor anderen so tun, als wäre nichts zwischen uns. Notiz an mich: Das war eine dämliche Idee. Eindeutig.

»Deine Gleichgewichts-Maske sitzt nicht, Kumpel. So sieht jeder, dass die Kleine zu dir gehört.« Romes Stimme reißt mich aus dem Starren. Zusätzlich fällt mir auf, dass ich wieder mal gegen meinen Oberschenkel trommele, was ich ebenfalls einstelle.

»Tja, ich kann leider nicht so wie du, die Frau scheiße behandeln oder ignorieren, die ich mag. Nächstes Mal frage ich dich, wie das funktioniert.«

Klinge ich gereizt? Auf jeden Fall.

Ist das untypisch für mich? Definitiv.

Interessiert mich das? Absolut nicht.

»Hört auf«, mischt Emilio sich ein und stellt sich zwischen uns, bevor wir uns überhaupt reizen können.

Offenbar wäre das gar nicht nötig gewesen, denn anders als erwartet schießt Rome keine Spitze in meine Richtung ab, sondern stellt sich vor mich und hält mir eine Hand hin. »Kumpel, das mit der Homestory tut mir leid.«

Der angestaute Unmut in mir verschwindet bei dem entschuldigenden Ton in Romes Stimme. Aus vielen Gründen ist es selten, dass er diese emotionalen Regungen zeigt. Es beweist, dass es ihm ernst ist.

Laut atme ich aus. »Schon gut. Im Endeffekt hat es mir wohl auch etwas gebracht.«

Schmunzelnd sehe ich zu Abella, die in diesem Moment ebenfalls einen heimlichen Blick zu mir wirft. Sofort dreht sie sich wieder weg.

Erwischt, kleine Eisblüte.

»Wo ist Cain?«, frage ich, während der Techniker den Funksender an meiner Jeans und das Kopfmikro anbringt.

»Bin hier.« Mit einem breiten Grinsen tritt Cain neben uns, zieht Hayden an einer Hand hinter sich her. Bei ihren geröteten Wangen weiß ich sofort, dass die beiden nicht nur Wasser geholt haben.

Ach herrje, der Kerl scheint Gefallen daran gefunden zu haben, sich vor Auftritten einen Extra-Kick zu holen.

Du bist nur neidisch, weil wir beide selbst Bock hätten. Jetzt wo wir wissen, dass wir mit unserer Kleinen spielen dürfen.

Ja, meine innere Stimme hat recht. Die Sexabstinenz habe ich lange nicht mehr gespürt und mit jedem weiteren Blick, den Abella mir zuwirft, wird es unaushaltbarer für mich.

»Du bist unmöglich«, nuschelt Hayden, gibt Cain einen Kuss und verschwindet den Gang hinunter, in dem Malia wartet.

Während ich den Funksender einstelle, werden meine Bandkollegen verkabelt und der Kameramann filmt uns fleißig bei den Vorbereitungen. Was bei mir keine besonderen Aufnahmen bringt, weil ich mich nur auf das hier und jetzt besinne und keinen unnötigen Heckmeck davor veranstalte. Ich liebe es, auf der Bühne zu stehen. Dort kann ich mich normal und frei fühlen. Etwas, das ich nur spüre, wenn ich mit meinen Jungs Musik mache. Obwohl es neuerdings noch etwas gibt, das solche Empfindungen in mir auslöst: Abellas Nähe.

Bei dem Gedanken schüttele ich den Kopf. *Reiß dich zusammen, Moreno. Konzentriere dich auf den Auftritt.*

Zwar ist es nur ein Song auf einem Event, aber uns ist es wichtig, dass die Fans jedes Mal unsere volle Energie erleben dürfen.

»Bereit?«, fragt Emilio. In seiner Stimme ist die Vorfreude zu hören. Genau wie ich, kann keiner von uns seine errichteten Fassaden aufrechterhalten. Denn auf der Bühne sind wir, wie wir sind. Komplett ungefiltert.

»Sowas von. Es wird geil.« Cains euphorische Stimme schießt wie ein gleißender Blitz durch meinen Körper und lässt mich breit grinsen.

Das wichtigste Organ wummert in meiner Brust, verdrängt all die Sorgen der letzten Tage und die Probleme in die hinterste Ecke. Der Moment belebt mich, mehr als ich es mir je eingestehen würde. Das ist mein Leben und der Teil, der mich normal sein lässt.

»Wir sind eine Einheit. Wir sind eine Familie. Wir sind BEATS«, rufen wir alle gleichzeitig.

Erst beim Aufrichten aus dem Kreis, den wir gebildet haben, wird mir die Kamera bewusst, die auf uns gerichtet ist. Dahinter steht Abella. Ihr Gesicht ziert ein breites Lächeln und ihre Wangen sind gerötet. Kurz zwinkere ich ihr zu, es ist untypisch für mich, aber ich kann es nicht zurückhalten. Ehe ich noch irgendetwas mache, wie zum Beispiel sie zu küssen, folge ich meinen Bandkollegen zum Bühneneingang.

»Meine Damen und Herren. Hier die Band, die Frauenherzen höherschlagen lässt. Applaus für die BEATS.« Sobald die Stimme des Moderators verstummt, stürmen wir hinaus, obwohl noch immer alles in Dunkelheit gehüllt ist. Dennoch erklingen sofort die Schreie der Fans, die direkt vor der Bühne stehen.

Das Adrenalin jagt durch meinen Körper, beflügelt mich zur Höchstleistung. Neben dem Gefühl, das das Jagen und Laufen im Wald auslöst, ist das hier mein liebstes. Alles in mir erwacht, wie nach dem Winterschlaf der Morgentau zieht sich zurück und gibt all die Emotionen frei, die ich ansonsten in mir verstecke.

Elektrisiert rufe ich: »Singt mit uns.«

In der nächsten Sekunde stimmen wir gemeinsam den Song an. Die Fans folgen augenblicklich meiner Anweisung und singen laut mit. Unser Gesang vermischt sich zu einem Chor und hallt beschwörend durch die Halle.

Blinzelnd starre ich in die tosende Menge, die aus

voller Seele mitsingt und diesen Moment unbeschreiblich werden lässt.

Holy Shit. Wow.

Unsere Fans sind jedes Mal grandios. Aber diese Lautstärke, diesen Einklang an Stimmen gibt es nicht immer. Dieses Konzert ist etwas Besonderes.

Schwer schlucke ich, gehe langsam an der Bühne in die Hocke und greife nach der Hand einer Frau, die mir wild gestikulierend entgegensieht. Ehe ich überhaupt etwas getan habe, erzittert sie, reißt die Augen auf und schnappt nach Luft.

Schmunzelnd fahre ich mit dem Daumen über ihren Handrücken, beginne bei meinem Songpart zu singen und beachte dabei nur die Frau vor mir. Zum Glück für mich ist sie nicht blond. Denn auch wenn ich professionell bleiben kann, muss ich bei ihnen immer wieder an die Vergangenheit denken. In solchen Momenten aber, ist die Energie meiner Leidenschaft zum Glück größer.

Eine Gänsehaut prickelt bei dem Gebrüll der Zuschauer über meine Haut. Ein Kribbeln im Nacken signalisiert mir, dass mich jemand beobachtet. Und ich weiß genau, wer es ist.

Bist du eifersüchtig, Mi Belleza? Falls ja, sauge das Gefühl gut auf, umso mehr wirst du es nachher genießen, wenn mein Augenmerk nur dir gilt.

Die Frau, für die ich singe, scheint wahrlich zu hyperventilieren, sieht aber so glücklich aus, dass sich ein ehrliches Lächeln auf mein Gesicht legt. Auch wenn ich wie Cain und Rome nicht auf diese Vergötterung der Fans stehe, mag ich es, dass wir den Menschen solche Gefühle vermitteln können.

Je länger ich auf der Bühne bin, desto befreiter bin ich.

Die Euphorie erfasst mich und lässt mich noch lauter singen, besonders als Rome einen Arm um meine Schulter legt und damit weiter die Aufmerksamkeit auf uns lenkt.

KAPITEL 31

Ziam

S chweiß rinnt über meine Stirn und dem Rücken. Zum Glück kehrt endlich Ruhe in der Umkleide ein. Nachdem Abella uns einige Minuten hier gefilmt hat, sind wir nun allein, was ich sehr begrüße.

Schnell nehme ich einen weiteren Schluck aus der Wasserflasche, wische über meine Stirn und atme noch einmal tief ein.

Zwar habe ich den Auftritt genossen, aber ich weiß nun, was auf mich wartet. Dieses Mal gab es leider keine Option von hier zu verschwinden, ohne dass Abella Verdacht schöpfen würde, deshalb habe ich Kiyan um Hilfe gebeten. Hoffen wir mal, dass er wieder einmal Wunder vollbracht hat.

»Bin sofort zurück.« Mit diesen Worten erhebe ich mich und gehe zur Tür.

»Viel Spaß. Ich empfehle Abstellräume«, ruft Cain mir lachend hinterher.

Schön wäre es. Nur ist das leider nicht mein Ziel, auch wenn ich den Reiz daran nachvollziehen kann.

Erstens: Es ist fucking heiß.

Zweitens: Es steht auf meiner Liste an Orten, die ich gerne mit Abella erkunden will.

Dafür ist es aber noch zu früh.

Außerdem muss ich erst eine Aufgabe erledigen, die mich hemmt. Es ist an der Zeit, dass ich die letzten beiden Puzzleteile finde und das Bild zusammensetze.

Mit mehr Anstrengung, als ich sonst brauche, zwinge ich die ruhige Fassade auf mein Gesicht. Sobald ich um die Ecke biege, erkenne ich bereits Kiyan, der an einer Wand lehnt und mich sofort sieht.

»Sie will dich nicht sehen.« Seine Stimme ist neutral, ohne Wertung. Außerdem habe ich diese Aussage in diesem Zusammenhang schon mehrmals gehört. Trotzdem ist sie hier, was bedeutet, dass die Neugierde sie getrieben hat. Denn Kiyan nimmt keine mit Gewalt mit.

»Wollen die meisten nicht und das ist okay. Dennoch ist sie hier und ich muss es tun. Damit niemand das Schicksal wie Ella ereilen muss.« Bittere Galle steigt mir in die Speiseröhre, verätzt wie immer ein weiteres Stück meiner guten Gefühle.

Diese Gespräche sind scheiße und reizen meistens jeden Rest des Geduldsfadens, dennoch geht es nicht anders. Es ist einer der vielen Versuche, etwas besser zu machen und zu verhindern, dass der Bastard – mein Erzeuger – nicht wieder auf freien Fuß kommt.

»Wenn du meinst.« Mit einem Nicken stößt der Bodyguard die Tür neben sich auf, die in einen kleinen Pausenraum führt, in dem wir ungestört sind.

Man würde meinen, dass man bei einem Konzert keinen ruhigen Rückzugsort findet, aber das Gegenteil ist der Fall. Hier wuseln so viele Menschen durcheinander, dass man in der Masse untergeht.

Gemeinsam treten wir hinein. Doch bevor ich überhaupt realisieren kann, was passiert, stürmt eine große, blonde Frau auf mich zu und baut sich vor uns auf.

»Ich bin gespannt, was Sie zusagen haben. Die vagen Andeutungen Ihres Kumpels haben mich neugierig gemacht. Also?« Wütend verschränkt sie die Arme vor der Brust und starrt Kiyan an. Nicht, dass ihn das stören würde, sein ist-mir-alles-scheißegal Blick sitzt. Die Aussage und ihre Haltung signalisieren mir, dass ich dieses Mal vielleicht nicht sofort stehen gelassen werde.

»Ich will Ihnen gerne erzählen, wer ich bin und wonach ich suche. Denn ich hoffe, Sie können mir helfen.« Mit einem freundlichen Lächeln, das sich anfühlt, als würde ich meine Organe verkaufen, sehe ich sie an.

»Sie meinen das echt Ernst?« Die Stimme der Frau erhebt sich zum Ende hysterisch, was dafür sorgt, dass plötzlich der Mann neben ihr auftaucht, der bis eben auf einem Stuhl am Tisch saß. Sofort legt er einen Arm um die junge Frau. Gut, ihr Partner, das erklärt, wieso sie dann überhaupt mit Kiyan mitgekommen ist.

»Alles gut, Schatz?«, richtet er die Frage direkt an die Frau. Beide sehen nicht so aus, als wäre ihnen die Situation geheuer. Das verstehe ich. Denn im Gegensatz zu ihr habe ich das hier schon achtundzwanzig Mal abgewandelt erlebt. Mal ruhiger oder aggressiver, davon abhängig, wie die Frauen auf mein Geständnis reagieren.

Das Paar tauscht sich kurz flüsternd aus.

Auch wenn das den Zeitplan stört, gebe ich ihnen diesen Moment. Denn das, was gleich kommt, wird für sie scheiße und hat eh nur zwei Ausgangsmöglichkeiten. Sie versteht mich oder eben nicht.

»Ein falsches Wort ...«, knurrt der großgewachsene Glatzkopf, der nun seine Frau im Arm hält und mich nicht aus den Augen lässt. Die Drohung ist eindeutig und ich verstehe sie.

Mit dem Kerl ist definitiv nicht gut Kirschen essen und zum ersten Mal bin ich mehr als froh, dass Kiyan dabei ist. Seine Präsenz spüre ich überdeutlich neben mir. Auch wenn er nicht eingreifen soll, wäre er im Notfall an meiner Seite.

»Selbstverständlich.« Leise räuspere ich mich, um dann den Standardsatz herauszubringen, wie ich es immer tue. Kurz und schmerzlos, einfach das Pflaster abziehen.

Besser ist es. Denn das, was du hier machst, ist ein Himmelfahrtskommando. Einzige Selbstzerstörung, Moreno.

Möglich, aber so kämpfe ich wenigstens dagegen an, so zu werden wie er. Es ist besser, als sich damit abzufinden, denn das will ich nicht.

»Vielleicht kennen Sie mich«, setze ich an.

Seit den letzten fünf Gesprächen versuche ich nicht mehr meine Identität zu verbergen. Denn seitdem ich von der Bewährungsanhörung weiß, gibt es für mich kein Zurück mehr. Ich habe nur noch eine Chance, um eine Möglichkeit zu finden, meinen Erzeuger für immer wegzusperren.

Eigentlich ist es ein Wunder, dass bisher keine der Gesprächspartnerinnen mit Informationen zur Presse gegangen ist. Mich stört es im Gegensatz zu früher nicht mehr. Ich habe mir mein eigenes Leben aufgebaut, eine Menge Geld und für die Zukunft ausgesorgt, wie andere es so schön nennen. Nur für unsere Band wäre es scheiße, keine Ahnung, ob das Label mich feuern würde. Allerdings stehen sie so auf Presserummel. Selbst schlechte Presse lieben sie, weil es die Verkaufszahlen ankurbelt. Das erklärt auch, wieso wir nach den Stalker-Angriffen auf meine Kumpels noch erfolgreicher sind.

»Ich bin der Sohn von Jeremy Hodges.« Dieser Satz sorgt jedes Mal wieder dafür, dass *ich* am liebsten kotzen will, obwohl mir das am wenigstens zusteht.

Das entsetzte Keuchen der Frau und das Knurren des Mannes sind die einzigen Geräusche, die ich noch wahrnehme. Ihre Gesichtsausdrücke signalisieren mir, dass sie Kiyans Worte geglaubt haben und wussten, dass es in diesem Gespräch um ihn geht. Aber offensichtlich haben sie nicht erwartet, dass ich sein Sohn bin.

Ohne der Frau auch nur die Chance zu lassen, irgendetwas zu der Erkenntnis zu sagen, rede ich bereits weiter. »Hören Sie. Ich weiß, das ist sicherlich nicht einfach für Sie. Das hier soll kein Versuch sein, um das, was er getan hat, wieder gut zu machen oder schön zu reden. Glauben Sie mir, ich bin der Erste, der diesen Scheißkerl erledigen würde, sobald er wieder Sonnenlicht sieht.« Wut wallt in mir auf, automatisch trommele ich gegen den Oberschenkel, was ich dieses Mal sogar selbst merke. So ist es immer, wenn ich von meinem Erzeuger spreche. Ich rede mich in Rage. Erst Kiyans Hand auf meiner Schulter löst diese lavaartige Glut in mir Stück für Stück auf.

Manchmal würde ich mir wünschen, dass ich solch eine Eisschicht besitzen würde, wie Abella. Die Frau ist nicht kühl, auf keinen Fall, aber aus Schutz hat sie sich etwas errichtet, das ihre Gefühle zeitweise kaltstellt. Genau das, was ich niemals gelernt habe.

»Worum es mir geht, ist: Nichts auf der Welt kann rückgängig machen, was er getan hat. Doch Sie sollen wissen, dass ich es mir als Ziel auserkoren habe, ihn für immer von der Welt fernzuhalten. Besonders jetzt, da er vielleicht auf Bewährung freikommen soll. Über diese Erkenntnis müssen Sie nicht nachdenken, verdrängen Sie dies wieder. Sie müssen nicht erfahren, wie, nicht warum. Aber ich brauche-« Die Ausstrahlung der Frau wechselt abrupt. Eben hat sie mich noch völlig entsetzt angesehen, nun ist ihre Miene vor Wut verzogen und sie ballt die Hände zu Fäusten.

»Verdrängen ...«, speit sie mir entgegen und kommt einen Schritt auf mich zu. »Alles, was dieses Arschloch betrifft, kann ich nicht vergessen. Ich traue mich kaum allein vor die Tür, geschweige denn nachts auf die Straße. In meinem Haus gibt es mehr Sicherheitsvorkehrungen und Schutzmöglichkeiten als Deko. Nur weil Sie ein verzogener Promi sind, sind die anderen Anderen oder ich nicht Ihr verdammtes Charity-Projekt.«

»Sie sind die achtundzwanzigste Frau, mit der ich spreche.« Meine Stimme klingt wie ein monotoner Roboter. Das passiert jedes Mal, wenn wir an diesen Punkt kommen. Zumindest bei den Frauen, die ihre angestaute Wut und Frustration an mir auslassen. Genau das dürfen sie auch. Alle ihre Emotionen sollen sie kurzzeitig auf mich lenken, damit die Negativen für immer bei mir bleiben und sie selbst frei sein können.

»O nein«, haucht die Frau und vergräbt das Gesicht an der Brust ihres Partners.

»Es tut mir leid, dass ich Sie überfallen habe. Aber ich wollte-« Erneut unterbricht sie mich, weil sie wie eine Furie auf mich losgeht. *Auch das ist in Ordnung.*

Mit einem Seitenblick zu Kiyan sichere ich ab, dass er nicht eingreift, denn das soll er nicht. Es ist okay. Es ist nicht das erste Mal, dass ich mir eine Ohrfeige fange oder Kratzspuren meine Arme zieren. Mir ist es egal, und wenn es den Frauen hilft. Bitte.

Sage ja, Selbstzerstörungs-Trip. Eine Recherche, die dir eh nichts bringt. Du willst dir selbst klar machen, dass du anders

bist. Mehr ist es nicht. Und die eine, die du so verzweifelt
suchst, hast du immer noch nicht gefunden.

Es sollte eine Qual sein, dass meine innere Stimme
mich massakriert und die junge Frau außerdem meine
Brust mit Fäusten bearbeitet. Ist es aber nicht.

»Was willst du verdammt? Mich erniedrigen? Du bist
ein Psychopath genau wie er. Soll mich das niedermachen,
mir beweisen, wie schwach ich bin, dann habt ihr es
geschafft.« Die Schläge lassen nach, aus ihrer harten
Stimme werden Schluchzer und ehe sie zusammensacken
kann, fasse ich ihre Oberarme.

Diese Reaktion kenne ich. Nicht nur weil ich diese
Situation mehrmals erlebt habe, nein, ich fühle mich
genauso. Verloren, gezwängt in ein Schicksal, das ich nie
wollte, zerbrochen und für immer gezeichnet.

»Niemals«, sage ich ausdrücklich, richte die Frau
wieder auf und werfen einen Blick zu ihrem Mann, der
mich warnend ansieht. »Ich brauche Informationen, über
das letzte Opfer, über das es keine Daten oder Hinweise
gibt. Kanntest du sie, weißt du irgendetwas? Falls es dir
hilft, lass die Last bei mir, damit du leben kannst.« Tief
hole ich Luft und blicke die Frau vor mir an. »Das hier ist
der Beweis, dass du stärker bist als mein Wichser von
Erzeuger. Du bist die wahre Gewinnerin. Ihr seid es, alle.
Denn ihr habt gesiegt, wart stärker als der Horror, den ihr
erleben musstet.« In dem Moment, in dem sich die
Erkenntnis in ihren Augen ausbreitet, schleicht sich ein
schmales Lächeln auf meine Lippen. Im Eifer des Gefechts
sind wir dazu noch in die persönliche Anrede gewechselt.

Ein Knurren hinter uns sorgt dafür, dass ich sie sofort
loslasse. Ihr Partner zieht sie augenblicklich zu sich,
schließt seine Arme um sie und küsst ihren Hinterkopf,

während sie mich fixiert. »Du bist irgendwie irre. Wie oft wurdest du zum Teufel gejagt?«

Ihre Frage klingt ernsthaft interessiert, was mich weiter lächeln lässt. »Sehr oft. In den anderen Fällen konnten mir die Frauen nicht helfen.«

Ein paar Sekunden vergehen, in denen wir beide wissen, dass es nichts mehr zu sagen gibt.

Sie greift nach der Hand ihres Partners und geht davon. Sofort schießt ein Gefühlscocktail durch meine Nervenbahnen, den ich besser nicht analysieren will. Sie war meine letzte Hoffnung. Fuck.

Gerade als ich mich ebenfalls abwenden will, bleibt sie kurz vor der Ecke zum nächsten Flur stehen, dreht sich zu mir um und sieht an Kiyan vorbei – der ihnen folgt – zu mir. »Falls du ein Danke erwartest, das bekommst du nicht. Aber schaue dich am Campus der *School of Media* in Saltima um. Im letzten Jahrgang, den der Professor betreut hat, gab es ein besonderes Mädchen für ihn.«

Verwirrt sehe ich ihr nach, weiß nicht genau, wieso sie sich umentschieden hat. Doch das aufgeregte Flattern in meiner Brust lechzt nach den Namen, den mir dieses neue Puzzleteil verschaffen wird.

Rasch ziehe ich das Notizbuch aus meiner Hoodie-Tasche, öffne die Seite mit der großen dreißig darauf und notiere *School of Media Saltima*. Mit diesem Hinweis werde ich das Rätsel lösen.

Hoffentlich durchforschen Kiyan und Tec jetzt endlich die Datenbanken, ansonsten schrecke ich langsam nicht mehr davor zurück, einen Hacker zu engagieren, der weniger Augenmerk auf Regeln und Richtlinien legt. Immerhin muss ich die Frau schnellstmöglich finden und nicht irgendwelche Zeiträume einhalten. Vielleicht ist sie der Schlüssel, um meinem Vater erneut das Handwerk zu legen.

Gerade als ich zu den anderen zurückgehen will, klingelt mein Handy. Sofort gehe ich ran. »Moreno.«

»Ziam.« *Erica.* An ihrer Stimme erkenne ich, dass etwas nicht stimmt. »Du musst Ella nehmen. Mit Kennedy ist etwas passiert und ich sitze im Krankenhaus fest, aber ich ...« Ein Schluchzen unterbricht ihre Worte. Eiskalte Schauer erfassen meinen Körper. Kennedy ist ihr Sohn, der etwas älter ist als ich und schon seit Jahren an einer unheilbaren Krankheit leidet.

»Ist okay, Erica. Keine Sorge. Allerdings bin ich nicht in Saltima. Ich brauche noch etwas. Mache mich sofort auf den Weg.«

»O-okay. Tut mir leid, deine Mutter ist im Ausland und ... ach ... Es ist näher zu deinem Haus, aber du magst ... und wer holt dann ihre Sachen ... und-«

»Erica«, unterbreche ich sie scharf. Während das Blut so laut in meinen Ohren rauscht, dass ich selbst kaum klar denken kann. Aber diese Frau hat damals dafür gesorgt, dass wir heute noch eine Familie sein können. Jetzt ist es an der Zeit, ihr das wieder zu geben.

»Das ist nicht dein Problem. Es ist okay. Wir holen Ellas Sachen. Danach kommt sie zu mir nach Hause. Ich werde das aushalten. Du kümmerst dich um deinen Sohn, ist das klar?« Meine Stimme lässt keinen Widerspruch zu. Es ist merkwürdig so mit ihr zu reden, das tue ich sonst nie, aber hier ist es nötig.

»Ach, mein Junge.« Ich kann förmlich spüren, wie ich ihr damit eine Last genommen habe. »Schreib mir, sobald du beim Haus bist, dann lasse ich Ella von einem der Bodyguards deiner Mama zu dir bringen.«

»Ich kann ins Krankenhaus kommen und-«

»Niemals. Das ist mein Leid. Ihr könnt mich danach auffangen, aber es wird noch dauern und ich will nicht, dass El erneut so etwas durchleben muss«, unterbricht mich Erica.

»Ay, Ma'am.« Der Kloß in meinem Hals wird größer, wenn ich daran denke, was sie gerade durchstehen muss. Denn diese Frau verdient alles Glück der Welt, aber es ist ihr nicht vergönnt und das kotzt mich an. In mir brodelt der Hass auf das verfickte Schicksal.

»Ich weiß, es wird schwer für dich. Doch El braucht dich. Du weißt, ich vertraue dir, aber vielleicht ist es gut, wenn deine Freundin dabei ist und-«

»Sie ist nicht meine Freundin«, unterbreche ich sie knurrend.

»Ziam, irgendwann wirst du es erkennen. Scheu dich dann nicht, auszusprechen, was du wirklich fühlst.« In der nächsten Sekunde ist eine andere Stimme bei Erica zu hören, was mir wieder bewusst macht, dass ich eigentlich für sie da sein sollte und nicht andersherum.

»Ich muss a-auflegen. Ich kann zu Kennedy«, stottert Erica.

»Natürlich. Ich melde mich.« Keine Ahnung, ob sie das noch gehört hat.

Zum Glück habe ich von *SAVE* alle Mitarbeiter meiner Mutter checken lassen und weiß, dass Ella jetzt bei den Bodyguards in guten Händen ist. Nur wegen ihres dummen Jobs in der Politik war es nicht erlaubt, meine vertraute Securityfirma damit zu beauftragen.

Ehe ich mich darüber auch noch wieder aufregen kann, schreibe ich Kiyan eine Nachricht, dass wir uns beeilen müssen. Er muss uns zum Haus meiner Mutter fahren, damit wir Ellas Sachen holen können.

Hoffentlich sind Abellas Gefühle so ausgeglichen wie

immer, das kann ich gerade gut gebrauchen, denn meine sind ein Pulverfass.

Definitiv bin ich nicht bereit dazu, dass sie unsere dunklen Familienabgründe kennenlernt. Aber ich habe die Hoffnung, dass sie erneut etwas verändert. Schaffst du es, aus meinem schmerzhaften Mosaik, gebaut aus giftiger Liebe, ein glänzendes Kunstwerk zu zaubern, kleine Eisblüte?

KAPITEL 32

Abella

Ehrfürchtig stehe ich in der Vorhalle des Herrenhauses, das wirkt wie aus einem Politthriller. Die Decke ist mit Stuck verziert und meine Schritte hallen laut in dem großen Raum nach.

Überrumpelt von der gesamten Situation drehe ich mich auf den Absatz um und gehe zurück zur riesigen, hölzernen geöffneten Flügeltür, die nach draußen auf den Vorhof führt. Oben am Aufgang bleibe ich stehen, atme die frische Luft ein. Ein Windzug weht mir eine gelöste Strähne, aus meinem Zopf ins Gesicht, und der Geruch von gemähten Rasen steigt mir in die Nase.

Vor den Treppenstufen, die hoch zu mir führen, steht ein schwarzer SUV von *SAVE*, an dem Kiyan lehnt. Ziam läuft sichtlich angespannt vor ihm auf und ab und redet auf den Bodyguard ein.

»Musste sie mir das jetzt schicken? Verfickte Scheiße.« Wütend donnert Ziam die Faust auf das Autodach, was mich zusammenzucken lässt, aber Kiyan nicht eine müde Reaktion entlockt. Was ist nur vorgefallen? Hat es etwas mit der Frau zu tun, mit der ich ihn gesehen habe? Oder mit seiner Familie, die er immer nur in Nebensätzen erwähnt? Und wo sind wir hier überhaupt?

»Gehen wir rein«, fordert Kiyan und drückt Ziam in meine Richtung, die Stufen empor.

Keine Ahnung, was mit dem Mann los ist, der gestern am Strand noch seine Seele für mich geöffnet hat. Jetzt spricht er nicht mit mir, sondern ist unglaublich wütend.

Fragt mich nicht, was in den letzten Stunden passiert ist und wie wir von einem schönen Musikvibe, zu einem halben Wettlauf mit der Zeit gekommen sind.

Während der Kameramann Feierabend gemacht hat, habe ich mich wieder zu Hayden und Malia gesellt. Mit ihnen habe ich mich gefühlt wie ein richtiges Fangirl, nur dass ich eben anders als die Fans eindeutig den gesamten Kerl haben darf.

Mir ist bewusst gewesen, dass viele Popstars heiß sind, aber das, was ich vorhin empfunden habe, war intensiv. Ziam zu sehen, wie er mit diesem ehrlichen Lächeln über die Bühne gelaufen und seine Stimme durch die Halle geschallt ist, hat all meine Sinne auf ihn ausgerichtet.

Alles fühlte sich so rosarot, fluffig, ja schon fast verliebt an, bis ich ihn hinter der Bühne Arm in Arm mit einer Frau entdeckt habe. Die Zuckerwatte-Blase ist mit einem Knall geplatzt und ich bin wieder einmal davongelaufen.

Nach kurzer Zeit, in der ich all den Mut zusammengenommen habe oder eher meine Freundinnen auf mich eingeredet haben, wollte ich Ziam darauf ansprechen. Dazu ist es nicht gekommen, weil er mit einer absolut miesen Laune aufgetaucht ist.

Bis auf ein: ‚*Wir müssen dringend los‘*, hat er an mich seitdem kein Wort verloren und nun stehen wir auf diesem Anwesen, wer auch immer hier wohnt.

»Das Haus gehört Ziams Mutter«, sagt Kiyan und deutet mit einem Nicken an, dass ich Ziam folgen soll, der kurz davor an mir vorbei ins Innere gestürmt ist.

Meine unzähligen Fragen spare ich mir, denn ich weiß, dass Kiyan sie mir nie beantworten würde. Und Ziam, der ist in einer Verfassung, die wohl dem gleichkommt, wovor er mich gewarnt hat.

Ziam rennt wie ein Irrer in der großen Vorhalle auf und ab, reibt sich dabei immer wieder übers Gesicht oder fährt sich durch die Haare. Alles an ihm ist bis zum Zerreißen gespannt. Niemand sagt ein Wort und das mehrere Minuten lang, dabei kreisen meine Gedanken und ich versuche, etwas zu finden, womit ich ihm helfen kann.

Reden? Anschreien? Wut abbauen? Eins habe ich im Umgang mit Ziams dunkler Seite gelernt: Reden ist in diesem Fall nicht Silber und Schweigen Gold. Er braucht das Schwarz der Konfrontation, um sich in solchen Momenten vor seinen Gefühlen verstecken zu können. Auf der Fahrt zum Auftritt hat er mir die Ventile verraten, die er bei seinen Ausrastern benutzt:

Boxen.

Zeit im Wald.

Frauen jagen.

Singen.

Prügeln mit Kiyan.

Vieles davon funktioniert gerade nicht oder er kann es nicht im vollen Ausmaß umsetzen. Eine Prügelei mit Kiyan würde gehen. Aber das will er vor mir nicht, oder?

Herrgott. Ich bin mit Sicherheit die letzte Ansprechpartnerin für jemanden, der nicht reden kann. Immerhin kann ich es selbst nur, wenn ich schon völlig am Boden bin. Zumindest bis Ziam in meinem Leben aufgetaucht ist und alles auf den Kopf gestellt hat.

Was mache ich jetzt? Wenn mir nicht schnell etwas einfällt, wird er gleich wie eine Atombombe explodieren und ich bin mir absolut sicher, dass das für keinen von uns gut endet.

Es fühlt sich an wie ein Test, um festzustellen, ob ich es in diesem Zustand wahrhaftig mit ihm aufnehmen kann. Frei nach dem Motto: *Hier hast du die Dunkelheit, komm damit klar, falls nicht, leb mit den Konsequenzen.*

»Das bringt nichts. Jetzt komm runter, Alter«, donnert auf einmal Kiyans Stimme, was mich aus meinen Gedanken aufschrecken lässt.

Erschrocken fällt mir auf, dass die beiden direkt voreinander stehen und sich wie zwei Panther vor dem Absprung anvisieren.

»Du willst nicht, dass wir uns vor Abella prügeln.«

»Fuck. Doch genau das will ich.« Allein an seiner angespannten Kieferpartie, den geballten Fäusten und der untypisch schneidenden Stimme kann ich erkennen, dass Ziam kurz vorm Ausrasten ist. Wenn nicht sogar mittendrin.

»Ziam.« Mit diesem Ausruf stürme ich vor und baue mich neben den beiden auf. Sobald ich ihn an der Schulter berühre, reißt er den Kopf zu mir.

»Was?« Seine Stimme ist dunkel, grollend und nicht ansatzweise so melodisch, wie sie die letzten Tage geklungen hat. »Misch dich nicht ein.«

Seine Augen glühen förmlich und die unterschiedlichen Farben wirken dunkler als in all den anderen Momenten. Wenn Blicke Verletzungen verursachen könnten, perfektioniert Ziam dies gerade.

Eindeutig hat die Dunkelheit in ihm die Kontrolle übernommen. Er hat immer gesagt, es ist wie ein Monster, das ihn befällt, und nun darf ich es kennenlernen.

Eine Gänsehaut erfasst mich und ein Kribbeln breitet sich vom Kopf bis in die Zehenspitzen aus. Ich wusste, dass der Moment kommt und nun liegt es an mir, zu beweisen, dass meine Worte keine Lüge waren. Werde ich standhalten, wenn er mir alles von sich präsentiert?

Du zuckst jetzt nicht zurück. Du hast ihm gesagt, er soll er selbst sein. Dann lerne das Monster zu bändigen, Abella, spreche ich mir Mut zu und erwidere seinen stürmischen Blick.

Tief hole ich Luft, will etwas sagen, aber die Worte bleiben mir im Hals stecken.

Fest packt Ziam mich am Oberarm und schubst mich Richtung Kiyan. Erschrocken schnappe ich nach Luft, komme knapp hinter dem Bodyguard zum Stehen und blinzle den Mann, der leider schon zu viel von meinem Herzen erobert hat, überfordert an.

Mit einer undurchschaubaren Miene fixiert er den Bodyguard vor mir, krempelt dabei seine Ärmel hoch und hebt die geballten Fäuste.

Was passiert hier? Hat er mich gerade weggeschubst? Einfach so?

Panik erwacht in mir, verwandelt das Blut in meinen Adern in kleine Eiskristalle, die mich von innen frösteln lassen.

Du musst was tun.

Es ist sein eigenes Ding, wie er seine Energien abbaut.

Ist er doch gefährlich? Für ihn oder für mich?

Plötzlich kommt mir eine Erkenntnis, die all meine Gedanken verstummen lässt. Die Panik verschwindet, weicht einer Stärke, die ich vermisst habe und zum ersten Mal wieder spüren kann. Es ist mein Kampfgeist und der Wille, dem Mann zu helfen, der mir die letzten Tage eine Stütze war. Mir hat es geholfen, zu reden, bei ihm ist es nicht so und das ist in Ordnung. Denn er braucht jemanden, der ihn aufhält, wenn er versucht, sich selbst zu verletzten, und genau das tut er gerade. Er kommt nicht klar mit den Emotionen und will sie mit Schmerz unterdrücken. Aber ab jetzt nicht mehr, ab heute stelle ich mich ihm und seinen Dämonen und gemeinsam finden wir einen Weg, seine Gefühle zu bändigen.

Genau hier wird sich zeigen, ob meine neu erwachte Neugierde und Forschheit dem dunklen Monster in Ziams Inneren gewachsen ist. Heißt es jetzt du gegen mich oder erreichen wir gemeinsam eine neue Sphäre?

KAPITEL 33

Ziam

Schwer atmend starre ich Kiyan an, der zum ersten Mal seit langem überfragt aussieht. Sein Blick zuckt über die Schulter zu Abella – die ich unsanft, aber mit guten Absichten, hinter ihn befördert habe – und wieder zu mir.

Das dunkle Monster hat sich befreit, seine Klauen in mein Fleisch gekrallt und beschwört diese unaushaltbaren Gefühle in mir immer weiter. Wut, Hass, Unsicherheit, Angst und Furcht regieren in mir. Ein roter Schleier hat sich vor meine Augen gelegt. Es brodelt in mir und ich würde am liebsten laut alles hinausschreien, jemanden so hart ficken, bis die leere nach dem Orgasmus mich verschluckt oder jemanden verprügeln. Ich bin wie ein verdammtes tollwütiges Tier.

Nichts läuft mehr, wie ich mir mein fadenscheiniges Leben zusammengebaut habe. Alle Situationen entgleiten mir und das Wort Ruhe scheint aus meinem Wortschatz komplett eliminiert worden zu sein.

Die Gefühle für Abella.

Das Anhörungsverfahren meines Vaters.

Das Leid meiner Mutter.

Die Worte der Frau auf dem Konzert.

Das Aufeinandertreffen von Ella und Abella.

Das alles halte ich nicht aus. Diese Dinge und die Menge an Gefühlen in meinem Organismus sprengen auch den Rest der mühevoll aufgebauten Fassade. Zum Vorschein kommt mein mickriges Seelenleben, das in tausend Einzelteile zersprungen ist.

»Schlag verdammt nochmal zu«, brülle ich Kiyan an, der nur mit dem Kopf schüttelt und seine Sweatjacke öffnet. Wenn er mich mit seinem Waffenholster, das ich nun eindeutig sehen kann, beeindrucken will, funktioniert das nicht.

»Komm schon, Rush. Sei kein Schlappschwanz wie dein Daddy.« Teuflisch grinse ich. Denn mit dem Spruch habe ich direkt ins Schwarze getroffen. Ich kann förmlich dabei zusehen, wie der wahre Kiyan zum Vorschein kommt. Der Mann, den er hinter der Fassade des lupenreinen Bodyguards so gut versteckt hält.

»Das wirst du bereuen«, knurrt er und stürmt auf mich los. So schnell kann ich gar nicht gucken, da hat er mir in den Bauch geboxt, meine Hände schmerzvoll auf den Rücken verdreht und presst mich mit dem Gesicht gegen eine der breiten Säulen, die den Galerie-Bereich abgrenzen.

Kurz bin ich überrumpelt, aber lache dann nur.

Shit, der Arsch ist verdammt schnell.

Der Schmerz erinnert mich auf eine kranke Art daran, dass ich lebe und fühle. *Ja, fuck, genau das will ich.*

»Tut mir leid, aber so gehts nicht weiter«, beginnt Kiyan in seiner oberlehrerhaften Art mit mir zu reden, was mich nur wütender macht. Ich habe gesehen, dass ich ihn verletzt habe. Wieso kann er seine Fassade wieder hochziehen?

Wütend über meine Unfähigkeit, dies nicht zu können, presse ich knurrend die Augen zusammen.

»Lässt du uns bitte allein, Kiyan! Ich weiß, wie er sich beruhigt.« Bei Abellas Stimme reiße ich sie allerdings sofort wieder auf.

Was hat sie gesagt? Niemals. Ich weiß es doch selbst verdammt nochmal nicht. Auf welche hirnrissige Idee ist sie nun wieder gekommen? Es ist immerhin nicht das erste Mal, dass sie mich in unruhigen Moment versucht zu erden. Meistens endete es damit, dass ich geflohen bin. Sobald sie da ist, will ich sie küssen, ficken, gefühlt mit ihr verschmelzen. Sex als Emotionsblock. Grandios.

Ich staune nicht schlecht, als Abella direkt neben uns tritt und gefasst wirkt. Fast so, als wäre ich nicht ausgerastet. Das wabernde Gefühl in mir zieht sich zurück, sobald ihr Geruch mir in die Nase steigt.

»Abella, das ist keine-«, setzt Kiyan an, wird aber von ihr unterbrochen.

»Bitte. Du hast deinen Weg versucht. Jetzt bin ich dran.« Das Grinsen auf ihrem Gesicht gefällt mir gar nicht. Es ist so anders, nicht mehr rein und unschuldig, eher durchtrieben und selbstbewusst.

Das ist eine schlechte Idee, Mi Belleza. Was hast du vor? Egal, was es ist, ich darf nicht mit ihr allein sein.

»Nein«, knurre ich wie ein wildes Tier.

Ruckartig beginne ich zu zappeln, was Kiyan meine Arme nur weiter überstrecken lässt. Die Flüche halte ich nur zurück, weil Abella plötzlich direkt vor mir steht und ihre Finger schraubstockartig in meinen Kiefer krallt.

»Kein Zurück mehr, Ziam. Du hast mir geholfen, jetzt helfe ich dir.«

Was zum Teufel? Zwar pulsiert die Wut in mir weiter, aber ihre Finger an meiner Haut sorgen für ein Kribbeln, das mir durch Mark und Bein geht.

Kurze Zeit später sind wir allein in der Vorhalle. Nachdem Abella mit Kiyan gesprochen hat, ist er nach draußen verschwunden. Wofür ich ihm definitiv im Nachhinein noch eine verpasse. Er hat gefälligst auf *sie* aufzupassen und nicht auf mich.

Schwer atmend lehne ich an einer der Säulen, fixiere Abella, die langsam auf mich zukommt. Ihre Schritte auf dem Fliesenboden schallen durch die Halle.

»Bitte, Abella. Geh weg.« Dass ich klinge wie ein leidendes Kind, ist mir gerade scheißegal. Auch wenn ihr merkwürdiges Verhalten wie ein Puffer zwischen mir und meinen Gefühlen wirkt, habe ich Angst, mich wieder nicht beherrschen zu können. Deswegen vergrabe ich die Hände in der Hoodie-Tasche, um bloß nicht auf dumme Gedanken zu kommen.

Zum Beispiel, sie um Abellas Hals zu schlingen und sie zu würgen, während du deinen Schwanz in ihr versenkst. Das Flackern ihrer eisigen Iriden wäre mit Sicherheit ein schönes Bild. Außerdem würde es alle Gefühle frisch sortieren.

Keuchend lege ich den Kopf in den Nacken, weil das ein beschissener Einwurf ist, den ich zu den wirren Gedanken nicht auch noch gebrauchen kann.

Ein Knurren entkommt mir, als Abella ihre Hände auf meinen Brustkorb legt. »Mi Belleza.«

»Küss mich.« What?

Wütend reiße ich den Kopf nach unten, starre zu der kleinen Eisblüte und kann nicht glauben, was sie fordert. Ihr fucking Ernst? Schneidend verenge ich die Augen, schicke imaginäre Blitze in ihre Richtung, aber das scheint sie nicht zu stören.

»Du kannst mich gerne weiterhin anschauen wie ein Massenmörder. Interessiert mich aber nicht. Du bist nicht gefährlich. Nicht für mich.« Sie zuckt mit den Schultern, drückt sich gegen mich, was eine Flut an Emotionen durch meinen Körper jagt. *Verdammtes Biest. Ist sie lebensmüde?*

»Was wird das, Abella?« Knurrend greife ich dieses Mal ihren Kiefer und will sie von mir fern halten, stocke aber, als sie mein Handgelenk packt und Druck ausübt, was mich verunsichert.

Ich lasse locker, verfolge, wie sie unsere Hände nach unten zu ihrer Kehle schiebt.

»Fuck, spinnst du«, grolle ich, will loslassen, aber ihre Fingernägel bohren sich in meinen Handrücken.

»Möglich. Ich denke, das muss man ein bisschen, wenn man mit deiner Dunkelheit und dir spielen will. Was geht dir jetzt durch den Kopf?«, haucht sie, so leise und sanft, völlig gegensätzlich zu der Situation.

In meinem Kopf flackern all die Gedanken von vorhin erneut auf, aber dieses Mal regiert die Begierde nach dieser Frau in mir. Auch wenn es falsch ist, stürzt sich das Monster darauf und handelt ohne mein Zutun.

»Ich will dich auf die Knie drücken. Deinen Mund ficken, bis dir Tränen wie schmelzendes Eis über die Wangen laufen.«

»Dann tue es. Ich will es.«

Erschrocken reiße ich die Augen auf, kann nicht glauben, was sie da sagt. »Niemals.« Erneut packt mich die Wut, aber dieses Mal auf diese Frau, die gerade ernsthaft meinen Gürtel öffnet. Das ist eine absolut beschissene Idee und eine ungünstige Situation.

»Finger weg«, knurre ich, quetsche ihre Hand in meiner zusammen. So stehen wir einige Sekunden da, starren uns an, gefangen in dem Blick des anderen.

»Boxen, Vögeln, Prügeln. Bei einem davon kann ich dir helfen. Finde ich es richtig, nein. Ist es normal oder moralisch? Nein. Finde ich es trotzdem geil und vertraue dir? Ja.« So zittrig ihre Stimme am Anfang war, desto fester wird sie bei ihrer Rede. »Also zwing mich verdammt nochmal auf die Knie, Ziam. Bezwingen wir deine Dämonen gemeinsam.«

Abella brüllt mich an, so laut redet sie und ich spüre an jeder Reaktion ihres Körpers, dass sie ihre Worte ernst meint.

»Tue es«, fordert sie, presst ihren Handballen auf meinen harten Schwanz, der seine Entscheidung schon lange getroffen hat. »Du willst es.«

Ach, Fuck. Na gut, wie sie möchte. Wenn sie etwas beschwört, muss sie lernen, damit umgehen zu können.

Ein erstickter Laut entkommt ihr, als ich die Lippen auf ihre drücke und meine Zunge in ihren Mund schiebe. Die Gefühle in mir explodieren, sobald ihre Zungenspitze meine fordert. Lichtreflexionen tanzen auf jeder Nervenbahn meines Körpers.

Heilige Scheiße, das ist besser als alles, was ich bisher erlebt habe. Dieser Moment mit Abella entfesselt jeden sündhaften Wunsch in mir.

Weiterhin knutschend drehe ich uns an der Säule um. Nun lehnt sie daran, während ich an ihrer Unterlippe knabbere und ihr Stöhnen schlucke, das mich nur noch weiter antreibt.

Mit fahrigen Bewegungen reiße ich den Gürtel auf, schiebe die Hose samt Boxershorts von den Hüften. Ein Schauder erfasst mich, als meine erhitzte Härte von der kühlen Luft umspielt wird.

Hart fahre ich über meine Erektion und beiße in Abellas Unterlippe. »Runter auf die Knie, Mi Belleza.«

Ihre Iriden glitzern, ihre Lippen sind feucht und nur bei dem Gedanken daran, meinen Schwanz gleich dazwischen zu schieben, könnte ich kommen.

Mit einem sexy Augenaufschlag geht sie in die Knie, lehnt sich mit dem Rücken gegen die Säule und sieht von unten zu mir hinauf.

»Mund auf.« Meine Stimme ist kratzig, geladen vor Lust und Begierde. Verdammt, ich hatte mir geschworen, es langsam anzugehen, ihr nicht gleich meine geballte dominante Ader aufzuzwingen. Aber wie soll das gehen, wenn sie ihre Lippen befeuchtet und mit ihrem Blick förmlich nach mehr giert?

Alle Gedanken verpuffen in dem Moment, in dem ich die Spitze meines Schwanzes über ihre weichen Lippen gleiten lasse. So verdammt geil.

Ihre Zunge schnellt hervor und kreist um die Spitze. Mal mit mehr Druck, mal mit weniger, gleitet über die wild pochende Ader und beginnt das Spiel von vorne. *Heilige Scheiße, das ist mein Mädchen.*

»Wie oft hast du das schon getan?«

Abella blinzelt bei der Frage irritiert und will vor meinem Schwanz zurückschrecken, was ich nicht zulasse. Mit einem dunklen Grinsen schiebe ich das Becken vor und zwinge sie damit, so sitzen zu bleiben.

»Selten, aber halt dich nicht zurück.« Ihre Stimme überschlägt sich, was zeigt, dass sie mir gefallen will. Es gefällt mir auf eine kranke Art.

»Tue ich nicht. Wärst du ein braves Mädchen vielleicht, aber da wir beide wissen, dass du das nicht bist.« Mit einem Blick gebe ich ihr zu verstehen, dass es kein Zurück mehr gibt. Dass sie ihre Lippen sofort öffnet, bereit zu mir aufsieht, lässt mein Herz losrasen. *Ja, diese Frau gehört mir.*

Ohne weitere Zeit zu verlieren, schiebe ich langsam meinen Schwanz in ihren Mund. Ihre Lippen schließen sich instinktiv um meine pralle Erektion und heißen ihn in seinem neuen feuchten Gefängnis willkommen. Stöhnend lege ich den Kopf in den Nacken und gebe mich den Empfindungen hin, kann es aber nicht lange ertragen, sie nicht zu sehen.

Jede Stelle meines Körpers knistert und meine Hände wandern instinktiv an Abellas Haare und schieben ihren Zopf zur Seite. Sie sieht mit meinem Schwanz zwischen ihren Lippen so höllisch heiß aus, dass ich nicht anders kann, als in ihr zu verharren und sie zu bewundern.

Das Blut pulsiert in meiner Härte, die zuckend in ihrem Mund nach Aufmerksamkeit verlangt. Mit einem anerkennenden Lächeln beobachte ich, wie meine kleine Eisblüte es offensichtlich merkt und mit ihrer Zunge von unten gegen den Schaft drückt.

»Du bist nicht unschuldig. Nur unerfahren, bis jetzt.« Ohne Vorwarnung drücke ich ihren Kiefer auf und stoße mein Becken vor. Entsetzt ringt sie nach Luft, krallt ihre Hände in meine Hüften und schließt überfordert die Augen. Sie wollte, dass ich mir nehme, was ich will, also tue ich es. Denn verdammt nochmal, ich will alles von Abella. Jeder Gedanke soll mir gelten, jeder Orgasmus soll meinen Namen tragen und jede Berührung soll von mir sein.

Ein paar Mal gleite ich langsam vor und zurück. Nehme deutlich wahr, wie sie ihre Beine aneinander reibt und ihr Keuchen von meiner Erektion gedämpft wird. Kurz ziehe ich mich zurück, um sie nach Luft schnappen zu lassen, ehe ich fest die Wurzel meines Schwanzes packe.

Betörend langsam gleite ich mit den Fingern direkt an ihre Lippen, drücke ihren Mund auf und schiebe mich bis zum Ansatz in ihrem Hals.

Unter ihren geschlossenen Lidern laufen die Tränen hervor, ihre Würgegeräusche sind Musik in meinen Ohren und der Speichel, der ihr über das Kinn und an meine Hand rinnt, treibt mich nur noch weiter an.

Als sie ihre Augen aufschlägt und mich mit lustgetränkten Iriden ansieht, ist es um mich geschehen. Die Frau tut das nicht nur für mich, sie genießt es sichtlich.

Gott, verdammt. Meine Beherrschung geht verloren und ich stoße immer wieder vor, genieße es, wie sie mit ihrer Zunge ebenfalls hilft. Ich glaube, ich bin im Himmel gelandet.

Abellas Mund ist mein neues Paradies. Selten hat mein Schwanz solch eine Freude gehabt, wie jetzt. Besonders intensiv wird es, weil Abella den Stößen nicht ausweichen kann, da ihr Kopf gegen die Säule gepresst wird. Sie macht aber auch keine Anstalten, sondern hält es aus.

»Atme durch die Nase, kleine Eisblüte«, stöhne ich, während ich in ihr innehalte. Sofort tut sie, wie ich es ihr gesagt habe.

Hektisch zieht sie die Luft ein, umschließt aber mit ihren Lippen weiter meine Härte. Eine Wärme erfasst mich, die sich direkt in meinem Herzen kanalisiert.

Tränen laufen ihr über ihre geröteten Wangen und ich

schiebe ihre wirren Haarsträhnen zur Seite und halte sie dort fest, indem ich meine Hand in ihren Haaren vergrabe.

»Du gehörst für immer mir. Alles von dir«, stöhne ich, beschleunige die Bewegungen. Jede Zelle meines Körpers kribbelt. Nichts an diesem Moment ist normal, jedoch ist etwas besonders einnehmend: Mein wilder Herzschlag. Niemals zuvor hat es so laut nach jemandem geschrien, wie nach der kleinen Eisblüte.

KAPITEL 34

Abella

O mein Gott. O mein Gott. Das ist zu viel und doch nicht genug. Nachdem ich Ziam förmlich angebettelt habe, sich an mir abzureagieren, ist er wie entfesselt. Und ich komme besser damit zurecht als gedacht.

Unsere wirren Gefühle scheinen sich gemeinsam in einem harmonischen Einklang zu vereinen, der mich bis in den tiefsten Teil meiner Seele zufriedenstellt.

Niemals zuvor habe ich einem Mann *so* einen geblasen. Das ist pure Dominanz, mit der Ziam meinen Mund vögelt, meinen Hinterkopf dabei an der Säule hinter mir festpinnt und mich mit seinem Blick an ihn kettet.

Mein Hals tut von seinen tiefen Stößen weh, die Wangen sind nass vor Tränen und Speichel tropft mir ungehindert übers Kinn. Offensichtlich steht er darauf, wenn es wahrhaftig feuchtfröhlich wird.

Seine Hand hat er in meinen Haaren vergraben und stöhnt dabei so dunkel, dass mein Körper wie eine Klangschale auf seine Laute reagiert.

Anfangs war es ungewohnt, dass mir der Sauerstoff ausgeblieben ist und das Atmen durch den Mund wegen seinem Schwanz so tief in meinem Hals unmöglich war. Doch ihm gefällt es, das sehe ich und danach bin ich süchtig. Jetzt genieße ich es, wie er sich meines Mundes bemächtigt und ich nur knapp durch die Nase Luft holen kann. Denn seine Lust geht mit jeder Sekunde auf mich über.

Befeuert von seinem rauen Stöhnen, drücke ich erneut die Zunge gegen seine zuckende Härte und schließe die Lippen fester um ihn.

Ich verfluche es, dass er nur seine Hose runtergezogen hat, so gerne würde ich seine Bauchmuskeln dabei beobachten, wie sie sich unter den Bewegungen anspannen. Leider bleibt mir dieser Anblick verwehrt. Nicht, dass es schlimm wäre. Um mich um den Verstand zu bringen, reicht es einzig und allein zuzusehen, wie er den Kopf in den Nacken legt und mit leicht geöffneten Lippen stöhnt. Dieser Mann ist verdammt sexy, wenn er sich seiner Lust hingibt, und ich will ihm genau das schenken.

Es pocht zwischen meinen Beinen, weil mich die gesamte Situation unglaublich anmacht. Niemals hätte ich es für möglich gehalten, dass ich bei so einer rabiaten Behandlung Lust empfinden kann, aber das tue ich. Größtenteils weil ich in Ziams kleinen Gesten und Mimiken genau erkennen kann, wie er trotzdem auf mich achtet, auch wenn er sich sicherlich nicht zurückhält. Mit jeder Minute dieses lustvollen Spiels hat er seine Kontrolle zurückgewonnen. Das spüre ich am meisten daran, dass er zwar an meinen Haaren zieht und mich in Position hält, aber sein Daumen immer mal wieder über meine Schläfe streicht.

Dieser Mann ist nicht böse, nur voller dunkler Gefühle und genau in die scheine ich mich noch weiter zu verlieben. Bei dem Gedanken reiße ich die Augen auf. Scheiße, habe ich das wirklich gedacht?

Aber das soll mein geringstes Problem sein, denn im selben Moment spüre ich, wie Ziams Griff noch unnachgiebiger wird, sein Schwanz zu zucken beginnt und das Sperma plötzlich in meinen Rachen spritzt. Schnell schlucke ich, erschaudere bei dem leicht salzigen Geschmack, der sich auf meiner Zunge ausbreitet. Es ist das erste Mal, dass ich das tue und ich bin froh, dass Ziam mir keine Entscheidungsmöglichkeit gegeben hat. Ich dachte, es wäre eklig, würde sich erniedrigend anfühlen, aber das tut es nicht. Es gefällt mir sogar.

Sobald er sich aus meinem Mund zurückgezogen hat, lecke ich mir über die Lippen und sehe schwer atmend zu ihm auf.

Sein Gesicht ziert ein teuflisches Grinsen, die Haare stehen ihm wirr vom Kopf, in seinen Augen glitzert die Anerkennung und sein Brustkorb hebt sich schnell.

Mit einem Nicken deutet er nach unten und ich versuche, das Keuchen zu unterdrücken, weil Ziam seinen Schwanz direkt an der Wurzel gepackt hat und ihn mir entgegenhält.

O wow. Nur vage kann ich mich an den Moment im Hotelzimmer erinnern, aber das ... Sein Schwanz ist unfassbar schön. Darf man so etwas über männliche Geschlechtsteile überhaupt denken? Egal, denn es ist so. Er ist schön, mit feinen Adern überzogen und die pralle Eichel lädt dazu ein, ihn mit voller Hingabe zu verwöhnen. Genauso wie ich es eben getan habe.

Da ich nicht weiß, was er jetzt erwartet, sitze ich

einfach da. Ein freudiges Prickeln breitet sich in meinem Körper aus. Ich kralle die Finger in seine Hüften, als er noch einen Schritt vortritt. Unter den Fingerspitzen fühle ich seine warme Haut.

»Leck ihn sauber.« Das Timbre seiner Stimme ist kratzig und dunkel, wirkt unheimlich verrucht und sinnlich.

Angestachelt von seinen Worten, meiner Lust und dem Wunsch, ihn erneut schmecken zu können, beuge ich mich vor. Langsam umkreise ich seine Eichel, lecke über seine Länge und küsse die Spitze, ehe ich mich zurückziehe.

Ein erschrockener Laut entkommt mir, als Ziam unter meine Armbeugen greift, mich hochzieht und seine Lippen auf meine drückt.

Ein Feuerwerk explodiert in meinem Kopf, die Nippel drücken hart gegen den BH und meine Mitte pocht erregt, obwohl er mich nicht einmal berührt. Offenbar ist es ihm scheißegal, dass er in meinen Mund gekommen ist.

»Ich will unsere Lust schmecken, dir zeigen, was mir das bedeutet hat. Du bist perfekt für mich, mein versautes, braves Mädchen.« Herrgott. Seine Worte sollten mein Herz nicht wie ein Flummi durch die Gegend springen lassen, tun sie aber. Der Blowjob war roh, eine Art Lektion, jedoch auch ein aufeinander zukommen. Je mehr wir uns voneinander gegeben haben, desto mehr Gefühle hat es in mir frei gerufen.

»Fuck. Du bist ... Ich ...« Ziam unterbricht sich, streichelt mir über die Wangen, wischt mit den Daumenkuppen hart an einem Mundwinkel und legt seine Stirn gegen meine.

In diesem Moment wird mir einiges klar: Wir beide sind zerstört, gebrochene Seelen, die umhergeirrt sind, um den Ort zu finden, an dem man sich normal fühlt. Jetzt habe ich ihn gefunden. Bei Ziam.

Denn in mir ist es ruhig, so leise und ohne Angst vor dem nächsten Moment, der mich verletzen könnte. Es ist normal, wie lange nicht mehr. Und wunderschön!

KAPITEL 35

Abella

F risch geduscht stehe ich auf der großen Terrasse von Ziams Haus und denke nach.

Keine Ahnung, was mich geritten hat, diesen Blowjob in der Halle zu fordern und so aus mir herauszukommen. Gut, ich wusste, das Kiyan vor der Tür steht und das niemand im Haus war, dennoch war es untypisch für mich. Allerdings scheint mein Mut Ziam und mich um einige Schritte vorangebracht zu haben, denn er ist seitdem ruhig und entspannt.

So geht es mir auch, wäre da nicht die Nervosität, darüber, einen Teil seiner Familie kennenzulernen.

Zwar konnte ich immer noch nicht herausfinden, wieso Ziam vorhin diesen Zusammenbruch hatte, aber ich kann mir denken, dass es mit seiner Familie zu tun hat. Dass alles nicht so leicht ist, kann ich verstehen, immerhin ist seine Mutter Senatorin. Diese Information hat er mir wenigstens schon gegeben. Ich brauche nicht zu erwähnen, dass ich sofort im Internet nach ihr gesucht habe.

Natürlich hat Ziam mich erwischt und gelacht.

Dadurch habe ich immerhin erfahren, dass sie nicht den gleichen Namen tragen, damit es keine Presseproblematiken gibt. Im Endeffekt ist es auch egal, weil er mir nicht alles erzählen muss.

Ziam und ich wollen nicht so leben, dass alles einen Stempel tragen muss. Obwohl das zwischen uns wohl so etwas wie einer Beziehung gleichkommt, vermutlich.

Trotzdem ist es für Ziam von Bedeutung, dass dieser Moment gleich stattfindet, deswegen freue ich mich ungemein, die kleine Ella kennenzulernen. Ich warte darauf, dass die beiden ins Haus kommen.

Nachdem die Bodyguards sich über die Sprechanlage beim Tor von Ziams Grundstück angemeldet haben, steht er draußen am Fuße des Hügels und wartet auf ihre Ankunft.

Dass Ziam sich ein eigenes Reich in der Natur erschaffen hat, finde ich toll. Es ist idyllisch, ruhig und wunderschön. Die Atmosphäre ist besonders am Morgen und abends magisch.

Grinsend drehe ich mich um, schaue Richtung der halbrunden, verglasten Kuppel nach oben, die nur von der Rückseite des Hauses zu sehen ist und auf deren Ebene sich nur ein Raum befindet. *Ziams Schlafzimmer.*

Von hier aus kann man erkennen, dass ein Terrassendach neben der Verglasung angebaut ist und einen Teil des Pools auf der zweiten Ebene überdeckt.

Dieses Haus erinnert mich an eine Mischung aus einem Planetarium und der Villa der Cullens aus *Twilight*. Der Ausblick aus Ziams Zimmer ist sicherlich atemberaubend, aber leider ist er mir bisher verwehrt geblieben. So wie er gesagt hatte, schläft er mit mir im Gästezimmer.

Gerade als sich die Unsicherheit wieder hervorkämpfen will, weil mein Kopf mir automatisch einreden will, dass ich für Ziam nichts Besonderes bin, schallt plötzlich ein helles Mädchen-Lachen durch die geöffnete Terrassentür.

Ein letztes Mal atme ich die frische Luft ein und trete zurück ins Haus. Da ich die Technik der mechanischen Tür immer noch nicht verstanden habe, versuche ich es gar nicht erst.

Ziam kommt gerade ins Wohnzimmer, neben ihm hüpft die kleine Ella auf und ab.

»Zi, wo ist sie denn?« Wild rudert das Mädchen mit den Armen, was so herzzerreißend süß ist, dass mein Körper augenblicklich von Glückshormonen überschüttet wird. Noch schlimmer wird es für meinen Hormonhaushalt, als Ziam laut lacht und sich verlegen durch die Haare streicht. Diese Geste und wie er sich zu dem Mädchen herunterbeugt ... Hach, mein Herz hämmert glücklich gegen meine Rippen.

»Überfall sie nicht gleich, okay. Dann verspreche ich dir auch, dass du entscheiden kannst, was wir heute noch machen.«

»Okay, Zi. Deal.« Das Mädchen stellt augenblicklich das Zappeln ein. Ihre lockigen Haare wippen von ihren aufgeregten Bewegungen noch nach.

Fest beiße ich mir auf die Lippe, um das Lachen zu unterdrücken. Die Kleine scheint definitiv so viel Feuer zu haben, wie Ziam angekündigt hat.

»Gut, El. Das ist Abella.« Ziam sieht das Mädchen weiterhin an, aber zeigt mit einer Hand zu mir.

Es wundert mich nicht, dass er gemerkt hat, dass ich hier stehe, ohne dass er bisher hergesehen hat.

Ella dreht sich schwungvoll in meine Richtung, entdeckt mich und greift sofort nach Ziams Hand. »O wow, deine Bel ist Elsa.«

Sie quietscht, hüpft erfreut und zieht weiter an dem Mann, der mich genauso überrumpelt anstarrt, wie ich mich fühle.

Kurz schlucke ich, weil ich die Kleine nun direkt ansehen kann, dabei fällt mir eine längliche Brandnarbe auf, die sich über ihren Hals ins Gesicht zieht. Um Himmels willen, was ist ihr passiert?

Aber selbst wenn andere diese Narbe als Schönheitsmakel sehen würden, entdecke ich nur das, was sie ist. Lebensfroh, hübsch und absolut liebenswert. Immerhin gibt sie mir einen Spitznamen, wie süß ist das bitte?

Deine Bel. Die Worte fegen durch meinen Geist, wie ein Schneesturm, der die Landschaft schneebedeckt zurücklässt.

In Ziams Blick wechseln sich die Emotionen so schnell ab, dass ich sie nicht genau deuten kann, weil er sich in dem Moment mit Ella an seiner Hand in Bewegung setzt.

»Okay, pass auf«, erklärt Ziam. Ellas Lachen schallt durch den Raum, während sie mich breit grinsend ansieht. »Ihr Name ist Abella. Nein, sie ist nicht Elsa, aber ich stimme dir zu, eine Ähnlichkeit ist da. Und der neue Spitzname gefällt mir. Na los. Sagen wir *meiner Bel* hallo.«

Kurz vor mir bleiben sie stehen. Mit flatternden Herzen gehe ich in die Knie und lächele freundlich. »Hey, liebe Ella.«

»Hallo. Du kennst aber den Film *Frozen*, oder? Ich liebe es. Ich habe viele Spielsachen davon.« Die Kleine hat überhaupt keine Hemmungen, sondern redet sofort auf mich ein, greift nach meinem geflochtenen Zopf und mustert mich mit schräg gelegtem Kopf.

Bei ihrem forschen Auftreten komme ich nicht dazu, zu verarbeiten, was Ziam gerade gesagt hat.

»Zi, hast du denn meine Elsa mitgebracht?«, ruft Ella.

Danach legt sie eine Hand auf meine Schulter und flüstert mir leise zu: »Sie ist genauso hübsch wie du.«

»Natürlich«, erklingt Ziams Stimme im hinteren Teil des Wohnbereichs, an dem Ellas rosafarbener Rucksack steht.

»Komm.« Die Kleine zieht mich Richtung Couch, bei der Ziam eine Puppe im Elsa-Look in der Hand hält.

»Ich weiß schon, was ich mir für heute wünsche. Wir schauen Frozen, ja, bitte?« Mit einem schmollenden Blick, der den Begriff Hundeblick noch bei weitem überschreitet, sieht sie zwischen Ziam und mir hin und her.

»Du warst zwar nicht unbedingt ruhig zu Bel, aber na schön.« Ziam zwinkert mir zu, was ein Prickeln auf meiner Haut auslöst. »Lassen wir doch Abella entscheiden.«

Sehr nett, was für ein Move mir den schwarzen Peter zuzuschieben.

Erwartungsvoll starrt Ella mich an.

»Sehr gerne. Ich liebe Frozen«, antworte ich schmunzelnd.

»Juhu.« Freudig läuft Ella um mich herum und reißt ihre Puppe in die Luft, ehe sie zu Ziam geht und an seiner Jeans zupft. »Ich glaube, ich mag sie.«

Mein Herz droht zu einem Meer aus Rosenblättern zu zerspringen. Keine Worte lassen sich für diese Szene finden. Nach dem emotionalen Absturz in die Tiefen von Ziams Dunkelheit, ist dieser Moment so leuchtend hell und fluffig rosa, dass ich mich wie in einer Zuckerwatte-maschine fühle.

Ein Lächeln ziert Ziams Gesicht, aber ich erkenne auch noch etwas anderes. Seine Finger krallen sich unnatürlich in seinen Gürtel und seine Kiefermuskulatur ist sichtlich angespannt.

Nachdenklich erwidere ich seinen Blick, den ich nicht

deuten kann, da sich darin das Licht und die Dunkelheit einen Kampf liefern. *Was bedrückt dich, Ziam?*

Da ist er wieder, der Instinkt, dass hier etwas nicht stimmt. Die Situation ist betörend süß. Nichts, dass einen irgendwie stressen dürfte, doch Ziam ist es trotzdem. Aber darüber kann ich nicht weiter nachdenken, weil seine nächsten Worte mir den Boden unter den Füßen wegziehen.

»Ja, ich mag sie auch.« Es ist nichts Besonderes, aber ich kann deutlich spüren, dass in den Worten mehr mitschwingt, als sie faktisch bedeuten.

KAPITEL 36

Abella

Langsam schwenke ich den Rotwein im Glas, lehne mich in eine Decke gehüllt auf der Gartenliege zurück und starre in den dunklen Wald.

»Zum Glück schläft sie jetzt.« Stöhnend lässt sich Ziam mit einem Bier in der Hand neben mir auf die andere Liege fallen.

Sofort drehe ich den Kopf, mustere seine Erscheinung und versuche, gar nicht erst das Lächeln zu unterdrücken.

Wir haben bis eben gemeinsam mit Ella im Gästebett gelegen und den Film *Frozen* geschaut. Nachdem er sie bettfertig gemacht hat, ist sie sofort eingeschlafen.

»Sie hat Temperament«, durchbreche ich die Stille.

Ziam lacht kurz, ehe er sich ebenfalls zu mir dreht.

»Definitiv«, grummelt er und nimmt einen großen Schluck von seinem Bier.

»Ella ist toll, Ziam. Wie ihr miteinander umgeht, ist so schön.«

»Nicht, Abella.« Mein Grinsen gefriert augenblicklich,

weil ich mit diesem rauen Tonfall und der Abweisung in seiner Stimme nicht gerechnet habe.

»Warum?«, frage ich gereizt. Wieso zum Teufel endet jede Situation zwischen uns immer so? Am Anfang ist alles wunderbar, freudig und schön und im nächsten Moment holen uns die negativen, erdrückenden und zerstörenden Gedanken und Gefühle ein. Ich hasse es und will das nicht mehr.

»Weil du nicht alles weißt«, knurrt Ziam, hebt das Bier an seine Lippen und nimmt gierig mehrere Schlucke.

»Würde helfen, wenn du darüber redest«, murmele ich gegen den Rand des Glases und exe meinen Wein.

»Wie bitte?« Ziam richtet sich ruckartig auf, legt die Unterarme auf seine Oberschenkel und starrt mich mit einem düsteren Blick an.

»Reden, Ziam.« Keine Ahnung, wieso ich so gereizt reagiere. Doch ich habe keine Lust mehr, dass wir uns immer sagen, es soll kein *Zurück* geben, aber wir kommen auch nicht voran.

Noch dazu habe ich ihm vorhin im Haus seiner Mum bewiesen, was ich bereit bin für ihn zu tun. Nicht, dass ich dafür etwas zurückbekommen möchte, aber ich will wissen, was ihn belastet. Sonst funktioniert das *hier* nicht.

»Was ist damit? Du weißt doch verdammt nochmal mehr über mich, als andere Frauen jemals erfahren haben. Immerhin beantwortest du mir meine Frage, wieso du keine Angst vor mir hast, auch nicht.« Seine Stimme hat sich verdunkelt und ist so leise, dass sie fast in den Lauten des Waldes untergeht.

»Das verrate ich dir, wenn du mir sagst, was vorhin mit dir los war und was dich belastet«, fordere ich selbstbewusst. Obwohl es mich Mühe kostet, bestärkt es mich auch, weil ich das vor einigen Tagen noch nicht konnte.

»Du weißt schon, dass ich dich zwingen könnte, es mir zu sagen.«

Ziam stellt das Bier auf den kleinen Tisch, legt den Kopf schräg und scannt meinen Körper. Sofort beginnt es überall zu kribbeln. »Richtig. Könntest du, aber tust du nicht.« Schwer schlucke ich, weil ich merke, dass dieser Moment erneut entscheidend für unsere Zukunft ist.

Einige Sekunden sitzen wir so da, schweigen uns an, bis er offenbar einen Entschluss fasst. Laut stößt er die Luft aus, blickt kurz in den sternenklaren Himmel und beginnt leise zu reden.

»Mein Dad soll entlassen werden, meine Mama fällt deswegen zurück in die Depression und die kleine Ella ist für mich Fluch und Segen zugleich.«

Schockiert von den Geständnissen beobachte ich ihn, seinen hüpfenden Adamsapfel, seine geballten Fäuste und das schnelle Heben und Senken seines Brustkorbs.

»Ziam«, hauche ich in die Stille, aber er reagiert nicht. Es muss schrecklich sein, was da gerade passiert. Er will seinen Dad nicht sehen und nicht, dass er freigelassen wird. Auch wenn ich nicht weiß, was er getan hat, verstehe ich das wohl besser als jeder andere. Wenn ich nur darüber nachdenke, dass der Widerling, der mich vergewaltigt hat, aus der Haft entlassen wird, könnte ich vor Angst erstarren.

Um mich nicht in den Gedanken zu verlieren und mich abzulenken, richte ich mich ebenfalls auf, rutsche an die Kante und lege eine Hand auf seinen Brustkorb, direkt dahin, wo sein Herz schlägt.

Sofort senkt er den Blick und fixiert mich. »Mein Leben ist ein Desaster. Du sollst damit nicht belastet werden.« Nicht nur seins, auch meins. Genau aus diesem Grund passen wir vielleicht besser zusammen, als wir es selbst wahrhaben wollen.

»Lass das mal meine Sorge sein. Wenn das mit uns ...« Sanft streiche ich mit dem Finger über seine Unterlippe, das Kinn, bis hin zu seinem Hals. »... funktionieren soll, müssen wir reden. Unsere Emotionen bei irgendwelchen Sex-Talks, über heiße Möglichkeiten des Vögelns zu kompensieren, wird uns nicht immer helfen.«

Ziam reißt die Augen auf und grinst teuflisch. Dass er das höchstwahrscheinlich wegen meines untypischen Ausdrucks für Sex tut, ist mir bewusst.

»Fuck. Du bekommst durch mich ein versautes Mundwerk und dabei habe ich dich noch nicht einmal *gevögelt*.« Das letzte Wort betont er absichtlich versaut, was meine Mitte mehr als gutheißt. »Das liebe ich«, raunt er direkt gegen meinen Finger.

»War klar«, stoße ich belustigt aus.

Ein erschrockener Laut entkommt mir, als er plötzlich nach meinen Hüften greift und mich auf seinen Schoß zieht, sodass ich rittlings auf ihm sitze.

»Verträgst du noch mehr Dunkelheit, kleine Eisblüte?« Seine Lippen streifen meine, schicken gemeinsam mit diesem neuen, aber schönen, Kosenamen einen Stromstoß durch meinen Körper.

»Von deiner, immer.« Zart küsse ich ihn, weil ich seinen weichen, vollen Lippen nicht widerstehen kann.

»Das sagst du jetzt«, höre ich ihn murmeln, kurz bevor er mich fest an sich drückt und seinen Kopf an meinem Hals vergräbt.

»Ich liebe Ella, aber kann sie teilweise nicht ertragen.« Ziams Worte sind so leise, dass ich froh bin, dass er sie mir direkt ins Ohr flüstert. Ansonsten würde ich sie selbst hier in der Stille nicht verstehen.

Kurz zucke ich zusammen, was dafür sorgt, dass er seine Arme fester um mich schließt und mir einen Kuss auf den Hals drückt.

»Ella ist die Tochter meiner Ex-Freundin.« Mein Herz setzt aus, zerspringt in tausend Teile und erstirbt vor Schock. Tochter? Ex-Freundin? Die Gedanken kreisen wild, finden aber keinen Einklang, weil Ziam bereits weiterredet. »Und dazu meine Halbschwester.« Moment. Was zum Teufel?

Mühevoll versuche ich, mich von Ziam zu lösen, um ihn ansehen zu können, aber sein Griff ist so unnachgiebig, dass ich keine Chance habe.

»Deine Ex-Freundin hat ... also s-sie,« stottere ich und könnte mich für diese dumme Reaktion selbst ohrfeigen.

Jetzt reiß dich mal zusammen, Abella. Für ihn ist die Situation schlimm, nicht für dich, schallt mich meine innere Stimme.

»Deine Ex-Freundin hat dich mit deinem Dad betrogen?«

»O ja«, knurrt Ziam an meinem Hals.

»Aber warum lebt sie bei euch? Und wieso wurde sie verletzt?«, frage ich perplex.

»Die Geständnisse reichen für eine Nacht. Außerdem war der Deal, dass du mir etwas verrätst.« Er entlässt mich aus seinem Griff und legt die Hände an meine Taillen. »Ich höre.«

Neckend beißt er sich auf die Unterlippe. Dieser kleine ... Er weiß genau, dass mich das wahnsinnig macht, wenn er seine Reize einsetzt, um mich abzulenken.

»Ich habe keine Angst vor dir, weil du mir schon lange hättest weh tun können. Außerdem hast du mich vorhin nicht auf den Boden geschubst, sondern Richtung Kiyan. Du willst mich beschützen.«

Mahnend schnalzt Ziam mit der Zunge, aber durch die Wandbeleuchtung, die uns in ein zartes Licht taucht, kann ich sehen, dass seine Augen warm funkeln.

Fest krallt er seine Finger in mein Fleisch, was mich erschaudern lässt, aber auch ein maues Gefühl in mir auslöst. Ich habe Rundungen, geformte Hüften, die nicht den Modelmaßen entsprechen. Deswegen bin ich jedes Mal verunsichert, wenn er mich so festhält.

»Davon bist du überzeugt, nicht wahr?« Mit seinen Worten reißt er mich aus den Gedanken. Wahrscheinlich, weil er sich wieder denken kann, was in meinem Kopf vorgeht. Anders als ich ihn, kann er mich sehr gut lesen.

Deswegen greift er noch grober zu und ohne, dass er etwas sagt, kann ich spüren, dass er mich am liebsten tadeln würde.

»Ich weiß es«, antwortete ich auf seine Frage.

»Hoffentlich bereust du das nicht.« Knurrend packt Ziam mich im Nacken und drückt seine Lippen auf meine. Besitzergreifend, leidenschaftlich und dominant überfällt er meinen Mund. Es ist kein normaler Kuss, sondern ein Wegweiser, ein Andenken an diesen Moment und ein verdammtes Statement. *Ich bin seins, er ist meins, wir gehören einander.*

KAPITEL 37

Abella

»D u weißt aber schon, dass eigentlich Ziam hauptsächlich gefilmt werden soll?«, fragt Emilio Cain, der vor der Kamera steht und seine Haare richtet und unterschiedlichen Posen ausprobiert.

»Erstens: will er das sowieso nicht. Zweitens: Filmen sie heute uns alle«, erwidert der Witzbold der Band und lässt sich gerade neben Emilio auf die Couch fallen.

Schmunzelnd hake ich die To-do-Liste auf dem Tablet weiter ab, dabei spüre ich einen Körper hinter mir. Definitiv zu nah für das, was wir besprochen haben und welche Energien sowieso schon in mir züngeln.

Angefangen hat das in dem Moment auf der Terrasse. So erhaben auf seinem Schritt zu sitzen, hat die Begierde in mir bis zum Höchstmaß angetrieben und bis jetzt in mir brodeln lassen.

Außerdem hat sein Geständnis unser Vertrauensverhältnis weiter bestärkt. Es ist sicherlich noch nicht das Nonplusultra, aber wir sind auf einem guten Weg.

Heute Morgen sind wir verschlungen wie ein Knäuel

auf der Couch aufgewacht. Die zarten Küsse, die er überall auf meinem Körper hinterlassen hat, haben das Bedürfnis in mir geweckt, endlich mit Ziam weiterzugehen.

Schon auf dem Weg hierher hat er die Lust bis ins Unermessliche getrieben. Er hat die Fahrt dafür genutzt, seine Hand über meine Oberschenkel Innenseite bis hin zum Slip gleiten zu lassen, aber ohne seinen Weg bis zum Ziel zu vollenden.

Auch jetzt spüre ich die kühle Luft, die unter den Rock streicht, die Feuchte zwischen meinen Beinen umspielt. So etwas habe ich so lange nicht erlebt und ich bin überfordert damit. Ob es eine gute Idee war, einen luftigen Rock anzuziehen? Wohl nicht.

»Moreno, dein Job verlangt nach dir. Du stellst sonst immer diesen Technikmist ein«, ruft Cain genau in dem Moment, in dem Ziams Atem an meinem Ohr zu spüren war.

Leise lachend tritt der Angesprochene einen Schritt von mir zurück.

»Fuck. Ich hasse das«, murmelt er noch, ehe er sich auf den Weg zur Couch macht.

Seit unserem Gespräch ist Ziam offener in seinen Gefühlen, zumindest, wenn es etwas Aktuelles oder uns beide betrifft. Auch wenn ich immer noch nicht weiß, was genau das Problem mit der Kleinen und ihm ist.

Trotzdem habe ich ihm angemerkt, dass er erleichtert war, als Kiyan uns abgeholt hat, um Ella wieder zu Ziams Mama zurückzubringen. Danach hat er uns hierherge-bracht und ist seitdem verschwunden.

Dadurch, dass außer zwei Technikern, einem Kamera-mann, die von *SAVE* geprüft wurden und Ruby, die als Visagistin tätig ist, niemand Fremdes in der Wohnung ist, werden keine Bodyguards benötigt.

Ich werfe einen letzten prüfenden Blick durch das Penthouse der Band, ehe ich mich wieder den Bandmitgliedern zuwende.

Als ich bemerke, dass die drei mich ansehen, schlucke ich schwer. Während Emilio und Cain neugierig wirken, brennt Ziams Blick wie Feuerpfeile auf meiner Haut.

Ich weiß, dass er mich als emotionalen Puffer benutzt, weil er diesen Videodreh scheiße findet. Doch ich akzeptiere, dass er so die Mauern um seine Gefühle schützt und die ruhige Fassade erschafft. Das ist okay für mich, denn ich mag ihn, wie er ist.

Liebst ihn, meinst du wohl. Hör auf, so tief zu stapeln. Es ist eindeutig.

Moment, was? Erschrocken über meine innere Stimme drücke ich den Kugelschreiber in der Hand zu fest.

Ehe ich weiter darüber nachdenken kann, schallt Romes wütende Stimme über den Flur zu uns. »Spar es dir, Diablesa.«

Mit einem düsteren Gesichtsausdruck tritt er ins Wohnzimmer, würdigt keinen von uns eines Blickes und setzt sich neben Emilio auf die Couch.

»Unser Termin beginnt.« Ziam blickt vom Handy auf den großen Bildschirm, auf dem bereits der Videocall geöffnet ist.

»Filme bitte mit. Ich komme sofort wieder«, richte ich die Worte an den Kameramann, der auch mit mir beim Auftritt war. Malia hat ihn mir empfohlen, da er bereits seit mehreren Jahren für Samira Clarke arbeitet und vertrauensvoll ist.

Während ich das Wohnzimmer verlasse, höre ich wie die Stimme von Javier, dem Manager der Band, aus dem Fernseher erklingt.

Leise schiebe ich die Tür zur Küche auf und trete ein.

Ruby sitzt mit dem Rücken zu mir am Tisch, um sie herum sind unzählige Tiegel und Töpfe, die sie, bis eben noch für das Styling der Männer benutzt hat.

»Ist alles gut, Ruby?«, frage ich sanft. Obwohl das völlig unnötig ist, weil ich an ihrem bebenden Körper bereits erkenne, dass sie weint. »Hey, Süße.«

Vorsichtig lege ich eine Hand auf ihre Schulter. Sofort lehnt sie ihren Kopf gegen meine Hüfte und schnieft.

»Wieso ist er so? Wieso hört er mir nie zu?« O man. Der Schmerz in Rubys Stimme geht augenblicklich auf mich über. Ich hasse es, wenn sie traurig ist.

»Also schon wieder kein Erfolg.«

»Nein«, stößt Ruby resigniert aus, atmet tief aus und schnappt sich ein Taschentuch vom Tisch, mit dem sie sich das Gesicht abtupft. »Ich gebe auf.«

»Bist du dir sicher?«, frage ich vorsichtig und setze mich neben sie auf einen Stuhl. Bisher wollte sie das nie, weil sie eine Kämpferin ist. Ganz anders als ich.

Es vergeht eine kurze Zeit, ehe sie ihren Kopf hebt. Meine Augenbrauen zucken in die Stirn, weil sie mich mit einem entschlossenen Blick ansieht, mit dem ich niemals gerechnet hätte.

»Und wie. Irgendwann erkennt man, dass es sich nicht mehr lohnt, zu kämpfen. Bei Rome ist das der Fall. Wenn er es so will, dann bekommt er es so.« Ein zartes Lächeln zupft an ihren Lippen, das mehr gequält als ehrlich aussieht. Da ich weiß, was das Problem zwischen Ruby und Rome ist, sage ich nichts dazu. Denn ich verstehe sie.

»Ich bin da.« Fest ziehe ich sie in eine Umarmung, die sie augenblicklich erwidert.

»Na los, gehe deinen Job machen. Bevor die Jungs die Homestory versauen«, murmelt Ruby und gibt mir das Tablet vom Tisch.

Weil sie recht hat, folge ich ihrer Anweisung. Zwar sollen die *BEATS* nur gefilmt werden, wie sie mit ihrem Manager die nächste Woche durchplanen, aber das heißt nicht, dass sie dabei nicht irgendetwas Kontraproduktives machen können. Besonders Cain.

Deswegen bin ich umso erleichterter, als ich zurück ins Wohnzimmer komme und sehe, dass alles läuft wie geplant.

Sobald ich die Position neben dem Kameramann einnehme, spüre ich ein Prickeln im Nacken.

Mein Blick trifft auf Ziams. Seine Miene ist ruhig, so wie immer, wenn er für die Band arbeitet, aber in seinen Augen lodert etwas. Es ist so verheißungsvoll, dass ich nervös von einem Bein aufs andere trete.

Die Arbeit ist lange nicht vorbei und wir haben noch einige Drehsequenzen für heute auf dem Plan. Aber ab dem Moment weiß ich, dass es ein verdammt langer, anstrengender und beherrschender Tag wird, wenn ich dauerhaft mit dem Wunsch kämpfen muss, Ziam einfach zu küssen.

KAPITEL 38

Selbst jetzt zurück zu Hause brodelt in meinem Bauch dieses merkwürdige Gefühl, das mich schon den ganzen Tag im Griff hat.

Es ist diese Zerrissenheit, die ich bei Abella empfinde. Der Kampf des guten und bösen Teils in mir, zwischen den Emotionen, die diese Frau in mir wachruft.

Außerdem bin ich sowas von geil auf sie. Ich weiß genau, wovon es kommt. Nämlich davon, dass die kleine Eisblüte um mich herum tanzt, ich sie jedoch nicht berühren darf.

Klar habe ich mir das selbst so überlegt, aber Schuld daran trägt am meisten diese bekloppte Homestory. Wer will sowas sehen?

Ja, die Fans, ich weiß.

Aus einem guten Grund bin ich der Ruhige bei den *BEATS* und das mit Sicherheit nicht, um jetzt in einer Verfilmung mein Innerstes nach außen zu kehren. Niemand will sehen, welche graue, wabernde Masse dort in mir lebt und mit jedem weiteren Moment ein Gesicht erhält. Ich verliere den Kampf gegen mich selbst.

Ich bin verdammt wütend. Meine Mutter hat mir den Termin geschickt, an dem die Entscheidung über die Bewährung meines Erzeugers stattfindet. Und seitdem ist alles in mir freigesetzt. Ich will Böses tun, so wie er es mir gesagt hat. Denn gerade habe ich das Gefühl, nur damit Frieden erhalten zu können.

Eine gewisse Zeit konnte ich es gut verstecken, wieso auch nicht. Aus gutem Grund habe ich von dem ersten Berg an Geld ein Luxus-Haus mit Waldgrundstück gekauft, das komplett umzäunt und mein Rückzugsort ist. Bis jetzt hat das gut funktioniert.

Nun starre ich von dem Sessel, der direkt an der gläsernen Empore auf der Galerie in der zweiten Etage steht, auf die prachtvollen Bäume meines Waldes.

Tief atme ich aus, kreise den Kopf und starre auf die Fackeln der Außenbeleuchtung. Normalerweise schaffe ich es beim Boxen oder beim Musik machen, meine Energie herauszulassen, na ja oder eben beim Ficken.

Aber Letzteres ist gerade ausgeschlossen. Zwar haben Abella und ich uns den ganzen Tag angeheizt, doch seitdem sie einen Anruf von ihrem Assistenten bekommen hat, ist sie in sich gekehrt und hat sich sofort nach unserer Rückkehr in das Gästezimmer zurückgezogen. Ohne auch nur ein Wort zu mir zu sagen. Das heißt wohl sie braucht Freiraum, oder? Ach, fuck. Offensichtlich soll das zwischen uns nicht sein, aber der besitzergreifende Teil in mir, will das nicht hinnehmen. Ich will in ihrer Nähe sein.

Tja, deshalb sitze ich jetzt hier und könnte irgendetwas zusammenschlagen. So viel zum Thema ich weiß genau, was ich will und das ich mich bemühe zu reden. Scheiße.

Trotzdem habe ich sie ins Zimmer flüchten lassen, ohne

etwas dazu zu sagen. Was habe ich nun davon? Ich versinke im teuflischen Kreislauf aus Selbstmitleid und dem verschlingenden Dämon in mir, der mir weiß machen will, dass sein Plan fantastisch ist.

Das ist geistige Umnachtung oder was auch immer.

Na ja, du konntest sie nicht abschrecken. Heißt wohl sie ist besonders, nicht wahr? Es wird Zeit, dass wir mit ihr hinaus in die Nacht gehen. Dass sie versteht, worum es geht. Besteht sie das, besiegelt das unsere Zukunft. Wage endlich mal etwas!

Es ist, als hätte dieser kleine, unersättliche Vielfraß in mir eine Sucht nach Abella entwickelt, nachdem sie mir ihre Zunge in den Hals gesteckt hat. Das Problem ist: Mir geht es genauso. Ich war süchtig, bin ihr komplett verfallen und nicht bereit, daran jemals etwas zu ändern. Egal, was eigentlich mein Plan war.

Dieses langsame Antasten von heißen Momenten, nur aus Furcht sie zu verschrecken, hält meine Geduld nicht länger aus.

Eigentlich habe ich mir selbst die Barriere gesetzt, sie nicht mehr nachts beim Schlafen zu beobachten, wie ich es oft heimlich mache. Das wiederum sorgt für einen Schlaf-mangel, der mich seit einigen Tagen quält.

Ich bin ein verdammter, hirnloser Idiot, der Angst hat, dass sie für immer verschwindet. Es ist wie sein Such-mittel zu verlieren. Das ist keine Option. Gnade mir Gott, ich kann keinen Entzug machen.

Nein, sie hat uns bereits vernichtet. Finde dich damit ab. Wundervoll, ich liebe es, wenn meine innere Stimme so mit mir spricht. Dennoch hat sie recht.

Deswegen wird der Drang zur Tür zu gehen und anzu-klopfen oder eher direkt hineinzustürmen auch übermäch-tig. Mit aller Kraft halte ich mich davon ab und überlege angestrengt, was wohl das richtige Verhalten in solch einer Situation ist.

Junge, seit wann scheren wir uns darum, was richtig, moralisch oder angebracht ist? Wir machen das, was wir wollen, weil wir es können. Dieses Haus ist quasi überall überwachbar. Sieh einfach nach ihr!

Erschrocken reiße ich den Kopf zur Gästezimmertür, wobei meine Nackenmuskulatur bei der Bewegung ungesunde Geräusche von sich gibt.

Sonst bin ich doch auch entscheidungsfreudiger, Herrgott.

Fuck, egal. Möge man mich in der Hölle heimsuchen, scheiß drauf.

Knurrend hole ich mein Handy aus der Hosentasche, öffne die App des Sicherheitssystems und schalte mich in die Kamera des Gästezimmers.

Mehrfach blinzle ich, fokussiere das Bild, das sich mir bietet, aber bringe dennoch keine Worte zustande. Dios Mio. Den Anblick werde ich so schnell nicht vergessen.

Ich sagte ja, sie will uns. Die Zeit ist gekommen. Schnappen wir sie uns.

Diese schizophrene Neigung, die ich entwickelt habe, um mir schön zu reden, dass ich die Kontrolle verliere, macht mich verrückt. Alles ist so kompliziert, so extrem, dass ich es selbst nicht verstehe.

»Abella«, stoße ich aus, obwohl ich allein auf der Galerie bin. Ich bin eindeutig überwältigt und mein Schwanz zu angetan, von dem, was er sieht.

Dazu sollte ich erwähnen, dass diese gottverdammte Frau unsere Avancen des Tages wohl doch noch umsetzen will, aber zu unsicher ist. Damit habe ich absolut nicht gerechnet und komme damit nicht klar.

In dunkelblauen Spitzen-Dessous mit kleinen Strasssteinen und einem String, der diesen Namen mit Sicherheit nicht verdient, läuft sie in dem Gästezimmer auf und ab.

Über den Dessous trägt sie nur einen weißen, leicht durchsichtigen Seidenkimono, den sie mit einer kleinen Schleife vor ihren Bauch zugebunden hat.

Fuck off. Wie soll man da noch klar denken?

Nicht denken, handeln, mein Freund.

Ein Knurren entkommt mir bei diesem bekloppten Einwurf meiner inneren Stimme.

Shit. Sie ist eine fucking Versuchung, die mir irgendein völlig Irrer geschickt hat, um mich letztendlich ins Grab zu schicken.

Aber offenbar ringt sie mit sich, worüber sie auch immer nachdenkt, ihre Körperhaltung spiegelt es deutlich wider. Nervös nestelt Abella an dem Ende ihres geflochtenen Zopfes, der ihr über die Schulter hängt und schaut dabei schüchtern Richtung Tür.

Ist das ein schlechter Witz? Soll ich es tun, mir sie nehmen, wie wir es beide wollen, oder nicht?

Mein Körper belehrt mich schnell, was die richtige Möglichkeit ist. Das Kribbeln in den Fingern, das Prickeln im Nacken und die Enge in der Hose sprechen nur eine Sprache. Diese Frau macht mich verdammt an, so wie lange keine. Ich bin sowas von am Arsch.

Abella hat etwas, das andere nicht haben. Sie müssen Schüchternheit, Zärtlichkeit und Unsicherheit spielen. Sie nicht. Sie ist für all das der Richtwert.

Das Schlimme an der Sache ist: Bei ihr verspüre ich den Drang, ihr zu beweisen, dass sie das alles nicht sein muss, obwohl ich genau das will.

Und richtig, das klingt so verwirrend, wie ich mich auch fühle. Alle meine Muskeln sind bis zum Zerreißen angespannt, während offenbar nur noch meine Augen zu funktionieren scheinen.

Ungeniert scanne ich jede Stelle von Abellas Körper, ihre wohlgeformten Hüften und die großen Brüste, die perfekt den BH ausfüllen.

Ja, sie ist keine Barbie, die man ins Schaufenster stellt, weil sie Modelmaße besitzt. Wozu auch. Sie ist pure, reine, sinnliche, wahrhaftige Weiblichkeit und versprüht einen Sexappeal, der alle Werte überschreitet.

Trotzdem gibt es da das Problem, dass ich Angst habe, einen Finger an sie zu legen. Die Gefahr, dass ich mich völlig verliere und ohne Vorwarnung mit ihr anstelle, wonach ich schon so lange lechze, ist zu groß. Gerade jetzt.

Überwältigt kralle ich die Finger in die Lehnen des Sessels und halte mich mit aller Macht davon ab, in dieses Zimmer zu stürzen. Aber eins weiß ich, es muss ihre Entscheidung sein, nicht auf Zwang von mir passieren. Wenn ich sie ihr nehme, dann stehe ich ihrer Entwicklung im Weg und das ist keine Option.

Nur bei dem Gedanken, wie sie so vor mir steht und wie in ihren wunderschönen, eisigen Iriden der Glanz schimmert, werde ich noch härter.

Dios mio. Erneut kämpft in mir der reine Teil darum, dass ich mich ihren Avancen hingebe und sie verwöhne, aber ich kann nicht. Ich muss schlauer sein als mein Verlangen. Nicht von unserem kleinen Fortschritt direkt zur Jagd übergeben, obwohl das genau das ist, was ich brauche.

Und um ehrlich zu sein, habe ich auch nicht damit gerechnet, dass solch eine Situation zwischen uns passiert.

Ehe ich mir einen Plan zurechtlegen kann, erklingt ihre Stimme über mein Handy. Sofort stelle ich den Ton leiser, nicht, dass ich bei der Überwachung noch erwischt werde.

Ich fände es nicht schlimm, immerhin wäre sie dann hier draußen und wir könnten ihr diese Unterwäsche vom Körper reißen.

»Will er mich denn *so.* Klar, Sex ist noch einmal etwas anderes als Oralverkehr oder anderer heißer Spaß.« Allerdings in einem Tonfall, der mir bis ins Mark schießt.

Erschrocken reiße ich die Augen auf, kann aber nicht denken, weil ich überwältigt davon bin, dass sie immer noch denkt, dass ich ihr widerstehen könnte.

Damned Shit, kleine Eisblüte. Kann ich eindeutig nicht und will ich auch verdammt nochmal nicht. Herrgott, warum stehe ich nicht auf, scheiß auf Selbstfindung und stürme diesen Raum? WARUM sage ich nicht, was mein Gehirn gerade fickt? Und spucke alles aus, was zwischen uns ist? WARUM?

Fest balle ich die Hände zu Fäusten.

Es ist doch das verdammte Gegenteil, Mi Belleza. Ich will sie zu sehr. So sehr, dass es einen toxischen Grad angenommen hat, der über Beschützerinstinkt hinausgeht. Es ist Besessenheit. Ich bin anders, nur noch schlimmer, als Abella sich je vorstellen könnte. Ein Freak, ein Psycho, ein Stalker, der will, dass sie nur noch mir gehört, wäre da nicht der Funke Anstand in mir, der weiß, dass das falsch ist.

»Diese Sache mit der Gefahr. Ich halte das aus, wenn sich etwas geändert hat, zwischen uns.« Es ist irgendwie süß, dass Abella versucht, sich im Zimmer selbst Mut zuzureden.

Es hat sich so viel geändert und genau damit komme ich nicht zurecht. Sieht sie das denn nicht?

Diese Frau ist erst einmal unter meinen Händen gekommen, ansonsten haben wir nur geknutscht, wie so irre Teenies oder sie hat mir einen geblasen. Dennoch hat sie etwas in mir entfesselt, das bisher keine andere Frau geschafft hat.

Ein überforderter, gequälter Laut entkommt Abella und sie zieht den Kimono fester um ihren Körper.

Es hilft nichts, ich muss zu ihr. Schnaubend springe ich auf. O ja oder o nein, es wollen oder nicht, so wechseln sich die Gedanken in meinem Kopf ab. Der dunkle Teil will genau diesen Laut hören, mein Herz will, dass ihr Mund nie wieder etwas anderes als mein Name verlässt. Weil ich für jedes Gefühl, für jede Reaktion ihres Körpers verantwortlich sein will. Was passiert hier? Was ist das?

Liebe. Du bist ein Idiot, der hoffnungslos verloren und verliebt ist. Aber das ist okay, das macht dich nicht schlecht. Oh, super, jetzt ist meine innere Stimme wieder dieser Meinung. Liebe, verfickt nochmal, wie soll das in meinem Fall gehen?

»Was ist, wenn er mich korbt?« Mit einem Schnaufen schmeißt sich Abella aufs Bett.

Scheiße, verdammt. In mir wütet ein Tornado an Empfindungen, Stimmen, die mich anschreien, dass ich irgendetwas tun soll.

»Wahrscheinlich bin ich nur eins seiner Schulprojekte. Ein weiterer Schritt im Lektionsplan, um mich an seine Dunkelheit heranzuführen. Dabei war er doch der Erste, der mir einen Orgasmus geschenkt hat.« Fuck, was in Dreiteufelsnamen? Schulprojekt? Orgasmus? Ihr erster?

Meine Gedanken überschlagen sich, während ihre Worte immer wieder in meinem Kopf nachhallen, wie eine kaputte Schallplatte.

»Himmel, Frau. Abella.«

Kurz warte ich, aber von ihr erklingt kein Ton mehr, sie liegt nur auf dem Bett und tut nichts.

Fuck. Fuck. Wut steigt in mir auf.

Auf mich selbst.

Auf sie.

Auf diese Situation.

In die ich mich verdammt nochmal selbst gebracht habe, weil ich Depp nicht in dieses Zimmer stürmen kann. Also können tue ich es, aber ich darf nicht, das wäre falsch und das weiß ich. Denn dann hätte ich versagt.

Ich hasse es, wenn ich nicht an Lösungen arbeiten kann, weil mir Informationen fehlen. In dem Fall erklärt sich mir überhaupt nicht, wie wir von heute Morgen in dieser Situation landen konnten. Denn sie muss schon lange spüren können, was sie in mir auslöst.

Immer wieder hallen ihre Worte nach, aber ich verstehe nicht, was mir das alles sagen soll. Nur gewisse Dinge verbinden sich und zeichnen ein Bild, das doch so einiges erklären würde.

Tief atme ich ein, besinne mich darauf, dass sie hoffentlich zu mir kommen wird.

Mein Herz rast und die Enge in meiner Brust signalisiert mir klar die Angst davor, dass ich mit dieser Entscheidung alles zerstört habe. Mit diesen brodelnden Empfindungen in mir kann ich nicht denken. Mein Gehirn ist wie zugekleistert.

Ich biege ins Tonstudio ab, um mich dieser Therapiemethode zu bedienen. Außerdem traut Abella sich dann vielleicht zu mir zu kommen. Denn sie gehört zu mir und das muss sie verstehen.

Rasch schalte ich die Anlage und das Mikrofon an, schaue noch einmal aus der großen Fensterfront neben mir, bevor ich über mein Smartphone alle Lampen des Hauses – außer bei Abella – ausschalte. In komplette Dunkelheit gehüllt, atme ich tief ein und schalte die Musik ein.

KAPITEL 39

Abella

Nach dem Anruf von Ilas und meinem Zwiespalt mit meiner eigenen Unsicherheit, liege ich nun auf der Matratze und starre an die Decke. Und das immer noch in diesen sündhaft teuren Dessous, die ich mir gekauft habe, um einmal einem Mann schöne Augen zu machen.

Der Inhalt des Gesprächs mit meinem Assistenten hat mich aus der Bahn geworfen. Auf der Arbeit sind Briefe aus dem Gefängnis angekommen. Damit habe ich nicht gerechnet. Denn lange konnte ich mich in der knisternden Leidenschaft verstecken, jetzt hat mich die Realität eingeholt. Wie jedes Mal wieder.

Deswegen habe ich überstürzt gehandelt, geleitet von dem Drang, dass Ziam mich vergessen lassen soll, habe ich mich in diese sündhafte Unterwäsche gehüllt. Aber traue mich jetzt doch nicht, mich ihm so zu zeigen.

Das kommt davon, weil du weißt, wie sehr du ihn brauchst. Er könnte dein Anker werden, hast aber Angst es zu überstürzen. Du musst es nur zulassen.

Ja, verdammt. Es stimmt. Ich brauche ihn und nicht nur

das. Ich habe mich in ihn verliebt. Dessen bin ich mir seit den letzten Tagen bewusst. Für mich ist Ziam nicht einer von vielen. Er erweckt mein wahres Ich erneut und gibt mir etwas, das niemand bisher konnte. Das Gefühl von Leben.

Aber alles ist anders mit Ziam. Wenn er laut wird oder mich ruppiger anfasst, versteife ich nicht, nein, dann erwacht etwas in mir, das mit ihm kämpfen will. Als würde er eine unsichtbare Macht in mir erwachen lassen, die ich selbst noch nicht kenne.

Zwischen uns ist etwas, das ich nicht aufgeben und weiter erkunden will. An Ziams Verhalten merke ich, dass es ihm auch so geht. Nur irgendetwas hemmt ihn und ich werde herausfinden, was es ist.

Zwar erzählt er immer wieder, dass er nicht gut für mich ist, aber was soll ich damit anfangen? Gar nichts.

Genervt von mir selbst und diesen elendigen Selbstzweifeln blase ich die Wangen auf und stoße laut die Luft aus.

So, gehe ich jetzt hinaus zu Ziam oder finde ich mich damit ab, dass ich ein Angsthase bin? Und wir offenbar ein Kommunikationsproblem haben, weil wir beide nicht ehrlich sind? Müssen wir das überhaupt sein?

Okay, stopp. Ich denke schon wieder zu viel nach.

»Ach, Shit«, nuschelnd drehe ich mich auf den Bauch und vergrabe mein Gesicht im Kissen.

Im nächsten Moment schrecke ich überrascht hoch. Eine laute Musik erklingt, die mit ihren melodischen Tönen dafür sorgt, dass augenblicklich alle Gedanken verstummen.

Die Stimme, die nun zusätzlich an mein Ohr dringt, ist ruhig und beschwörend. Automatisch klappt mir der Mund auf und eine Euphorie erfasst mich.

Rasch springe ich aus dem Bett, bin schneller bei der Tür, als ich es selbst realisiere und reiße sie auf. Mich empfängt neben dem wundervollen Gesang auch eine Dunkelheit. Wieso ist das Licht ausgeschaltet?

Sobald ich in den Flur trete, schalten sich jedoch die Bewegungsmelder ein.

Mein Herz rast in meiner Brust, während ich die Treppen nach unten eile. Erst vor Ziams Tonstudio neben der Küche halte ich an.

Überfordert blinzele ich, als die ruhigen Töne schneller werden. Sehen tue ich jedoch nichts, da auch dieser Raum in Dunkelheit gehüllt ist. Nur kleine Lampen blinken überall.

Die Töne werden melodischer, die Gänsehaut auf meinem Körper immer stärker. Es ist nicht das erste Mal, dass ich Ziam singen höre, aber das hier ...

Es ist eine andere Dimension. Niemals habe ich ihn mit so viel Gefühl und Enthusiasmus die Töne erzeugen hören. Der Song ist unglaublich laut, aber das ist nicht der Grund für die Reaktion meines Körpers. Jede Zelle in mir vibriert, weil Ziams Stimme alle Saiten in mir zum Schwingen bringt.

Im nächsten Moment erklingt eine langgezogene, laute, hohe Note, die er mit Inbrunst singt, und just schalten sich die Lichter an.

Erschrocken halte ich mir die Hand vor den Mund und starre in die Mitte des Studios.

Da ist er: Mein düsterer Untergang.

Ziam befindet sich vor mir, wird von dem schummrigen Licht, das von den Deckenleisten kommt, in Szene gesetzt. Direkt vor ihm steht ein Mikrofonständer. Seine Haare stehen wild vom Kopf ab, eine Strähne hängt ihm in die Stirn und seine Präsenz ist so berauschend, dass mein Puls augenblicklich ansteigt.

Zu der schwarzen Jeans mit Rissen trägt er ein enges graues T-Shirt, durch das sich die Muskelstränge seines Sixpacks abzeichnen.

Wie hypnotisiert verfolge ich jede seiner Bewegungen. Im Takt der Musik hebt er die Arme, streckt sie von sich und ballt eine Hand zur Faust, während er in der anderen sein Handy hält, mit dem er offensichtlich das Licht steuert.

Die Ringe an seinen Fingern blitzen, werfen abstruse Reflexionen, die durch den Raum tanzen und sich in dem riesigen Glasfenster spiegeln.

Ehrfürchtig blicke ich an Ziam vorbei. Es ist unglaublich, wie genial die Außenspots den kleinen Wald, der dahinter liegt, in Szene setzen. Er erstreckt sich in voller Blüte und macht diesen Ort zu einem malerischen Monument.

Erneut schwillt seine Stimme an, schmettert einen Ton in die Höhe und direkt in mein Herz. Beim nächsten Wort treffen sich unsere Blicke und mir bleibt die Luft weg.

Ziams Iriden funkeln, wie der beleuchtete Wald in seinem Rücken, der einen mit seiner Dunkelheit und Verschlagenheit einlädt, sich in ihm zu verlieren.

Während er singt, visiert er mich an, als wäre ich seine Beute. Vielleicht bin ich das auch, zumindest fühle ich mich so. Nur habe ich davor keine Angst. Ich will es so sehr, dass ich am liebsten sofort auf ihn zustürmen würde. Ich tue es nicht, stehe wie festgefroren da.

Eine Gänsehaut bildet sich auf meinem gesamten Körper. Ob er das bei den Lichtverhältnissen sehen kann, weiß ich nicht, aber bei der vielen Haut, die ich zeige, würde es mich nicht wundern.

Das habe ich noch nie erlebt, diese Emotionen, die Intensität und dieses Feeling, drohen mich tiefer in Ziams eigene Dimension zu ziehen.

Schweiß rinnt über meinen Nacken, überfordert falte ich die Hände und presse sie gegen das wild schlagende Organ, das mir fast aus der Brust springt.

Immer noch sehen wir uns an, versinken ineinander, als plötzlich ein teuflisches Lächeln auf seinem Gesicht erscheint. Genau in dem Moment gehen die Lichter aus und die mitreißende Musik wird zur einnehmenden Stille.

Überfordert blinzele ich erneut in die Dunkelheit, spüre überdeutlich das Kribbeln und das Pulsieren meines Blutes. Was passiert nun?

Ein überraschtes Keuchen entkommt mir, als plötzlich klangvolle Laute den Raum füllen. Ruckartig schaue ich zur Seite, wo der gläserne Flügel steht.

Mit jedem weiteren Ton umhüllt das Licht das Musikinstrument und Ziam, der daran sitzt und diese epischen, dunklen, musikalischen Nuancen erzeugt. Der Flügel hat mich bereits am Tag begeistert, aber so, wie er jetzt in Szene gesetzt ist, überwältigt es einen.

Wie magisch angezogen, gehe ich langsam auf Ziam zu. Während er mich ansieht, spielt er weiter, zeigt eindeutig, welches Talent er hat.

Erneut beginnt er zu singen, genauso energiegeladen wie davor. Seine langen, beringten Finger fliegen über die Tasten und sein Körper bewegt sich im Rhythmus der Melodie.

Mit geöffnetem Mund trete ich an das Instrument, lege meine Hand auf den Rand und lasse die Vibration auf mich übergehen.

Ziams blonden Haare glänzen im Licht wie Gold. Jetzt bin ich ihm so nah, dass ich seine wundervollen Iriden bewundern kann, die mit den drei Farben einzigartig sind und mich jedes Mal wieder fesseln. Der äußere, dunkelblaue Rand, ist wie das stürmische Meer, das in ihm lauert und der grüne mittlere Ring symbolisiert den Wald, der die Ruhe und Gelassenheit widerspiegelt. Der innere, kleine, braune Kreis ist seine Rohheit, die Unnachgiebigkeit wie bei Holz. Ziams Augen sind das Tor zu seiner Seele, seiner Persönlichkeit und dem wahren Mann hinter seiner aufgebauten Fassade.

Vielleicht ist es für Ziam nur ein Ventil, ein Druckabbau, aber für mich ist es viel mehr. Ob bewusst oder nicht, lässt er mich hinter seine Mauern, zeigt mir seine rohe und unvollkommene Seite.

In diesem Moment haben wir beide unsere Masken abgelegt, stehen völlig offen und verletzbar voreinander. Ich lege mein Herz in seine Hände.

KAPITEL 40

Abella

Die Musik verklingt, ändert aber nichts daran, dass die Atmosphäre weiterhin elektrisch aufgeladen ist. Ich starre immer noch den Mann an, der aussieht wie ein düsterer Pianist, der dich nur mit einem Ton in die Hölle schicken kann. Und ich bin verdammt bereit, in seiner für immer zu bleiben.

Mein Kopf ist komplett leergefegt, keine Sorgen und Unsicherheiten definieren meine Gedanken. Deswegen bewege ich mich direkt auf Ziam zu, der weiterhin am Flügel sitzt und jeden Schritt von mir verfolgt.

Doch ehe ich mich hinsetzen kann, springt er auf, zieht meinen Körper vor sich und packt mich von hinten an der Kehle.

Erschrocken schnappe ich nach Luft, beiße mir aber sofort auf die Innenseite der Wange, als seine Lippen sich direkt an mein Ohrläppchen legen. »Es ist deine letzte Möglichkeit zu verschwinden. Bleibst du, werde ich mich nicht mehr zurückhalten.«

Zart küsst er die Kuhle unter meinem Ohr, lockert seinen Griff und tritt einen Schritt zurück.

Erschaudernd vermisse ich sofort die Wärme, die eben noch von seinem Körper ausging. Ohne über die Worte nachzudenken, folge ich seiner Bewegung und pralle damit wieder gegen seinen Oberkörper.

»Ich kann es auch nicht mehr. Bitte, Ziam. ... Bitte, erlöse uns beide und mache mich endlich zu deiner.« Schwer schlucke ich nach diesem Geständnis, das sich besser anfühlt, als ich es je für möglich gehalten hätte.

»Wenn du so bist, so verletzlich und rein, kann ich mich nicht beherrschen«, knurrt er dunkel, packt mich zu seinen Worten erneut an der Kehle, streicht mit seinen Lippen über meinen Kiefer und beißt zart zu.

»Musst du nicht. Ich will alles von dir«, hauche ich, völlig elektrisiert von seinen Berührungen, die wie Trockeneis einen kribbelnden Schleier über meinen Körper legen.

Ziams Knurren beweist eindeutig, dass er weiterhin mit sich ringt, aber das soll er nicht, ich weiß genau, worauf ich mich einlasse. Deswegen warte ich auch gar nicht, dass er etwas erwidert, sondern sage, was ich denke. »In der Dunkelheit braucht jeder ein Licht, damit man sich nicht verlieren kann.«

Die Spur aus Küssen, die Ziam über meine Kieferpartie zieht, und seine andere Hand, die auf dem Bauch kleine Kreise zeichnet, stoppen abrupt.

»Willst du mein Licht sein, Mi Belleza?«, flüstert er direkt an meinem Ohr.

»Ja und noch so viel mehr. Lass mich alles für dich sein.« Keine Ahnung, wo das hergekommen ist, aber es spricht nicht mein Verstand, sondern mein Herz. Um den

Worten Nachdruck zu verleihen, kralle ich die Finger in seine Handgelenke.

Am unteren Rücken spüre ich Ziams Erektion, sein heißer Atem an meinem Hals und seine Wärme, die die Begierde nach ihm weiter antreibt.

»Du bist doch alles für mich. Und das beweise ich dir jetzt«, spricht Ziam mit gedämpfter Stimme. Moment, was?

Ehe ich seine Worte verarbeiten kann, presst er mich plötzlich mit dem Oberkörper auf den Flügel und bringt seine Hand zielgenau unter meinen Slip.

Meine Mitte pocht sofort ausgiebiger, reagiert auf seinen Finger, den er durch meine feuchte Spalte direkt in mich schiebt.

»O Gott«, stoße ich aus, presse die Augen zusammen, weil ich überfordert bin mit dem plötzlichen Stimmungs-wechsel.

»Entspann dich, lass dich fallen, ab jetzt werde ich dich leiten.« Ziams Stimme ist kratzig, angetrieben von seiner eigenen Lust, die ich deutlich am Hintern spüren kann.

In der nächsten Sekunde reibt er hart über meine Klit, schickt mir einen warmen Schauer in den Unterleib. Zusätzlich beugt er sich über mich, stößt seinen Finger wieder in mich und beißt mir ins Ohrläppchen.

Mein Stöhnen ist für die Stille zu laut.

»Du willst kein braves Mädchen sein, oder, Mi Belle-za?« Fester schlingt sich seine Hand um meine Kehle, sein Finger gleitet schneller in mich und sein Daumen reibt härter über meine Klit. Der Rand meines Sichtfeldes verdunkelt sich, der Sauerstoff wird weniger, aber die Hitze zwischen den Beinen nimmt weiter zu. Stöhnend drücke ich mich seinen Bewegungen entgegen.

Keine Ahnung, ob er möchte, dass ich antworte, aber

ich habe Angst, dass er abbricht, bevor er mir endlich das gibt, was ich will. Ihn.

»N-nein«, stottere ich brüchig, wegen seiner Hand. Zu der Luftnot erfasst mich eine Neugierde, was als Nächstes passiert.

Erschrocken schnappe ich nach Luft.

Plötzlich dreht er mich in seinem Griff um, greift an meine Hüften und setzt mich auf das Musikinstrument. Grob packt er meine Oberschenkel, spreizt sie und tritt dazwischen. Es pocht zwischen meinen Beinen, weil ich seinen Finger vermisse, der mich, bis eben so himmlisch gefingert hat.

In sanftes Licht gehüllt kann ich jeden Zentimeter von Ziam erkennen. Seine Iriden funkeln lustgetränkt, seine Miene ist entspannt, aber düster und seine vollen Lippen stehen einen Spalt offen. Sobald er meine Musterung bemerkt hat, befeuchtet er seine Unterlippe und zieht mich mit einem Ruck an die Kante.

»Richtig. Du bist gierig, unartig und ein kleines Biest, wenn es um *meinen* Schwanz geht.« O je. Dirty Talk liegt ihm eindeutig zu gut.

Mit einem teuflischen Schmunzeln beugt er sich vor, knabbert an meiner Lippe, was ich mit einem Stöhnen kommentiere. Wehe, er hört auf.

»Ich steh drauf, wenn du nach meiner Dunkelheit gierst. Fleh mich an, dich zu ficken, Abella. Tue es.« Ruckartig greift er an meinen Zopf und überstreckt meinen Hals ein Stück, indem er kräftig daran zieht. So stark, dass ich einen ziehenden Schmerz auf der Kopfhaut spüre.

»Sag es«, knurrt er.

Überfordert blinzele ich, versuche die Begierde und die aufkeimende Sehnsucht nach seiner rabiaten Art einzuordnen.

Härter zieht er am Zopf und forscht in meinen Iriden nach etwas. Suchst du die Angst, die du mir verschaffen willst? Dann muss ich dich enttäuschen, Ziam. Ich spüre pure Lust.

»Bitte«, flüstere ich.

»Ist das alles? Na, komm schon, gib mir mehr, kleine Eisblüte. Zeig mir, dass du *mich* willst.« Das Timbre seiner Stimme ist rauchig, mit einer Note verheißungsvollem Unheil, das sich augenblicklich auf jede Synapse ausbreitet.

Mein Herz rast, meine Mitte ist feucht, pocht verlangend und meine Nippel drücken sich gegen den Stoff des BHs. Unter dem groben Griff drohe ich zu verglühen und nach wenigen Sekunden, die sich für mich wie ein Ritt in meiner persönlich auserwählten Hölle anfühlen, brechen die Worte aus mir hervor. Die verdammte Wahrheit darüber, wie verdorben ich bin. Und nur wegen Ziam und dem Moment dunkler Stille, bin ich bereit, ihm all das zu sagen. Hier und jetzt.

»Sei grob, rau, beherrsche mich und entziehe mir meinen Willen. Bitte, gib mir alles von dir. Fick mich, ich -«

Mit einem besitzergreifenden Kuss würgt er mir die Worte ab, wie entfesselt gleiten seine Hände über mich.

Ein reißendes Geräusch erklingt, als er den Kimono von meinem Körper schiebt. Er umspielt mit der Zunge meine und treibt erneut das Verlangen in mir an die Spitze.

Mein Kopf kommt bei Ziams schnellen Bewegungen überhaupt nicht hinterher, weshalb ich es aufgebe, nachzudenken. Wie gefordert, leitet er mich, zieht mich in seinen Sog und so sitze ich wenige Minuten später nur noch im Slip schwer atmend auf dem gläsernen Flügel. Und schneller als ich es realisieren kann, hat er einen kleinen Abstand zwischen uns gebracht.

»Sieh mich an.« Augenblicklich folge ich Ziams Aufforderung. Keuchend kralle ich die Finger in meinen Oberschenkel, um mir selbst bewusst zu machen, dass das kein
Traum ist.

Unter meinem wachsamen Blick entledigt er sich seiner
Klamotten. Seine Haare sind wirr von unserer wilden
Knutscherei.

Schwer schluckend verfolge ich die Bewegung seiner
Hand, die immer wieder über seinen Schwanz reibt. Vollkommen nackt kommt er langsam zu mir zurück.

»Berühre deine Brüste«, fordert er mit rauer Stimme.

»Wie bitte?«, entkommt es mir dümmlich. Sofort bleibt
er, kurz bevor er mich berühren kann, stehen, und schnalzt
mit der Zunge.

»Du bist so heiß. Ich will, dass du dich für mich anfasst.
Tue es.« Ein Knurren hallt durch den Raum, weil er seine
Erektion härter bearbeitet.

Aufgeheizt von seinem Anblick, dem Verlangen
danach, ihn endlich spüren zu können, mache ich, was er
verlangt.

Zart lege ich die Hand um eine Brust und beginne, den
Nippel zu zwirbeln. Meine Wangen färben sich rot, das
spüre ich, kann aber nicht aufhören.

Fester rolle ich meine Knospe unter den Fingerspitzen,
fixiere Ziam, der zwischen meine Beine tritt. Seine Fingerknöchel reiben über die Oberschenkelinnenseiten,
während er seinen Schwanz weiter wichst.

»Gut so. Es macht mich so an, wenn du mir gehorchst.«
Ziams Augen haben einen fast hypnotischen Glanz, seine
Lippen sind feucht und einladend, seine Körperwärme so
einhüllend, dass ich völlig in unserer Blase versinke.

»Ich will dich küssen«, keuche ich erhitzt.

»Oh, Mi Belleza. Du willst noch viel mehr.« Mit einem

teuflischen Grinsen greift er mir an die Hüften, streichelt kurz über die Haut und zerreißt in der nächsten Sekunde den Slip.

»Oh mein Gott«, stoße ich erschrocken aus, verstumme aber just, weil Ziam mich am unteren Rücken vorschiebt und seine Schwanzspitze kurz vor meiner Mitte festhält.

»Fuck, ich will dich komplett spüren, wie deine Pussy sich anfühlt. Mein Schwanz soll von deiner Nässe glänzen«, knurrt er, beißt sich auf die Unterlippe und mahlt mit dem Kiefer.

Ehe ich seine Worte verarbeitet habe, greift er zwischen uns und drückt seinen Daumen gegen meine Klit. Die Feuchte zwischen meinen Beinen breitet sich weiter aus, läuft über die Innenseiten meiner Schenkel und tropft wahrscheinlich auf die Fläche, auf der ich sitze.

Himmel Herrgott, beim verruchten Teufel der Hölle. Logisch gesehen sollte ich zuerst über seine Worte nachdenken, praktisch und in diesem Moment entscheide ich nur aus dem Bauch heraus. »Ich verhüte, bin regelmäßig beim Arzt und gesund. Verdammt, Ziam. Nimm mich endlich.«

Das Ende des Satzes geht in einem Stöhnen unter, weil er den Druck auf meine Klit noch weiter erhöht.

»Ich auch. Halt dich an der Kante fest.« Ziams Stimme ist nur noch ein dunkles, raues Kratzen und treibt den nächsten Schauer Lust über meinen bereits überreizten Körper.

Ich komme seiner Anweisung nach. Gerade als meine Finger sich um das Glas schließen, drückt Ziam die Hüfte vor und dringt mit einem tiefen Stoß in mich ein.

»Fuck«, poltert mir das Schimpfwort über die Lippen, weil alle Empfindungen wie ein Eiszapfenregen auf mich niedersausen. Mein Herz rast, meine Mitte pocht, schlingt sich um Ziams pralle Härte, die in mir erfreut zuckt und meine Nippel recken sich ihm entgegen.

Stöhnend lege ich den Kopf in den Nacken, genieße es, wie Ziam langsam aus mir gleitet, sich wieder in mich schiebt und beim nächsten Stoß grober wird. Alles ist so intensiv, dass ich die Finger fester in die Kante kralle, bis die Fingerknöchel weiß hervortreten.

Ziam packt mich am Zopf, zieht daran, stützt meinen unteren Rücken und zwingt mich ins Hohlkreuz. Unsere Becken prallen aufeinander und seine Zähne graben sich in meinen Hals.

Der Rhythmus ist beschwörend, die Empfindungen berauschend. Unaufhaltsam treibt er mich auf meinen Orgasmus zu. Bereits beim ersten Mal schafft er es so schnell wie keiner vor ihm.

Ich halte es nicht mehr aus, nehme eine Hand vom Flügel, kralle sie in Ziams Arsch und presse ihn weiter auf mich. Benebelt von all der Lust, lasse ich komplett los und lege jede Scheu ab.

Mit Bissen und Küssen ebnet sich Ziam, während er mich weiterhin mit tiefen Stößen fickt, einen Weg zu meinen Nippeln. Seine Zunge schnellt über die harte Knospe, leckt in Kreisen um sie und entlockt mir ein Keuchen.

»Gut so. Ich will mehr von dir. Stöhne für mich.« Zu seinen Worten greift er an meinen Hintern, hebt ihn ein Stück an und dringt in einen anderen Winkel in mich ein. Sofort komme ich der Forderung nach.

Dieser Mann beherrscht meinen Körper, genauso effektiv wie den Flügel. So als würde er bereits wissen, welche Stelle er bei mir berühren muss, um bestimmte Laute zu entlocken. Eine Reihenfolge an Melodien und

Noten, die nur durch ihn eine besondere Komposition ergeben. Ich bin Ziams persönliche Symphonie.

»Schrei für mich, Abella«, haucht er gegen meinen feuchten Nippel, der dadurch noch härter wird.

Zusätzlich zu einem tiefen Stoß, mit dem er mich um den Verstand bringt, beißt er in meine Knospe. Erneut tue ich genau das, was er will und schreie.

An der Haut spüre ich ihn lächeln.

Eine feine Schweißschicht überzieht meinen Körper, meine Mitte läuft förmlich aus und alle Nerven sind überreizt. Es fehlt nur ein Stück und er hat mich direkt in den Abgrund getrieben.

Ziam löst die Hand aus meinen Haaren, was dafür sorgt, dass ich ihn ansehen kann. Schweiß glänzt auf seiner Haut, die Sehnen an seinem Arm, mit dem er sich in meine Hüfte krallt, stechen deutlich hervor. Dieses Mal kann ich die Muskelpakete an seinem Bauch bewundern, die sich unter seinen Stößen bewegen.

»O Gott, Ziam.« Stöhnend schmeiße ich den Kopf zurück, komme aber nicht dazu, mich komplett hinzugeben, weil er in meinen Nacken greift und mit seinen Lippen meine verschließt. Unsere Münder verschmelzen, sein Knurren und mein Keuchen vermischen sich miteinander.

Das ist das Beste, das mir seit langem passiert ist. Auch wenn Ziam grob, roh und wie entfesselt alles von mir beansprucht, habe ich mich niemals lebendiger gefühlt.

Nach kurzer Zeit, die Ziam nutzt, um mich in diesem betörenden Rhythmus weiter auf dem gläsernen Flügel zu vögeln, blitzen weiße Funken vor meinen Augen auf. In meinem Bauch sammelt sich eine Wärme, und das Stöhnen wird immer lauter und hemmungsloser.

»Sieh mich an«, fordert er dunkel. Unmittelbar reiße ich

die Augen auf, die ich voller Hingabe vor einigen Sekunden geschlossen hatte. »Komm für mich.«

Grob reibt er über meine Klit, stößt noch härter in mich und trifft genau den empfindlichen Punkt in mir.

»Ziam.« Stöhnend entlockt er mir gezielt den geforderten Orgasmus. Ein wahres Feuerwerk explodiert in meinen Synapsen, schickt Impulse durch mich und kurz darauf hänge ich zitternd in Ziams Armen.

Langsam gleitet sein Schwanz in mich, wieder aus mir und verlängert den Höhepunkt.

Keuchend blinzle ich ihn an, wobei er sich komplett aus mir zurückzieht und mit einem faszinierten Blick auf seinen Schwanz sieht. Glänzend von meiner Nässe, prall und zuckend, ragt er zwischen uns auf.

Verdammt und verteufelt. Das ist das Heißeste, was ich seit langem gesehen und erlebt habe. Genau das will ich am liebsten jeden Tag mit ihm tun. Mich seiner Dunkelheit hingeben.

KAPITEL 41

Dios *mio*. Alles an dem Moment befriedigt untypischerweise jede Facette Dunkelheit und die Gier meines inneren Monsters. Stille herrscht in meinem Kopf. Nur reine und düstere Begierde nach der Frau, die gerade leidenschaftlich mit meinem Namen auf den Lippen gekommen ist, pulsiert in mir.

Mein Schwanz ist steinhart und nicht schon vor einigen Minuten zu kommen, bevor ich das Spiel beendet habe, hat mich mehr Beherrschung gekostet als jemals zuvor.

Nur schwer kann ich aufhören, mein Sperma in und überall auf Abella zu verteilen, weil ich sie markieren muss. Außerdem bekomme ich nicht genug davon, wie sie auf mich reagiert.

Ich erschaudere, bei dem Anblick, den Abella mir bietet. Schwer atmend stützt sie sich mit den Unterarmen auf dem Flügel ab.

Ein verruchtes Grinsen zupft an meinem Mundwinkel, weil es so fucking göttlich aussieht, wie sie mit dem zerrissenen Slip, der immer noch an ihrem Oberschenkel hängt, räkelnd vor Lust auf meinem Lieblingsinstrument liegt.

Keine Ahnung, wie ich es so lange aushalten konnte, mich von ihr fernzuhalten. Mit Sicherheit weiß ich, dass ich keinen blassen Schimmer habe, was für wabernde Gefühle in meinem Organismus die Oberhand haben. Dennoch steht eins fest: Ab jetzt halte ich mich nicht mehr zurück. Denn Abella braucht nicht nur meine ruhige, besonnene Seite, sondern auch die dunkle, versaute und gefährliche. Genau die soll sie bekommen, wie alles andere, wonach sie lechzt.

Mein Schwanz fordert danach, wieder in Abellas feuchter Mitte zu versinken. Es ist ein wahres Paradies, das ich noch so einige Male für mich beanspruchen werde.

Gerade will Abella sich zurücklegen, da greife ich nach ihr und hebe sie auf meine Hüften. Ihre verschwitzte Haut klebt an meiner, was eine Aneinanderreihung von besitzergreifenden Ausrufen durch meinen Kopf jagt.

»Oh«, stößt sie erschrocken aus, schmiegt sich aber an mich und gleitet mit ihren Lippen über mein Schlüsselbein.

Mit der freien Hand schlage ich den kleinen Deckel des Instruments zu und bedecke die Tasten. Das laute Geräusch, das dabei entsteht, lässt Abella auf meinem Arm zusammenzucken.

»Hinknien«, fordere ich düster direkt an ihrem Ohr, stelle sie auf die Füße, ziehe den Rest des Slips nach unten und drücke ihr einen Kuss auf den Mund.

Überfordert starrt sie mich an. Ihre Wangen sind gerötet, ihre Lippen geschwollen und einige Haarsträhnen haben sich aus dem Zopf gelöst.

Mit ihrem unschuldigen Augenaufschlag provoziert sie etwas in mir, was mich knurrend ihre Hüften packen lässt.

Rasch platziere ich ihr Schienbein auf dem Hocker, hebe das andere Bein auf den Tastendeckel und drücke ihren Oberkörper so weit vor, dass sie die Unterarme auf dem Flügel ablegen muss.

In dieser Position präsentiert sie mir ihre Pussy, die so einladend, feucht glänzt, dass ich den Plan, sie hart und schnell zu nehmen, überdenke.

Sanft streichle ich mit einem Finger über ihre Wirbelsäule, kralle aber komplett gegensätzlich die andere Hand in ihre Arschbacke und knete sie.

»Ziam«, wispert Abella in einer Mischung aus Unsicherheit, Besorgnis und Lust.

Hart packe ich die Wurzel meines Schwanzes, drücke zu, um mir wenigstens noch kurz etwas Zeit zu verschaffen, um erneut mein Paradies zu schmecken.

Ich hocke mich hin, lege auch die andere Hand an Abellas Arsch und ziehe ihre Backen auseinander.

Ihr erschrockener Laut treibt mich weiter an und just gleite ich mit der Zunge durch ihre feuchte Mitte. Ihr Geschmack breitet sich in meinem Mund aus und entlockt mir ein Knurren. Wie benebelt von ihrer Lust, koste ich sie.

Mit rhythmischen Bewegungen schnellt meine Zunge gegen ihre Klit, was Abella unter mir erzittern lässt. Ich liebe es, wie empfänglich sie für meine Berührungen ist.

Immer intensiver lecke ich sie, spüre, wie sie feuchter wird und ihre Nässe sich auf den Lippen ausbreitet. Fuck, das ist so geil.

»Ziam, i-ich komme.« Ihre Mitte zuckt, ihre Beine zittern und der Orgasmus erfasst sie.

Augenblicklich richte ich mich auf, knie mich mit einem Bein auf den Hocker und dringe passend zu ihrem Höhepunkt in sie ein. Ihre Pussy ist verdammt eng, umschließt meinen Schwanz und entfesselt die Sünde in mir.

Knurrend schlinge ich eine Hand um Abellas Hals, ziehe sie ein Stück zu mir nach hinten und beiße in die weiche Haut in ihrem Nacken.

»Verdammt, ich ... o Gott.« Abella zittert, stöhnt, windet sich in meinem Griff und drückt sich an mich.

Perfekt, kleine Eisblüte. So will ich dich, zerrissen und hingebungsvoll. Gib mir mehr.

Schweiß läuft mir an den Haaren herunter, tropft auf mein Gesicht, aber ich ignoriere es, verharre tief in Abella vergraben und presse mich gegen sie.

»Bitte, Ziam. Bitte, bitte, bitte ...« Abella fleht so hinreißend, betörend und aus voller Seele, dass ich noch härter werde.

Ja, verdammt, das will ich hören.

Direkt bei einem Orgasmus überfallen zu werden, ist der Übertritt zwischen absoluter Geilheit und Schmerz. Es ist auf eine gewisse Art unangenehm, kurbelt aber erneut die Lust an.

Abellas Zopf hängt zwischen uns, reibt bei den leichten Bewegungen, in denen ich aus ihr gleite, über meine Brust. Es kribbelt und verschafft mir eine Gänsehaut.

In der nächsten Sekunde bin ich es, der erstaunt nach Luft schnappt, weil Abella ihre Hände von dem Flügel löst und sie nach hinten zu mir ausstreckt, um sie an meine Haut zu legen. Jetzt wird sie nur von meinem Griff an ihrer Kehle gehalten.

»Fuck«, knurre ich, verliere die Beherrschung und ramme mich so in sie, dass ich sie komplett ausfülle.

Sie keucht, macht aber keine Anstalten, sich wahrhaftig zu wehren. Gegensätzlich zu den tiefen, animalischen

Stößen, küsse ich sanft ihre Schulter, ihren Nacken und vergrabe die Nase in ihren Haaren.

Ihr Körper zittert, ihr Rücken ist schweißbedeckt und ihre schweren Atemzüge beweisen, dass ich für heute ihre Grenze erreicht habe. Aber der dunkle Teil in mir will mehr, ein letztes Mal alles von ihr.

»Stütze dich ab«, presse ich zwischen zusammengebissenen Zähnen hervor. Dabei erkenne ich meine eigene Stimme kaum, so rau und vibrierend, wie sie ist.

Die Frau, die zwischen meinen Händen wie ein Eiswürfel schmilzt, tut ohne Murren, was ich gesagt habe.

Sobald ihre Finger den Deckel berühren, handele ich wie entfesselt. Ich würge sie nicht mehr, ich konzentriere mich nur darauf, sie zu ficken, um mit meinem Schwanz dafür zu sorgen, dass sie noch einmal für mich kommt.

Auch wenn ich nicht verstehen konnte, was sie mir vorhin sagen wollte, ist eine Sache bei mir angekommen. Meiner Eisblüte wurde das Gefühl des Fallenlassens genommen und ich werde es ihr zurückgeben. Bei mir wird sie so oft kommen, dass sie sich wünschen würde, es hört auf. Aber das wird es nicht. Genau wie jetzt. Sie wird ein drittes Mal einen Höhepunkt haben, so hart und intensiv, dass sie es morgen noch fühlen kann.

Wie entfesselt gleite ich mit meinem Schwanz in kleinen, aber tiefen Stößen immer wieder in sie. Dazu lasse ich die Hände über ihren Körper wandern, streichele sie, knete ihre prallen Titten, kneife in ihren Nippel und kann damit nicht mehr aufhören.

Ihre schweren Atemzüge vermischen sich mit meinen, unsere nassen Körper knallen aneinander, erzeugen ein klatschendes Geräusch, das wie Musik in meinen Ohren ist.

Ein lautes Stöhnen entkommt mir, das ich selbst nicht

kenne, normalerweise gebe ich mich nicht so hin, verliere nicht so die Kontrolle, aber bei Abella ist alles anders. Sie ist anders.

»Du ...«, knurre ich, treibe mich erneut in sie, reibe fest über ihre Klit, was ihren ganzen Körper erzittern lässt. »... gehörst ...« Ich ziehe mein Becken zurück und stoße wieder vor, woraufhin Abella laut wimmert. »Mir!«

Knurrend verharre ich in ihr, nehme deutlich das Prickeln in meinen Lenden wahr, merke wie alle Muskeln sich verkrampfen, umso mehr verstärke ich den Druck meines Fingers auf Abellas überreizter Klit.

»Ich kann nicht mehr, bitte, ... a-also ... Fuck«, keuchend bettet Abella ihren Kopf auf das kühle Glas unter ihr.

Ich weiß, kleine Eisblüte. Dieser Zwiespalt, in den ich dich zwinge, ist kaum auszuhalten, aber warte erst, bis ich dich kommen lasse. Lerne, dass nur ich der Dirigent deiner Sehnsüchte bin.

Leicht verändere ich den Stand, stimuliere so die empfindliche Stelle in ihr, die sie rasend macht, und kneife passend zu meinen Stößen in ihre Klit.

»O ... Ziam.« Stöhnend bäumt Abella sich auf, erzittert und kommt so heftig, dass ihre Pussy sich um meinen Schwanz zusammenzieht.

Schwer atmend stoße ich nochmal zu, genieße das Prickeln in den Lenden, die schwarzen Flecken, die vor meinen Augen tanzen, weil der Orgasmus so intensiv ist, dass ich mich nicht bändigen kann.

»Oh, fuck, ja«, stöhne ich, spritze mein Sperma in sie und markiere sie als mein.

Heilige Scheiße. Meine Beine zittern, mein Geist ist in den Orbit geschossen und alles an mir ist weich wie geschmolzene Schokolade. So habe ich mich bisher noch nie gefühlt. Es ist perfekt.

Langsam ziehe ich mich aus Abella zurück, die weiterhin mit der Wange auf dem Flügel liegt und sich keinen Zentimeter rührt. Nur ihr schneller, hebender Brustkorb signalisiert mir, dass ich sie nicht vollständig zerstört habe.

Sanft streichele ich über Abellas Wirbelsäule, was sie ihre Lippen einen Spalt öffnen lässt, aber kein Ton kommt heraus.

Schmunzelnd küsse ich ihren Kopf, trete einen Schritt zurück, um mein T-Shirt aufzuheben, verharre aber in der Bewegung, als mein Blick auf ihre Mitte fällt.

Fuck. Fuck. Fuck. Gebannt starre ich auf mein Sperma, das gerade herausläuft und auf den Hocker tropft.

Sofort trete ich wieder vor, aber nicht, weil ich Sorge, um meinen verfickten Klavierhocker habe. Gnade mir Gott und wenn ich mir tausende kaufen muss, um das erneut machen und sehen zu können.

Ich schaue zu, weil der verdorbene, dunkle Teil in mir seine Chance sieht, ein letztes Mal zu beweisen, dass ich die Fäden in der Hand halte.

Mit dem Daumen fahre ich ihre Oberschenkelinnenseite lang, fange das Sperma auf, das sich dort einen Weg bahnt. Das Zittern von Abellas Muskeln heizt mich nur weiter an, befeuert aber auch den lieben Teil in mir, endlich von ihr abzulassen.

Das werde ich, jedoch erst, wenn ich unserem grandiosen ersten Mal die entscheidende Note verliehen habe.

Ich trete wieder zu Abella, halte meinen Daumen vor ihren Mund, schiebe ihr eine Strähne aus der Stirn und warte darauf, dass sie reagiert.

Träge öffnet sie die Augen, blinzelt mich aus schimmernden, aber verträumten Iriden an, was mein Herz wild flattern lässt.

»Öffne deinen Mund, Mi Belleza.« Kurz sieht sie mich erschrocken an, tut dann aber, was ich sage. *Braves Mädchen.*

Sobald ich ihre rosige Zunge erkennen kann, schiebe ich den Daumen zwischen ihre Lippen. »Sauge dran, kleine Eisblüte. Schmecke uns, deine süße Pussy, mein Sperma, unsere Lust.«

Keine Ahnung, ob ihr Keuchen oder mein Knurren lauter ist, denn sie tut es. Verfickt und verdammt bis in die Hölle. Die Frau leckt den Daumen ab, als wäre es ihre Bestimmung. Dabei blinzelt sie mich mit so vielen Gefühlen in ihren Iriden an, dass der dunkle Teil in mir sich augenblicklich verzieht und dem Beschützerinstinkt Platz macht.

Ohne darüber nachzudenken, ziehe ich die Hand zurück, greife nach Abella und hebe sie auf meine Arme. Instinktiv klammert sie sich an mich.

Ihr Kopf ruht an meiner Schulter und ihr heißer Atmen kitzelt mich am Hals, sorgt für eine Gänsehaut auf meiner schweißbedeckten Haut.

»Was geschieht jetzt?«, murmelt sie völlig fertig.

Kurz sehe ich zu ihr, die Augen geschlossen, die Lippen leicht geöffnet, schmiegt sie sich an mich und meißelt dieses Bild für immer in mein Gedächtnis.

»Wir schlafen, gemeinsam, Arm in Arm.« Während sie nur einen zustimmenden Ton von sich gibt, gehe ich die Wendeltreppe nach oben.

Gerade als ich zu ihrem Zimmer abbiegen will, stocke ich, weil mich eine Kälte erfasst und auch wenn ich es nicht zuordnen kann, tue ich das, wonach mein Körper instinktiv handelt.

Ich gehe nicht dorthin, sondern betrete die Stufen, die nach oben in mein Schlafzimmer führen.

Abella bekommt nichts davon mit, scheint in einen Dämmerschlaf gefallen zu sein, was nicht verwunderlich ist. Wahrscheinlich habe ich ihr viel zu viel abverlangt, aber ich konnte nicht mehr aufhören.

Sobald ich die Tür aufstoße, erfasst mich der Lichtstrahl des Mondes, der durch die abgerundete Glasscheibenfront herein scheint.

Sanft lege ich Abella im Bett ab, breite die Decke über ihr aus und betrachte sie zwischen den Laken. Empfindungen rauschen durch meinen Organismus, die ich bei allem, was mir lieb ist, nicht zuordnen kann. Aber eins weiß ich: Sie ist die erste Frau, die in meinem Bett liegt und sie wird die Letzte sein. Das ist ein Versprechen.

Getrieben von dem Zwang, der Sucht und dem Willen, sie wieder zu spüren, lege ich mich zu ihr und schließe sie in die Arme.

Ein leises, zufriedenes Murmeln ist ihre einzige Reaktion.

»Jetzt hast du keine Chance mehr, mir je wieder zu entkommen. Fliehen ist aussichtslos, ich werde dich immer finden. Dein Körper, deine Lust und deine Liebe werden immer mein sein. Solange ich lebe.«

KAPITEL 42
Abella

»Himmel«, nuschele ich, strecke mich und halte mitten in der Bewegung inne, weil meine Muskeln protestieren. Mein Körper fühlt sich an wie nach einem langen Sporttag.

Als Erstes nehme ich einen kühlen Stoff an der Haut wahr.

Blinzelnd öffne ich die Augen, tauche aus dem schwerelosen Zustand auf, der in meinem Kopf herrscht. Es dauert einige Zeit, bis die Bilder der letzten Nacht vor meinen Augen auftauchen. Ist das wirklich passiert?

Aber der Gedanke ist völlig unnötig, weil ich die tiefe Befriedigung in mir und die Spermareste und den Schweiß auf mir spüre.

Die Erinnerungen blitzen auf: Ziam, wie er mich geküsst, verwöhnt und mehrmals zum Orgasmus gebracht hat. Bis hin zu ein paar Wortfetzen, die ich beim Einschlafen gehört habe.

Jetzt hast du keine Chance mehr. Solange ich lebe.

Fahrig streiche ich mir die Haarsträhnen aus dem Gesicht, sehe zur anderen Bettseite, die zerwühlt, aber leer ist. Wo ist er denn?

Erst in dem Moment fällt mir auf, dass das Bett nicht mit diesem typischen beigen Stoff bezogen, sondern schwarz ist.

Erschrocken setze ich mich auf, realisiere erst da, wo ich mich befinde. In Ziams Schlafzimmer.

Die riesige Fensterfront vor mir erstreckt sich wie eine Halbkugel komplett um den Raum und über die Decke. Ich blicke direkt in den Wald, der hinter seinem Haus liegt.

O wow. Der Ausblick ist wunderschön.

Keine Ahnung, wie spät es ist, aber das ist mir gerade auch völlig egal.

Langsam sehe ich mich um. Der Boden ist hell, die kleinen Kommoden und Schränke, die an der einzigen größeren Wand stehen, sind aus dunklem Holz und schwarzem Metall.

Neben dem Bett ist rechts die Tür, die zur Wendeltreppe führt, ansonsten sieht der Raum steril aus, genauso wie der Rest seines Hauses.

Nachdem er mir von seiner Familie erzählt hat, verstehe ich auch wieso. Er wollte nicht, dass wir etwas filmen, das seine Geheimnisse aufdeckt.

Na ja, oder hat er überhaupt gar keine persönlichen Dinge? Schon mal darüber nachgedacht?

Bei meiner inneren Stimme kneife ich die Augen kalkulierend zusammen. Jeder hat doch wenigstens ein Bild von jemandem, der ihm etwas bedeutet, oder? Nur Psychopathen sind so, denke ich zumindest.

Aus Reflex sehe ich mich erneut um, entdecke in der hintersten Ecke des Raumes eine Kiste, die nicht komplett zu ist und aus der ein schwarzer, dunkler Stoff und Bilder herausschauen.

Kurz zuckt mein Blick zur Tür, aber nichts ist zu hören oder zu sehen.

Langsam stehe ich auf, merke erst in dem Moment, dass ich komplett nackt bin. Aber gerade ist es mir egal, irgendetwas an dieser Kiste zieht mich magisch an. Auch wenn ich nicht weiß, was es genau ist.

Dem logischen, rationalen Teil in mir ist klar, dass es mich nichts angeht und ich nicht das Recht habe, in seinen Sachen zu wühlen. Allerdings kann ich dem Drang in mir nicht standhalten und tapse leise darauf zu.

Ich hebe den Deckel an und reiße entsetzt die Augen auf, weil ich nicht glauben kann, was ich sehe.

Das muss nichts heißen, ruft meine innere Stimme.

Aber in meinem Kopf spult sich bereits ein Film ab, der dem eines Psychothrillers gleicht.

Es sind unzählige Bilder von mir, die in der Zeit entstanden sind, seitdem ich Ziam kenne. Fotos auf Konzerten, auf Partys und Abende mit den *BEATS* oder bei alltäglichen Dingen.

Hektisch und ohne Verstand greife ich zitternd in die Kiste, reiße alles heraus und verteile es um mich herum.

Eine Kälte erfasst mich, treibt eine Gänsehaut auf meinen sowieso schon nackten Körper. Entsetzen packt mich, während meine innere Stimme immer wieder schreit, *Beruhige dich. Denk nach, das kann nicht sein, was du vermutest. Handle nicht ohne Sinn und Verstand.*

Aber ich kann sie bei dem lauten Piepen in meinem Ohr kaum hören, deswegen greife ich nach immer mehr Dingen, die zum Vorschein kommen. Angefangen bei einer Motorradhaube, die mit Dreck übersät ist. Sofort blitzen Erinnerungen auf von den Bildern, die ich damals im

Rahmen der Befragung von den Detektives vorgelegt bekommen habe.

Hatte er bei Ihnen auch diese Maske auf?

Hat er etwas Bestimmtes gesagt?

Ein Schmerz schießt durch meine Stirn, als die Erinnerungen hochkommen und mir dieses ekelige Parfum meines Professors in die Nase steigt. Sofort kneife ich die Augen zusammen.

Das ist Vergangenheit, Abella, reiß dich zusammen, schalle ich mich.

In dem Moment finde ich weitere Bilder und schnappe erschrocken nach Luft. Diese zeigen jedoch nicht mich. Nein, es sind andere Frauen und jede von ihnen erkenne ich sofort. *Sie sind es alle. Jede von ihnen.*

Keine kennt mein Gesicht, aber ich kenne all ihre und werde sie niemals vergessen. Denn sie teilen das gleiche beschissene Schicksal wie ich.

Tränen bilden sich in meinen Augen, drohen überzulaufen, aber ich halte sie zurück, versuche klar denken zu können.

Wie hängt das alles zusammen? Warum hat Ziam Bilder von ihnen? Wieso gibt es so viele von mir?

Zu meinen Gedanken wühle ich hektisch weiter in den unzähligen Dingen, die sich um mich herum verteilen. Bis ich einen Bilderrahmen anfasse, bei dem der Rahmen bereits stark verblichen und die Glasfront mit Rissen überzogen ist.

Trotzdem erkenne ich genug, um entsetzt zu keuchen. Augenblicklich erfasst mich Angst, schiere unermessliche Panik, die mich frösteln lässt.

Weinend krieche ich vor dem Bild zurück, das zwei Personen zeigt. Einen Jugendlichen mit blonden Haaren, messerscharfen, mehrfarbigen Augen, die ich sofort wiedererkenne. *Ziam.*

Um seine Schultern hat ein älterer Mann seinen Arm gelegt, sieht mit einem düsteren, aber stolzen Blick auf den Jungen herab. Sofort erkenne ich ihn wieder. Die ergrauten Locken, den leichten Bartschatten und diese markante Narbe an seiner Braue.

O nein, das kann nicht sein. Bitte nicht, wie ...

Schluchzer kämpfen sich meine Kehle empor, Tränen benetzen meine Wangen und verschwommen lese ich die Gravur, die in den Rahmen geritzt wurde.

Bester Sohn der Welt.

Kein Gedanke will sich mehr formen, nichts ergibt Sinn, jedes vergangene Gefühl fühlt sich an wie eine Lüge. Nur Panik pulsiert in meinen Venen, entfacht den Fluchtinstinkt in mir.

Schluchzend sehe ich mich um.

Scheiße, wo sind meine Klamotten?

Hektischer drehe ich mich um die eigene Achse, aber ich finde sie nicht. Das Einzige, was ich erkenne, wenn ich an mir herabsehe, treibt die Übelkeit in mir empor. Sein Sperma auf mir.

Was sich vor einigen Minuten noch wie eine verdorbene Schönheit angefühlt hat, ist nun ein vergiftetes Relikt einer Maskerade.

Hart reibe ich über die weißen Reste an meinem Oberschenkel, aber hinterlasse nur rote Spuren.

Fest beiße ich mir auf die Unterlippe, versuche den Schrei zu unterdrücken, der sich in meinem Brustkorb bildet und mir die Luft raubt.

Notgedrungen bleibt mir nur die Möglichkeit, zu flüchten, um dann einen klaren Gedanken fassen zu können.

Mit zitternden Fingern reiße ich den Schrank auf, greife das erste Kleidungsstück, das ich finde und ziehe es über.

Die Sweatjacke ist groß genug, um wenigstens einen Großteil meines Körpers zu verdecken.

Es wird höchste Zeit zu verschwinden.

Mit rasendem Puls, flatterndem Herzen und einer erstickenden Angst, öffne ich die Tür und trete so langsam es die Panik zulässt auf die Wendeltreppe.

Krampfhaft versuche ich, so leise wie möglich zu sein. Was jedoch immer schwerer wird, je weiter ich mich dem Wohnbereich nähere.

Denn plötzlich höre ich Ziams Stimme, was augenblicklich dafür sorgt, dass ich die Schritte beschleunige. Alles in mir ist bis auf das höchste Level angespannt und will nur dringend hier raus. Der einzige Vorteil ist, dass ich nicht mehr weine, da die Panik mich komplett im Griff hat.

Es regiert der Fluchtinstinkt, der mit dem Leben dafür kämpft, dass wir hier herauskommen, weil es das Einzige ist, was mir noch bleibt.

»Rush. Ich schwör bei allem, was mir heilig ist, hör auf herumzudrucksen und spucke endlich aus, was ihr Genies herausgefunden habt. Ich will es zu Ende bringen, wie wir es besprochen haben. Also, *School of Media*. Ich höre.« Ziams wütende Stimme und der Inhalt dieses Gesprächs geben mir den Rest.

Es ist die Universität, auf der ich studiert, meinen schlimmsten Albtraum getroffen und mein Selbstbewusstsein verloren habe.

Es kann nicht anders sein, als was ich bereits in dem Moment vermutet habe, in dem ich den Bilderrahmen in der Hand gehalten habe.

Eigentlich dachte ich, dass die Briefe das Einzige sind, womit er versucht, mich weiterhin zu quälen, aber offensichtlich war das ein Irrtum. Dieser Mann ist nicht nur irre, ein verfluchter Vergewaltiger, sondern ein gestörter

Bastard, der seinen verdammten Nachwuchs auf mich angesetzt hat.

Jetzt ergibt alles einen Sinn. Ziams Gerede über den Dämon in sich, die Heuchelei über seine Zerrissenheit, das Geständnis über seine Jagd.

Scheiße. Er hat es mir sogar offen gestanden und ich dumme Kuh, habe es nicht kapiert. Wahrscheinlich haben sie sich danach über mich lustig gemacht.

Ekel vor mir selbst erfasst mich, als mir bewusst wird, dass ich mich gestern Ziam an den Hals geschmissen habe.

Abermals wurde ich manipuliert, bin naiv auf einen Mann hereingefallen, weil ich mich von den Gefühlen habe leiten lassen. Meine Naivität hat wieder einmal die Oberhand gehabt.

Das alles ... Ziams Art, seine Verhaltensweisen, das mit uns ... Das war nicht echt, oder? Mein Kopf kommt nicht klar mit der neuen Lage.

Es ist ein abgekartetes Spiel, nicht wahr? Alles eine verdammte Lüge, ein Schauspiel, nur um mich letztendlich komplett zu vernichten. Das haben sie geschafft.

Erst der Vater, nun der Sohn.

Erneut haben sie mich gebrochen. Der Eiskristall um mein Herz ist zersplittert und die einzelnen Teile bohren sich nun hinein. Das Blut, das von ihnen tropft, symbolisiert die Liebe für den Mann, der mich vernichtet hat. Nun befällt sie meine Seele wie Gift.

Ja, ich habe mich in Ziam Moreno verliebt. In den Feind, den Sohn meines Vergewaltigers, eines Dämons und Lügner.

Jetzt fluten doch erneut Tränen meine Augen und laufen über meine Wangen, während ich in den Wohnbereich sprinte. Rasch blicke ich mich um, kann aber weder meine Tasche noch das Handy sehen. Fuck. Fuck. Fuck.

Scheiß drauf, lauf, brüllt meine innere Stimme, die nun ebenfalls erkannt hat, dass wir uns in Ziam getäuscht haben.

Zum Glück steht die Terrassentür weit offen, sodass ich direkt in den Wald flüchten kann. Irgendeinen Weg muss es geben, um ihm zu entkommen, auch wenn ich noch nicht weiß welchen.

Getrieben von der Panik, der Wut auf mich selbst und der elendigen Trauer, die droht, mich zu ersticken, stürze ich auf die Terrasse.

Sofort erfasst mich ein lauer Windzug, die Sonne brennt auf meiner Haut, aber ich eile, ohne darauf zu achten, die Stufen nach unten.

»Verdammte scheiße, was?«, höre ich Ziam so laut brüllen, dass es bis zu mir hallt. Hinter mir ist ein Klirren, Poltern und Geschrei wahrzunehmen. Aber ich achte nicht drauf.

Ein Ast peitscht mir ins Gesicht, als ich mich durch das erste, dickste Geäst schiebe, das ich entdecke. Stöckchen und Steine bohren sich in meine Fußsohlen, aber der Schmerz beflügelt mich nur weiter zu laufen.

»Bleib stehen, Abella. Fuck«, schreit Ziam irgendwo hinter mir.

O fuck, er hat mich doch gesehen.

Angetrieben von der Erkenntnis laufe ich schneller. Ich muss nur hier weg, und zwar sofort.

Wer weiß, was ihr Plan ist. Mich als Sklavin zu halten, einzusperren oder noch Schlimmeres? Sind sie so krank, dass sie mich töten würden? Hier in Ziams Wald verscharren, wo mich niemand finden würde.

Meine Lunge rasselt, so schnell renne ich über den Waldboden und weiche großen Baumstümpfen aus. Mein

Herz hämmert in der Brust, die Arme und Beine sind bereits von den Ästen aufgeschürft.

Wahrscheinlich wird er mich finden, immerhin kenne ich Ziam ... ach fuck ... tue ich nicht. Aber er ist gefährlich, jetzt verstehe ich es erst richtig. Es ist nicht die anziehende Dunkelheit, die in ihm lebt. Nicht, dass moralisch Verwerfliche und Kribbelnde das einen anzieht. So wie ich es bisher dachte. Nein, Ziam ist wirklich eine Gefahr. Besonders für mich.

»Abella, komm gefälligst zurück. Was soll das? Lass den Scheiß. Du wirst dir weh tun.« O Gott, er ist irre. Eindeutig, wieso spielt er dieses Spiel noch weiter? Tut so, als würde er sich Sorgen machen.

Bittere Galle steigt in mir auf, sorgt dafür, dass ich würgen muss, aber ich halte es zurück. Zusätzlich zu meiner Panik blitzen die Erinnerungen der Vergewaltigung in mir auf. Wieso passiert mir so etwas noch einmal? Warum ich?

Mit letzter Kraft dränge ich alles zurück, unterdrücke den Würgereflex und meine an ihre Grenzen kommende Kondition. Ich habe nur diese eine Chance und die muss ich nutzen.

Mit keuchendem Atem schaue ich über meine Schulter, aber kann Ziam nirgends sehen. Zum Glück.

Gerade als ich hoffe, dass ich die Möglichkeit habe, mir zu überlegen, wie ich aus seinem Wald entkommen kann, bemerke ich meinen Fehler.

In dem Moment, in dem ich nach vorne sehe, spüre ich nichts mehr unter den Füßen. Ein kleiner Abgrund ist direkt vor mir.

Ein erschrockener Schrei löst sich aus meiner Brust, als ich abstürze und wild rudernd auf den harten Boden pralle. Schmerz schießt durch mich, Äste bohren sich in die

Haut und ich rolle den kleinen Vorsprung herab, ohne dass ich meinen Fall stoppen kann.

Mit einem Platschen und einem erschrockenen Schrei lande ich in einem kleinen Bach. Das kalte Wasser schockt meinen Körper und ein Zittern befällt mich. Stöhnend fasse ich mir an die Stirn, ziehe die Finger zurück und sehe Blut an ihnen kleben. *Mist.*

Meine Sicht verschwimmt, die Dunkelheit will mich holen, aber ich kämpfe dagegen an, so gut es geht. Denn in dem Moment sehe ich oben am Vorsprung den Mann stehen, der die wahre Gefahr bedeutet und vor dem ich fliehen muss.

»Abella«, schreit er und stürzt den Abhang herab.

»Nein, bleib weg«, flehe ich und versuche mich aufzurichten, aber mein Sichtfeld verschwimmt noch mehr. Nein, nein, bitte nicht. Komm schon, Körper, wir müssen es schaffen, wir wollen das nicht erneut erleben.

Hektischer ziehe ich die Luft ein, jedoch bringt es nichts, eher wird es dadurch schlimmer. Blinzelnd versuche ich die Sicht scharf zu stellen, aber nichts passiert. Meine Arme bewegen sich nicht.

In mir schreie ich laut, kämpfe mit allem, was ich habe, darum zu fliehen, aber meine Glieder gehorchen nicht.

Plötzlich berühren mich Hände und tasten meinen Körper ab. Keine Ahnung, ob ich wirklich schreie oder es nur im Kopf tue. Die Wahrnehmung und Realität sind komplett verschoben.

»Alles wird gut. Beruhige dich. Bei mir bist du sicher.« Bei Ziams Aussage schaltet mein Bewusstsein ab. Ich habe es nicht geschafft. Erneut.

Ein letzter Gedanke erfasst mich, bevor die Dunkelheit mich holt.

Wie kann ich bei dir in Sicherheit sein, wenn du meinen

Tod bedeutest? Du bist die Teufelsbrut, die mir mein Peiniger geschickt hat, wie kann ich da sicher sein.

Ich bin verloren. Für immer.

Offensichtlich bin ich wieder einmal ein Opfer.

Ende Band 1

Ziam & Abella

Achtung!

In diesem Buch werden fiktive Situationen, Geschehnisse, Verhaltensweise und Lösungsmethoden dargestellt. Es werden Stilelemente genutzt, wie das Hören einer inneren Stimme. Dadurch kommt es zu einer Veränderung der Verhaltensweise des Protagonisten, was einer multiplen Persönlichkeitsstörung ähnelt.

Diese Geschichte soll solch eine Erkrankung weder romantisieren, beschönigen oder noch dramatisieren. Außerdem dient sie in keiner Art als Ratgeber oder Wegweiser für betroffene Menschen.

Hierbei handelt es sich um eine rein fiktive Darstellung, die in Band 2 in einer angemessenen Art, ohne jeglichen medizinischen Fachinhalt, ihren Abschluss findet.

Nachwort

Du: Was zum verfluchten Teufel war das?

Autorin: Das frage ich mich auch, aber es war bitterböse.

Du: Dein Ernst? Das ist das Ende?

Autorin: Von Band 1, eindeutig ja!

Du: Nein, bitte. Das darf nicht sein, das tust du uns nicht an?

Autorin: Doch, genauso ist es und genau *das* tue ich.

Du: Ziam ist nicht der Böse, niemals, oder?

Autorin: Gute Frage, wer weiß das schon. Aber du willst es unbedingt wissen, nicht wahr? Das erfährst du in Band 2.

Du: Dieser Cliffhanger ist schrecklich, zerstörend, vernichtend. Ist dir das klar? Wie lange muss ich warten?

Autorin: O ach, nicht so lange, denke ich! Dann erfahrt ihr alles. Die tiefen Abgründe der beiden, die Bestimmtheit darüber, ob Ziam der Gute oder Böse ist und die Wahrheit über ihre Vergangenheit und Zukunft.

Frozen Beats 2

Frozen Beats – Bis dein Herz schmilzt

Erscheint im Frühjahr 2024.

Triggerwarnung

- Angstzustände
    - Gewalt allgemein
    - Explizite Szenen
    - Traumatische Vergangenheit (Vergewaltigung)
    - Posttraumatische Belastungsstörung
    - multiple Persönlichkeitsstörung
    - psychische Gewalt
    - Sucht
    - Alkohol
    - Elterliche Gewalt
    - Betrug, Lügen
    - Derbe Aussprache
    Weitere möglich.

Die Liste ist ohne Gewähr. Sollten euch Trigger auffallen, die nicht aufgelistet sind, meldet euch bei mir.
    E-Mail: mail@jjaden.de
    Instagram: @j.j.aden.autorin

Danksagung

Danke, dass ihr diese spektakuläre Geschichte beendet habt.

Danke an meine Cheergirls – Ria, Jenny und Jessy, die immer für mich da sind. Ihr seid mein Antrieb!

Danke an meine Testlese- und Bloggermädels. Aaliyah, Aline, Jana, Ella, Jasmin, Joy, Julia, Nicole, Ute, Stephie, Viola, Jessie, Nicole, Vanessa, Yvonne, Victoria und Vici. Mit jeder Nachricht von euch werde ich besser. DANKE!

Auch hier gilt ein besonderer Dank Michelle. Du weißt wofür. #STDF-Team. Außerdem an Lia, die mich bei allem unterstützt!

Danke an meine Familie, die immer hinter mir steht und meinen Traum mit mir lebt!

Das alles wäre nicht möglich gewesen, ohne DICH! Danke für dein Vertrauen, deine Liebe für die *BEATS* und meine Geschichten. Danke für alles!

Ihr möchtet eure Liebe teilen? Dann würde ich euch bitten, hinterlasst eine Rezension.

Ihr möchtet mich etwas Fragen? Ich freue mich immer auf eure Nachrichten.

Eure J. J.
E-Mail: mail@jjaden.de
Instagram: @j.j.aden.autorin

Bücher von J. J. Aden

Burning Beats (BEATS 1-3)

Story von Cain Valez und Hayden Moore, Tänzerin in der Crew ‚Equipe', die zwischen dem Blitzlichtgewitter der Paparazzi und dunklen Geheimnissen, darum kämpfen ihre eigenen Träume zu verwirklichen. Emotional, spannend und voller Gefühle.

Tropes: Enemies to Lovers – Step up meets You.

Bücher von J. J. Aden

Control Beats (BEATS 4-5)

Story von Emilio Delacord und Malia Fiocco, Choreografin und Geschäftsführerin der »Elite Dance Factory«, die zwischen ihrem verruchten Geheimnis und dem wahren Leben, versuchen die Kontrolle zu behalten.

Fifty Shades of Grey meets Thrill.